秀威文哲叢書

韓晗主編

明代《楚辭》評點論考

羅劍波　著

秀威資訊・台北

序「秀威文哲叢書」

　　自秦漢以來，與世界接觸最緊密、聯繫最頻繁的中國學術非當下莫屬，這是全球化與現代性語境下的必然選擇，也是學術史界的共識。一批優秀的中國學人不斷在世界學界發出自己的聲音，促進了世界學術的發展與變革。就這些從理論話語、實證研究與歷史典籍出發的學術成果而言，一方面反映了當代中國學人對於先前中國學術思想與方法的繼承與發展，既是對「五四」以來學術傳統的精神賡續，也是對傳統中國學術的批判吸收；另一方面則反映了當代中國學人借鑒、參與世界學術建設的努力。因此，我們既要正視海外學術給當代中國學界的壓力，也必須認可其為當代中國學人所賦予的靈感。

　　這裡所說的「當代中國學人」，既包括居住於中國大陸的學者，也包括臺灣、香港的學人，更包括客居海外的華裔學者。他們的共同性在於：從未放棄對中國問題的關注，並致力於提升華人（或漢語）學術研究的層次。他們既有開闊的西學視野，亦有扎實的國學基礎。這種承前啟後的時代共性，為當代中國學術的發展提供了堅實的動力。

　　「秀威文哲叢書」反映了一批最優秀的當代中國學人在文化、哲學層面的重要思考與艱辛探索，反映了大變革時期當代中國學人的歷史責任感與文化選擇。其中既有前輩學者的皓首之作，也有學界新人的新銳之筆。作為主編，我熱情地向世界各地關心中國學術尤其是中國人文與社會科學發展的人士推薦這些著述。儘管這套書的出版只是一個初步的嘗試，但我相信，它必然會成為展示當代中國學術的一個不可或缺的視窗。

韓晗
2013年秋於中國科學院

目次 │ CONTENTS

應加強關於中國文學評點的研究（代前言）
——以明代《楚辭》評點的研究現狀為例談起

　　評點是一種獨特的文學批評樣式。之所以稱其獨特，主要是因為在內部構成、外部存在以及所具有的功能上，它都有別於其他的文學批評形式。顧名思義，評點由評與點二端構成，就評而言，它可細分為眉評（批）、旁評（批）、夾評（批）、尾評（批）及總評等多項內容；就點來看，它也包括圈、點、截、抹等多種標劃符號。「評」與「點」互相配合，並附著於具體的文學作品之上，評點的功能也就隨之展開。在這方面，由於功能與側重點不同，多種品「評」形式的結合，可以構成對對象從具體到宏觀全面、嚴密的批評網路，而「圈點」符號的有效使用，則又能助益於這種批評功能得以進一步彰顯。在多種學術因素長期的積累、薰染和影響之下，評點首先發端於詩文批評領域，之後又逐漸向小說、戲曲及其他文體擴延，大致在明代中後期，就迎來了它的興盛局面。可以毫不誇張地說，自評點興起之後，只要稍微有些名氣的作家、在不同時期產生過一定影響的作品，幾乎都有相應的評點本問世，更不要說那些經過長期「篩選」、「沉澱」之後依然能夠風行於世的「名家」、「名作」了，對於它們，則往往都是經歷了反覆品評的過程。因此，這些作為中華民族寶貴文化財富的文獻資料，亟需得到系統的整理和研究。而僅從文學的角度來講，對於相關評點本的整理和研究，則無疑就能大大豐富相關作家、作品、批評史及接受史等研究的理論視域與內涵。近年來，學術界已經開始對這一研究領域進行關注，並產生了一些品質較高的學術成果。但總體而言，關於文學評點的研究還是相對滯後的，而這一點又較為突出地表現在詩文評點領域。僅就《楚辭》評點來看，目前對其進行專門、全面、深入的研究還比較少，期待以此能夠引起學術界的關注和重視。

一、書目著作中關於明代《楚辭》評點本的著錄

　　就明代《楚辭》評點的研究而言，目前我們能夠參考的材料並不多，在這方面主要是歷代書目中相關的著錄內容。最早對《楚辭》評點本進行介紹的是《四庫全書總目》，其中「楚辭類存目」收有沈雲翔《楚辭評林》八卷，就所敘錄的具體內容來看，四庫館臣對該本多有貶抑之意，如稱其「雜采諸家之說，標識簡端，冗碎殊甚，蓋坊賈射利之本」云

云。[1]《楚辭評林》之外，與《楚辭》評點相關者，《總目》還載有陳深輯《諸子品節》五十卷、題歸有光輯《諸子匯函》二十六卷、題翰林三狀元會選《二十九子品匯釋評》二十卷、鐘惺編《周文歸》二十卷、顧錫疇《秦漢鴻文》二十五卷、馮有翼編《秦漢文抄》十二卷、陳仁錫輯《古文奇賞》二十二卷、倪元璐編《秦漢文尤》十二卷等。[2]此數本作為明代古文評點選本，皆摘錄了部分《楚辭》作品，但因其內容龐雜、體例乖違，或是偽託之跡甚明，而為四庫館臣所譏斥。其中語及評點者，亦多含貶抑之意，如於《周文歸》所持論為最具代表性，「以時文之法評點之」，「明末士習，輕佻放誕，至敢於刊削聖經，亦可謂悍然不顧矣」。就評點發展的軌跡而言，明末這一時段無疑是其繁盛期，但這種「士習」，在四庫館臣看來，由於「輕佻放誕」，而終究難登大雅之堂。《總目》對於《楚辭》評點（乃至整個文學評點）的這種批評態度，直接影響了後世對於《楚辭》評點價值的認定和評判。[3]

　　《四庫全書總目》之後，有清一代著錄《楚辭》評點的書目著作，還有陸心源《皕宋樓藏書志》與丁丙《善本書室藏書志》。前者僅收馮紹祖校刊《楚辭章句》一種，[4]後者錄馮紹祖校刊《楚辭章句》、來欽之《楚辭述注》兩種。[5]觀陸、丁二書的著錄內容，均是僅敘及基本的版本信息，於評點則未作介紹。之後又有孫殿起《販書偶記》，亦是僅對有關《楚辭》評點本的刊刻者、刊刻時間等信息作了簡單記錄。[6]

　　與以上諸書相比，後世的《續修四庫全書總目提要》與《中國善本書提要》的記載則較為詳細。《續修四庫全書總目提要》所收明代《楚辭》評點本有閔齊伋朱墨套印本《楚辭》、《楚辭句解評林》、《七十二家評注楚辭》[7]、林兆珂《楚辭述注》、陳深批點《楚辭》、《批評楚辭集注》、《七十二家批評楚辭集注》七種。就其持論態度來看，《提要》撰

---

[1]　紀昀等《四庫全書總目》，北京：中華書局1997年版，第1978頁。

[2]　《諸子品節》、《諸子匯函》見《總目》卷一百三十一子部・雜家類存目八，《古文奇賞》見《總目》卷一百九十三集部・總集類存目三。

[3]　《四庫全書總目》對於明代評點著作多持貶抑態度，在這方面並非僅對《楚辭》評點如此。可參閱吳承學《〈四庫全書〉與評點之學》，載於《文學評論》2007年第1期。

[4]　陸心源《皕宋樓藏書志》（清人書目題跋叢刊），北京：中華書局1990年版，第276頁。

[5]　丁丙《善本書室藏書志》，清光緒二十七年（1901）錢塘丁氏刻本

[6]　《販書偶記》共著錄陸時雍《楚辭疏》、金兆清《楚辭權》、蔣之翹評校《楚辭集注》、來欽之《楚辭述注》等四種明代《楚辭》評點本。孫殿起《販書偶記》，上海：上海古籍出版社1982年版，第315頁。

[7]　此本實為陸時雍之《楚辭疏》，清初坊賈將之改頭換面重刊之。

著者一方面承襲《四庫全書總目》的態度，於評點多所輕詆，如謂「空言詮釋，未必果為騷人之本意」，「以時文開合承接之法，評論古人之文」，「終不脫明人疏陋之習」云云；[8]另一方面，對於相關《楚辭》評點本的價值也給予了肯定，如於《楚辭句解評林》，在對該書體例作了介紹之後，又稱：「其用意尤善，治《楚辭》者，實可資為參考」，「然大醇小疵，識者不免。是書之作，亦未必無功於王氏也」。[9]這是值得我們注意的。

王重民《中國善本書提要》共載錄明代《楚辭》評點本五種，即閔齊伋校刊三色套印本《楚辭》、凌毓枏校刊二色套印本《楚辭》、馮紹祖校刊《楚辭章句》、《楚辭句解評林》與蔣之翹校刊《楚辭集注》。[10]對於以上諸本，作者除介紹基本的版本信息外，還時以按語對有關內容進行說明。如於閔齊伋本，王氏就對文中異色評語的作者作了推測：

> 此本無序跋，亦無凡例，其分朱黛之意，蓋朱色為馮夢禎《讀騷》，黛色則齊伋所輯諸家評語也。[11]

又如於凌毓枏本，作者亦對凌氏特以推重陳深之因也作了解釋：

> 是書采諸家評語甚多，書題下雖標出陳深之名，而卷內實與諸家並列。蓋深為凌氏鄉人，故特尊之耳。[12]

以上王先生所作論斷，均有可商榷之處。經過筆者考核，閔齊伋本所載評點中，朱色大多是孫鑛評語，馮夢禎《讀楚辭語》僅占其中很小一部分；黛色除閔氏所輯各家評語外，還有轉錄朱熹《楚辭集注》及閔氏所作校刊之語。關於凌毓枏本，凌氏輯錄諸家，但僅題以「陳深批點」，除陳深為凌氏同鄉的因素之外，更重要的一點是，陳深作為早期的《楚辭》評點家，在當時已經產生了很大的影響，凌氏以之為標顯，應主要是基於對其評點本銷路以及問世後所產生影響的考慮。又如於馮本，王先生稱其「眉端載各家注解及音義，諸家評語則匯載每篇之後」。馮紹祖輯錄諸家評

8　中國科學院圖書館整理《續修四庫全書總目提要》第19冊，濟南：齊魯書社1996年版。
9　同上。
10　王重民《中國善本書提要》，上海：上海古籍出版社1983年版，第489-591頁。
11　同上，第489頁。
12　同上。

語，共採用了卷首「《楚辭章句》總評」、眉批、旁批和篇末總評等四種評點形式，其中眉批是最為重要的一種，但由於該本也擇取了不少洪興祖《楚辭章句》、朱熹《楚辭集注》中的內容，並以眉批的形式呈現出來，或許正是因為這一點，王先生才作出了以上論斷。由此推斷，王先生在敘錄此本時，應當僅對其中內容作了大致瀏覽，而並未進行仔細地審察。

除以上諸書目著作外，又有鄭振鐸先生所作相關題跋。鄭氏在對相關《楚辭》版本所作題跋中，有專門言及明代《楚辭》評點本者。如於張鳳翼《楚辭合纂》，鄭氏稱：

> 此本乃明末坊賈所為。折衷漢、宋王、朱二注，複附以劉辰翁、張鳳翼、鐘伯敬諸家注評。卷首王世貞〈序〉，疑亦是竊取之他本者。作為《楚辭》讀本之一，固亦未必遂遜陸時雍、蔣之翹也。一九五七年一月十九日過隆福寺修綆堂購得。[13]

陸時雍《楚辭疏》、蔣之翹評校《楚辭集注》為明代《楚辭》評點之精善本，鄭先生對於《楚辭合纂》價值的認定雖有待核考，但他強調此三書的「讀本」價值，即合注評於一體的評點本在《楚辭》接受、傳播史上的獨特價值，卻是值得我們關注的。[14]

總體而言，由於以上諸書皆非專門之作，故對於明代《楚辭》評點本的著錄也就不成體系，而隨著饒宗頤《楚辭書錄》、姜亮夫《楚辭書目五種》的問世，這種情況得到了改變。今核《楚辭書錄》，其中輯錄馮紹祖校刊《楚辭章句》以下明代《楚辭》評點本八種。[15]但需要說明的是，雖然數量上有所增加，但饒書的介紹也多是言及相關的版本信息，於評點則少有討論。真正對明代《楚辭》評點進行介紹的，是姜亮夫先生的《楚辭書目五種》。該書分「楚辭書目提要」、「楚辭圖譜提要」、「紹騷隅錄」、「楚辭箚記目錄」、「楚辭論文目錄」五部分，堪稱對前世《楚辭》學做系統總結的集大成之作。在「楚辭書目提要」中，姜先生列出「論評」一類，對歷代《楚辭》評論著作進行介紹，其中擇取了《諸子匯

---

[13] 此跋見北京國家圖書館藏張鳳翼《楚辭合纂》，亦收入鄭振鐸撰、吳曉鈴整理《西諦書跋》，北京：文物出版社1998年版，第204頁。

[14] 另外，對於來欽之《楚辭述注》，鄭振鐸也作有跋語，因其中未涉及該本的評點問題，茲不贅引。見《西諦書跋》第204頁。

[15] 以於該書出現先後，它們依次為馮紹祖校刊《楚辭章句》、凌毓柟校刊朱墨套印本《楚辭》、閔齊伋校刊套印本《楚辭》、蔣之翹評校《楚辭集注》、沈雲翔《楚辭集注評林》、陸時雍《楚辭疏》、金兆清《楚辭榷》與來欽之《楚辭述注》。見饒宗頤《楚辭書錄》，《選堂叢書》，香港：蘇記書莊1956年版。

函》《玉虛子》、《鹿溪子》以下七種明代《楚辭》評點本，[16]內容則主要敘及諸本所收錄的評家情況。如以陳深「批點本楚辭集評」為例，對於該本，《楚辭書目五種》云：

> 按陳深批點本王逸《章句》，輯歷世評《楚辭》者四十五家，即王逸、蕭統、沈約、劉勰、鍾嶸、劉知幾、賈島、宋祁、洪興祖、蘇軾、蘇轍、朱熹、祝堯、嚴羽、李塗、王應麟、沈括、呂向、姚寬、張銳、洪邁、樓昉、何孟春、劉次莊、馮觀、李夢陽、何景明、陳沂、王鏊、茅坤、楊慎、柯維騏、唐順之、王世貞、黃省曾、劉鳳、汪道昆、王慎中、余有丁、郭正域[17]、吳國倫、張之象、楊起元、王維禎，並深為四十五家。明萬曆二十八年閔刻，朱墨套印本。[18]

「論評」類外，在「楚辭書目提要」中，還有「輯注」一類。值得注意的是，在「輯注」類，該書也收錄了相關的明代《楚辭》評點本，其中既包括已在「論評」類中介紹者，同時也包括一些並未出現在「論評」類中者，如馮紹祖校刊《楚辭章句》、閔齊伋校刊套印本《楚辭》、張鳳翼《楚辭合纂》、陸時雍《楚辭疏》、《楚辭權》等。因此，合「論評」、「輯注」兩部分來看，除去重合者陸時雍書外，該書實際上共著錄了十一種明代《楚辭》評點本。

由以上處理方式來看，姜亮夫先生其實並非在自覺地對《楚辭》評點本進行輯錄，這一點從他的相關論述中也能夠看得出來。如對於該書的「論評」部分，他有一段總體性的說明文字：

> 劉安傳〈騷賦〉，班固贊〈離騷〉，其遺說可考見者，皆評論之詞也。自是而劉勰《文心》，知幾《史通》，繼踵前賢，歷世不絕。要而論之，則論人、論世，唐以前為多；論義、論文，明以後為盛。然多單詞片語。至近世而總攝全體，貫穿百代者，乃日見

16　七種以該書所列目錄依次為：題歸有光輯《諸子匯函》之《玉虛子》、《鹿溪子》，陳深《批點本楚辭集評》，馮紹祖《楚辭句解評林》，來欽之《楚辭述注集評》，蔣之翹《七十二家評楚辭》，陸時雍《楚辭雜論》、《讀楚辭語》，沈雲翔《楚辭評林》。見姜亮夫《楚辭書目五種》，上海：中華書局上海編輯所1961年版。

17　《楚辭書目五種》「域」作「棫」，見該書第316頁。

18　文中「閔刻」應為「凌刻」。姜亮夫先生著錄時將此本與萬曆四十八年閔齊伋校刊套印本《楚辭》相混。見《楚辭書目五種》，上海：中華書局上海編輯所1961年版，第316頁。

其多。茲之所采,始自《宗騷》。明人八十四家評本,輯千腋以成裘,自為評論之武庫。其他各家,不以章句、訓詁為事,而義在彰顯大義者,亦入焉。近世賢達,蠭午旁出,議論益多,為是為非,所在當有,亦一併錄焉。至散篇短論之見于文集筆記,及近世論文之屬,有不能盡備者,多于論文一類中列其目,以省繁重云爾。[19]

由此可見,所謂《楚辭》之「論評」,在姜亮夫先生看來,實際上也就是指的有關的「評論之詞」,如「劉安傳〈騷賦〉」、「班固贊〈離騷〉」者,皆為此類。而諸如「八十四家評本」等評點本之所以能入此類,也是在於其載錄了較多的評論材料,就這些評論材料來看,它們與班固〈離騷贊序〉之類,是沒有什麼區別的。顯然這是將評點與其他評論材料混為一談的觀念,這種認識的直接後果,就是會無意識地將評點本的特殊性抹煞殆盡,這一點表現在《楚辭書目五種》,也就出現了將評點本與其他《楚辭》刻本一併敘錄的現象。同時更為重要的一點是,由於忽視了評點本的特殊性,則不可避免地會帶來對其的輕視以及相關研究的缺乏,而就《楚辭書目五種》來看,這就極易造成相關敘述中失誤的出現。在這方面,如該書「論評」類有《楚辭句解評林》一種,此本實際上是馮紹祖校刊《楚辭章句》的後出之本,由於馮紹祖本校刻精審、收羅評點豐富,自問世之後,在社會上產生了很大的影響,於是坊間射利之本隨之而出,《楚辭句解評林》即為其中較為典型的一種,《楚辭書目五種》因「評林」之名即取此舍彼,不免有本末倒置之嫌。又如《諸子匯函》,該本亦為書肆陋本,而偽託於歸有光名下,其中《玉虛子》、《鹿溪子》所收評點,也多系偽託而成。對此,《楚辭書目五種》非但未予考辨,反而以其為蔣之翹《七十二家評楚辭》之先聲,[20]殊不知二本實在相去甚遠。之所以出現以上現象,就其根本而言,在於姜亮夫先生未對有關評點本作仔細地考核之故。

《楚辭書目五種》之後,繼之而起的又一部影響較大的《楚辭》書目著作,是崔富章先生的《楚辭書目五種續編》。由於知見廣博,該書對於《楚辭》相關版本的梳理更為細緻,其中尤其是對於有關刻本在後世所出的評點本也進行了著錄,因而對於《楚辭》評點的整理與研究有著重要的參考價值。這一點主要體現在兩個方面:

---

[19] 姜亮夫《楚辭書目五種》,上海:中華書局上海編輯所1961年版,第311頁。

[20] 對於《諸子匯函》之《玉虛子》,姜亮夫先生稱:「明人輯評之七十二家、八十四家,固已多見於此書。」(姜亮夫《楚辭書目五種》,上海:中華書局上海編輯所1961年版,第314頁。)《玉虛子》與《七十二家評楚辭》單就所載評家來看,其中多有相合者,但就評語的具體內容來看,則不免相去千里。

　　其一，《楚辭書目五種》已著錄者，《續編》又增加了一些新的版本，這其中就有不少評點本。在這方面，最為突出的一例，是《續編》關於馮紹祖校刊《楚辭章句》的敘錄。由於馮紹祖本在後世影響較大，故後出重印、翻刻之本較多，版本情況較為複雜，對此作者作了詳細地梳理。作為明代較早出現的《楚辭》評點本，馮紹祖本在整個明代《楚辭》評點史上有著至關重要的地位和價值，《續編》中的這些著錄內容，對於我們把握馮紹祖本版本流變及其對後世評點本的影響而言，無疑提供了最為直接的參考依據。

　　其二，對於有些評點本，《楚辭書目五種》未著錄或著錄較為簡略者，《續編》則進行了必要的補充。如明末寫刻本潘三槐注《屈子》六卷，由於留存較少，姜亮夫先生未得目見，崔富章先生對此則作了詳細的介紹，其中尤其也敘及了該本所收錄評家的基本情況。再如張鳳翼《楚辭合纂》，姜亮夫先生僅在朱熹《楚辭集注》下列出一目，關於該本的詳細內容，我們不得而知。而在《續編》中，崔富章先生則對於該本的版本信息、評家選輯以及館藏收錄情況等內容均作了說明。

　　綜合《楚辭書目五種》、《楚辭書目五種續編》二書來看，明代較為重要的《楚辭》評點本都已囊括在內了，這些著錄內容也基本鉤勒出了明代《楚辭》評點本的大致刊刻情況，沾溉學林，功莫大焉！除此之外，雖然又有洪湛侯《楚辭要藉解題》[21]，沈津《美國哈佛燕京圖書館中文善本書志》[22]，潘嘯龍、毛慶《楚辭著作提要》[23]，柏克萊加州大學東亞圖書館編《柏克萊加州大學東亞圖書館中文古籍善本書志》[24]，沈津《中國珍稀古籍善本書錄》[25]，嚴紹璗《日藏漢籍善本書錄》[26]等，也都或多或少地著錄了明代的《楚辭》評點本，但大致都不出姜、崔二書之範圍。

　　由於受制於書目著作本身的特點，再加上長期以來對於評點本的輕視，以上所論及的這些書目著作，在關於明代《楚辭》評點本的敘錄中，其重點都主要放在了基本版本信息的介紹上，對於其中的評點內容則缺乏全面的關注和介紹，由此它們對於明代《楚辭》評點研究的價值，也就主要局限在了為我們提供相關的核查線索和參考信息方面。

---

[21] 洪湛侯《楚辭要藉解題》，載於馬茂元主編，《楚辭研究集成》，長沙：湖北人民出版社1984年版。
[22] 沈津《美國哈佛燕京圖書館中文善本書志》，上海：上海辭書出版社1999年版。
[23] 潘嘯龍、毛慶主編《楚辭著作提要》，武漢：湖北教育出版社2003年版。
[24] 柏克萊加州大學東亞圖書館編《柏克萊加州大學東亞圖書館中文古籍善本書志》，上海：上海古籍出版社2005年版。
[25] 沈津《中國珍惜古籍善本書錄》，桂林：廣西師範大學出版社2006年版。
[26] 嚴紹璗《日藏漢籍善本書錄》，北京：中華書局2007年版。

二、學術界關於明代《楚辭》評點的研究

除了以上相關書目中的著錄內容之外，綜觀學術界對於明代《楚辭》評點的研究，我們可以發現這方面是較為薄弱的。這主要表現為以下兩個方面：

一是在相關的明代《楚辭》學研究論文中，很少有專門以評點作為研究對象來討論的。另外在學術界對於《楚辭》學進行總結和歷史回顧的研究成果中，我們也幾乎找不到這方面的相關論述，在這方面特別值得一提的是易重廉《中國楚辭學史》[27]、李中華《楚辭學史》[28]以及徐在日的博士論文《明代〈楚辭〉學史論》[29]。在這三種最應該對《楚辭》評點進行討論的楚辭學史研究成果中，對此也是基本上未予涉及。其中易、李二書雖然都從蔣之翹《七十二家評楚辭》中擇取了相關材料，但對於該書卻沒有作專門的論述；徐在日在其博士論文《明代〈楚辭〉學史論》目錄中，雖然專列出「評點派的《楚辭》研究」一節，但在正文中卻對此付諸闕如。

再者是，在《楚辭》學界也有一些學者致力於對歷代《楚辭》評論資料進行匯輯的研究工作，並且出版了相應的專門著作，但他們對於《楚辭》評點也都沒有給予足夠的重視。在這方面主要有楊金鼎等編《楚辭評論資料選》[30]，周殿富選編《楚辭論——歷代楚辭論評選》[31]和李誠、熊良智主編《楚辭評論集覽》[32]等。具體而言，前兩書僅對蔣之翹校刊《七十二家評楚辭》所收錄的諸家品評材料作了輯引；後者作為近年來出現的規模最大的《楚辭》匯評著作，或許是因其體例所限，其中也僅是摘引了馮紹祖校刊《楚辭章句》、陸時雍《楚辭疏》、蔣之翹《七十二家評楚辭》及來欽之《楚辭述注》中的相關序言，對於其中的評語則均未涉及。

除此之外，也有一些學術論文論及到了相關的明代《楚辭》評點本，如趙逵夫《陸時雍與〈楚辭疏〉》[33]、崔富章《陸時雍〈楚辭疏〉引「晁

---

[27] 易重廉《中國楚辭學史》，長沙：湖南出版社1991年版。

[28] 李中華《楚辭學史》，武漢：武漢出版社1996年版。

[29] 徐在日《明代楚辭學史論》，北京：北京大學博士學位論文，1999年。

[30] 楊金鼎《楚辭評論資料選》，載於馬茂元主編，《楚辭研究集成》，長沙：湖北人民出版社1985年版。

[31] 周殿富《楚辭論——歷代楚辭論評選》，長春：吉林人民出版社2003年版。

[32] 李誠、熊良智主編《楚辭評論集覽》，武漢：湖北教育出版社2003年版。

[33] 趙逵夫《陸時雍與楚辭疏》，載於《文獻》，2002年第3期。

無咎曰」辨證》[34]、吳廣平《明代宋玉研究述評》[35]、郭立暄《〈楚辭述注〉與來聖源之世家》[36]等。四文之中，趙文對於陸時雍生平、表字、家世、著述以及《楚辭疏》的版本與主旨情況進行了詳細的考論；崔文對於《楚辭疏》文首所引用的一則文獻進行了考辨；吳文在對明代宋玉研究進行梳理的過程中，對於《諸子匯函》之《鹿溪子》所錄評點作了介紹和摘引；郭文則據《來氏宗譜》對於《楚辭述注》所收來氏評家進行了考證。從評點的角度來看，其中崔文雖然以《楚辭疏》為研究對象，但實際上並未涉及該書所錄評點的相關問題；就吳文而言，由於《諸子匯函》實由偽託而成，對此該文未予考辨，故其中所舉例證反而存在「失真」的問題[37]。倒是趙、郭二文，儘管亦非專門就評點而論，但由於其中討論了關涉評家的諸多問題，故而對於這兩種評點本的相關研究具有重要的參考依據。

值得注意的是，近年來臺灣學者陳煒舜對於明代《楚辭》評點有較多的關注。其在香港中文大學的博士學位論文題目為《明代〈楚辭〉學研究》，其中第五章第四節專論「《楚辭》評點之風」，主要將明代《楚辭》評點著作分為「論章析字、兼及考據——陳深」，「師心為宗，師古為劑——馮紹祖」，「以心遇《騷》、不重訓詁——馮夢禎」，「歸宗《集注》，踵飾增華——蔣之翹附沈雲翔、來欽之」，「務博喜全，分流置品——陳仁錫、陳淏子等」五類來討論，多能給人以啟迪。但由於作者並非以此為專攻對象，對於《楚辭》評點所關涉到的諸多內容均未予討論，從而仍舊給這一課題留下了較大的討論空間和餘地。

以上是關於明代《楚辭》評點研究的整體狀況，由此來看，這方面是亟待得到加強的。由於長期以來學術界對於評點本的輕視，具體就《楚辭》評點而言，尤其是對前世《楚辭》學具有總結性質的《楚辭書目五種》等著作，都沒有給予評點以應有的獨立地位，這也就直接影響了學術界關於《楚辭》評點在《楚辭》學中定位的態度問題。關於當代《楚辭》學科建設的問題，《楚辭》學界曾進行過討論，在這方面要以周建忠

---

[34] 崔富章《陸時雍楚辭疏引「晁無咎曰」辨證》，載於《北方論叢》，2004年第1期。

[35] 吳廣平《明代宋玉研究述評》，中國屈原學會編，中國楚辭學第四輯，北京：學苑出版社2004年版。

[36] 郭立暄《楚辭述注與來聖源之世家》，載於《圖書館雜誌》2005年第2期，

[37] 就《楚辭》作品而言，吳文共摘引了《鹿溪子·九辯》中的兩條評語，分別署於「宋潛溪」與「楊升庵」名下，如「宋潛溪」云：「〈九辯〉清姿歷落，驚才壯逸。似此高品恐不得議其不如屈子也。」「楊升庵」云：「巧筆如畫，纖手如絲，意動成文，籲氣成彩，燁燁有神。後之名家，能優孟者幾人？」但經過考證，此二例均為陳深評語，見陳深輯《屈子·九辯》，載於《諸子品節》，明萬曆十九年（1591）刻本。

先生的論點最具代表性。在對姜亮夫先生等人《楚辭》學分類相關論述進行繼承、融合的基礎上[38]，周先生主張應將當代《楚辭》學分為九個分支學科：

> 其中包括三個大型學科：楚辭文獻學、楚辭文藝學、楚辭社會學；
> 四個中型學科：楚辭美學、楚辭學史、楚辭比較學、海外楚辭學；
> 兩個小型學科：楚辭傳播學、楚辭再現學。[39]

但是在對每個分支學科，其中尤其是「楚辭學史」進行詳細介紹的內容中，我們都看不到關於《楚辭》評點的歸屬與相關論述。因此，《楚辭》評點在當代《楚辭》學中的缺位，就直接導致了它游離於學者視域之外的結果，而由此相關研究之薄弱也即在情理之中了。

---

[38] 除姜氏之外，周建忠先生在這方面還參考了游國恩、湯漳平、方谷、張來芳、羅漫等人的意見，詳細內容見周建忠《當代楚辭研究論綱》，武漢：湖北教育出版社1992年版，第31-32頁。

[39] 周建忠《當代楚辭研究論綱》，武漢：湖北教育出版社1992年版，第34頁。

上編 明代《楚辭》評點綜覽

明代《楚辭》評點概論

一、評點之興與明代文學評點之興盛

　　評點是中國古代文學批評史上的一種頗為獨特的文學批評樣式。它在形式上較為隨意、靈活，眉批、旁批、夾批、總評諸種形式，既可統一配合，亦可獨立使用，這就使得它在內容上既能就相關對象進行全面、總體的觀照和把握，又能對其中的具體問題作細緻的評析和闡發，從某種意義上講，存在於評點中的批評可謂是對相關對象所作的最全面而深入的批評。同時，載有評點的文學作品文本，又極易成為作者、評點家、讀者三者思想交流、碰撞、對話的舞臺，從而使原本枯乏的文學接受過程變得更為鮮活，更富意義。也正是因為如此，這種文學批評形式才得以在很長的一段時期內受到人們的廣泛歡迎和接受，並進而滲透到中國古代文學中的各種重要文體、各位重要作家以及各個重要作品集的刊刻中去，在它們的刊刻、傳播史上塗下濃重的一筆。

　　對於這種批評形式，歷代學者也多有關注，其中尤其是關於其產生時間的論述，前人意見多不一致，對於評點這種批評形式的「原始」而言，這些意見是值得我們注意的。如章學誠《校讎通義·宗劉》云：

> 評點之書，其源亦始鍾氏《詩品》、劉氏《文心》；然彼者有評無點，且自出心裁，發揮道妙，又且離詩與文而別自為書，信哉其能成一家言矣！[1]

在此，章氏持評點起於梁代說。類似說法，又有曾國藩《經史百家簡編序》云：

> 梁世劉勰、鍾嶸之徒，品藻詩文，褒貶前哲，其後或以丹黃識別高下，於是有評點之學。[2]

---

[1]　章學誠著、劉公純標點《校讎通義》，北京：古籍出版社1956年版，第4頁。
[2]　曾國藩《經史百家簡編》，南寧：廣西人民出版社2007年版。

而袁枚則認為評點當起於唐代，其《小倉山房文集‧凡例》云：

> 古人文無圈點，方望溪先生以為有之，則筋節處易於省覽。按唐人
> 劉守愚《聞塚銘》云有朱墨圈者，疑即圈點之濫觴。姑從之。[3]

此外，更多的觀點則認為評點實濫觴於南宋。如黃宗羲《南雷文定‧凡
例》云：

> 文章行世，從來有批評而無圈點，自《正宗》、《軌範》肇其端，
> 相沿以致荊川《文編》、鹿門《大家》。一篇之中，其精神筋骨所
> 在，點出以便讀者，非以為優劣也。此後施之字句之間，如孫文融
> 之史漢，波決瀾倒矣。[4]

《四庫全書總目‧蘇評孟子》云：

> 宋人讀書，於切要處率以筆抹，故《朱子語類》論讀書法云：「先
> 以某色筆抹出，再以某色筆抹出。」呂祖謙《古文關鍵》、樓昉
> 《迂齋評注古文》亦皆用抹，其明例也。謝枋得《文章軌範》、方
> 回《瀛奎律髓》、羅椅《放翁詩選》，始稍稍具圈點，是盛於南宋
> 末矣。[5]

葉德輝《書林清話》卷二「刻書有圈點之始」又云：

> 刻本書之有圈點，始於宋中葉之後，岳珂《九經三傳沿革例》有
> 「圈點必校」之語，此其明證也。孫記宋版西山先生真文忠公《文
> 章正宗》二十四卷，旁有句讀圈點，瞿目明刊本謝枋得《文章軌
> 範》七卷，目錄後有門人王淵濟跋，謂此集惟《送孟東野序》、
> 《前赤壁賦》系先生親筆批點，其他篇僅有圈點而無批註，若《歸
> 去來辭》、《出師表》並圈點亦無之。森志、丁志、楊志宋刻呂祖
> 謙《古文關鍵》二卷、元刻謝枋得《文章軌範》七卷，又孫記元版
> 增刊校正王狀元集注分類東坡先生詩二十五卷，盧陵須溪劉辰翁批

---

3 袁枚《小倉山房文集》，《續修四庫全書》影印清乾隆刻增修本，上海：上海古籍
   出版社1999年版。
4 黃宗羲《南雷文定》，《國學基本叢書》，上海：商務印書館1936年版。
5 紀昀等《四庫全書總目》，北京：中華書局1997年版，第481頁。

點，皆有墨圈點注。劉辰翁，字會孟，一生評點之書甚多，同時方虛穀回，亦好評點唐人說部詩集，坊估刻以射利，士林靡然向風。有元以來，遂及經史，如繆記元刻葉時《禮經會元》四卷，何焯校通志堂經解日程端禮春秋本義三十卷，有句讀圈點。大抵此風濫觴於南宋，流極於元明。[6]

以上諸說，認為評點起於梁代者，是將評點與廣義的文學批評相等同，其可商榷之處自不待言[7]。袁枚注意到唐人劉守愚所言「朱墨圈」與後世圈點之間的關係，這對於我們考察後世圈點得以產生、成熟的淵源而言，有一定的參考價值，但是他將其定為後世「圈點之濫觴」，卻又頗有可商榷之處。就後世圈點所得以產生的影響遠源來看，恐怕還要再往前溯尋，因為《三國志》卷十三注引《魏略》所敘「董遇」事中，就有所謂「朱墨別異」的記載，文云：

> 初，遇善治《老子》，為《老子》作訓注。又善《左氏傳》，更為作朱墨別異。人有從學者，遇不肯教，而云「必先讀百遍」。言「讀書百遍，而義自見」。從學者云：「苦渴無日」，遇言「當以三餘」，或問「三餘」之意，遇言：「冬者歲之餘，夜者日之餘，陰雨者時之餘也。」由是諸生少從遇學，無傳其朱墨者。[8]

董遇，字季直，弘農華陰人，魏侍中大司農，通經，曾著《周易章句》十二卷[9]。對於這種「朱墨別異」，吳承學先生解釋為是董遇的一種閱讀方式：

> 所謂「朱墨別異」就是用紅黑二色對經書加以標注，用之闡明經書的意義。董遇的「朱墨別異」並非一般的句讀，而是有深意的特殊標誌」，是在「讀書百遍」的基礎上，對於經書意義獨到見解的抽象概括，有其特殊的義例。以朱墨兩色作區別，取其醒目便覽。[10]

6　葉德輝《書林清話》，北京：中華書局1957年版，第33-34頁。
7　今人對於評點的認識，亦有持類似論點者。如朱世英等《中國散文學通論》認為：「評點的含義有廣、狹之分，……廣義的評點是開放的概念，凡是對作家和作品的評論都可以納入評點學的範疇。」朱世英等《中國散文學通論》，合肥：安徽教育出版社1995年版，第907-908頁。
8　陳壽撰、裴松之注《三國志》，北京：中華書局1959年版，第420頁。
9　參《周易注疏·周易注解傳述人》，《影印文淵閣四庫全書》本。
10　吳承學《評點之興——文學評點的形成和南宋的詩文評點》，載於《文學評論》1995年第1期，第25-26頁。

這種解釋是可信的，而且這種異筆塗抹的閱讀方式到了宋代則變得更為普遍起來，如理學大師朱熹在談到自己的讀書方法時曾說：

> 某少時為學，十六歲便好理學，十七歲便有如今學者見識。後得謝顯道《論語》，甚喜，乃熟讀。先將朱筆抹出語意好處；又熟讀得趣，覺見朱抹處太煩，再用墨抹出；又熟讀得趣，別用青筆抹出；又熟讀得其要領，乃用黃筆抹出。至此，自見所得處甚約，只是一兩句上，卻日夜就此一兩句上用意玩味，胸中自是灑落。[11]

文讀數過，遍遍有心得，施之筆端抹塗，待以反觀之時，甚而全非原書之貌矣。宋人的這種讀書方式，四庫館臣也多有留意，稱「宋人讀書，於切要處率以筆抹」[12]。由此觀之，劉守愚《聞塚銘》所云「有朱墨圈」者，筆者懷疑亦或是閱讀會意之處留下的抹塗痕跡。古人這種於會意處加以批抹的閱讀習慣，與後世興起的將文中入神、精妙、文采之處予以圈點標識的評點方式之間，無疑是有著一定的聯繫和影響的。因此，袁枚所言，其價值也即在於此。

評點作為中國獨特的文學批評形式，其內涵有著特定的指向。所謂評點，實包括評與點二端。評是指評家可以通過序跋、讀法（多出現於小說評點文本中）、眉批、旁批、夾批、總評（包括全書總評和卷、篇、章總評幾種形式）等形式對對象作出品評；點是指圈點，也就是通過圈、點、截等符號對相關語句作出標識，以表達特定的含義。在載有評點的文學作品文本中，評與點共同發揮著批評的功能。當然這只是就一般意義而言，在具體的文本中，有些可能只有評而無圈點，有些可能連評的形式也不是全備的，即只存在上列數種中的一種或多種，這又當另作別論了。除此之外，對於評點作為一種文學批評形式概念的成立而言，還需要強調的一個重要條件就是，上述二端還須附著於所評作品之上，即只有與所評作品融為一體的品評形式，才可以稱之為評點。以此揆之，文學評點產生之成立，實始於南宋。上引黃宗羲、葉德輝諸家所論可信，同時亦為我們提供了可以徵考的依據和對象。如果說上引諸家只是提出一個結論，還沒有展開具體論證的話，今人在這方面可謂做出了進一步的嘗試。據現有學術界的研究成果來看，文學評點的產生是建立在多種學術因素的綜合作用之上的，具體而論，也就是古代的經學、章句之學、史學論贊、讀書方式、文

---

[11] 黎靖德編《朱子語類》，長沙：嶽麓書社1997年版，第2508頁。
[12] 紀昀等《四庫全書總目》，北京：中華書局1997年版，第481頁。

學選評以及科舉制度等因素，都與文學評點有著密切的聯繫，並成為後者得以產生的內在催酶[13]。而這種綜合作用最終成熟，並催發出嚴格意義上的文學評點的時間就在南宋時期。

「將核其論，必征言焉。」[14]據現有材料來看，南宋呂祖謙的《古文關鍵》是最早將選本與文學評點合為一體的散文評點著作[15]。今試以之為例，稍作論考。呂祖謙，南宋著名文學家、哲學家，字伯恭，人稱東萊先生，浙江金華人，隆興元年（1163）進士，複中博學宏詞科，官至直秘閣著作郎、國史院編修。事蹟詳《宋史・儒林傳》。其《古文關鍵》二卷[16]，選唐宋名家韓愈、柳宗元、歐陽修、曾鞏、蘇洵、蘇軾、蘇轍、張耒之文凡六十餘篇。該書卷首有「古文關鍵總論」一目，下分「看文字法」、「看韓文法」、「看柳文法」、「看歐文法」、「看蘇文法」、「看諸家文法」、「論作文法」、「論文字病」等八節，這與後世評點諸書常有的卷首總評部分相同。如其中「看文字法」云：「學文須熟看韓、柳、歐、蘇，先見文字體式，然後遍考古人用意下句處。蘇文當用其意，若用其文，恐易厭人，蓋近世多讀故也。第一看大概主張。第二看文勢規模。第三看綱目關鍵：如何是主意首尾相應；如何是一篇鋪敘次第；如何是抑揚開合處。第四看警策句法：如何是一篇警策；如何是下句下字有力處；如何是起頭換頭佳處；如何是繳結有力處；如何是融化屈折、剪截有力處；如何是實體貼題目處。」[17]除卷首「古文關鍵總論」之外，正文中還有篇首總評和旁批。篇首總評是指該書文中多數文章篇題之下都有一段簡短的評語，對該篇文章的行文、用字等方面的特色作出概括。如韓愈《獲麟解》題下云：「字少意多，文字立節，所以甚佳，其抑揚開合，只主『祥』字，反覆作五段。」《師說》題下云：「此篇最是結得段段有

---

[13] 關於這方面的研究情況，可參閱吳承學《評點之興——文學評點的形成和南宋的詩文評點》（載於《文學評論》1995年第1期，第24-33頁）、孫琴安《中國評點文學史》第一章《中國評點文學的來源》（上海：上海社會科學院出版社1999年版，第1-13頁）、譚帆《中國小說評點研究》（上海：華東師範大學出版社2001年版，第7-10頁）、張伯偉《評點溯源》（載於章培恒、王靖宇主編《中國文學評點研究論集》，上海：上海古籍出版社2002年版，第1-54頁）

[14] 王利器《文心雕龍校證》，上海：上海古籍出版社1980年版，第27頁。

[15] 關於《古文關鍵》為呂祖謙編選，吳承學先生持懷疑態度。具體可詳參吳承學《現存評點第一書——論〈古文關鍵〉的編選、評點及其影響》一文，見章培恒、王靖宇主編《中國文學評點研究論集》，上海：上海古籍出版社2002年版，第217-219頁。

[16] 《宋史・藝文志》載此書「二十卷」，《四庫全書總目》辨正之，以為「《宋志》荒謬」，「二十」者，《宋志》實誤增一「十」字。《總目》所言是，今從之。見紀昀等《四庫全書總目》，北京：中華書局1997年版，第2618頁。

[17] 呂祖謙《古文關鍵》，清光緒二十四年（1898）江蘇書局刻本。

力，中間三段自有三意說起，然大概意思相承，都不失本意。」柳宗元《桐葉封弟辯》題下云：「此一篇文字，一段好如一段，大抵做文字，須留好意思在後，令人讀一段好一段。」歐陽修《朋黨論》題下：「議論出人意表，大凡作文，妙處須出意外。」而正文中的旁批，則多論及章法結構、起結照應等方面。如韓愈《獲麟解》「麟之為靈，昭昭也」句旁批：「起得好，先立此一句。」「雜出於傳記百家之書」句旁批：「承得上好」。《師說》「是故無貴無賤，無老無少，道之所存，師之所存也」句旁批：「轉換起得佳」。歐陽修《為君難下》「不然，天下豈少三子之徒哉」句旁批：「轉換警策」。

此外，《古文關鍵》原本還有筆抹標劃等符號，故《四庫全書總目》云：

> 此本為明嘉靖中所刊，前有鄭鳳翔序，又別一本所刻，旁有鈎抹之處，而評論則同。考陳振孫謂其「標抹注釋，以教初學」。則原本實有標抹，此本蓋刊板之時，不知宋人讀書於要處多以筆抹，不似今人之圈點，以為無用而刪之矣。[18]

從後人的記載來看，該書除鈎抹標劃外，亦有「點」。清人俞樾云：

> 先生（指呂祖謙）論文極細，凡文中精神、命脈，悉用筆抹出，其用字得力處，則或以點識之，而段落所在，則鈎乙其旁，以醒讀者之目，學者循是以求古文關鍵，可坐而得矣。[19]

鈎抹標劃，實為後世圈點的早期形態，據此亦可得見評點符號發展演化的大致情況[20]。儘管如此，二者所起到的功能卻都是相同的，據上引俞氏之言，也可以清楚地看出這一點。但值得注意的是，後世還有通過推崇此書之標抹，而貶抑後世之圈點者。如光緒戊戌年（1898）七月江蘇書局所刊刻的《古文關鍵》「凡例」云：

---

[18] 紀昀等《四庫全書總目》，北京：中華書局1997年版，第2618頁。

[19] 俞樾《古文關鍵・跋》，日本文化元年刻本。

[20] 後世評點本中的評點符號大致以圈為主，但也不儘然，此外亦有其他的符號，如小截、大截、橫截等，其中亦有與此處標抹塗劃相類似者。對此，可詳參閱明萬曆四十四年（1616）刊《新鍥翰林三狀元會選二十九子品釋評》、明天啟五年（1625）刊《諸子彙函》卷前凡例中所列出的評點符號。

> 古人讀書，凡綱目要領，多用丹、黃等筆抹出，非獨文字為然。後
> 人亂施圈點，作者之精神不出矣。東萊先生此編，家藏兩宋刻，刻
> 有先後，評語悉同，皆以抹筆為主，而疏密則殊。一本稍前者，每
> 篇抹不過數處，皆綱目關鍵；其稍後一本所抹較多，並及於句法之
> 佳者。[21]

無論是此本的抹，還是後世的圈點，它們都是評點符號，評家使用它們的
目的也都是為了標出讀者所應當注意的地方，示其以閱讀門徑，其功用都
是相同的，因而亦不必揚此而抑彼。

呂祖謙《古文關鍵》之後，受其影響，南宋時期又陸續出現了樓昉
《崇古文訣》、真德秀《文章正宗》及謝枋得《文章軌範》等一批評點選
本。這些評點著作在當時產生了較大的影響，其中尤其值得一提的是謝枋
得的《文章軌範》。《文章軌範》在評點方面有旁批、尾評等多種形式，
評點符號也有圈、點、抹、框數種，這都標誌著文學評點發展至此已經愈
加規範和成熟。由於謝枋得的批點極其細緻精審，乃至於成為後人所崇慕
的一種範式。如元人程端禮《讀書分年日程》就將謝氏批點韓愈文章之法
稱為「謝疊山批點」，言其「篇法、章法、句法、字法備見」，該書又引
《批點韓文凡例》，稱「廣疊山法」，即是在謝枋得圈點符號的基礎上加
以發展。此外，謝枋得亦曾批點過唐人詩歌，後為明代高棅所編《唐詩品
匯》引錄，《唐詩品匯》卷首「引用諸書」中，即注有「廣信謝枋得君直
《批唐絕句選》」，而征之文中絕句部分，可得謝疊山評語近五十則[22]。

經過以上諸家的文學評點實踐，評點作為一種文學批評形式，已經得
到了較快的發展，而這也為南宋末年評點大家劉辰翁的出現提供了必要
的準備。劉辰翁字會孟，號須溪，江西吉安人，南宋著名詞人，詩文俱
擅，曾任濂溪書院山長，生平著述頗豐，原有《須溪集》一百卷，明代
時已散佚，清人據《永樂大典》僅輯得十卷。其一生評點過大量的文學作
品，明人曾匯刻《劉須溪批評九種》，包括《班馬異同》三十五卷、《老
子》《莊子》《列子》上下卷、《世說新語》三卷、《李長吉歌詩》四
卷、《王摩詰詩》四卷、《杜工部詩》二十卷、《蘇東坡詩》二十五卷。
此外，題劉辰翁評點的現存刻本還有《古三墳》一卷（明刻本）《荀子》
二十卷（明刻本）、《列子沖虛真經》二卷（明刻本）、《越絕書》十五
卷（明嘉慶三十一年刻本）、《世說新語》八卷（明凌瀛初刻四色套印

---

[21] 呂祖謙《古文關鍵》，清光緒二十四年（1898）江蘇書局刻本。
[22] 參吳承學《評點之興——文學評點的形成和南宋的詩文評點》，載於《文學評論》
1995年第1期。

本）、《孟東野詩集》十卷（明凌濛初套印刻本）、《杜子美詩集》二十
卷（明刻本）、《須溪先生校點韋蘇州集》五卷（明朱墨套印刻本）、
《王荊公詩》五十卷（清綺齋1922年影印元本）、《湖山類稿》五卷、
《水雲集》一卷（知不足齋清乾隆三十年刻本）等。劉辰翁評點在明代影
響很大，深受明人的重視和推崇。如楊慎《升庵詩話》「劉須溪」條云：

> 廬陵劉辰翁會孟，號須溪，於唐人諸詩集及李杜蘇黃大家，皆有批
> 點。又有批評《三字口義》及《世說新語》，士林服其賞鑒之精
> 博。[23]

胡應麟《詩藪》云：

> 嚴羽卿之詩品，獨探玄珠；劉會孟之詩評，深會理窟；高廷禮之詩
> 選，精極權衡。三君皆具大力量、大識見，第自運俱未逮。[24]

又云：

> 南渡人才，遠非前宋之比，乃談詩獨冠古今。嚴羽卿崛起爐
> 余，……劉辰翁雖道越中庸，其玄見邃覽，往往絕人，自是教外別
> 傳，騷場巨目。[25]

胡震亨《唐音癸籤》又云：

> 宋人詩不如唐，詩話勝唐，南宋人及元人詩話，又勝宋初人。如嚴
> 之吟卷，劉之詩評，解會超矣。[26]

上引每每將劉須溪與嚴滄浪並舉，譽美、推崇之意不言而喻。

　　南宋時期形成的這種評點風氣，在元代和明代前期，雖然亦有評點
家和相應的評點著作出現[27]，但都沒有較大的飛躍和突破。至明代中葉以

23　楊慎《升庵詩話》，載丁福保輯《歷代詩話續編》中冊，北京：中華書局1983年
　　版，第887頁。
24　胡應麟《詩藪》，北京：中華書局1958年版，第184頁。
25　同上，第308頁。
26　胡震亨《唐音癸籤》，上海：上海古籍出版社1981年版，第143頁。
27　元代出現的評點本主要有方回《瀛奎律髓》、範梈批點《杜工部詩千家注》、劉履
　　《風雅翼》等。明代前期出現的評點本主要有顧璘《批點唐音》、楊慎批點《李杜

後，這種狀況則發生了根本性的改變。如果說在此之前文學評點還主要集中在詩文領域的話，那麼自明中葉以後，除了大量湧現的詩文評點本之外，小說、戲曲、詞曲等文體的評點亦逐漸繁盛了起來。如在小說方面，據譚帆先生研究發現，自最早的小說評點作品萬卷樓刊本《三國志通俗志演義》於萬曆十九年（1591）問世至萬曆末年，短短二十餘年的時間裡，小說評點本的出版數量就占到了自嘉靖以來小說出版總量的三分之一，由此則可見小說評點發展初期勃興之狀況。而這其中隨著李卓吾等文人自娛性賞評活動，以及作為書坊主的余象小說評點刊刻活動的開始，兩風互扇，則使得之後的小說評點發展進程變得更為迅速[28]。戲曲方面亦然，據《中國善本書目》記載，在明萬曆元年（1573）的時候，就已經出現了種德堂熊成治所刊《重訂元本評林點板琵琶記》。之後又有少山堂刊本《西廂記》（萬曆七年）和徐士範刊本《重刻元本題評音釋西廂記》（萬曆八年）問世。後來隨著李卓吾涉足戲曲評點領域，戲曲評點的影響遂益加擴大，其發展也益為興盛。據朱萬曙先生所列出的《明代戲曲評點本存本目錄（初編）》來看，僅現存的明代戲曲評點版本就有一百五十六種[29]，由此可見當時戲曲評點繁盛景況之一斑。而詞曲方面，這一時期也出現了不少評點本，且其中還不乏匯評、集評刻本，如題李廷機評《新刻注釋草堂詩余評林》[30]、楊慎輯《百琲明珠》[31]以及題吳從先輯《新刻李于麟先生批評注釋草堂詩餘雋》[32]等。

關於這一時期文學評點的興盛狀況，我們還可以從當時的評點家這一角度來加以審視。對此，孫琴安先生《中國評點文學史》這樣描述到：

> 從萬曆中期到明末這一段時期，幾乎所有的一些有知名度的作家都有評點文學方面的著作，即使一些不知名的作家或身居要位的顯赫人物，也熱衷此道。我們對這時期的作家無論怎樣隨便排列和亂

詩選》等，評點家有還有歸有光、唐順之、王慎中、茅坤、王鏊、王維禎、董份、何孟春等人。參孫琴安《中國評點文學史》，上海：上海社會科學院出版社1999年版，第89-94頁。

28 以上參譚帆《中國小說評點研究》，上海：華東師範大學出版社2001年版，第14-20頁。另據譚帆先生統計，自最早的小說評點本出現至明末這段時間裡，出版的小說評點本達62種，於此亦可見當時小說評點之繁盛。見譚帆《中國小說評點研究·小說評點編年敘錄》，北京：華東師範大學出版社2001年版，第169-214頁。

29 參朱萬曙《明代戲曲評點研究》，合肥：安徽教育出版社2002年版，第18-30頁、第308-313頁。

30 李廷機評《新刻注釋草堂詩余評林》，明萬曆23年（1595）宗文書堂刻本。

31 楊慎輯《百琲明珠》，明萬曆41年（1613）刻本。

32 吳從先輯《新刻李于麟先生批評注釋草堂詩餘雋》，明萬曆47年（1619）師儉堂刻本。

> 點，都與評點文學有關。……據不完全統計，當時有一定影響和名
> 氣的文學評點家，至少在百人以上。[33]

大量文學評點著作的刊刻問世，大批名家文人評點的實踐和參與，共同使
得這種批評形式在明代中葉以後得到了前所未有的發展。而作為明代詩歌
評點重要一脈的《楚辭》評點，也正是在這種環境的影響下得以萌生，並
伴隨著文學評點的這一發展過程正式走上了它自身的發展歷程。

二、明代萬曆以前之《楚辭》評點

在明代之前，南宋時期樓昉的評點選本《崇古文訣》就選錄了屈原
的部分作品，可以說是已經開啟了《楚辭》評點的先聲。樓昉字暘叔，
號迂齋，鄞縣人，紹熙四年（1193）進士，曆官守興化軍，卒追贈直龍
圖閣[34]。樓昉曾受業於呂祖謙，其《崇古文訣》也是在呂祖謙《古文關
鍵》的影響下編成的，故陳振孫《直齋書錄解題》稱其：「大略如呂氏
《關鍵》，而所取自史漢而下至於本朝，篇目增多，發明尤精當，學者便
之。」[35]《四庫全書總目》亦云其：「篇目較備，繁簡得中，尤有裨於學
者。蓋昉受業於呂祖謙，故因其師說，推闡加密。」[36]

該書凡三十五卷[37]，自秦漢以下至宋代，共選錄古文二百餘篇。其
中屬於《楚辭》者，見卷一「先秦文」，依次有〈卜居〉、〈漁父〉以
及〈九歌〉中的〈東皇太一〉、〈雲中君〉、〈湘君〉、〈湘夫人〉、
〈大司命〉、〈少司命〉、〈東君〉、〈河伯〉、〈山鬼〉諸篇[38]，〈卜
居〉、〈漁父〉、〈九歌〉題下，分別署「屈平」著。該書的評點形式較
為單一，樓昉評語皆僅見於各篇文章的篇題之下，內容多論及每篇文章的

---

[33] 孫琴安《中國評點文學史》，上海：上海社會科學院出版社1999年版，第107-108頁。

[34] 參紀昀等《四庫全書總目》，北京：中華書局1997年版，第2618頁。

[35] 陳振孫《直齋書錄解題》，上海：上海古籍出版社1987年版，第452頁。

[36] 紀昀等《四庫全書總目》，北京：中華書局1997年版，第2619頁。

[37] 陳振孫《直齋書錄解題》稱該書為五卷，四庫館臣辨之云：「《崇古文訣》三十五
卷，……惟《書錄解題》作五卷，《文獻通考》亦同，篇帙多寡迥異，疑傳寫者誤
脫『三十』二字也。」（紀昀等《四庫全書總目》，北京：中華書局1997年版，第
2618-2619頁。）另張智華《〈崇古文訣〉三種版本系統》一文認為，《崇古文訣》
樓昉曾編有五卷本、二十卷本及三十五卷本三種。載於《文獻》2001年第3期。

[38] 關於該書的選文標準，樓昉未作說明，故其於〈九歌〉僅取前九篇，而舍去〈國
殤〉、〈禮魂〉之原因，則不得而知。或是其欲與「九」之數相合，如此則不免失
之偏固。另，該書將屈原作品列於李斯〈上秦皇逐客書〉之後，亦不知何故，似有
違體例。

主旨、行文風格、寫作手法等，具有「解題」性質。如果從評語內容的角度來看的話，這大致又類似於後世評點本中的卷（篇）末總評，只不過樓昉評語的位置沒有出現在卷（篇）末而已。其中所選屈原的這十一篇作品中，每篇篇題下各有一條評語，共計十一條。經過考察，就持論內容來看，這些評語實際上全是本朱熹《楚辭集注》而來，其中或是大致由《楚辭集注》轉錄而成，或是以《楚辭集注》為依據又進行重新闡說，看似有別，實則相同。總體而言，樓昉並無多大發明。如〈東皇太一〉篇云：「太一天之貴神，祠在楚東，故曰『東皇』。此篇蓋言己至誠盡禮以事神，願神之欣悅安寧，以寄人臣竭力盡忠、愛君不已之意。」[39]〈雲中君〉篇云：「雲中君謂雲神也，《前漢・郊祀志》言『漢武帝置壽宮神君』，亦此類。言神降而與神接，故既去而人思之不忘，因以寄臣子慕君之意。」〈湘君〉篇云：「湘君謂堯長女娥皇，為舜正妃。舜巡狩崩於蒼梧，二妃遂死於江、湘之間。此篇情意曲折尤多，皆以陰寓忠愛慕君之意也。」〈大司命〉篇云：「《周禮・大宗伯》『祀司命』疏云：『三台，上臺曰司命。』又，文昌第四宮，亦曰『司命』，故有兩司命。原非徼福於司命也，所謂順受其正者。」〈少司命〉又云：「末章蓋言神能驅除邪惡，擁護良善，宜為下民之所取正，則與前篇意合。」以上所引，皆能從《楚辭集注》中找到基本完全相同的說法[40]。

重新改寫而內容實同者，如〈卜居〉篇樓昉云：「屈原陽為不知善惡之所在，假託蓍龜以決之，非果未能審於所向而求之神也。居謂立身所安之地，非宮室之居也。」此條實是本朱熹〈卜居〉篇小序而來，朱序作：「屈原哀憫當世之人，習安邪佞，違背正直，故陽為不知二者之是非可否，而將假蓍龜以決之，遂為此詞。發其取捨之端，以警世俗。說者乃謂原實未能無疑於此，而始將問諸蜀人，則亦誤矣。」[41]又如，〈漁父〉篇樓昉云：「漁父蓋古巢由之流、荷蕢丈人之屬，或曰：『亦原托之也』。」朱熹則曰：「漁父蓋亦當時隱遁之士，或曰：『亦原之設詞耳』。」[42]「巢由之流」、「荷蕢丈人之屬」，皆為古代「隱遁之士」，由此可見樓昉所論，又實雷同於《楚辭集注》。再如，〈山鬼〉篇樓昉曰：「此篇反覆曲折言己始以志行之潔、才能之高，見珍愛於懷王；己亦

---

[39] 樓昉《崇古文訣》，上海：上海古籍出版社1993年版，46頁。以下所引該書，皆出於此，不一一注明。

[40] 相似說法於朱熹《楚辭集注》，分別見第31頁、第32頁、第35頁、第39頁、第41頁，上海：上海古籍出版社1979年版。

[41] 同上，第113頁。

[42] 同上，第116頁。

愛慕懷王，納忠效善，而終困於讒，不能使之開寤；君雖未忍遽忘，卒為
所蔽，而已之拳拳終不忘君也。」朱熹此篇解題則作：「今按，此篇文義
最為明白，……則言其被服之芳者，自明其志行之潔也；言其容色之美
者，自見其才能之高也；子慕予之善窈窕者，言懷王之始珍己也；折芳馨
而遺所思者，言持善道而效之君也；處幽篁而不見天，路險艱又晝晦者，
言見棄遠而遭障蔽也；欲留靈修而卒不至者，言未有以致君之寤而俗之改
也；知公子之思我而然疑作者，又知君之初未忘我，而卒困於讒也；至於
思公子而徒離憂，則窮極愁怨，而終不能忘君臣之義也。」[43]如將二者對
照來讀的話，可以發現儘管二者詳略有別，但內容卻仍是一一相對應的。

　　如果說以上樓昉皆未言其評語出處的話，在〈河伯〉篇他則對轉引作
了明確的說明，文曰：「晦翁云：『巫與河伯既相別矣，而波猶來迎，魚
猶來送，眷眷之無已也，屈原豈至是而始歎君恩之薄乎？」此條在《楚辭
集注》見於「波滔滔兮來迎，魚鱗鱗兮媵予」句下[44]。樓昉對於〈河伯〉
篇題下的這條評語如此處理，是欲以此來涵蓋其餘，還是由於朱熹此語本
已無可附加，只有照錄於此，內中因由，已無從考實。但是這種將《楚
辭》經典注本中的話語引入評點本變為評語的做法，卻對明代早期的《楚
辭》評點產生了重要的影響，如在馮紹祖校刊《楚辭章句》（明萬曆十四
年，1586）中，就存在著大量的《楚辭補注》、《楚辭集注》中的內容，
並且這種對於前世《楚辭》注本大量承襲的做法，在明代《楚辭》評點發
展初期的各個評點本中均有所體現，從某種意義上而言，這與樓昉《崇古
文訣》的影響是有著一定關係的。

　　自樓昉《崇古文訣》之後到明代萬曆以前的這段時間裡，《楚辭》
評點的發展較為沉寂，據筆者目前所掌握的材料來看，這一時期還沒有
嚴格意義上的《楚辭》評點本刊刻問世[45]。但值得注意的是，筆者在翻閱
這一時期相關《楚辭》版本的過程中，發現在明正德十六年（1521）所刊
的《楚辭旁注》中已經有了眉批的形式。《楚辭旁注》八卷，馮惟訥校
刊[46]，該本正文篇目次序全同朱熹《楚辭集注》，但不錄朱序與注文，眉

43　同上，第45-46頁。

44　同上，第44頁。

45　筆者在北京國家圖書館、北京大學圖書館、中國科學院圖書館、北京師範大學圖書
　　館、中國人民大學圖書館、清華大學圖書館、上海圖書館、復旦大學圖書館、華東
　　師範大學圖書館、浙江省圖書館、浙江大學圖書館、山東省圖書館、天津市圖書館
　　等十七處古籍收藏機構查閱《楚辭》版本一百二十餘種，沒有發現在這一階段曾經
　　刊刻過《楚辭》評點本的線索。

46　此本北京國家圖書館有藏，二冊。山東省圖書館亦有藏，但僅存五卷：卷一至卷
　　四及附錄〈屈原傳〉一卷，卷三又配明抄本。馮惟訥字汝言，臨朐人，嘉靖戊戌
　　進士，官至江西左布政使，加光祿寺卿致仕，事蹟附見《明史·馮琦傳》。曾輯有

間多有文字，內容皆及音釋，而非評語。其注音主要包括同音相訓和反切兩種方式，如《九歌‧東皇太一》「撫長劍兮玉珥，璆鏘鳴兮琳琅」句眉上，該本云：「琳音林，琅音郎」。《九歌‧雲中君》「靈皇皇兮既降」句眉上，該本云：「降葉胡攻反」。《九歌‧湘君》「橫流涕兮潺湲」句眉上，該本又云：「潺仕連反」。該本眉間所錄皆如以上所列，對此不再贅引。關於這些注音，崔富章先生認為是馮惟訥所為[47]，但筆者比對後發現，這些注音全同於朱熹《楚辭集注》，因而應當是由馮惟訥從《楚辭集注》中轉抄至此。就該本來看，雖然它還不是以《楚辭》評點本的面貌出現在人們面前，但是這種將評點本中的品評形式用來作為注音方式的做法，卻應當是受到了文學評點的某種啟示和影響的，從這個角度上講，通過它，我們至少可以瞭解到文學評點在這一時期所產生影響的大致情況。同時，該本的這種注音方式，在之後出現的早期《楚辭》評點本中依然可以見到，這似乎又能說明二者之間所存在的某種聯繫。

綜上所述，從總體上來看，這一時期應當是屬於《楚辭》評點的初步醞釀階段，在這一階段，雖然已經出現了樓昉對於《楚辭》部分作品進行評點的嘗試性實踐，以及《楚辭》版本中眉批形式的出現，但這還都不夠成熟，還不足以催生出第一個嚴格意義上的《楚辭》評點本的問世。後來一直到了萬曆年間，才使這種情況最終得到了改變。

三、明代萬曆間之《楚辭》評點

就現有資料來看，明萬曆間第一種《楚辭》評點本出現在萬曆十四年（1586），在這一年馮紹祖重新校刊出版了王逸的《楚辭章句》，而就是在這個重新校刊的過程中，馮紹祖採用了評點這種批評形式。馮紹祖校刊《楚辭章句》，主要做了五個方面的工作，這在其「觀妙齋重校楚辭章句議例」中有所說明。茲將「議例」轉引如下：

> 第一印古
> 　　《楚辭》先輩稱王逸本最古，蓋去楚未遠，古文不甚流濫脫軼耳。後人人各以意擅易，若晦翁所次〈九辯〉諸章，固自紛圇，要非古人之舊矣。今一意存古，故斷以王氏本為正。

《古詩紀》一百五十六卷，有文名。參紀昀等《四庫全書總目》「《古詩紀》」條，北京：中華書局1997年版，第2644頁。

[47] 見崔富章《楚辭書目五種續編》，上海：上海古籍出版社1993年版，第78頁。

第二銓故

《楚辭》解當漢孝武時，已令淮南王安通其義矣。惜乎言湮世遠，今不復存。東漢王逸匯其故為《章句》，蓋其詳哉！至宋洪興祖、朱晦翁，俱有補注，總之不離王氏者居多，茲顓主王氏《章句》。洪、朱兩家，間有裨益處，為標其概於端，俾讀者得以詳考，亦毋混王氏之舊焉。

第三遴篇

《楚辭》編於劉子政者十六卷，《章句》於王叔師者十七卷。至唐宋而下，互有編次。而《楚辭後語》，則朱子仍晁無咎氏之故云。今主《章句》，則仍《章句》，即莫贍《後語》不論矣。

第四核評

《楚辭》評，先輩鮮成集。即抽緒論，亦咸散漫。茲悉發家乘，若張氏《楚范》、陳氏《楚辭》、洪氏《隨筆》、楊氏《丹鉛》、王氏《卮言》等集，一一搜載。而先王父小海公間有手澤，隨列之。要以佐《章句》及洪、朱二氏所不逮。如世所譏，優場博戲，觀者亦與寓焉。固用修澀觴，抑似續鳧不取也。

第五譯響

屈、宋楚材，故音多楚，而間韻語，亦必尋聲。《章句》弗詳考，欲一通其響難。茲取洪、朱二氏者謂為□繹焉，務宣其音響而已。至與他本相證，若一作某某云者，節之並從大文，為治古文者要刪焉。[48]

「議例」五則之中，「第四核評」是專門就評點而言的。針對「《楚辭》評，先輩鮮成集」的事實，馮紹祖「悉發家乘」，廣搜博征，可謂用力甚勤。除此之外，儘管馮紹祖「一意存古」，「斷以王氏本為正」，但洪興祖、朱熹二家注中，各有「裨益」之處，馮紹祖亦予以擇取，並「標其概於端」。這裡的「端」指的是眉端的意思，而「標其概於端」，則是說馮紹祖在擇取洪、朱二家注的過程中，對有些材料作了刪節與改動，之所以如此，則主要是受限於眉端空間狹小的緣故[49]。但值得注意的是，馮紹祖在「核評」列舉完諸家評之後，又稱「要以佐《章句》及洪、朱二氏所不逮」，這實際上又暗示出馮紹祖「注評合一」的意識。非但如此，以諸家評佐三家注「所不逮」，顯然諸家評在該本中的位置是次於三家注的。另

---

[48] 見馮紹祖校刊《楚辭章句》卷前附錄，明萬曆十四年（1586）觀妙齋刻本。
[49] 該本所引洪興祖、朱熹二注，出現在卷首所列「《楚辭》總評」、眉間及卷末者均有，馮紹祖在這裡言「標其概於端」，是以眉間所錄者最多，舉一以括其餘。

外，佐《章句》所不逮者，還有音韻。《楚辭》之音多楚，而「《章句》弗詳考」，故而僅以《章句》為據的話，欲「一通其響」者猶難，針對這一事實，馮紹祖又「取洪、朱二氏者謂為口繹焉」，以「宣其音響」。由此來看，作為明代出現較早的《楚辭》評點本刊刻者的馮紹祖，其對於評點的認識可以說還是不夠深刻和成熟的，而這種認識反映到其書中，呈現出的便是這種「以注為主」、「注評合一」的格局。

　　如以該書所載為例進行具體分析的話，則能更好地說明這一點。該書在文中所採用的評點形式主要有總評、眉批、旁批及卷末評四種。其中所引洪、朱二注，在以上四種形式中均可以見到，比如旁批在該本僅見於〈離騷〉篇，全是朱熹以賦比興論《騷》的內容，所選洪、朱二注中的音釋，皆見於該本的眉批部分，其他所引則分散於總評、眉批及卷末評中。而後者的內容又多集中在對於《楚辭》字詞、語句、行文脈絡以及文章旨意等方面的闡說和揭示上。就數量而言，該本所引洪、朱二注，則可以占到該本所引評家全部內容的二分之一。同時，《楚辭補注》、《楚辭集注》之外，該本又雜選自西漢劉安以下至明代王世貞、劉鳳等四十二家論評之詞。而在這些評家的論述內容中，有些也帶有較濃厚的訓釋色彩[50]。

　　馮紹祖校刊《楚辭章句》所體現出來的這種「注評合一」的傾向，實際上是文學評點發展初期所具有的普遍現象。如在戲曲評點領域，明萬曆八年（1580）問世的徐士範刊《重刻元本題評音釋西廂記》，是現存較早的戲曲評點本，該本的評點形態即是以釋義為主，兼插題評，朱萬曙先生將這種評點形態稱作是「釋義兼評」型[51]。而小說評點領域亦然，就現有資料而言，小說評點的最早作品是明萬曆十九年（1591）萬卷樓刊本《三國志通俗演義》，雖然此本已經初步具備了評論的性質，但是仍以釋義

---

[50] 所引他家帶有訓釋色彩者，略舉幾例如下：《九歌・湘君》「駕飛龍兮北征」句眉上引張鳳翼云：「『駕飛龍』以下指湘君而言，想望之詞也。舊注以為屈原自敘，疑誤。」文中「舊注」，指的是王逸《楚辭章句》。〈天問〉「東流不溢，孰知其故」句眉上，引楊慎云：「『東流不溢，孰知其故？』劉子之對、朱子之注，大抵以歸墟為說。余謂水由氣而生，亦由氣而滅。今以氣噓物則得水，又以氣吹水則即乾。由一滴可知其大也，歸墟尾閭是水之大，窮盡氣之大升降處。」又如，《九章・涉江》「哀南夷之莫吾知兮」句眉上，引王應麟云：「屈原楚人而曰『哀南夷之莫吾知』，是以楚俗為夷也。陰邪之類，讒害君子，變於夷矣。」再如，〈九章〉卷末引張之象曰：「長篇長句如《九章・惜往日》篇：自『惜往日之曾信兮』至『身幽隱而備之』二十二句為一韻；自『臨沅湘之雲淵兮』至『因縞素而哭之』二十四句為一韻；自『前世之嫉賢兮』至『惜廱君之不識』二十句為一韻；一篇止更三四韻而已。」又曰：「中句如《九章・涉江》之『亂』及〈橘頌〉全篇，率皆四句為一韻，其餘損益間亦有之。」馮紹祖校刊《楚辭章句》，明萬曆十四年（1586）刻本。

[51] 朱萬曙《明代戲曲評點研究》，合肥：安徽教育出版社2002年版，第19頁。

為主，如該本正文中標有的批註形式主要有《釋義》、《補遺》、《考證》、《音釋》、《論曰》、《補注》、《斷論》等數種[52]。

之所以出現這種現象，筆者認為應主要從以下方面來考慮：在文學評點發展初期，由於文人尤其是在當時文壇頗有影響的名人還沒有真正投入到評點這種活動中來，從而造成時賢名家評點材料的缺位，在這種情況下，刊刻者基於讀者閱讀和市場銷路方面的考慮，儘管已經引入了評點形式，卻苦於無所依傍，而主要只能做一些訓釋字音、疏通文義方面的工作。就馮紹祖本《楚辭章句》而言，其引入洪、朱二注，就是基於「俾讀者得以詳考」的考慮，當然馮本中也大量引入了前代諸家的評《騷》之語，這是因為《楚辭》自問世之後已經經歷了一千多年的學術積累，有著較多的評論材料可資借鑒，而作為明代較早出現的一種評點本，對於前代評論的擇取也即在情理之中，而這也正好從側面反映了馮紹祖在校刊《楚辭章句》的時候，可供選取的「當代」文人評點的材料相對較少[53]。因此，對於文學評點的發展而言，最關鍵的就是文人評點實踐的參與，而事實也證明，文人特別是名家無功利性、自娛性賞鑒活動的開展，直接刺激的就是相關評點內容的刊刻印行，而書坊主與評點者相互配合的這種雙贏活動，則使得文學評點的發展日益興盛。

就《楚辭》評點而言，據現有資料來看，在馮紹祖校刊《楚辭章句》刊行之前，已經有文人開始了關於《楚辭》的評點活動，目前可以確考的至少有兩位，即馮覲和陳深，後來他們的相關評語被馮紹祖擇取收入。馮紹祖云：「茲悉發家乘，若張氏《楚范》、陳氏《楚辭》、洪氏《隨筆》、楊氏《丹鉛》、王氏《卮言》等集，一一搜載。而先王父小海公間有手澤，隨列之。」這裡的「先王父小海公」指的就是馮覲。馮覲字晉叔，號小海，嘉靖二十三年進士，官至廣東按察副使，有《小海存稿》等。據馮紹祖「先王父小海公間有手澤」云云，可知其曾經批點過《楚辭》。值得注意的是，馮覲作為一位評點家，除《楚辭》之外，還曾批點過《商子》。上海圖書館藏有明刻本《商子》五卷，題「秦商君公孫鞅著」、「明錢塘馮覲晉叔點評」。該書卷首有馮覲《點評商子序》，署「嘉靖己未重九日小海道人馮覲書於聯桂堂」[54]，由此可知，馮覲在嘉靖三十八年（1559）就已經將《商子》「點評」完畢了。而這也從側面為馮覲曾經批點過《楚辭》提供了可以信服的佐證。今核馮本《楚辭章句》，

52　譚帆《中國小說評點研究》，上海：華東師範大學出版社2001年版，第15頁。
53　馮紹祖本《楚辭章句》共徵引歷代評家共四十四人，其中屬於明代者僅有十三人，所選評語也多是馮紹祖從其作品集中抽出。
54　馮覲評點《商子》，明嘉靖三十八年（1559）刻本。

共得馮觀評語十一條。

陳深，字子淵，長興人，嘉靖乙酉（1525）舉人，官至雷州府推官[55]。上引馮紹祖所言「陳氏《楚辭》」，筆者以為「陳氏」指的就是陳深，而「《楚辭》」，應當是指陳深所刊或所選的一個《楚辭》版本，在這個本子中，陳深收入了自己的評語。之所以這樣認為，筆者主要是基於以下考慮：其一，核馮紹祖本《楚辭章句》，在所引諸家中，「陳氏」只有陳深與陳傳良[56]二人，而檢核歷代書目，並未發現陳傳良有相關的《楚辭》著作。另外，陳傳良評語在馮本中僅有一條，見於該本卷首「《楚辭》總評」。如果「陳氏」指的是陳傳良的話，單就所引數量而言，馮紹祖也不可能將其與洪邁（洪氏）、楊慎（楊氏）、張之象（張氏）、王世貞（王氏）等人並列起來，特為標顯。馮紹祖將此數人單獨標舉，除了他們有較高的文學名望，馮紹祖欲借其為該書添彩之外，還有一點就是馮紹祖都多次引用了他們的評語，如全書共徵引張之象七次、洪邁四次、楊慎五次、王世貞十次。而陳深就不一樣了，核馮本《楚辭章句》，可得陳深評語八條，這與以上四家的徵引數量大致是一致的。

其二，雖然在歷代書目中亦檢索不到陳深有相關《楚辭》著作的信息，但陳深曾輯有評點選本《諸子品節》五十卷[57]，其中包括屈原、宋玉的作品三卷[58]，並且這些作品中的眉批，多與馮本所載陳深評語相合。據此判斷，《諸子品節》所載評點，當是陳深所為。另外，明萬曆二十八年凌毓枏曾校刊朱墨套印本《楚辭》十七卷，題「陳深批點」，文中所收陳深批語達二十三條，將近是馮本所收數量的三倍。凌氏此本本為集評本，但文中卻獨標以「陳深批點」，對此，王重民先生以為「蓋深為凌氏鄉人，故特尊之耳。」[59]此論雖然有一定的道理，但筆者以為似仍未抓住問題根本之所在。問題的關鍵在於，陳深在之前確實著力批點過《楚辭》，並且筆者認為其批點本應當在社會上有所流傳，並且產生了較大的影響，後來馮紹祖校刊《楚辭章句》時選錄其評語，應該說就是一個有力的證據。後五年，陳深輯本《諸子品節》刊行，其中又收入了陳深《楚辭》評

---

[55] 參紀昀等《四庫全書總目》，北京：中華書局1997年版，第287頁。

[56] 陳傳良，里安人，乾道中進士。為中書舍人，後官至寶謨閣待制，卒諡文節。與張栻、呂祖謙為友，文擅當時。所著有《詩解詁》、《周禮說》、《春秋後傳》、《左氏章旨》，學者稱止齋先生。參李賢《明一統志》，《影印文淵閣四庫全書》，上海：上海古籍出版社1987年版。

[57] 陳深輯《諸子品節》五十卷，明萬曆十九年（1591）刊，首有陳深《諸子品節序》。《四庫全書存目叢書》收入，系影印遼寧大學圖書館藏本。

[58] 《諸子品節》所收《楚辭》篇目有〈離騷經〉、〈九歌〉、〈天問〉、〈九章〉、〈遠遊〉、〈卜居〉、〈漁父〉、〈九辯〉、《招魂》、《大招》。

[59] 王重民《中國善本書提要》，上海：上海古籍出版社1983版，第489頁。

點的部分內容。這樣又經過了十幾年，至凌毓柟刊刻套印本《楚辭》的時候，陳深批點《楚辭》在社會上已經產生了較為廣泛的影響，為了擴大銷路，凌氏就以「陳深批點」作為標榜。而這種借名人評點促銷的手段，也是書坊主在文學評點本刊刻過程中經常採用的方式。另外，陳深還曾著有《秭歸外志》[60]，但此書已亡佚，諸家書目中也沒有相關的介紹。明萬曆四十八年閔齊伋校刊套印本《楚辭》引有其中的一條材料，文云：「〈離騷經〉凡字二千四百九十[61]，可謂肆矣。然氣如纖流，迅而不滯，詞如繁露，貫而不糅，故曰騷人之情深。君子樂之，不懕其長，漢氏猶步趨也，魏晉而下扈焉，瀰焉，浩矣，博矣，忘其祖矣。」[62]《秭歸外志》中的這條材料，馮紹祖校刊《楚辭章句》和「陳深批點」本《楚辭》亦錄，但均作「陳深曰」，而未言《秭歸外志》。另外，閔齊伋本〈七諫〉文首眉間還有一條材料值得注意，文云：「〈七諫〉、〈九懷〉、〈九歎〉、〈九思〉，《秭歸外志》不錄，□蓋以宋玉賦十篇。」[63]據此來判斷，《秭歸外志》似應收錄了屈原的作品，以及陳深的評點。「秭歸」，據稱為屈原故鄉[64]，陳深以此為名，其用意或即在此。但問題的關鍵在於，《秭歸外志》究竟是怎麼樣的一種書，由於材料所限，對此似已無從考實。但無論如何，《秭歸外志》至少能證明陳深對於屈原及其作品有著濃厚的興趣，並進行過相關的研究和編纂活動，而這也為陳深批點《楚辭》提供了可以信服的前提和可能性。

　　馮覲、陳深均曾評點過《楚辭》，其評語後來也都被馮紹祖收錄，就筆者目前掌握的材料來看，馮紹祖對於陳深批語的引錄應當是選引而非全錄，因為後世所出的《楚辭》評點本對於陳深評語，較之馮紹祖本而言，則又有了進一步的增益。就馮紹祖所引二人評語來看，雖然有些也是著眼於以疏解屈賦為目的來立言[65]，有些在持論上甚至與傳統儒家的詩教文藝

---

[60] 《千頃堂書目》、《長興縣誌》有著錄。黃虞稷《千頃堂書目》，上海：上海古籍出版社1990年版，第194頁。邵同珩、孫德祖增補重校《長興縣誌》，《中國地方誌集成》本，上海：上海書店出版社1993年版，第632頁。

[61] 「〈離騷經〉凡字二千四百九十」一句，馮紹祖校刊《楚辭章句》、凌毓柟校刊本《楚辭》皆作「〈離騷經〉凡二千四百九十二字」。馮紹祖校刊《楚辭章句》，明萬曆十四年（1586）刻本。凌毓柟校刊本《楚辭》，明萬曆二十八年（1600）刻本。

[62] 見閔齊伋本〈離騷〉篇末總評。閔齊伋校刊套印本《楚辭》，明萬曆四十八年（1620）刻本。

[63] 閔齊伋校刊套印本《楚辭》，明萬曆四十八年（1620）刻本。

[64] 《後漢書·孝和孝殤帝紀》「閏月賑貸敦煌、張掖、五原民，下貧者穀，戊辰，秭歸山崩」句注云：「秭歸，縣，屬南郡，古之夔國，今歸州也。袁山松曰：『屈原此縣人，既被流放，忽然暫歸，其姊亦來，因名其地為秭歸。』」范曄《後漢書》，北京：中華書局1965年版，第187頁。

[65] 此類如〈離騷〉「飄風屯其相離兮，帥雲霓而來禦」句眉上，馮本引陳深云：「經

觀念也頗為相合[66]，但除此之外，馮、陳二人已能較多地關注於屈賦的藝術特色，其相關論述也顯得頗具特色，並時能予人以耳目一新之感[67]。這些內容與王世貞等人的評語結合起來，就共同構成了馮紹祖校刊《楚辭章句》中的文學批評部分，這也正是馮本作為一種《楚辭》評點本所最應該重視、也是最具價值的一部分。因此，馮紹祖本《楚辭章句》作為明代較早出現的一種評點本，雖然與同時期的其他評點本一樣，表現出較濃厚的注釋色彩，但其「評」卻是頗有特色，應該予以肯定的，就此而言，如以同時期的評點狀況為參照的話，馮本能做到這一點，應該說是難能可貴的。而這要歸功於該本的校刊者馮紹祖，馮氏在所作〈楚辭序〉中稱自己「譊譊慕《騷》」，「讀『傷靈修』、『從彭咸』語，見謂庶幾〈穀風〉、〈白華〉之什，而哀怨過之。觀〈哀郢〉、〈懷沙〉，則忿懟濁世，湛沒清流，以世無屈子忠也者，而屈子遇；無屈子遇而屈子忠也者，心悲之」！可謂對屈子有著極深切的瞭解與同情，由此校刊該書，也就做得極為用心、極其細緻，這與單純意義上的書商刻書行為是有很大區別的。

綜上所述，馮紹祖校刊《楚辭章句》在整個《楚辭》評點史上是值得我們去劃上濃重一筆的。它的問世，不僅真正開啟了《楚辭》評點的歷程，同時其作為明代較早的《楚辭》評點本，一開始就基本上實現了文人評點（馮覲、陳深）與校刊者（馮紹祖）的完美結合，這對於後世的《楚

涉山川，役使百神，望舒、飛廉、鸞鳳、雷師、飄風、雲霓，皆言神靈為之擁護服役，以見儀衛之盛。」又如〈天問〉篇末，馮本引馮覲詮解〈天問〉旨意之詞，文云：「屈大夫作忠造怨，正志離憂，是以觸目激衷，無之焉而不為憤懣。若曰：此莫非天地之生物，而胡其順逆、得喪、大小、眾寡之不齊？若是，蓋陰寓其中不見報之意。此〈天問〉之所以作也。說者乃謂其怪妄不根，而或複摭實以為對。嗟夫！是皆烏識屈大夫之離憂？屈大夫而無離憂也者，奚事問？亦奚事對哉？」馮紹祖校刊《楚辭章句》，明萬曆十四年（1586）刻本。

[66] 此類如〈離騷〉「荃不察余之中情兮，反信讒以齌怒」眉上，馮本引馮覲曰：「歷敘至此，方說出被讒，何婉而切也！然於荃略無怨言，又見其怨誹而不亂矣。」〈九辯〉篇末，馮本引陳深云：「屈氏而後，宋玉其善鳴者也。〈九辯〉深悽眇忱，〈招魂〉爛然列肆。談歡則神貽心動，心懼則縮頸咋舌，數味則讒口津津。情見乎辭，盡態極妍，雖然猶有未盡也。纖濃則純白不載，泂嫚則遠於世教，屈氏之風微矣！然其竭情奉愛，與〈大招〉皆振振有儒者之詞焉。」馮紹祖校刊《楚辭章句》，明萬曆十四年（1586）刻本。

[67] 此類如〈離騷〉篇末，馮本引馮覲云：「〈離騷經〉斷如複斷，亂如複亂，而綿邈曲折，讀者莫得尋其聲，而繹其緒，又未嘗斷，未嘗亂也。至其才情豔發，則龍矯鴻逸；志意悱惻，則啼猩嘯鬼，濃至慘黷，並臻其妙。蓋由獨創，自異規仿耳。」〈九歌〉卷末，又引陳深云：「沅湘之間，其俗上鬼，祭祀則令巫覡作樂諧舞，歌吹為容，其事陋矣。自原為之，緣之以幽眇，涵之以情深，琅然笙鉋，遂可登於俎豆。若曰：淫沔於嫚，而少純白不備，為屈子病，則是崇崗責其平土，激水使之安流也。固矣！」馮紹祖校刊《楚辭章句》，明萬曆十四年（1586）刻本。

辭》評點本而言，在某種意義上是起到了較好的榜樣作用的。而這一趨向至明天啟年間蔣之翹評校《楚辭集註》（《七十二家評楚辭》）時，則將之進一步發揮到了極致。

馮紹祖校刊《楚辭章句》問世之後，由於其校刻精審，收羅豐富，因而在社會上產生了很大的影響，乃至於次年（萬曆十五年，1587）就出現了書坊改刻本，並變易名號為「楚辭句解評林」，不過改易後的這一名稱與馮本作為《楚辭》集評本的性質倒是更相符合。該本將黃汝亨、馮紹祖二序之署年由「丙戌」改作「丁亥」，版式、行款亦做了變動，而題署、所收內容均全同馮紹祖本。該本之後，又有所謂金陵益軒唐氏「新刻釐正離騷楚辭評林」、金陵王少塘「新刻評注離騷楚辭百家評林」以及三樂齋、本立堂「楚辭箋注」等，亦皆是坊間重印之例。另外，萬曆四十四年（1616）問世的題焦竑輯《二十九子品匯釋評》，其中《屈子》一卷所錄評點，大多也是由馮本轉錄而成的。但值得注意的是，該本輯刊者將馮本中的評語轉錄過來之後，有的又改易名號，而偽託於張之象、王世貞、張鳳翼等時賢名下，從而顯露出該本成於坊賈之手的痕跡。

馮紹祖校刊《楚辭章句》之後，繼之而起的又一《楚辭》評點本是刊刻於萬曆二十八年（1600）的凌毓柟校刊朱墨套印本《楚辭》。該本正文十七卷、附錄一卷，題「王逸敘次，陳深批點」，全書皆白文，眉間錄評，題「某某曰」，形式同馮紹祖本。亦有旁批，皆為校正之語。此本雖題「陳深批點」，但亦是一集評刻本，而就其中所收評家與評點內容來看，該本實是以馮紹祖本《楚辭章句》為基礎再加增益而成。為了能更清楚地說明二本之間的關係，特將二本所引評家列表如下（「○」為有，空白為無）：

所引評家	馮紹祖校刊本《楚辭章句》	凌毓柟校刊朱墨套印本《楚辭》
揚雄	○	
曹丕	○	
沈約	○	
庾信	○	
劉勰	○	
劉知幾	○	○
皮日休	○	
蘇轍	○	○
葛立方	○	○
洪興祖	○	○

所引評家	馮紹祖校刊本《楚辭章句》	凌毓枏校刊朱墨套印本《楚辭》
朱熹	○	○
祝堯	○	○
高似孫	○	○
汪彥章	○	
陳傳良	○	
李塗	○	○
葉盛	○	
何孟春	○	○
姜南	○	
張時徹	○	
唐樞	○	
茅坤	○	
王世貞	○	○
劉鳳	○	○
鍾嶸	○	○
馮覲	○	○
陳深	○	○
王應麟	○	○
張鳳翼	○	○
劉次莊	○	○
沈括	○	○
洪邁	○	○
樓昉	○	○
楊慎	○	○
呂向	○	○
張之象	○	○
劉安	○	
賈島	○	○
宋祁	○	○
蘇軾	○	○
嚴羽	○	○
張銳	○	○
呂延濟	○	○
姚寬	○	○
郭正域		○

所引評家	馮紹祖校刊本《楚辭章句》	凌毓枏校刊朱墨套印本《楚辭》
唐順之		○
王慎中		○
汪道昆		○
何景明		○
李夢陽		○
吳國倫		○
楊起元		○
王逸		○
王維禎		○

如上表所列，馮本中自揚雄至劉鳳，皆見於該本卷首「楚辭章句總評」；自鍾嶸至張之象，皆為文中眉批增益；自劉安至姚寬，又為卷末總評增益。二本相較，馮本眉批所增益諸家，亦見於凌毓枏校刊本《楚辭》，這主要是因為凌毓枏本所收評點，只採用了眉批一種形式，而馮本中這部分就評點形式而言與之相對應的內容，也就更易於被凌毓枏本收錄。馮本「楚辭章句總評」中有不少評家，其評語也在馮本正文中以眉批的形式出現，如劉知幾、葛立方、洪興祖、朱熹、祝堯、王世貞等人，這些內容也多被凌本收錄。除此之外，還有一種情況就是，凌本將馮本卷末評中的內容移至文中變作眉批，屬於此種情況的評家主要有賈島、宋祁、蘇軾、嚴羽、張銳、呂延濟、姚寬等人。以上均為二本所引相同者，在馮本所引四十四家中，有三十家見於凌本，這三十家評語經筆者比對後發現，幾乎全部都是由馮本轉錄而來。其中尤其是洪興祖、朱熹二人，經統計在凌本中達80條，在馮本眉批中出現的二人語，凌本幾乎全部照搬。這種對馮本大量因襲的行為，就不可避免地使馮本中所具有的「注評合一」的現象，同樣也體現在了凌毓枏本《楚辭》中。

另外，如上表所列，自郭正域以下諸家均不見於馮本，這些評家則是由凌本所新加增益。值得注意的是，在這十人中，除王逸之外，其餘全是明代文人，且都是在當時文壇較有影響的人物。而就所引評語內容來看，郭正域等人所論，雖然其中亦有疏解文意之詞[68]，但更多的則是對屈原情

---

[68] 此類如〈離騷〉「既替余以蕙纕兮，又申之以攬茝」句眉上，該本引唐順之曰：「『蕙纕』、『攬茝』，與前『江蘺』、『辟芷』等一意。總之，自表其清白之節也。」「勉遠逝而無狐疑兮，孰求美而釋女」句眉上，該本引何景明曰：「『狐疑』二字應前，此即蓋設為靈氛之詞。」〈招魂〉「魂兮歸來，君無下此幽都些」句眉上，該本引王維禎曰：「宋玉設呼屈原之魂歸楚，反覆變幻，欲以感激懷王，使還之也。」凌毓枏校刊本《楚辭》，明萬曆二十八年（1600）刻本。

志以及《楚辭》的藝術特色、文學成就方面的論述。茲略舉數例如下：
〈離騷〉「眾皆競進以貪婪兮，憑不厭乎求索」句眉上，該本引郭正域曰：「人知先生之忠，顧其縱恣奇絕，摶弄千古，要自一氣流出，雖奇偉而實真情，千古一人。」[69]「遭吾道夫昆侖兮，路修遠以周流」句眉上，該本引李夢陽曰：「以後欲言『瞻局顧而不能行』，先以『修遠周流』起之。其文有起伏有開合，此所以為詞賦之祖也。」王逸〈離騷章句敘〉眉上，該本引吳國倫曰：「屈原諸篇，皆以寫其憤懣無聊之情，幽愁不平之狀。至今讀者傷感，如入墟墓而聞秋蟲之吟，莫不諮嗟，泣下沾襟，彼其忠實誠心，信於天下也。」又引楊起元曰：「自古文章家不掩其情質者，屈子一人而已。」王逸〈九歌序〉眉上，該本引郭正域曰：「〈九歌〉簡峻微婉，《三百篇》以下絕調，後人蹈襲可厭。」王逸〈招魂序〉眉上，該本又引郭正域曰：「遊神入極，歌哀腸苦，升屋一聲，鬼神為泣。」

　　因此，凌毓枏校刊本《楚辭》一方面對於馮紹祖本《楚辭章句》所收評點有著較多的繼承和因襲，而其中的訓釋內容則使其也帶上了較濃厚的「注評合一」的色彩，就這個方面，我們也可以藉以窺知馮本對於後世《楚辭》評點本所產生影響的大致狀況。另一方面，也是更為重要的一點是，凌毓枏校刊本《楚辭》又對明代文人的評《騷》之詞進行了擇選和增益，而這則使得該本所錄評點中「評」的因素更加突顯。從這個角度講，凌毓枏本《楚辭》可謂在朝著嚴格意義上的《楚辭》文學評點的大道上又邁進了一步。如前所述，文學評點得以成熟、興盛的一個重要標誌，是大量文人評點實踐的參與，這一點具體到《楚辭》評點領域，其表現應當是由主要整理前世遺留下來的《楚辭》評論素材，而變為「當代」文人尤其是名家評點材料的大量增加。因為如果單純是對前人評語進行彙集的話，儘管所採取的是評點的形式，也很難與文學評點扯上關係。文學評點主要指的是文人在閱讀過程中的興會之言，所謂隨閱隨批，隨抹隨批，這種批評方式從某種意義上而言，實際上也就是閱讀活動的進一步延伸，是在閱讀理解、感悟基礎上所進行的精神抒寫。而這種批評活動所蘊涵的「當時性」、「當代性」，也是顯而易見的。因此，如果就整個《楚辭》評點史的角度而言的話，凌毓枏校刊本《楚辭》的價值，也正在於其在馮紹祖校刊《楚辭章句》的基礎上，對於「當代」文人的《楚辭》評點又作了進一步的增加和擴充。

　　凌毓枏校刊本《楚辭》於後世亦產生了較大的影響。筆者曾見有一種

---

[69] 凌毓枏校刊朱墨套印本《楚辭》，明萬曆二十八年（1600）刻本。下引該書，俱出於此，不再一一注明。

《楚辭》評點本，文中只眉批一種形式，而眉間收錄評點，則多是由凌毓柟本轉抄而成。其中尤為可笑的是，由於此本底本為朱熹《楚辭集注》，但由於刊刻者只知照錄凌毓柟本評語而不加審辨，以至於將凌本中朱熹的一些評語亦加以轉錄，從而與其正文中的相同內容構成重複，有的甚至二者均在同一頁，這在成為此本抄襲陳深本力證的同時，也暴露出其成書過程的粗疏與品質的低劣。除此之外，該本又擇取了不少汪瑗《楚辭集解》和《楚辭蒙引》中的注解之詞，置於眉端充作評語[70]。復旦大學圖書館又藏一本，二冊，所錄評點除比上本多出數條外，其餘皆全同，而多出者亦是由汪瑗《楚辭集解》抽出。另外，天津市圖書館藏有一本，底本亦為朱熹《楚辭集注》，其中所錄評點分原刻與手批兩種，而原刻評點的內容與此兩本亦相同。除此三本之外，筆者還於北京圖書館見一本，其底本為明嘉靖三十八年葉邦榮刊《楚辭集注》，該本正文第一頁有「丁醜歲臘月既望黃氏集說書額」墨筆題記一行。所謂「集說」者，就是在眉端抄錄評語，而所抄錄者，皆全同於上述復旦大學圖書館藏二冊本。因此，該本所載手錄評語，實際上是由「黃氏」以二冊本為據過錄而成的。以上諸本以注充評、轉抄別本的做法，自不必詳論，但這種倉促成書的行為背後，隱藏著的應當是《楚辭》評點影響的日益擴大以及由此促發的強大的市場需求，其中尤其是「黃氏」手批過錄本，透過它我們似乎更容易瞭解到《楚辭》評點在當時所產生影響的大致情況。

凌毓柟校刊本《楚辭》之後，萬曆四十六年（1618），陳仁錫選評《古文奇賞》問世。其中〈屈子〉一卷，收錄的全是陳仁錫評語，這為名家參與《楚辭》評點則又提供了一個有力的證據。除以上諸本之外，萬曆年間還有一種非常重要的《楚辭》評點本，即刊於萬曆四十八年（1620）的閔齊伋校刊三色套印本《楚辭》[71]。與凌毓柟本一樣，該本全書皆為白

---

[70] 此類於該本數量較多，茲略舉幾例如下：〈離騷〉「扈江離與辟芷兮，紉秋蘭以為佩」句眉上，該本云：「按，『能』字即古『耏』字，通用見《禮記》。『扈』字與『護』義通。」（見汪瑗《楚辭蒙引・離騷》）「雜申椒與菌桂兮，豈維紉夫蕙茞」句眉上，該本云：「『昔三後』指楚先君，而後及堯舜，在屈子則得立言之序也。」（見汪瑗《楚辭蒙引・離騷》）「後辛之菹醢兮，殷宗用而不長」句眉上，該本云：「《諡法》：『賊人多殺曰桀，殘義損善曰紂。』桀名履癸，紂名辛。」（見汪瑗《楚辭集解・離騷》）《九歌・雲中君》「覽冀州兮有餘，橫四海兮焉窮」句眉上，該本云：「《淮南子》曰：『正中冀州，白中土是也。』楚指中州為冀州。『夫君』還指雲神，何必以慕君解之乎？」（見汪瑗《楚辭集解・九歌・雲中君》）

[71] 三色為朱、墨、靛。據崔富章先生著錄，該書又有四色套印本，藏華東師範大學圖書館，五色套印本，藏南開大學圖書館與江西贛州市圖書館。筆者於華東師範大學圖書館所見，亦為三色套印，或與崔先生所見非一本。崔富章《楚辭書目五種續編》，上海：上海古籍出版社1993年版，第10頁。

文，文中所錄評點，主要採用了眉批、旁批和篇末評三種形式，對於該書所載評語，王重民先生以為：「其分朱黛之意，蓋朱色為馮夢禎《讀騷》，黛色則齊伋所輯諸家評語也」[72]。馮夢禎《讀楚辭》於此本只見三處，分別為《讀離騷》、《讀九辯》、《讀招隱》中的部分內容，其位置均出現在篇末。如果「朱色」為馮夢禎語的話，那麼眉批、旁批及篇末評中的另外一些「朱色」評語就無法解釋，並且除馮夢禎語之外的這些「朱色」評語，在該本中數量極多，馮氏語與之相較，可謂僅為冰山一角。閔齊伋此本所錄評點，除篇末評中的幾處明確注明出處之外，其餘皆不再標明，這讓人看去簡直是無所適從，而這也正是造成無從斷定該本評語作者的原因所在。筆者以他本相校，經過詳細地考證後發現，此本所載評點的情況較為複雜：就「朱色」而言，眉批、旁批皆為孫鑛批點之語，而篇末評則是孫鑛、馮夢禎評語及朱熹小序三者的結合。就「黛色」而言，眉批和篇末評為閔齊伋所選諸家評語，其中主要以陳深評語為主，另外還包括馮覲、王世貞等人，除此之外，眉批和旁批中的「黛色」語，似應為閔齊伋所作校正、音釋之詞。

如果從整個《楚辭》評點史的角度來看的話，該本最大的價值就是收錄了孫鑛評點，同時對於陳深的《楚辭》評點也有了進一步的增益。後世所出的《楚辭》評點本中對於此二人尤其是孫鑛評點的載錄，大致皆是由該本而來。而閔齊伋對於孫鑛批點特以朱色刊之，其尊顯之意亦不言自明。孫鑛，字文融，號月峰，浙江余姚人，萬曆甲戌（1574）進士，官至南京兵部尚書，是明代評點史上的一位極為重要的評點家，對明代及之後的文學評點有著重要的影響。由於閔齊伋此本無序跋、凡例等內容，故孫鑛批點《楚辭》的時間及其他情況則不得而知，但據此本的刊刻時間來看，孫鑛在萬曆四十八年之前，就已經將《楚辭》批點完畢了。

就孫鑛《楚辭》評點的內容來看，它們多數是就《楚辭》的文學成就和藝術特色來討論，因而其文學性也就更加突出。這些評語與陳深、王世貞、馮夢禎、馮覲等人的評語組合在一起，構成了閔本所載評點的主體部分。如果從發展的角度來看，自馮紹祖校刊《楚辭章句》問世之後，中間經過凌毓枏本《楚辭》的過渡，至此已經過了三十四年的時間，而隨著該本的出現，《楚辭》評點也最終由之前的「以注為主」、「注評合一」的形態，實現了到「以評為主」、「注評合一」格局的轉變。因此，閔齊伋校刊本《楚辭》應該是明代《楚辭》評點發展中的一個重要轉折，通過它，文學評點的性質，就《楚辭》評點而言，也第一次真正得到了凸顯。

---

[72] 王重民《中國善本書提要》，上海：上海古籍出版社1983年版，第489頁。

除此之外，該本所載評點中還是存在著一些承襲前世《楚辭》注本的痕跡，這主要包括以下兩個方面的內容：其一，孫鑛評語中有一些是對於文本的校讎之語，這來自朱熹《楚辭集注》，其中亦有數條是在《楚辭集注》基礎上所作的進一步闡發。其二，閔齊伋在該本文末題「烏程閔齊伋遇五父校」，就文中所載來看，其所做的工作主要是對文句的校正、訓解與音釋，而這些也主要來源於《楚辭集注》、《楚辭章句》及《楚辭補注》。

綜上所述，萬曆時期可謂《楚辭》評點產生、發展經歷的一個重要階段，在這一階段《楚辭》評點刊刻、傳播實現了從無到有，再到品質較高的評點本出現的重要發展轉變。其中刊刻者對於評點形式與內容的嘗試性擇取與確定，以及陳深、馮覲、孫鑛等著名文人評點活動的參與，在對後世產生深遠影響的同時，也為即將到來的《楚辭》評點繁盛局面提供了必要的準備和可資借鑒的依據。

四、明代天啓間至明末之《楚辭》評點

自馮紹祖校刊《楚辭章句》於萬曆十四年（1586）問世后，又經過三十餘年的積累和發展，至天啟年間，《楚辭》評點的發展已呈明顯的上升趨勢，在這之後至明末的二十餘年裡，則更是明代《楚辭》評點的興盛期。在這一時期，新的《楚辭》評點本陸續出現，其中較為重要的就有陸時雍《楚辭疏》、蔣之翹評校《楚辭集註》（《七十二家評楚辭》）、張鳳翼《楚辭合纂》、沈雲翔《楚辭集注評林》（又稱《八十四家評楚辭》）、來欽之《楚辭述注》以及潘三槐《屈子》。這些評點本有的由於校刻精審、搜羅宏富，自問世之後，即一刊再刊，如果再加上萬曆時期所出諸本在這一時期重印翻刻情況的話，單就《楚辭》評點本的出版而言，即可謂雲蒸霞蔚、異采紛呈了。

天啟年間出現的第一個《楚辭》評點本是陸時雍的《楚辭疏》。陸時雍，字仲昭，號澹我，浙江桐鄉人，有《古詩鏡》三十六卷、《唐詩鏡》五十四卷行於世，《四庫全書總目》稱該書「采摭精審，評釋詳核，凡運會升降，一一皆可考見其源流，在明末諸選之中，固不可不謂之善本矣」[73]。陸時雍論詩以神韻為宗，以情境為主，其《詩鏡總論》可謂代表了由格調說向神韻說的過渡[74]。而除此之外，陸時雍著作中影響較大的就

[73] 紀昀等《四庫全書總目》，北京：中華書局1997年版，第2654頁。
[74] 袁震宇、劉明今《中國文學批評通史·明代卷》，上海：上海古籍出版社1996年版，第552頁。

是《楚辭疏》了。由於該書諸序跋中皆不詳具體年月，故關於該書的刊刻年代，相關著錄多模糊稱之為「明末」緝柳齋刻本[75]，而孫殿起則以為「約天啟間刊」[76]，今以他本校核，見蔣之翹評校《楚辭集註》中已收入陸時雍的部分評語，而蔣之翹此書刊於天啟六年（1626），據此判斷，陸時雍《楚辭疏》應當出於蔣氏《七十二家評楚辭》之前，由此可見孫氏所言可信。

就其中內容來看，陸時雍《楚辭疏》並不是一部專門的《楚辭》評點著作，這一點從它的書名中也可以看得出來。陸氏針對在他看來《楚辭》前世注本的不足或謬誤之處[77]，重新對《楚辭》進行訓釋疏解，這是該書的主體部分。在此基礎上，他又採用了評點的形式，而由此，我們也可以從側面窺知評點對於當時書籍刊刻以及文人閱讀所產生影響的大致情況。關於評點，陸時雍在該書卷首「楚辭條例」中有所論述，文云：「文籍評論，譬之開點面目，兼古人崇義，後世修文，自唐以來，六經皆作文字觀矣。〈離騷〉上紹風雅，下開詞賦，故多章函拱璧，字挾雙南，寓目會心，敢為緘口，抑一言之當，九泉知己；片語之誤，千載口實，斯亦何可輕也。」[78]「文籍評論」，猶如「開點面目」，其作用自不可小視，而對於「多章函拱璧」之《楚辭》的評論而言，則更應該予以重視，就具體的立言持論來說，這種批評活動又須審慎而行，正所謂「一言之當，九泉知己；片語之誤，千載口實」，何可等閒視之。由此來看，陸時雍對於評點地位與作用的認識，還是相當深刻的。在卷首所附「楚辭姓氏」中，他列出了書中所引錄的品評諸家，其中包括孫鑛、張煒如、李挺、李思誌、張煥如五人。陸氏此書所錄評語，只採用了眉批一種形式，以上五人評語即見於文中眉端，而陸時雍本人的評語，則主要見於該書卷首所附「讀楚辭語」以及文中相關的疏解之辭中。除此之外，該書還有「附錄楚辭雜

---

[75] 見洪湛侯《楚辭要籍解題》（馬茂元主編《楚辭研究集成》，武漢：湖北人民出版社1984年版，第66頁。）、崔富章《楚辭書目五種續編》（上海：上海古籍出版社1993年版，第113頁）、嚴紹璗《日藏漢籍善本書錄》（北京：中華書局2007年版，第1392頁）。另姜亮夫稱其為「明緝柳齋刊本」，見《楚辭書目五種》，上海：中華書局上海編輯所1961年版，第104頁。

[76] 孫殿起《販書偶記》，上海：上海古籍出版社1982年版，第315頁。

[77] 對此，陸時雍有所說明：「郭象之注《莊子》，王逸之注〈離騷〉，工拙雖殊，要皆自下語耳，所注無與也。」朱晦翁句解字釋，大便後學，然《騷》人用意幽深，寄情微眇，覺朱注於訓詁有餘，而發明未足，余為之抉隱通微，使讀者了知其意，世無憾衷，亦余心之大快耳。」另外，在「楚辭條例」中，陸時雍對於王逸、朱熹所作小序也多有辯駁，文繁不引，有鑑於此，他於《楚辭》每篇又都重新自作小序。見陸時雍《楚辭疏》卷首附錄「楚辭條例」，明天啟間緝柳齋刻本。

[78] 陸時雍《楚辭疏》，明天啟間緝柳齋刻本。以下所引該書，皆不再逐一注明。

論」一卷，其中錄魏文帝、沈約、劉勰、洪興祖、朱熹、葉盛、王世貞、陳深、周拱辰九家論評《楚辭》之語。而由此則可以看出該本與馮紹祖校刊《楚辭章句》之間的關係，其中除朱熹語有較多增益，同時又增入周拱辰數條評語外，其餘皆全同於馮本所錄。這應該不是偶然的，這說明陸時雍在刊刻該書的時候，應當是參考了馮本所載評點，並進行了擇取與接受的，這在一定程度上也反映出該本與萬曆間所出《楚辭》評點本之間的承繼關係。

除此之外，單就外在形態來看，該本與萬曆年間的馮紹祖校刊《楚辭章句》亦有不少相似之處，如二者均文中有注，同時又採用了評點的形式，又如二者都是集評刻本等等。但如果我們繼續深入考察下去的話，就會發現二者就《楚辭》評點的角度而言，已經有了很大的差異，而這也正反映出《楚辭》評點遞延過程中產生的一些變化。如前所述，馮紹祖校刊《楚辭章句》作為明代出現較早《楚辭》評點本，其評點格局還主要表現為「以注為主」、「注評合一」，具體而言，也就是在該書所採用的總評、眉批、旁批、卷末評等評點形式中，均可以見到大量的洪興祖《楚辭補注》、朱熹《楚辭集注》中的內容，而除此之外的其他評語中，亦存在較多的訓釋之詞。就所引評家而言，馮紹祖本主要以明代之前的評家為主，屬於明代者，只占了將近所引評家總數的三分之一，評語內容則多是由馮紹祖從其著作中擇出，真正評點過《楚辭》者可謂少之又少。而陸時雍《楚辭疏》就不同了，該本在文句注釋上，雖然也大量採用了王逸、洪興祖、朱熹三家注的內容，但在陸氏頭腦中，注即是注，評即是評，二者已有了明確的區別。對此，我們可以從該書所列「楚辭姓氏」中清楚地看出這一點。在「楚辭姓氏」中，陸時雍對中所引以及進行過校訂工作的相關人物都作了詳細說明，比如前面提到的孫鑛等人的「評」，而對於王逸、洪興祖、朱熹三人，陸時雍則專門列出「注」之一目，予以分別。就文中所錄評語來看，該本所載，亦皆為「當代」文人品評《楚辭》之語，這些與馮本都有了很大的區別。因此，綜上就二本所作的對比來看，《楚辭》評點至陸時雍《楚辭疏》，已經基本上接近成熟了。

這一點也可以從該本所載諸家評語的具體內容中得到證明。如果說萬曆時期的《楚辭》評點發展至閔齊伋校刊本《楚辭》，已經通過實現由「以注為主」、「注評合一」的評點狀態向「以評為主」、「評注合一」格局的轉變，而進一步使《楚辭》評點的「文學性」得以凸現的話，那麼陸時雍《楚辭疏》所載評語，則基本上完全都是從《楚辭》的文學特色來立論的。關於這一點，其中所載孫鑛評語，自不待言，而張煒如等人，亦然如此。文中所載，隨便擇取，即可為例：如陸時雍〈離騷〉小序眉上，

該本引張煥如曰：「〈離騷〉備極幽怨，委蛇百折，愴有餘悲，其文情如霧縠絲縈而下。」〈離騷〉「恐鵜鴃之先鳴兮，使夫百草為之不芳」句眉上，該本引張煒如曰：「『鵜鴃先鳴』、『百草不芳』，叫絕百世騷憤情緒。」《九歌・湘君》「交不忠兮怨長，期不信兮告餘以不閒」句眉上，該本又引張煥如曰：「其聲如戛玉追水，其色如新蕤始荽，文情妙麗，獨絕千載矣。」陸時雍《楚辭疏》之後，作為該本的一個變體，又有金兆清《楚辭榷》問世。該本題「檇李陸時雍敍疏」，「吳興金兆清參評」，文中評點多是由《楚辭疏》轉錄而來，至於金兆清「參評」者，並無多大發明，且其中還有偽託之例，蓋陸時雍《楚辭疏》為一時佳刻，故金氏欲借此傳名也。

　　除此之外，天啟間還有一種更為重要的《楚辭》評點本，那就是蔣之翹評校《楚辭集註》，蔣氏此書是《楚辭》評點史上極為重要的一種，就所載評點的品質與數量而言，明代《楚辭》評點諸本中鮮有能出其右者，故明人沈雲翔曾稱：「《楚辭》行世者，向惟七十二家評本為善。」[79]因此，對於此本，尤為值得我們注意。蔣之翹，字楚穉，號石林，浙江秀水人，家貧，好藏書，曾收羅名人遺集數十種，選有《甲申前後集》，為明末著名藏書家，錢謙益因編《國朝詩集》，曾至其家借閱圖書[80]。《小腆紀年》稱其「嘗校刊《楚詞》、《晉書》、《韓柳文集》，又輯《檇李詩乘》四十卷。晚年無子，書佚無存者」[81]。其中「《楚詞》」，指的就是此書。

　　該書卷首有蔣之翹〈楚辭序〉，為便於行文，茲錄之如下：

　　　予酷嗜《騷》，未嘗一日肯釋手。每值明月下，必掃地焚香，坐石上，痛飲酒，熟讀之。如有淒風苦雨，颯颯從四壁間至，聞者莫不愴然悲心生焉。竊論孔公刪後詩亡，能變詩而足以存詩者，惟是。其辭麗以則，其情淒以婉，至美人夢寐一篇，三致其思，自有一種涕泣無從，令血化碧於九泉，而天地震驚之意。詩可以怨，信然！宋、景而下莫及也。況乎相如以浮辭媚主上，雄為莽大夫，而複反其意以自文過。儻屈氏有鬼，必執罪而問之，是尚得並稱歟？若夫原情闡旨，則太史公猶未相知也。下而班固、顏之推之徒，烏足置喙焉。有深獨契，惟留此朽墨數行，與汨羅一片，悠悠應對千古耳。奈之何，世複乏佳刻，殊晦厥意。王逸、洪興祖二家訓詁僅

[79] 見沈雲翔《楚辭集注評林》卷首「批評楚辭姓氏」後，明崇禎十年（1637）刻本。
[80] 參李玉安、陳傳藝《中國藏書家辭典》，武漢：湖北教育出版社1989年版，第158頁。
[81] 徐鼎《小腆紀年附考》，北京：中華書局1957年版，第87頁。

詳，會意處不無遺識。惟紫陽朱子注，甚得所解，原其始意，似亦欲與六經諸書並垂不朽。惜其明晦相半，故餘敢參古今名家評，暨家傳李長吉、桑民懌未刻本，裁以臆說，謀諸剞劂氏，僉曰可！庶貽茲來世，以見予與原為千古同調，獨有感於斯文云。時歲次丙寅天啟六年冬十一月殺青乃竟。[82]

就此序來看，其中關涉評點者，有兩點值得我們注意：其一，蔣之翹「酷嗜」屈賦，「並熟讀之」，從而對其有著極深的體會與認識，而這種體會與認識施諸《楚辭》文本之上，也就成為蔣之翹評點《楚辭》的具體內容。對於這種《楚辭》閱讀的情景，蔣之翹自己描述為：

> 未嘗一日肯釋手，每值明月下，必掃地焚香，坐石上，痛飲酒，熟讀之。

而黃汝亨對此則要敘述得更為詳細：

> 醉後，時設幾，灌酒漿，奉〈離騷經〉於上，跪而泣曰：「嗟乎！千古來，惟先生與某同調也。」遂閉戶，然水沉，棲劍嘯臺上，昕夕批〈離騷〉本。[83]

之所以能夠如此，與蔣之翹對於屈原遭遇的深切同情，以及由此引發的強烈共鳴密切相關。蔣氏曾作有〈祭屈原文〉一篇，在文中他將自己的生逢遭際與屈原的經歷進行對比，由此甚至得出「先生固不幸，蔣生猶大不幸於先生也」的結論[84]，對於蔣之翹的這種遭遇，黃汝亨〈楚辭序〉中亦有

---

[82] 蔣之翹〈楚辭序〉，載於《七十二家評楚辭》，明天啟六年（1626）刻本。

[83] 黃汝亨〈楚辭序〉，載於蔣之翹評校《楚辭集註》，明天啟六年（1626）刻本。

[84] 對蔣之翹的生平遭遇，〈祭屈原文〉中記載較詳，今摘錄蔣之翹將自己與屈原對比的部分文字如下：「先生為楚同姓，掌三閭之職，王圖國事，出號令，必與先生謀之，先生可為知遇矣。若蔣生則懷奇莫試，一命不辱，沉埋草莽，何異敝帚之捐道旁，先生以為何如；先生嘗為憲令，上官大夫欲奪，不與，讒先生於王，先生之讒，猶以不與故也。若蔣生則傲骨自挫，雖見庸孺鄙夫，莫不低眉執敬，而庸孺鄙夫，必讒憎百出，先生以為何如；先生為怨於令尹子蘭，子蘭怒使上官複短於王，王遷先生於江南，是先生猶涉於世，故為世顛倒也。若蔣生則閉戶著書，經年足不入市，自以可免於辱，適為宵小射影，陰陷於彀，幾瀕於危，先生以為何如。先生固不幸，蔣生猶大不幸於先生也。先生有知，其何以慰蔣生耶？先生視蔣生何如？人亦寥廓士也，以寥廓之士，負不瀾之冤，清夜自憶，能不欲蹈先生遺風，葬於江魚腹乎。特以父母老矣，兄弟寡矣，死之不可得矣。然剩此餘生，以供曉曉吠聲吠影之流，又何堪哉，又何堪哉！嗟乎！蔣生亦逢時不辰，而至於斯也。倘天易蔣生

提及：「今且謂蔣楚稺，世以《騷》名家，負暢達用世之才而不遇，是誠《騷》中人也」，「負讒自放，彷徨林澤間，逼是三閭行徑」[85]。而也正是因為這種「負暢達用世之才而不遇」的境況，才使得蔣之翹樂於與屈賦為伍，因為閱讀、批點屈賦的過程本身，其實也正是其精神上的自我理解與抒寫，而也只有這樣，他才能找到精神上的最終皈依與慰藉。上引黃汝亨對於蔣之翹批點活動的描述，是迄今為止，筆者所見到的唯一一例關於文人《楚辭》批點活動的記載。

其二，總結近二千年來的《楚辭》學術發展史，在蔣之翹看來，鮮有能準確把握屈賦之情、之旨者。屈原之後，宋、景之徒已不能及，相如、揚雄，則僅汲汲於文采，而班固、顏之推之徒，動輒以為屈原「露才揚己」[86]，更是烏足置喙，即便是作為《騷》之功臣的王、洪、朱三家注，也只是詳於訓詁，而於會心處，則多有缺失。針對這種「世乏佳刻」、又「殊晦厥意」的情況，蔣之翹「參古今名家評」，「暨家傳李長吉、桑民懌未刻本」，複益以己說，如此方「謀諸剞劂氏」，殺青刊行。在這裡需要著重指出的是，蔣氏在〈楚辭序〉中的這種敘述，始終強調的一點就是屈賦的「情」與「旨」，如在「詩可以怨，信然」後，接宋、景、相如、揚雄等人之不逮，在「原情闡旨」後，接司馬遷、班固、顏推之等人之偏失，而對於王逸、洪興祖、朱熹三家注的評價，其著眼點也是在於其是否以闡說《楚辭》之「會心處」為旨歸。正是鑒於這一問題仍沒有得到較好解決的考慮，蔣之翹才廣搜博引歷代「名家評」以成此書，由此可見，「評」則是蔣之翹刊刻此書所要解決的主要問題。

而從明代《楚辭》評點發展的角度來說，蔣之翹《七十二家評楚辭》主要有以下兩個方面的功績和貢獻：

其一，在繼承前代《楚辭》評點本的基礎上，對相關內容作了必要的修改，使其更符合「評」的要求，以新的面目重新得以確立。筆者曾將《七十二家評楚辭》與前出《楚辭》評點諸本進行過詳細地比校，發現該本對於前世諸本有著較多的繼承，同時也有線索顯示，蔣氏在校刊此

於先生地，蔣生且以為喜，易先生於蔣生地，則先生不知何極。」見蔣之翹《七十二家評楚辭》卷首附錄，明天啟六年（1626）刻本。

[85] 黃汝亨〈楚辭序〉，載於蔣之翹評校《楚辭集註》，明天啟六年（1626）刻本。

[86] 班固所論見其〈離騷序〉，文云：「今若屈原，露才揚己，競乎危國群小之間，以離讒賊。然責數懷王，怨惡椒、蘭，愁神苦思，強非其人，忿懟不容，沉江而死，亦貶絜狂狷景行之士。」（見洪興祖《楚辭補注》，北京：中華書局1983年版，第49頁。）顏之推所論見《顏氏家訓》卷上《文章篇》，文云：「自古文人，多陷輕薄：屈原露才揚己，顯暴君過；宋玉體貌容冶，見遇俳優……。」（顏之推《顏氏家訓》，《諸子集成》本，北京：中華書局1954年版，第19頁。）

書時，應當參閱了之前刊刻的所有重要的《楚辭》評點本。但這種繼承與萬曆年間凌毓枏照搬馮紹祖本中材料的做法已經有了本質上的不同。蔣之翹對於材料的擇取，已經遵循了「評」的標準，而對於不符合要求又具有入選價值的材料，他則對其進行修改後再行收錄。蔣氏所做的這一擇取過程，從某種意義上講，實際上也就是對前代《楚辭》評點發展成果所做的全面評估與重新定位。通過這一過程，蔣之翹吸收了前出《楚辭》評點的精華，同時摒棄了在他看來不適合作為評點的因素，而這也正是《七十二家評楚辭》能夠代表明代《楚辭》評點最高成就的原因之所在。

　　蔣之翹的這種承繼、改造過程，具體又是怎樣進行的呢？以下筆者試對其作簡要的介紹。蔣氏校刊此書，受到了馮紹祖校刊《楚辭章句》的很大影響，這一方面表現為二本在評點形式方面的完全一致，即都是由卷首「《楚辭》總評」、眉批、旁批與卷末評四部分組成，而自明代《楚辭》評點產生以來至此，也只有此二本完全具備了這四種形式；另一方面則在於《七十二家評楚辭》對馮本所錄評點內容的較多繼承[87]。我們不妨以二本為例來作一對比。如前所述，馮本所錄評點之所以帶有濃厚的訓釋色彩，就在於它以評點的形式容納了大量洪興祖《楚辭補注》、朱熹《楚辭集注》中的內容，這也是萬曆時期《楚辭》評點諸本存在的普遍現象，蔣之翹本中仍有洪興祖語的存在[88]，因而我們不妨即以二本所錄洪興祖語為例來作一對比，以觀其二者之間所發生的變化。馮本共引洪興祖語六十七條，這在馮本所引評語總量中所占比重是最大的，而在《七十二家評楚辭》中，我們已很少能再看到《楚辭補注》的內容。在該本所引的有限幾條材料中，有的本身即是論及《楚辭》的文學特色，如〈九章〉卷末，該本所引洪興祖云：「〈騷經〉之詞緩，〈九章〉之詞切，深淺之序也。」[89]有的則是經蔣之翹作了較大的改動，如馮本〈離騷〉「眾女嫉餘之蛾眉兮，謠諑謂余以善淫」句眉上，引洪興祖曰：「〈反離騷〉云：『知眾嫮之嫉妒兮，何必揚累之蛾眉。』此亦班孟堅、顏之推[90]以為『露才揚己』之意。夫冶容誨淫，目挑心與，孟子所謂『不尤其道』者，

---

[87] 這種繼承主要表現在卷首「楚辭總評」中，在蔣之翹所引四十六家中，其中有二十一家是由馮紹祖本而來。另，馮紹祖校刊《楚辭章句》時，黃汝亨曾作有〈楚辭序〉，而蔣之翹此本卷首亦有黃汝亨所作〈楚辭序〉，且開頭即云「予嘗序馮氏刻王叔師《騷注》，其所以論《騷》者，亦大概略矣。」這對於蔣之翹參閱馮紹祖本《楚辭章句》而言，是一個有力的旁證。

[88] 《七十二家評楚辭》所用底本為朱熹《楚辭集注》，故該書所錄評點中無《楚辭集注》的內容。

[89] 蔣之翹評校《楚辭集註》，明天啟六年（1626）刻本。

[90] 「顏之推」，馮本原作「顏推之」，誤。馮紹祖校刊《楚辭章句》，明萬曆十四年（1586）刻本。

而以汙原，何哉？」[91]而此條於《七十二家評楚辭》，蔣之翹則以己意出之，云：「蛾眉受妒是古今一大恨事。〈反騷〉云：『知眾嫭之嫉妒兮，何必揚累之蛾眉。』所見亦淺矣。」[92]二者對比，顯然刪改後的內容更加強化了「評」的色彩。又如〈離騷〉「閨中既已邃遠兮，哲王又不悟」句眉上，馮紹祖引洪興祖云：「懷王不明而曰『哲王』者，以明望之也。太史公所謂『冀幸君之一悟，俗之一改也。』韓愈《琴操》云：『臣罪當誅兮，天王聖明。』亦此意。」[93]蔣之翹本此條眉批則變為：「洪興祖曰：韓愈《琴操》云：『臣罪當誅兮，天王聖明。』從此『哲王』出。」[94]在此，蔣之翹刪去洪興祖關於「哲王」用意的訓釋，僅保留韓愈《琴操》用例，無疑旨在弱化洪興祖此語的釋解語氣，從而突出屈賦對於後世文學作品所產生的的具體影響。

其二，《七十二家評楚辭》對於明代《楚辭》評點做了較多的增益，許多名家評點也是賴此才得以保存和流傳下來。在筆者所見的明代《楚辭》評點諸本中，它是收羅宏富、品質最高的一種集評刻本。在此之前，馮紹祖校刊《楚辭章句》所收為四十四家，後出之凌毓枏本《楚辭》為四十家，至蔣之翹此本，則進一步擴充至七十二家。在這七十二家中，有三十四家為新增益者，且其中多有名家，除蔣之翹所舉李賀、桑悅未刊本外，其他如劉辰翁、鐘惺、李贄、陳繼儒、陳仁錫等，皆是中國文學評點史上的著名人物。如劉辰翁是文學評點開風氣之先的大師和先行者，其評點所及，廣涉子史文集，對明代文學評點的發展產生了很大的影響[95]。而鐘惺則是明代文學評點史上舉足輕重的人物，其評點在明末乃至後世都影響甚巨，對此錢謙益曾稱：「評騭之滋多也，論議之繁興也，自近代始，而尤莫甚於越之孫氏、楚之鐘氏。」[96]這裡的「鐘氏」，指的就是鐘惺，「孫氏」則是指孫鑛，二人之評點，可謂明代文學評點中的雙璧，蔣之翹此本也收錄了孫鑛的《楚辭》評點。再如李贄，就評點成就而言，他也是明代非常著名的一位評點家，就現有資料來看，他曾經評點過很多的作品，如《四書評》、《初譚集》、《史綱評要》等，而其中最有影響者，

---

91 馮紹祖校刊《楚辭章句》，明萬曆十四年（1586）刻本。

92 蔣之翹評校《楚辭集註》，明天啟六年（1626）刻本。

93 馮紹祖校刊《楚辭章句》，明萬曆十四年（1586）刻本。

94 蔣之翹評校《楚辭集註》，明天啟六年（1626）刻本。

95 如楊慎《升庵詩話》「劉須溪」條云：「廬陵劉辰翁會孟，號須溪，於唐人諸詩集及李杜蘇黃大家，皆有批點。又有批評《三字口義》及《世說新語》，士林服其賞鑒之精博」。楊慎《升庵詩話》，見丁福保輯《歷代詩話續編》中冊，北京：中華書局1983年版，第887頁。

96 錢謙益《葛瑞調編次諸家文集序》，見錢謙益《牧齋初學集》，《續修四庫全書》第1389冊，第514頁。

當屬他在小說、戲曲方面的評點著作，可以這樣講，對於明末小說、戲曲評點的繁盛而言，李贄的參與是起到了非常重要的推動作用的[97]。如此之類，不再一一贅述，蔣之翹廣搜博征，匯聚諸名家《楚辭》評為一秩，為《楚辭》評點留下了許多寶貴的資料，就此而言，蔣之翹堪稱《騷》之功臣。

蔣之翹《七十二家評楚辭》問世之後，曾一再重印翻刻[98]，在社會上產生了廣泛而深遠的影響，同時對於後出的《楚辭》評點諸本也有著重要的影響，其中一個極端的例子就是沈雲翔的《楚辭集注評林》。《楚辭集注評林》又稱《八十四家評楚辭》，明崇禎十年（1637）沈雲翔刻本。對於該書所錄評點，沈雲翔稱：

> 《楚辭》行世者，向惟七十二家評本稱善，然尚有未盡，如宋蘇子
> 由、國朝汪南溟、王遵巖、餘同麓等十餘家，在所遺漏，茲複輯
> 入，匯成八十四家。搜羅校訂，自謂騷壇無憾也。[99]

今核該書，蔣之翹所輯之七十二家，此本基本上完全照錄，而比蔣之翹本所增出十二家，除沈雲翔所舉蘇轍、汪道昆、王慎中、余有丁外，還有姜南、董份、郭正域、葛立方、吳國倫、張之象、呂延濟、金蟠八人。經過考核，這些評家也多是沈雲翔由馮紹祖校刊《楚辭章句》和凌毓柟校刊本《楚辭》中抽出，其本人並無多大發明。如前所述，蔣之翹在對前世《楚辭》評點的擇取過程中，對於前世《楚辭》評點諸本所錄資料，是進行了一番篩選的。而此本之所取，也正是蔣之翹之所棄者，蔣之翹不錄，是因為沈雲翔所補入的內容，不少都是詮解之辭，如沈本〈離騷〉「甯戚之謳歌兮，齊桓聞以該輔」句眉上，引王慎中云：「傅說、呂望、甯戚，此皆不必用行媒者。」[100]〈九歌〉卷末引呂延濟云：「每篇之目，皆楚之神名，所以列於篇後者，亦猶毛詩題章之趣。」[101]沈氏所增，大致皆如此類。但儘管如此，透過此本所反映出來的一些信息卻頗為值得我們注意。

---

[97] 對此，譚帆、朱萬曙二先生有詳細論述，可參閱譚帆《中國小說評點研究》（上海：華東師範大學出版社2001年版，第15-20頁）、朱萬曙《明代戲曲評點研究》（合肥：安徽教育出版社2002年版，第21-30頁）中的相關內容。

[98] 筆者曾見有《七十二家評楚辭》的三種不同版本，它們在所收評點內容上小有不同，應該是成於三個不同的時期。對此，可參閱本書「下編」中的《七十二家評楚辭》敘錄。

[99] 見沈雲翔《楚辭集注評林》卷前「批評楚辭姓氏」後，明崇禎十年（1637）刻本。

[100] 沈雲翔《楚辭集注評林》，明崇禎十年（1637）刻本。

[101] 同上。

沈雲翔稱「《楚辭》行世者，向惟七十二家評本稱善」，而蔣氏本之所以能「稱善」者，想必是在於其搜羅評語之宏富且精當故也，如此則評點或準確言之載有評點的精良《楚辭》刻本已深入人心，並為人們所接受。而也正是由於這個原因，蔣氏本之後才會又有沈雲翔此本出，究其關鍵所在，沈雲翔稱蔣氏本「尚有未盡」，並以八十四家評為標幟，其目的也就是在於欲與蔣之魁本分庭抗禮。而這背後隱藏著的或許就是贏利角度的考慮，《四庫全書總目》以為此本「蓋坊賈射利之本也」[102]，則此「坊賈射利之本」所出的原因，當是在於當時社會已對《楚辭》評點廣為接受，並表現出對於《楚辭》評點精品刻本的慕求與渴望。

　　沈雲翔《楚辭集注評林》問世之後一年，又有來欽之《楚辭述注》刊刻行世。《楚辭述注》初刊於明崇禎十一年（1638），就總體而言，該本所載評點的價值並不高，這一點從其所錄評點的構成也能夠看得出來。該本所載評點主要由三部分構成：一部分是由他本轉錄而來；再者是將朱熹《楚辭集注》中的相關內容置於眉端，但不予注明；還有一部分則是來氏宗親及友朋所作的相關評語。三者之中，朱熹《集注》自不待言，而由他本轉抄者，其擇取的眼光亦頗可商榷，如文中摘引前世《楚辭》評點本中疏解訓釋之辭的做法[103]，就該本所出的時代而言，就透露出輯刊者擇取標準的落後與保守。對於來氏諸人的評語而言，多數也都是就文中相關語句所作的理解和闡發，其中或是指出行文線索，或是點出文章意旨，了了寡味，無甚發明[104]。該本初刊本問世之後，又再次重刻，而初刊本與重刻本之間，就所載來氏宗人而言，則又有多寡之別，如初刊本載來伯方、來旦卿、來聖源、來與京、來正侯、來之問、來子重、來子升、來有虔等九人[105]，重刻本在此基礎上，又增益來石倉、來元成、來式如、來爾極、來

---

[102] 紀昀等《四庫全書總目》，北京：中華書局1997年版，第1978頁。

[103] 此類如〈離騷〉「委厥美以從俗兮，苟得列乎眾芳」句眉上，該本引張鳳翼曰：「舊注以為指子蘭、子椒，則『揭車』、『江離』誰指？」此條係節取馮紹祖校刊《楚辭章句》所錄而成。馮紹祖校刊《楚辭章句》，明萬曆十四年（1586）刻本。

[104] 來氏諸人評中，有的甚至是由《楚辭集注》摘出，而置於本人名下者。如該本〈離騷〉「豈其有他故兮，莫好修之害也」句眉上，引來旦卿云：「中材以下，變化從俗，君子好修，小人嫉之，不容於世，故謂『莫好修之害也』。」（來欽之《楚辭述注》，明崇禎十一年刻本）相似說法於《楚辭集注》見〈離騷〉「豈其有他故兮，莫好修之害也」句下，原文比此稍詳，云：「世亂俗薄，士無常守，乃小人害之，而以為莫如好修之害者，何哉？蓋由君子好修，而小人嫉之，使不容於當世，故中材以下，莫不變化而從俗，則是其所以致此者，反無如好修之為害也。東漢之亡，議者以為黨錮諸賢之罪，蓋反其詞以深悲之，正屈原之意也。」（朱熹《楚辭集注》，上海：上海古籍出版社1979年版，第23頁。）

[105] 來欽之《楚辭述注》初刊本，明崇禎十年（1638）刻本。

元啟、來子畏等六人[106]，之所以如此，或是由於該書初刊之後，在社會上也產生了一定的影響，故而在重刻之時，來氏子弟均以能參與該書評點、揚親顯名為榮，隨之紛紛附麗於此。就此而言，來氏此書也可謂《楚辭》評點史上的一個頗為極端的例子，而這一特例得以產生的深層次原因，還是在於明末繁盛的《楚辭》評點環境，以及在此影響下人們在心理上對於這種批評形式的喜愛與接受。

除以上介紹的幾種《楚辭》評點本之外，這一時期影響較大的還有潘三槐《屈子》[107]和張鳳翼《楚辭合纂》[108]。就潘三槐《屈子》而言，其中所載評點，多是對之前所出相關《楚辭》評點本的簡單糅合[109]，而潘三槐自評之語則較少，且其中還有偽託之例[110]，因而價值不大。張鳳翼《楚辭合纂》所收評語，與蔣之翹本《七十二家評楚辭》、陸時雍《楚辭疏》及來欽之《楚辭述注》多有相同，由此則又可見其相互之間所產生影響的大致情況。除此之外，該本所載亦有不見於他本者，其中尤其是在〈七諫〉、〈九歎〉、〈九懷〉、〈九思〉等漢代擬騷作品中出現的評點內容，值得我們注意。對於這些篇目，明代《楚辭》評點諸本大多缺乏關注，以至於在有些評點本中，上述各篇中竟存在無一評的現象。而此本則改變了這種狀況，對於論及這些篇目的相關評語則多加徵引，且其中不乏劉辰翁、王世貞、鍾惺、張鳳翼、胡應麟等名家評，這應當正是此本的價值所在。

綜上所述，經過萬曆三十餘年積累的《楚辭》評點，在進入天啟年間之後繼續穩步發展，並最終以蔣之翹《七十二家評楚辭》的問世為標誌，而達到了明代《楚辭》評點發展的最高峰。儘管之後至明末這段時間所出的《楚辭》評點諸本，無論就所選評家還是就品評品質，都已無法再與《七十二家評楚辭》相比美，但是它們也都以自身的存在來詮釋著《楚辭》評點的價值和意義，而也正是由於這些不同《楚辭》評點本之間的相

---

[106] 來欽之《楚辭述注》重刻本，刊刻時間不詳，中國科學院圖書館藏，《四庫未收書輯刊》以此為底本影印。

[107] 潘三槐《屈子》，明末寫刻本。

[108] 張鳳翼《楚辭合纂》，明末刻本。

[109] 潘三槐《屈子》所錄評點，除少數幾條潘氏自評之語外，餘則皆不出凌毓柟本《楚辭》與陸時雍《楚辭疏》二本之範圍。

[110] 偽託之例如《九歌‧少司命》「悲莫悲兮生別離」句眉上，該本稱潘三槐曰：「『悲莫悲兮』二語，千古情語之祖。」此條實為節取王世貞語而成，王氏語原就「入不言兮出不辭，乘回風兮載雲旗。悲莫悲兮生別離，樂莫樂兮新相知」四句而發，作：「『入不言兮出不辭，乘回風兮載雲旗。』雖爾忽忽，何言之壯也。『悲莫悲兮生別離，樂莫樂兮新相知。』是千古情語之祖。」見王世貞《藝苑卮言》，丁福保輯《歷代詩話續編》，北京：中華書局1983年版，第981頁。

互繼承、爭勝和影響，才最終造就了明代《楚辭》評點繁榮、興盛局面的出現。

餘論

明代天啟以後形成的這種《楚辭》評點繁盛局面，也是整個《楚辭》評點史上的高峰，其對於後世的影響是深遠的。如清初的《楚辭》評點就完全處於它的餘波籠罩之中，在入清之後至康熙年間這一時期出現的少數幾個《楚辭》評點本，諸如聽雨齋刊八十四家評本[111]、緝柳齋刊七十二家評注《楚辭》[112]等，幾乎全是對明末相關《楚辭》評點本的重印與翻刻，而這種趨向一直貫穿清代始終，甚至至民國六年刊刻的題俞樾輯評《百大家評點王注楚辭》[113]，溯其根源，仍然是明末沈雲翔《楚辭集注評林》的變體。並且，就清代《楚辭》評點的整體狀況來看，明末曾有的繁盛局面也是一去不再複返，在此期間雖然也曾有名人如錢陸燦等批點本的出現[114]，但就清代《楚辭》評點的整體價值而言，終究已無法再與明代的《楚辭》評點相比衡。因此，明代《楚辭》評點作為整個《楚辭》評點史上最為重要的一頁，是需要我們繼續在深入挖掘、整理、研究的基礎上去認真塗寫的。

---

[111] 此本為聽雨齋重刊套印沈雲翔《楚辭集注評林》，清康熙間刻本。

[112] 此本扉頁題：「康熙乙酉重鐫　七十二家評注楚辭　有文堂藏板」，但每卷第一頁版心下有「緝柳齋藏板」五字，行款、版式亦全同緝柳齋本《楚辭疏》，知其扉頁系有文堂所增，實為緝柳齋《楚辭疏》之重印本。

[113] 題俞樾輯評《百大家評點王注楚辭》，中華圖書館民國六年（1916）刊。

[114] 錢陸燦批點《楚辭》，底本為萬曆十四年（1586）俞初刊本《楚辭章句》，現藏復旦大學圖書館。

明代《楚辭》評點所取底本考

　　《楚辭》評點的底本是指評點所依附的載錄《楚辭》作品的各種刻本和抄本。就明代《楚辭》評點底本的大要而言，主要可以區分為舊注本與新注本兩類，而兩類之中，舊注本又佔有絕對的比重。之所以將其納入研究視野，不僅是因為它與評點密不可分，是研究《楚辭》評點不可或缺的內容；而且更是因為它有助於我們把握刊刻者對底本選擇、處理時所遵循的價值觀念，以及其背後所隱藏的《楚辭》傳播、接受的特定的社會背景。

一、《楚辭集注》是明代《楚辭》評點最主要的底本

　　舊注本主要包括王逸《楚辭章句》和朱熹《楚辭集注》兩種。由於洪興祖《楚辭補注》在整個明代刊刻數量較少，《楚辭》評點少有以其為底本者。明代《楚辭》評點，以朱熹《楚辭集注》為底本者最多，其中包括陳深輯《諸子品節・屈子》、萬曆間刻《楚辭集注》（凡三種）、蔣之翹評校《楚辭集註》、沈雲翔《楚辭集注評林》以及舊抄本《楚辭》等。之所以出現這種情況，並不是偶然的，即使從整個明代的《楚辭》刊刻情況來看，《楚辭集注》的版本也最多，情況也最為複雜。據姜亮夫先生《楚辭書目五種》、崔富章先生《楚辭書目五種續編》二書著錄的情況看，整個明代所刊刻的《楚辭集注》的不同版本達二十五種[1]，這其中還沒有將重印、覆刻的情況計算在內。而這期間《楚辭章句》、《楚辭補注》的不同版本數量則分別為十四種[2]和二種[3]。

　　造成這一現象的根源，主要在於程朱理學在明代尤其是明中期以前所受到的尊崇地位。明代初期，朝廷出於對思想文化控制的需要，大力提倡孔孟之道與被奉為儒學正統的程朱理學，與之相適應，在科舉方面則實行八股取士的制度：考試皆從「四書」、「五經」中命題，對於題目的詮

---

[1] 參姜亮夫《楚辭書目五種》，上海：中華書局上海編輯所1961年版，第46-53頁；崔富章：《楚辭書目五種續編》，上海：上海古籍出版社1993年版，第56-65頁。

[2] 參姜亮夫：《楚辭書目五種》，第12-19頁；崔富章：《楚辭書目五種續編》，第19-27頁。

[3] 參姜亮夫：《楚辭書目五種》，第32-34頁。崔富章：《楚辭書目五種續編》，第39-40頁。

釋，則要完全以朱熹等人的注解為標準。對此，《明史》卷七十《選舉志》有詳細的記載：

> 後頒科舉定式，初場試《四書》義三道，經義四道。《四書》主朱子《集注》，《易》主程《傳》、朱子《本義》，《書》主蔡氏《傳》及古注疏，《詩》主朱子《集傳》，《春秋》主左氏、公羊、穀梁三傳及胡安國、張洽《傳》，《禮記》主古注疏。永樂間，頒《四書五經大全》，廢注疏不用。其後，《春秋》亦不用張洽《傳》，《禮記》只用陳澔《集說》。[4]

由初設科舉時的程、朱注與古注疏並存，到永樂之後惟《四書五經大全》為准的，這就是明代科舉制度的內在發展脈絡，而在這其中，朱熹的地位可謂得到了前所未有的提高。

今核《四書大全》，又名《四書集注大全》，該書《凡例》稱：

> 《四書大全[5]》，朱子集注諸家之說，分行小書。凡《集成》、《輯釋》所取諸儒之說，有相發明者，采附其下，其背戾者不取。凡諸家語錄、文集，內有發明經注，而《集成》、《輯釋》遺漏者，今悉增入。[6]

文中《集成》、《輯釋》，分別指吳真子的《四書集成》和倪士毅的《四書輯釋》。由「凡例」來看，《四書大全》所輯諸家之說，無論是《集成》、《輯釋》所取者，還是二書遺漏、又新增入者，其作用均在於「發明經注」，也就是要使朱熹注文的涵義更加明晰和透徹。《四書大全》這種以朱熹思想觀念為依據裁取諸家論說的做法，無疑旨在樹立其正統地位，從這個角度講，《四書大全》實際上也就是對朱熹《四書集注》所作的進一步擴充而已。《五經大全》亦是如此。今核《五經大全》，其中包括《周易大全》二十四卷、《書經大全》十卷、《詩經大全》二十卷、《春秋大全》七十卷、《禮記大全》三十卷。其所據經注，亦均屬朱學著

4　張廷玉《明史》，北京：中華書局1974年版，第1693-1694頁。
5　原文作「《四書大書》」，誤。見胡廣等纂修《四書大全》，《孔子文化大全》，濟南：山東友誼書社1989年版，第21頁。此本系影印《四庫全書》本，《四庫全書》本亦誤。
6　胡廣等纂修《四書大全》，見《孔子文化大全》，濟南：山東友誼書社1989年版，第21頁。

作。如《周易大全》採用的是《伊川易傳》和朱熹《易本傳》；《書經大全》採用的是蔡沈《書集傳》；《詩經大全》採用的是朱熹《詩集傳》；《春秋大全》採用的是胡安國《春秋傳》；《禮記大全》採用的是陳澔《雲莊禮記集說》。諸人之中，胡安國就教於程門；蔡沈是朱熹的學生；陳澔之父師饒魯，饒魯師黃榦，而黃榦又是朱熹的學生。由此可見，《五經大全》所據經注，無一不是朱學著作。[7]

通過官方的強制推崇與肯定，在明代前期就形成了朱學大為興盛的局面，文人學者大多謹守於朱子傳統，而少有超越者。《明史·儒林傳·序論》云：

> 原夫明初諸儒，皆朱子門人之支流余裔，師承有自，矩矱秩然。曹端、胡居仁篤踐履，謹繩墨，守儒先之正傳，無敢改錯。[8]

受此風氣影響，朱熹《楚辭集注》這時也是如日中天，在《楚辭》領域有著絕對的權威地位。據明代著名學者、曾任太子太傅兼戶部尚書武英殿大學士的王鏊說，自從朱熹《楚辭集注》行世，人們就不再知道有王逸的《楚辭章句》，而他自己也只能從昭明《文選》中窺見其一二，無法找到《章句》全書。後來很幸運地得到一本，有人卻說：「六經之學，至朱子而大明，漢、唐注疏，為之盡廢，複何以是編為哉？」[9]朱熹《楚辭集注》在當時的地位，由此可以想見。

當時世人極力推崇朱熹《楚辭集注》的例子，如何喬新〈楚辭集注序〉云：

> 《三百篇》後，惟屈子之辭最為近古。……漢王逸嘗為之《章句》，宋洪興祖又為之《補注》，而晁無咎又取古今詞賦之近《騷》者以續之。然王、洪之注，隨文生義，未有能白作者之心。而晁氏之書，辨說紛挐，亦無所發於義理。朱子以豪傑之才、聖賢之學，當宋中葉，阨於權奸，迄不得施，不啻屈子之在楚也。而當時士大夫希世媒進者，從而沮之排之，目為偽學，視子蘭、上官之徒，殆有甚焉。然朱子方且與二三門弟子講道武夷，容與乎溪雲山月之間。所以自處者，蓋非屈子之所能及。……嗟夫，大儒者著述之旨，豈

7　此段內容，多參王健《中國明代思想史》，北京：人民出版社1994年版，第9-11頁。
8　張廷玉《明史》，第7222頁。
9　王鏊〈重刊王逸注楚辭序〉，見黃省曾校，高第刊《楚辭章句》，明正德十三年（1518）刻本。

末學所能窺哉？然嘗聞之，孔子之刪《詩》，朱子之定《騷》，其
意一也。[10]

何喬新的這種論調較具代表性，即通過貶抑前世諸家注，而使朱熹
《集注》的地位得以突顯。非但如此，在他看來，就朱子所處環境而言，
亦「不啻屈子之在楚」，朱子自處之道，則又「非屈子之所能及」，言下
之意，朱子勝屈子者多矣。屈子是否即「不及」朱熹，我們對此姑且不
論，但這種論調所反映出的一個重要事實卻值得我們注意，即朱熹的權威
在當時是絕對的，以至於人們寧可去貶低屈原，也不願去批評朱熹。基於
這種認識，何喬新進而甚至將朱熹「定《騷》」與孔子之「刪《詩》」相
提並論，在孔子被尊崇為聖人的時代，這無疑是最高的讚譽。[11]

類似持論又如張旭〈重刊楚辭序〉曰：

竊惟朱子因〈離騷〉以刪定《楚辭》，與孔子之假《魯史》以修
《春秋》同一心也。[12]

再如李維禎曰：

采王、洪、晁三家為《集注》，又差擇去取其所錄，名《楚辭後
語》，附以《辨證》者，朱子也。自朱子注行，而諸說俱左次矣。[13]

以上對於《楚辭集注》的極力推崇，對《楚辭》評點產生了很大影響，評
點本刊刻者之所以選擇《楚辭集注》作為底本，也大多是認為《集注》
取得了超越前世注本的成就。如萬曆間刊集評本《楚辭集注》[14]，卷首就
僅附載了上引何喬新的〈楚辭集注序〉。又如蔣之翹評校《楚辭集註》
（《七十二家評楚辭》），在所作〈楚辭序〉中認為：王逸《楚辭章句》
與洪興祖《楚辭補注》僅是詳於訓詁，於會意處則多所缺失，而惟有「紫
陽朱子注，甚得所解」。[15]諸家注中，以《楚辭集注》為善，以之為底
本，再配以名家評點，從而兼存眾善於一本之中，這應該就是蔣之翹等人

---

[10] 何喬新〈楚辭集注序〉，見吳原明刊《楚辭集注》，明成化十一年（1475）刻本。
[11] 以上參李中華、朱炳祥《楚辭學史》，武漢：武漢出版社1996年版，第139-140頁。
[12] 張旭〈重刊楚辭序〉，見沈圻刊《楚辭集注》，明正德十四年（1519）刻本。
[13] 李維禎〈楚辭集注序〉，見柏芝挺刊《楚辭集注》，明萬曆間刻本。
[14] 此本刊者不詳，復旦大學圖書館藏。
[15] 蔣之翹〈楚辭序〉，見蔣之翹評校《楚辭集註》，明天啟六年（1626）刻本。

在底本選擇時的初衷所在。平心而論，《楚辭集注》的確在疏通意旨方面有前世注本所無法超越的地方。明中葉以後，程朱理學漸次退出主流舞臺，而這時《楚辭集注》仍然能受到人們的肯定和接受，其中除之前權威地位的遺留影響外，就主要是其自身所具有的長處和優勢了。

就作為評點所依附底本的《楚辭集注》的形態來看，其中萬曆年間刊《楚辭集注》（凡三種）、蔣之翹評校《楚辭集註》、沈雲翔《楚辭集注評林》[16]等，都是以《楚辭集注》的足本作為底本的，也就是說它們都收錄了《集注》的全部內容。在此基礎上，有的評點本還有了一定的變化，這方面最突出的就是蔣之翹評校《楚辭集註》。蔣本增益內容較多，如於卷首載司馬遷〈屈原傳〉、沈亞之〈屈原外傳〉、李贄〈屈原傳贊〉、蘇軾〈屈原廟賦〉、顏延之〈祭屈原文〉、蔣之翹〈哀屈原文〉，以及李白、劉長卿、王叔承、何景明、蔣之翹、宋瑛、戴叔倫、鄒維璉、楊維楨、蔣之華、陸鈿等人所作〈吊屈原詩〉。又承《楚辭後語》增《楚辭》附覽二卷，稱：

> 漢本《楚辭》載《〈諫〉、〈懷〉、〈歎〉、〈思〉四篇，朱子刪之，謂其無病呻吟。是矣。奈讀者罔聞其說，猶報遺珠之痛。予聊附之篇外，以備覽云。[17]

蔣氏就篇章折衷於《章句》、《集注》，意存《楚辭》之舊，如從《楚辭》傳播、接受的歷史角度看，是有一定積極意義的。[18]

而陳深輯《諸子品節·屈子》與舊抄本《楚辭》的底本，則非全錄《集注》。如在篇目上，前者僅收錄了自〈離騷〉至〈大招〉等屈原、宋玉的作品；後者也是只收錄了自〈離騷〉至〈招魂〉等屈、宋二人的作品。此外，還有一點值得注意，即二本正文中的注文也非全引，而是節錄《集注》而成，這表明此二本之輯刊者在引入《集注》的過程中，對其進行了一番擇取與刪節的工作。之所以如此，則應歸於其作為選本的性質。如《諸子品節》共收錄三十餘家，篇目宏富，由於篇幅的限制，輯刊者對於所選各家的相關注文進行全錄，顯然是不切實際的；舊抄本《楚辭》更

---

[16] 沈雲翔校刊《楚辭集注評林》，明崇禎十年（1637）吳郡八詠樓刻本。
[17] 蔣之翹評校《楚辭集註》，明天啟六年（1626）刻本。
[18] 對此，《邵亭宋元舊本書經眼錄》有不同意見：「蔣楚翹刻朱子此書，並《辨證》、《後語》附焉。可謂足本。但不應於《後語》六卷後，增入明人騷體為七八卷。又朱子所刪之〈九懷〉、〈九思〉四篇，《附覽》並退出別編。使不與本書相亂，即無妨矣。」

是如此，其本身選本兼抄本的雙重性質，就決定了在注文的確定過程中，必然要對《楚辭集注》進行篩選與刪節。而就二本中所錄《楚辭集注》的內容來看，其所擇取者，多是相關注文中較為關鍵的部分。

二、《楚辭章句》是明中後期《楚辭》評點的主要底本

如前所述，由於官方的強制推崇和文人、學者的大力宣揚，朱學在明代初期很快就佔據主導地位，與之相適應，朱熹《楚辭集注》也隨之在《楚辭》學界具有了絕對的權威和地位。但這種狀況至明代中葉便開始逐漸發生變化，在這個時候，朱學雖然仍然還是官方之學，但隨著心學的興起及廣泛傳播，它已經逐漸退居到次要的地位，人們也開始對它進行反思和批評。如對王陽明心學思想產生過重要影響的陳獻章，就曾發出過這樣的感慨：

> 予少無師友，學不得其方，汩沒於聲利、支離於耗糠者蓋久之。年幾三十始盡棄舉子業，從吳聘君遊，然後益數迷途其未遠，覺今是而昨非。取向所汩沒支離者，洗之以長風，蕩之以大波，惴惴焉惟恐其苗之複長也。[19]

陳獻章年輕時曾著力於科舉，受到程朱理學的影響，後來師事當時著名的江西學者吳與弼，受其心學思想的影響和啟發，遂發出了這樣的感歎。這裡的「汩沒」、「支離」云云，指的就是程朱理學，陳氏在這裡主張要將之洗蕩乾淨。

這種新的學術風氣逐漸打破了人們對朱學的迷信與尊崇，具體表現在《楚辭》領域，就是人們在相關論述中已經對以往唯《集注》獨尊的現象進行反思，並開始將視野轉向長期被《集注》遮蔽的王逸《楚辭章句》，去試圖努力恢復和挖掘它的價值所在。如前引王鏊對當時《楚辭章句》現狀的描述，見於他為黃省曾校、高第刊《楚辭章句》所作的〈楚辭序〉中。在這篇〈序〉中，他對當時社會上占主流的「六經之學，至朱子而大明，漢唐注疏，為之盡廢」的觀點進行了批評，以此為基礎，又對王逸《楚辭章句》的價值進行了重新評估和肯定：

> 余嘗即二書而參閱之，逸之注，訓詁為詳；朱子始疏以《詩》之六

---

19 陳獻章〈龍岡書院記〉，見《陳白沙集》，《影印文淵閣四庫全書》本。

義，援據博，義理精，誠有非逸之所及者。然予之憒也，若〈天問〉、〈招魂〉譎怪奇澀，讀之多未曉析。及得是編，怳然若有開於余心。則逸也豈可謂無一日之長哉！章決句斷，事事可曉，亦逸之所自許也。予因思之：朱子之注《楚辭》，豈盡朱子說哉。無亦因逸之注，參訂而折衷之。逸之注，亦豈盡逸之說哉，無亦因諸家之說，薈萃而成之。蓋自淮南王安、班固、賈逵之屬，轉相傳授，其來遠矣。然則注疏之學，可盡廢哉？若乃隨世所尚，猥以不誦絕之，此自拘儒曲學之所為，非所望於博雅君子也。[20]

這種評價基本上是客觀的。《章句》、《集注》二書，皆有其所長之處，且《章句》多存舊詁，《集注》亦對此多所因襲，這種「轉相傳授」、因襲承繼的做法，也正是注疏之學內在推演挺進的規律，若僅是「隨世所尚」，即將《章句》遺棄，在王鏊看來，不過是「拘儒曲學」的做法而已。類似說法，還可見於申時行〈重刊楚辭序〉。其文云：

自漢以來，著述之士擷其英華，注釋之家抉其微奧，代有作者。然班固、賈逵之書不復可考，而章句獨稱王逸，固自東京而已大行於世。迨考亭朱子校定其篇章，〈七諫〉、〈九懷〉而後並從刪削，而逸注遂為筌蹄。然博雅之士，卒以存而不廢也。……余惟六經厄於秦火，一線幾絕，漢初諸儒補葺斷爛，網羅放失，各以訓詁頡門名家，能折角解頤，膾炙當時，而濂、洛、關、閩之儒，始得尋其源流，闡繹其統緒，令微言大意，煥然複明，蓋漢儒之功宏以遠矣。逸之於《楚辭》，猶漢儒之於六經，可遂廢乎？余謂說《詩》者，無以《風》《雅》之變蕆〈離騷〉；讀《楚辭》者，無以考亭之說駢枝逸注。兩存而不遺可矣。故略陳其端，俟通經學古者擇焉。[21]

王鏊在當時貴為光祿大夫、柱國少傅、太子太傅兼戶部尚書、武英殿大學士，申時行地位亦極尊顯，這篇〈序〉即作於其任太子太師、吏部尚書、中極殿大學士、知制誥經筵總裁、國史會典予告之時，以二人的身分和地位，此論一出，在社會上所產生的影響是可以想見的。

---

[20] 王鏊〈重刊王逸注楚辭序〉，見黃省曾校，高第刊《楚辭章句》，明正德十三年（1518）刻本。
[21] 申時行〈重刊楚辭序〉，見朱燮元、朱一龍刊《楚辭章句》，明萬曆二十九年（1601）刻本。

　　如果說王鏊、申時行二人還只是從古代注疏承繼流傳的角度，對《楚辭章句》予以肯定的話，那麼吳琯對《章句》則有了更為具體細緻的研究和分析，而由此他甚至將王逸注《騷》與諸儒注《十三經》相提並論，大力褒贊。其文云：

> 古今之稱善故者，自《十三經》之外，吾得三家焉。若王逸之於《楚辭》，郭象之於《莊子》、劉峻之於《世說》是也。人言子休注子玄，孝標勝臨川，固當別論。而叔師則深得孟氏之旨矣。孟氏之言曰：「不以文害辭，不以辭害意。以意逆志，是為得之。」夫逆者，有待而無待之謂也，斯不亦善故乎？《莊子》以理，《易》之變也；《世說》以事，《左史》之變也；《楚辭》以情，夫非《詩》之變也歟哉！《詩》之為教，寬厚溫柔，言之者無罪，而聞之者易以入。《楚辭》則不，其言鳩舌，其聲蟬綿，其情蠖屈。所謂變也，非善故者，鮮不害矣。王氏一書，句為之離，亦句為之釋，粗而名象，精而幾微，各有攸當。乃若一章之內，上下相臨；數節之中，終初相應。彼其不能操其凡而撮其要哉？毋亦曰：楚人之情多怨而隱，楚人之辭牢愁而綣，至孤憤而流離，知音者自尋，修郤者難見。毋論當時待君心一悟，即千載而下，有能解此者，旦暮遇之，幾迓湘流之魂而肉魚腹之骨矣。然則說《騷》者宜莫如說《詩》而得孟氏之旨者，孰如王氏乎？[22]

　　「楚人之情多怨而隱，楚人之辭牢愁而綣」，而《楚辭》者，「其言鳩舌」，「其情蠖屈」，其難解也即在情理之中矣，對此《章句》皆能條分縷析，為之訓說，「精而幾微」，「各有攸當」，豈非「善詁」者歟？接下來吳琯又對《章句》和《集注》進行了比較觀照，所論亦頗為精采：

> 或曰：然則朱氏之說非歟？余謂不然。朱氏之說，由隱以之顯，其說易入，其入也淺。王氏之說，由顯以之隱，其說難入，其入也深。故讀《騷》者，先王氏而不入，則以朱氏證之，入則深矣。[23]

　　據前引吳琯所論可知，詁訓《楚辭》之難，難在能做到「不以文害辭」，準確地把握其「志」之所在。屈子之情深，故注家亦須入之深，方

22　吳琯〈重梓楚辭序〉，見俞初刊《楚辭章句》，明萬曆十四年（1586）刻本。
23　吳琯〈重梓楚辭序〉，見俞初刊《楚辭章句》，明萬曆十四年（1586）刻本。

能得其正解，由此再來看吳琯此處關於王、朱二注的淺深之辨，其中所折射出的優劣價值觀已是不言自明。

在這種學術風氣影響下，人們對王逸《楚辭章句》就越發關注起來，相關的刊刻本也隨之日益繁富了起來。據姜亮夫、崔富章二先生的著錄情況來看，明代《楚辭章句》的刊刻時間多集中在萬曆年間，並在這一時期形成了一個小高峰，集中出現了多種品質較高的版本。[24]在這種背景下，以《楚辭章句》為底本的評點本也隨之應運而生，其中有馮紹祖校刊《楚辭章句》[25]、凌毓柟校刊本《楚辭》[26]、題焦竑輯《二十九子品匯釋評·屈子》[27]以及閔齊伋校刊本《楚辭》[28]等。以上四種均刊刻於萬曆時期，似乎也向我們暗示《楚辭章句》在那個時期日漸繁興的局面。

馮紹祖校刊《楚辭章句》問世於萬曆十四年（1586），與前引吳琯作〈序〉的時間正好相同，[29]這對於我們瞭解馮本問世的背景，也可謂提供了一個直接的參照。在該本卷首附錄處，有「觀妙齋重校楚辭章句議例」五則，其中對於選擇《楚辭章句》為底本的原因，馮氏作了詳細說明。我們不妨對此稍作分析，並從中理清該本與當時時代風氣之間的內在聯繫。其「議例」云：

> 第一印古：《楚辭》先輩稱王逸本最古，蓋去楚未遠，古文不甚流濫脫軼耳。後人人各以意擅易，若晦翁所次〈九辯〉諸章，固自玢齒，要非古人之舊矣。今一意存古，故斷以王氏本為正。
>
> 第二銓故：《楚辭》解當漢孝武時，已令淮南王安通其義矣。惜乎言湮世遠，今不復存。東漢王逸，匯其故為《章句》，蓋其詳哉！至宋洪興祖、朱晦翁，俱有補注。總之不離王氏者居多。茲顓主王氏《章句》。洪、朱兩家，間各有裨益處，為標其概於端，俾讀者得以詳考，亦無混王氏之舊焉。
>
> 第三遴篇：《楚辭》編於劉子政者十六卷，《章句》於王叔師者十七卷。至唐宋而下，互有編次。而《楚辭後語》，則朱子仍晁無咎氏之故云。今主《章句》，則仍《章句》，即莫瞻《後語》不

---

[24] 參姜亮夫：《楚辭書目五種》，第15-18頁；崔富章《楚辭書目五種續編》，第23-27頁。

[25] 馮紹祖校刊《楚辭章句》，萬曆十四年（1586）刻本。

[26] 凌毓柟校刊《楚辭》，萬曆二十八年（1600）朱墨套印本。

[27] 題焦竑輯《二十九子品匯釋評》，萬曆四十四年（1616）刻本。

[28] 閔齊伋校刊《楚辭》，萬曆四十八年（1620）套印本。

[29] 吳琯〈重梓楚辭序〉末題「萬曆丙戌新都吳琯撰」，「萬曆丙戌」為萬曆十四年。

論矣。[30]

由馮紹祖敘及的這三個方面來看，他選擇《章句》作為底本，確實有著充分的理由：《楚辭》在流傳過程中，後人對其肆意修改，故後世所成諸本，已多「非古人之舊」，言下之意，當時馮紹祖可以依託的最可靠的《楚辭》版本，就是王逸《楚辭章句》了；就文中注釋而言，較早的劉安等諸家注均已散失無考，遺存下來的《楚辭》注本，亦屬《章句》為最早，而後世洪興祖、朱熹二家注，儘管影響甚大，但就其實質而言，在馮紹祖看來，也都是在《章句》的基礎上稍加增益而成的。基於這種認識，馮紹祖將《楚辭章句》作為評點本的底本加以刊刻，也即在情理之中了。

就諸本外在形態來看，馮本以《楚辭章句》的足本為底本，又於卷首載入《史記·屈原傳》、「各家楚詞書目」[31]。而其他三種中，《二十九子品匯釋評·屈子》的注文情況，與前述《諸子品節·屈子》及舊抄本《楚辭》中注文的處理方式相類似，即其中所錄注解，均是節錄《楚辭章句》而成。凌毓柟、閔齊伋二本的情況則較為特殊：它們均未收錄《楚辭章句》的注文，其中凌毓柟本僅收錄了王逸的大小序，閔齊伋本只收錄了王逸的各篇小序。也正是因為這一點，學術界對於它們的歸屬存在分歧。如姜亮夫先生將凌本歸入《楚辭章句》一類，稱：

> 全書除不錄《章句》外，凡王逸本中所有大小敘附錄皆具。與閔齊伋本相近。[32]

又將閔本歸入劉向輯本《楚辭》一類，稱：

> 全書雖用王逸本，且錄〈九思〉，然皆白文無章句。故入為劉向輯本。[33]

---

[30] 馮紹祖校刊《楚辭章句》，萬曆十四年（1586）刻本，馮紹祖「重校楚辭章句議例」共計五則，除此三則外，還有「核評」、「譯響」二則。

[31] 包括王逸《楚詞》十七卷，《楚詞釋文》，洪氏《補注楚辭》與《考異》，晁氏《重編楚辭》、《續楚辭》、《變離騷》，《八人通九十六首》，林應辰《龍岡楚辭說》，周紫芝《楚辭贅說》，朱熹《楚辭集注》十一種。姜亮夫先生著錄無《八人通九十六首》，見《楚辭書目五種》上海：上海古籍出版社，1993年，第15頁。

[32] 姜亮夫《楚辭書目五種》，第17頁。，

[33] 姜亮夫《楚辭書目五種》，第5頁。，

對於姜先生將閔本歸入劉向輯本《楚辭》的做法，崔富章先生完全認同，並在著述中承襲了這種處理方式。[34]與姜、崔不同，饒宗頤先生則將此本歸入《楚辭集注》一類。[35]對此筆者以為，儘管二本均未錄《楚辭章句》注文，但它們仍應歸入《章句》一類。這主要基於以下考慮：其一，二者在篇目次序與數量上，均與《楚辭章句》完全相同，這是二者屬於《章句》系統最重要的證據；其二，二者雖然都未收錄《楚辭章句》注文，但逐篇將王逸小序予以收錄，則反映出它們實是以《楚辭章句》為據刪減而成的；其三，二者都是在馮紹祖校刊《楚辭章句》影響下刊刻問世的。這一點主要表現在二者在所錄評點方面，對馮本均有較多的繼承，[36]這對於凌、閔二氏在底本選擇上亦曾受到馮紹祖的影響來說，不失為一個有力的旁證。因此，就底本而言，凌、閔二本實際上不過是對《楚辭章句》簡化之後的產物而已，或者更準確地說，它們就是《楚辭章句》的某種變體。姜先生指出凌本「與閔齊伋本相近」，卻將閔本置於劉向輯本《楚辭》一類，述其原因時稱其「皆白文無章句」，由此推斷，凌本亦皆白文，豈亦應併入劉向輯本？而饒先生將閔本歸入《楚辭集注》一類，則更是不知所據為何，因為無論從哪個角度來講，閔本都與《楚辭集注》相去甚遠。

　　明代《楚辭》評點以舊注為底本者，還有一種現象值得我們注意，即融合《章句》、《集注》相關注文於一本的情況，這主要有張鳳翼《楚辭合纂》與題歸有光輯《諸子匯函》之《玉虛子》、《鹿溪子》等。《楚辭合纂》在所錄篇目上，也基本上是糅合王、朱二本而成。[37]該本正文卷首題「漢王逸章句　宋朱熹集注　明張鳳翼合纂」，[38]對於「合纂」之義，崔富章先生以為「綜王逸、洪興祖、朱熹諸家之說而斷以己意也」[39]。筆者考核後發現，張鳳翼引錄多而發揮少，大體而言，崔先生所言是可信的。《諸子匯函》之《玉虛子》收錄的是屈原的部分作品，包括〈天問〉、〈惜誦〉、〈涉江〉、〈哀郢〉、〈抽思〉、〈懷沙〉、〈思美

34　崔富章《楚辭書目五種續編》，第10頁。
35　饒宗頤《楚辭書錄》，《選堂叢書》，香港：蘇記書莊1956年版，第10頁。
36　對於凌本和馮本之間的承繼關係，可參本書下編「明萬曆二十八年凌毓枏校刊朱墨套印本《楚辭》」敘錄。
37　《楚辭合纂》共十卷，其目錄為：卷一〈離騷經〉；卷二〈九歌〉、〈天問〉；卷三〈九章〉；卷四〈遠遊〉、〈卜居〉、〈漁父〉；卷五〈九辯〉、〈招魂〉；卷六〈大招〉、〈惜誓〉、〈吊屈原〉、〈反離騷〉；卷七〈招隱士〉、〈七諫〉；卷八〈哀時命〉、〈九懷〉；卷九〈九歎〉；卷十〈九思〉。其中〈吊屈原〉來自《楚辭集注》，同時張鳳翼又以〈反離騷〉替換了《楚辭集注》中的〈服賦〉，除此二篇之外的其餘篇目則全同《楚辭章句》所錄。
38　張鳳翼《楚辭合纂》，明末刻本。
39　崔富章《楚辭書目五種續編》，第80頁。

人〉、〈惜往日〉、〈橘頌〉、〈悲回風〉、〈卜居〉十一篇。《鹿溪子》則包括宋玉的〈九辯〉和〈對楚王問〉兩篇。其中屬於《楚辭》作品的文中注文，均是糅合王逸、朱熹二注而成。具體來看，則是以《楚辭集注》為主，對於相關文句，《集注》無注或缺失者，則由《章句》補入。[40]另外，筆者發現，該本所錄王、朱二家注，都經過了匯輯者的一番改動。這種改動主要表現為兩種情況：一是對原注文進行刪節；二是將原文中的多處注文經過適當調整後，重新合併為一處。《楚辭合纂》、《諸子匯函》這種融合《楚辭章句》、《楚辭集注》的做法，其實在一定程度上也反映出時人認同王、朱二家注各有優長的觀念。

三、作為明代《楚辭》評點底本的新注本

這裡的新注本主要是相對於前世王逸、洪興祖、朱熹三家注而言的，是指明末出現的針對以上三家注不足，重新對《楚辭》進行補充式釋解的注本。與評點結合在一起的此類注本，主要有來欽之《楚辭述注》、潘三槐注《屈子》、陸時雍《楚辭疏》以及陸時雍疏、金兆清參評《楚辭榷》等。但需要指出的是，諸書中並非只有新注，其對於王、朱等舊注仍然有著較多的繼承。因此，嚴格而言，它們實際上應該是新舊注文融合的一種《楚辭》注本形式，筆者在這裡之所以稱其為「新」，主要是相對於純粹意義上的舊注本而言的。

來欽之《楚辭述注》在篇目的確定上以朱熹《楚辭集注》為據，但僅錄前五卷屈原作品，對於後世的續《騷》之作，來氏則認為「或本其志，或甚反其詞，中情繾綣，旨趣幽深，非不盡善盡美，使之各自成書，亦無不可」[41]。關於「述注」之義，來氏解曰：

> 柳子厚曰：「參讀〈離騷〉以致其幽」，由是言之，則凡為文者所不可忽也。然其詞旨難明，語意杳冥，非藉解釋，不能通曉。朱子之《集注》，其補俾於後人者多矣，欽之伏而誦之，間或裒多益寡，此固欽之述注之本義也。[42]

---

[40] 《玉虛子》、《鹿溪子》中亦有洪興祖注文，但經筆者考校後發現，這些內容實際上都是先由朱熹引入其《楚辭集注》，後又由《諸子匯函》匯輯者從《集注》中轉引得來的。

[41] 來欽之〈楚辭序〉，《楚辭述注》，明崇禎十一年（1638）刻本。

[42] 同上。

由此可見，來氏之「述注」，實以《集注》為據，再對其刪節和增益。這正如其正文卷首題署所列：「漢宣城王逸章句」、「宋新安朱熹集注」、「明蕭山來欽之述注」。[43]

潘三槐注《屈子》六卷[44]，僅收屈賦作品。正文各篇先白文，後接潘三槐注，再接「音釋」。如「離騷經」原文後，接「離騷注」二十六條，注末又附以「離騷經音釋」。對於潘注，崔富章先生以為，「其注屈原賦二十五篇，大抵綜王、洪、朱之說，簡明扼要，頗便誦讀」。

與二者相比，陸時雍《楚辭疏》則是明末出現的一部水準較高的《楚辭》注本，如時人唐世濟稱其「盡掃諸附會，獨以《楚辭》還《楚辭》，間取舊詁，錄其瑜，拂其違，踵其事，變其本，合論而分疏之，使作者幽墨紆軫奇瑰陸離之詞，不必離朱睊而賈胡鑒，乃始較然」[45]。該本所錄卷次、篇目數量均與舊注本不同。如其中對於篇目次序的安排，陸時雍就一反世人多承朱熹《楚辭集注》的做法，而是根據自己的理解重新對其進行排列：

> 《楚辭》次序，無所定憑，今所傳朱晦翁本，首〈離騷〉，次〈九歌〉，次〈天問〉，次〈九章〉，次〈遠遊〉，次〈卜居〉，次〈漁父〉。以〈九辯〉、〈招魂〉、〈大招〉，則宋玉、景差所作，而綴之於後。余謂〈九章〉即〈離騷〉之疏，而〈遠遊〉者，自〈離騷〉中「倚閭闔」、「登扶桑」一意逗下，至〈天問〉、〈九歌〉、〈卜居〉、〈漁父〉，則原所雜著也。朱晦翁因〈九章〉中有〈懷沙〉一篇，乃原之卒局，而〈悲回風〉顛倒繁絮，以為臨絕失次之音故耳。然奈何以〈卜居〉、〈漁父〉終也。

接著，陸時雍列出了自己的篇目排列：

> 余今所次，首〈離騷〉，次〈九章〉，次〈遠遊〉，次〈天問〉，次〈九歌〉，次〈卜居〉，次〈漁父〉，次〈九辯〉，次〈招魂〉，次〈大招〉，覺其脈絡相承，使觀者一覽而自得也。[46]

---

[43] 來欽之《楚辭述注》，原刻於明崇禎十一年，後世又有據此重刻者，重刻本卷端題署則有所改動，如清康熙三十年重印本題「漢宣城王逸章句」、「宋新安朱熹集注」，「明蕭山黃象彝、象玉、象霖同校」。

[44] 潘三槐注《屈子》六卷，明末寫刻本。

[45] 唐世濟〈楚辭疏序〉，《楚辭疏》，明天啟間緝柳齋刻本。

[46] 陸時雍〈楚辭條例〉，《楚辭疏》，明天啟間緝柳齋刻本。

在此基礎上，陸氏又增益〈反離騷〉、〈惜誓〉、〈吊屈原賦〉、〈招隱士〉、〈七諫〉、〈哀時命〉、〈九懷〉、〈九歎〉、〈九思〉諸篇，定為十九卷，這就構成了《楚辭疏》的正文部分。《楚辭》各篇，王逸、朱熹皆作有小序，對於這些小序，陸時雍頗有微詞，認為「〈離騷〉諸篇小序，王叔師大都謬誤，朱晦翁亦未全得也」，並由此逐條對二家小序之失進行指斥。對於王、朱二家注文，陸時雍亦多有批評，如稱「王逸之注〈離騷〉，工拙雖殊，要皆自下語耳，於所注無與也」；稱「《騷》人用意幽深，寄情微眇」，而朱注僅「於訓詁有餘」，其發明則未足。由此，陸氏方「為之抉隱通微」，以「使讀者了知其意，世無懵衷」。[47]文中注疏之例，先於每篇下作小序，然後分段為解，注文先列「舊詁」，次接以「陸時雍曰」。其中「舊詁」，是融合王逸《楚辭章句》、洪興祖《楚辭補注》及朱熹《楚辭集注》而成，非專主哪一家。於〈天問〉篇，他又取周拱辰《天問別注》之語，列次文下。[48]而〈卜居〉、〈漁父〉、〈九辯〉、〈招魂〉、〈大招〉、〈反離騷〉六篇，皆僅錄舊注，陸氏注疏則較簡略。[49]自〈惜誓〉以下諸篇，則更是只錄白文，一概無注，糾其因由，則源自陸氏對於漢代擬《騷》之作的輕視。因為在他看來，「倡楚者屈原，繼其楚者，宋玉一人而已。景差且不逮，況其他乎」？而「自〈惜誓〉以下至於〈九思〉，取而附之者，非以其能楚也，以其欲學楚耳」[50]。就陸時雍疏解之語的具體內容來看，大抵鉤玄提要，持論精闢，多能發人思致，示人以津逮。也正是因為如此，此本一出，即在社會上產生了很大影響，而其後所出評點諸本中更是多有擇取其注疏之語而為評語者。[51]而之後所出的陸時雍疏、金兆清參評《楚辭榷》，則是此本於後世的一種變體。

四、明代《楚辭》評點底本的多樣性及其成因

以上筆者對明代《楚辭》評點的底本情況進行了梳理，就其總體情況來看，其表現形態是較為複雜的。

---

[47] 同上。

[48] 《楚辭疏》卷首「楚辭姓氏」中有「別注」一項，下列周拱辰。周拱辰，字孟侯，桐鄉人，歲貢生。性嗜《騷》，與陸時雍交善，陸時雍刊《楚辭疏》，周拱辰作有《楚辭敘》。其著作有《聖雨齋集》八卷、《離騷草木史》十卷等。

[49] 關於此六篇，陸時雍所論之精義，皆見於其《讀楚辭語》中，故此處從略。

[50] 陸時雍《讀楚辭語》，《楚辭疏》，明天啟間緝柳齋刻本。

[51] 《楚辭疏》之後，蔣之翹《七十二家評楚辭》、張鳳翼《楚辭合纂》、來欽之《楚辭述注》、潘三槐《屈子》等評點本，基本上都收錄了陸時雍語，其中有些就是從其注疏語中擇選出來的。

這種複雜局面的形成，應歸因於其背後所隱藏著的諸多因素的綜合作用，其中如時代背景、學術風尚的影響，刊刻者個人價值、喜好的定位等。自漢代結集問世至明前中期相關評點本出現之前，《楚辭》傳播已歷經近一千四百年。[52]由於《楚辭》多載「楚音」、「楚物」、「楚地」，就當時世人而言，對於《楚辭》的閱讀、理解已不是一件容易的事情，再加流傳年代久遠，因而明代大多數《楚辭》評點本的刊刻者，在正文中都附載了注文。同時，由於在《楚辭》評點產生之前，關於《楚辭》注疏已成為《楚辭》學中較為重要的一脈，並且出現了如王逸《楚辭章句》、洪興祖《楚辭補注》、朱熹《楚辭集注》等對後世影響深遠的注本，因而明代《楚辭》評點從一開始，就與這些經典注本緊密聯繫在一起，並且這種已經典注本為底本的趨勢一直貫穿於《楚辭》評點發展過程的始終。這是明代《楚辭》評點底本形態的主要方面。除此之外，受王陽明「心學」思潮的影響，明中葉以後的學術空氣發生了較大的轉變，這反映在《楚辭》研究領域，就是明代前期籠罩於朱熹《楚辭集注》之上的神聖面紗被逐漸打破，《楚辭》學界多樣化的風氣日漸明顯，與此同時，意在彌補前世經典注本不足的《楚辭》新注本也隨之出現，而這其中有的就與評點結合在一起。

明代《楚辭》底本與《楚辭》總評、眉批、旁批、卷（篇）末評等諸種評點形式結合在一起，呈現出繁富、多樣性，極大地滿足了人們的不同閱讀需求，同時，校刻精審、水準較高的《楚辭》底本，對於評點的傳播與普及而言，也起到了至關重要的推動作用。

---

[52] 關於《楚辭》的結集問題，湯炳正先生以為應分為五個時期：〈離騷〉、〈九辯〉為第一組，纂輯時間在先秦，「纂輯者或即為宋玉」，此為屈、宋合集之始；〈九歌〉、〈天問〉、〈九章〉、〈遠遊〉、〈卜居〉、〈漁父〉、〈招隱士〉為第二組，增輯時間在西漢武帝時，「增輯者為淮南王賓客淮南小山輩，或即為淮南王劉安本人」；〈招魂〉、〈九懷〉、〈七諫〉、〈九歎〉為第三組，增輯時間在西漢元帝、成帝之時，「增輯者即為劉向」；〈哀時命〉、〈惜誓〉、〈大招〉為第四組，增輯時間在班固之後、王逸之前，「增輯者已不可考」；〈九思〉為第五組，增輯時間在東漢順帝時，增輯者為王逸，所成本即今世流傳的《楚辭章句》十七卷。（見湯炳正《〈楚辭〉成書之探索》，《屈賦新探》，濟南：齊魯書社1984年版，第85-109頁。）今即以王逸書成之時起算。

明代《楚辭》評點形態及其研究價值

　　就文學評點而言，採取何種評點形式、如何在具體評點本中加以組織、評點形態在某段歷史時期裡的遞延脈絡怎樣等問題背後，往往隱藏著刊刻者或評點者的某種理念。這意味著，評點形態通常不僅僅是一種純粹的批評形式的組合，通過對其蘊含的功能及意蘊的探討，我們可以考察刊刻者的文學評點觀念、文學評點的內在遞延脈絡，以及古人的審美傾向及賞鑒標準。以往有些學者曾對一般詩文、小說、戲曲評點形態及其功能問題有所涉足[1]，而對明代《楚辭》評點形態中所存在的何以較早就具備相對完整的形態、其演變脈絡如何、各評點本之間何以會出現如此同中有異的複雜而多元化景象等諸多問題，缺乏必要的關注。

一、明代《楚辭》評點的先天優勢

　　明代《楚辭》評點形態之所以較為完備，歸根結底，主要是因為它立足於較為成熟的詩文評點。評點這種文學批評樣式首先發端於詩文領域。據現有研究成果來看，早在南宋時期，評點就已經較多地被作為古文批評的形式來運用了，並產生了一些品質較高的評點著作，如呂祖謙《古文關鍵》、樓昉《崇古文訣》、真德秀《文章正宗》及謝枋得《文章軌範》等。後經劉辰翁在文學評點方面的努力和實踐，評點面向的領域得以拓展。總評、旁批、尾評等多種評點形式，以及圈、點、抹、劃等形態各異的圈點符號紛紛出現。儘管評點形態還不夠成熟和完備，但已為後世文學評點奠定了良好基礎。越元至明，又經過近三百年的積累和發展，至明中期時，詩文評點的形態就已經相對比較成熟了。如刊於明萬曆四年（1576）的凌稚隆輯《史記評林》一百三十卷的評點形態即已比較完備。該本卷首附錄依次為：諸家序言、「《史記評林》凡例」、「《史記評林》姓氏」、「《史記評林》引用書目」及「讀史總評」。關於卷首所附

---

[1]　如，吳承學先生曾論證宋代詩文「評點形態源流」及其走向通俗化的實用、功利色彩等問題，見《文學評論》1995年第1期。譚帆先生曾專門探討「小說評點之形態」及其流變，見《中國小說評點研究》，上海：華東師範大學出版社2001年版。朱萬曙先生曾論及「明代戲曲評點的版本形態與批評功能」，見《明代戲曲評點研究》，合肥：安徽教育出版社2002年版。這些研究能把評點方式放在較為廣闊的人文背景上考察，為而今研究打開了思路。

「讀史總評」，凌氏稱：

> 諸名家讀史總評，散見各集，茲刻輯錄於前，一展卷可得大旨
> 云。」

正文之中，又有眉批、旁批、篇首總評、篇末總評等多種形式。對各種評點形式所承載的內容，凌稚隆均有說明。眉批除引諸家評語外，還引前世文獻：

> 更閱百氏之書，如《史通》、《史要》、《史鉞》、《史義》、
> 《唐宋確論》、《史綱辨疑》、黃東發《日抄》、丘瓊山《世史正
> 綱》、《日格子學史》之類，凡有發明《史記》者，各視本文，標
> 揭其上。

又有凌稚隆作按語：

> 《史記》原引《詩》、《書》、《左傳》、《國語》、《世本》、
> 《戰國策》、《呂氏春秋》、《楚漢春秋》諸書，兼有撮其要而未
> 及詳者，茲並錄全文於上，名之曰「按」，仍下一字以別之。

> 百氏之書，如《風俗通》、《白虎通》、《越絕書》、《說苑》、
> 《新序》、《論衡》、《韓詩外傳》等類，與《史記》互相發明，
> 茲擇其切要者，錄之於上，以備考證，亦名曰「按云」。

> 一篇中綱領節目關鍵，諸家未評者，茲僭揭於上，亦曰「按云」。

旁批則為：

> 一篇之中，虛實主客分合根枝，與夫提挈照應總結及單辭賸語，批
> 評所不能載者，悉注於旁。

而篇首、篇末評者，則多是凌氏由諸家著作中擇取出的具有總論性質的評論：

> 更閱百氏之書，……兼有總論一篇大旨者，錄於篇之首尾，事提其

要，文鉤其玄，庶其大備耳。

又云：

> 蘇子由《古史》，《史記》之羽翼也，呂東萊《十七史詳節》，列
> 於「太史公贊」後，而與《索隱‧贊》並，茲刻或用東萊所纂，或
> 用子由全文，一如《十七史詳節》例，《古史》所無者缺之。[2]

無論是評點形式的使用，還是評點格局的構成，後世評點都能或多或少地在《史記評林》中找到可以憑藉的依據。

《楚辭》評點緊隨其後，故而各種評點形式能夠兼備。如出現較早的馮紹祖校刊《楚辭章句》於萬曆十四年（1586）一問世，就以集「卷首總評」、「眉批」、「旁批」、「卷末總評」於一體的評點格局出現。若將《史記評林》與馮本加以比較，我們不難發現二者並非僅是形式上的簡單相合。馮氏繼承、發展了凌稚隆對於歷代有關《史記》論著及諸家評語廣泛徵引的做法，如該書卷首依次錄黃汝亨〈楚辭序〉、馮紹祖〈校楚辭章句後序〉、「觀妙齋重校楚辭章句議例」、「各家楚辭書目」[3]、「楚辭章句總評」，正文中則有眉批、旁批、卷（篇）末總評等，從而構建了立體式的評點格局。其實這並非出於偶然：一方面，如前所述，馮紹祖有前世積累的經驗和範本可作參照；再者也是在於紹祖本人的用心和努力。其祖父馮觀曾批點過《楚辭》，這種家學淵源對他應有重要影響，據其〈楚辭序〉，他對屈原其人其文甚是欽慕，對屈子所遇亦甚為同情：

> 不佞非知《騷》者也，而讀讀慕《騷》。讀「傷靈修」、「從彭
> 咸」語，見謂庶幾〈穀風〉、〈白華〉之什，而哀怨過之。觀〈哀
> 郢〉、〈懷沙〉，則忿懟濁世，湛沒清流，以世無屈子忠也者，而
> 屈子遇；無屈子遇而屈子忠也者，心悲之。[4]

---

[2] 以上引文均見凌稚隆〈史記評林凡例〉，載於《史記評林》卷首，明萬曆四年（1576）刻本。

[3] 「書目」共擇取王逸《楚詞》十七卷、《楚詞釋文》、洪氏《補注楚辭》與《考異》、晁氏《重編楚辭》、《續楚辭》、《變離騷》、《八人通九十六首》、林應辰《龍岡楚辭說》、周紫芝《楚辭贅說》、朱熹《楚辭集注》十一種，並配以陳氏《直齋書錄解題》、晁氏《郡齋讀書志》中提要。

[4] 馮紹祖〈校楚辭章句後序〉，馮紹祖校刊《楚辭章句》，明萬曆十四年（1586）刻本。

由此，馮紹祖對於重刊《楚辭章句》極為用心，特邀請時賢黃汝亨作序，並撰「觀廟齋重校楚辭章句議例」五則[5]，闡明自己的理念和意圖。綜合「議例」和該本整體形態來看，有以下幾點值得注意：其一，無論是底本的選擇，還是評點的增入，以及諸如《史記·屈原傳》、「楚詞書目」、音釋等內容的收錄，馮紹祖都是竭力融合諸本之長，以及前世可以借鑑的材料，使該本成為精品；其二，正是在馮紹祖這種意圖及實踐的基礎上，該本之評點形態才得以較完善的面貌呈現出來；其三，實質上，馮紹祖此時對評點似仍缺乏清醒而準確的認識，或者說他更多地是採用了之前評點本中可資借鑑的評點形式，而對評點這種批評樣式，仍缺乏自覺的意識。他像樓昉一樣，從朱熹《楚辭集注》中擇選出相關內容，非但如此，他還把洪興祖《楚辭補注》也納入取材的範圍，因此，眉批等評點形式就容納了很多舊注的內容，從整體上來看，該本之評點依然是注、評、音並存的樣態。這一現象其實是早期評點本的共有特徵，刊刻者借用評點形式，更重要的是欲容納更多的內容，以彌補所選底本之不足，雜取眾長於一本，意在呈現給讀者校刻更精善、資料更詳實的讀本。馮本問世後曾連年翻刻，流布甚廣，隨後問世的明代《楚辭》評點諸本鮮有不受其影響者。

因此，將《楚辭》評點置於宏觀文化背景以及具體評點環境考察，我們發現它是在明代前中期評點大背景的薰染下產生和確立起來的，故而其能夠具備較完善的評點形態也就不難理解。

二、明代《楚辭》評點形態的基本構成

評點形態由具體的評點形式構成。明代《楚辭》評點之所以形態各異，即在於具體刊刻者對於評點形式的不同選擇及組合。明代《楚辭》評點形態主要由以下形式構成：

（一）序跋、凡例、評點《楚辭》姓氏、《楚辭》總評

之所以將四者統為一體，是因其位置多在相關評點本的卷首[6]。先看

---

5 包括：「第一印古」、「第二銓故」、「第三遴篇」、「第四核評」、「第五譯響」。前三點旨在說明選擇王逸《楚辭章句》的依據；「核評」說明收錄評語的情況；「譯響」則是交代對音釋的收錄。見馮紹祖校刊《楚辭章句》卷首附錄，明萬曆十四年（1586）刻本。

6 在明代《楚辭》評點諸本中，卷首多有附錄，但具體內容諸本則不盡相同，亦有收羅多寡之別。就整體情況看，這一時期評點諸本卷首所包含的內容是相當豐富的，除列序跋、凡例、評點《楚辭》姓氏、《楚辭》總評外，往往還列有《史記·屈原列傳》、揚雄〈反離騷〉、劉勰《文心雕龍·辨騷》、沈亞之〈屈原外傳〉、李贄

序跋。在明代《楚辭》評點諸本中，序並非全都具備，如萬曆年間凌毓枏、閔齊伋二本就付諸闕如。而對於有序的評點本來說，其中又存在簡單移錄前世相關序言以充數的現象。如萬曆間刊《楚辭集注》所錄何喬新〈楚辭序〉，原載於明成化十一年（1475）吳原明刊《楚辭集注》；張鳳翼《楚辭合纂》所錄王世貞〈楚辭序〉，本載於明隆慶五年（1571）豫章王孫用晦芙蓉館覆宋本《楚辭章句》；而潘三槐《屈子》所錄〈屈子序〉，也是轉錄晁補之〈楚辭序〉而來。由於這些名人〈序〉在《楚辭》刊刻、傳播過程中，都曾產生過較大影響，以上評點本刊刻者將之轉錄而來，其用意也在於欲借之而使其書得以標顯。這種行為本身無可厚非，但由於上列諸本刊刻年代均不詳，書中又未對所錄評點作相關說明，再加上刊刻者或曰評點匯輯者序言的缺失，從而對我們的研究無疑增加了很大困難。明代《楚辭》評點本中「跋」很少，這一時期只有凌毓枏校刊《楚辭》、國家圖書館藏張鳳翼《楚辭合纂》與陸時雍《楚辭疏》三本有「跋」。凌毓枏本是將王世貞《楚辭章句序》置於文末充數[7]；國圖張鳳翼本所載「跋」語，為鄭振鐸先生所作，內容類別似提要；《楚辭疏》「跋」為李思誌所作，又多為譽美陸時雍之辭。

「凡例」是刊刻者對於編排體例等信息進行的詳細說明，其主要價值在於，我們可由此瞭解時人之「評點」觀念。只是在明代《楚辭》評點諸本中，有「凡例」的並不多，僅有馮紹祖校刊《楚辭章句》、陳深輯《諸子品節》與題焦竑輯《二十九子品匯釋評》三種。而三種之中，陳深輯《諸子品節》無相關介紹。故而由此可以獲得相關信息是相當有限的。

「評點姓氏」是對所收評家集中列舉的一種形式，多見於集評本。它的產生時間較早，如在萬曆四年（1576）問世的《史記評林》中，就已有了「史記評林姓氏」一欄，自陸機始至高岱終，共收評家一百五十餘人[8]。萬曆時期問世的《楚辭》評點儘管多為集評本，且評家有的多達四十余人，但尚未採用這種形式[9]。直到天啟年間陸時雍《楚辭疏》，才在

〈屈原傳贊〉、陳洪綬《九歌圖》，以及相關《楚辭》著作提要等。蔣之翹校刊《七十二家評楚辭》更是在卷首載錄了諸家哀祭屈原之文及歷代〈吊屈原詩〉，包括蘇軾〈屈原廟賦〉、顏延之〈祭屈原文〉、蔣之翹〈哀屈原文〉，以及李白、劉長卿、王叔承、何景明、蔣之翹、宋瑛、戴叔倫、鄒維璉、楊維楨、蔣之華、陸鈿十一人之「吊屈原詩」。見蔣之翹評校《楚辭集註》，明天啟六年（1626）刻本。

7　王世貞此〈序〉，原載於明隆慶五年（1571）豫章朱氏芙蓉館仿宋本《楚辭章句》，後多為別本收入，藉以標榜，此本亦為一例。

8　見凌稚隆輯《史記評林》卷首附錄，明萬曆四年（1576）刻本。

9　其中如馮紹祖校刊《楚辭章句》收評家四十四人，凌毓枏校刊本套印本《楚辭》收評家四十人，而題明焦竑輯《屈子》、萬曆刊《楚辭集注》兩種所收評家，則多是轉抄馮、凌二本而成，所錄評家亦較多。

卷首附錄「《楚辭》姓氏」中，單列出「評」之一目，收孫鑛、張煒如、李挺、李思誌、張煥如五家。再後來蔣之翹評校《楚辭集注》廣徵博引歷代評家達七十二家，遂採用了這種形式，於卷首列「評《楚辭》姓氏」予以標顯。隨後沈雲翔承襲之，核沈氏《楚辭集注評林》，卷首有「批評《楚辭》姓氏」一欄，收評家八十四人。評點本刊刻者在卷首附錄「評點姓氏」的這種做法儘管不無借名家相標榜的目的，但客觀上也為人們瞭解相關評點本的整體情況及價值提供了方便和依據。

作為一種重要的評點形式，「《楚辭》總評」是對屈子及《楚辭》所作的整體性概括和批評，多見於評點本卷首，也有將之置於正文之後的。較早採用這種形式的是馮紹祖校刊《楚辭章句》，其中馮氏共擇取了自漢代揚雄至明代劉鳳等二十四家品評之語。後來陸時雍《楚辭疏》、蔣之翹評校《楚辭集注》及沈雲翔《楚辭集注評林》也採用了這種形式，並在馮本基礎上，又逐步增益，最終使評家達到了五十人[10]。「《楚辭》總評」貫穿了自漢至明的各個歷史時期，對於後世的相關研究亦有重要的參考價值。

（二）眉批、旁批、卷（篇）末總評

之所以將三者放在一起，是因為它們在評點本中的位置都在正文中。先看眉批。眾所周知，眉批具有隨意、靈活性：就論說範圍而言，它既可以就文中的具體字詞進行評說，也可以對相關文句或文段進行批評，甚至還可以就全篇整章來進行品評；在字數方面，它可長可短，少則一二字，多則數十字，隨性而發，任意揮寫。與旁批相比，它不用受制於狹小空間的制約；與卷（篇）末總評相比，它也不用受制於論述範圍的局限。明代幾乎所有的《楚辭》評點本都採用了這種形式[11]，並且如凌毓枏校刊《楚辭》、萬曆刊《楚辭集注》二種、來欽之《楚辭述注》及潘三槐《屈子》等，則更是僅採用了眉批一種形式。特別值得一提的是凌毓枏校刊《楚辭》，其眉批基本系抄錄馮紹祖校刊《楚辭章句》而成，只是沒有採用馮本中多種形式並存的評點形態，非但如此，還將馮本「《楚辭》總評」、卷末總評中的相關內容統統換成了眉評，這些眉評實際上也肩負了總評的

10　蔣之翹評校《楚辭集注》卷首「《楚辭》總評」，錄自司馬遷至蔣之翹四十六人；陸時雍《楚辭疏》書末「《楚辭》雜論」，錄自曹丕至周拱辰九人；沈雲翔《楚辭集注評林》卷首「批評《楚辭》姓氏」，錄自司馬遷至金蟠四十七人。三本所錄評家，去除重複者，可得五十人。

11　明代《楚辭》評點諸本中，只有舊抄本《楚辭》一種無眉批，極為特殊。舊抄本《楚辭》，不分卷，共兩冊，藏復旦大學圖書館。

功能[12]。刊刻者對於評點形式的偏好由此可見一斑。

在明代《楚辭》評點中，旁批也較為常見。由於旁批出現在正文文字旁邊，而正文中行與行之間的空間極為有限，因而用字不宜過多，它多被當作其他評點形式的補充。卷（篇）末總評見於每卷（篇）之後，是對該卷（篇）進行的總體性評論。這種形式在明代《楚辭》評點中出現較早，在馮紹祖本中已有大量卷末總評。受其影響，後來閔齊伋在刊刻套印本《楚辭》時也加以採用。此外，採用這種形式的還有題歸有光輯《諸子匯函》《玉虛子》、《鹿溪子》，蔣之翹評校《楚辭集注》，張鳳翼《楚辭合纂》，沈雲翔《楚辭集注評林》，黃廷鵠評注《詩冶》及舊抄本《楚辭》等。此類評語多就相關文章的整體特色來討論。如蔣之翹評〈離騷〉云：「〈離騷經〉以複弄奇，以亂呈妙，直是龍文蜃霧，令人不可擬著其警策處，語語石破天驚，鬼泣神嘯矣。」孫鑛評〈九歌〉云：「〈九歌〉句法稍碎，而特奇陗，在《楚辭》中最為精潔。」[13]與其他評點形式相比，卷（篇）末總評正好彌補了由卷首總評評論範圍過大，文中眉批、旁批所論範圍又較小所帶來的缺失，從而也就成為評點形態中不可缺少的一環。

（三）圈點

「圈點」是指在文學評點本中配合評點形式使用的標抹符號，除了「圈」、「點」兩種標抹符號，還有抹、截、刪等多種樣式。從淵源上講，它與古代讀書句讀標誌有著密切關係，如早在唐代就已經出現了「圈點」的前期形態[14]，而南宋時期形成的批點方法在後世被廣泛承傳[15]。明

---

[12] 此類如〈離騷〉王逸小序眉上，凌毓柟本引蘇轍曰：「吾讀《楚辭》，以為除書。」引李塗曰：「《楚辭》氣悲。」引劉鳳曰：「詞賦之有屈子，猶觀遊之有蓬閬，縱適之有溟海也。」此三例於馮紹祖校刊《楚辭章句》，皆見於卷首《楚辭》總評」。〈離騷〉王逸小序眉上，凌毓柟本又引宋祁曰：「〈離騷〉為詞賦之祖，後人為之，如至方不能加矩，至圜不能過規矣。」引馮覬曰：「〈離騷經〉斷如複斷，亂如複亂，而綿邈曲折，讀者莫得尋其聲，而繹其緒，又未嘗斷，未嘗亂也。至其才情豔發，則龍矯鴻逸；志意悱惻，則啼猩嘯鬼，濃至慘黯，並臻其妙。蓋由獨創，自異規仿耳。」此二例於馮紹祖本，皆見於〈離騷〉卷末總評。除以上所列，凌毓柟本此處還收錄了蘇軾、朱熹、王世貞三人語，亦是由馮紹祖本〈離騷〉卷末總評處轉引而來。

[13] 蔣之翹、孫鑛二人語，俱見蔣之翹評校《楚辭集注》，明天啟六年（1626）刻本。

[14] 如唐天臺沙門湛然曰：「凡經文語絕之處謂之句，語未絕而點之以便誦詠，謂之讀。」（見湛然《法華文句記》）清袁枚亦云：「古人文無圈點，方望溪先生以為有之，則筋節處易於省覽。按唐人劉守愚《聞塚銘》云有朱墨圈者，疑即圈點之濫觴。姑從之。」（袁枚《小倉山房文集》，《續修四庫全書》影印清乾隆刻增修本。）

[15] 關於南宋時期批點方法的具體情況，可參吳承學《評點之興——文學評點的形成和

代《楚辭》評點諸本中大多使用評點符號，而又以「圈」、「點」為主，主要有圈、雙圈、疏圈、密圈、點、長虛點、長實點等，至於其他抹、截等符號，所見較少。對於文中所使用圈點的意義指向，相關評點本多未作說明，即使是那些本身就附有「凡例」的評點本亦是如此。其中有些圈點由於與眉批、旁批等形式結合在一起使用，讀者憑藉批語，也能對圈點符號的意義有所瞭解，並且在有些時候，這往往還能有助於加深讀者對於文章的體會和理解。由於缺乏對圈點的相關說明，再加上圈點的使用因人而異，沒有統一的標準可以依據，這也使我們很難對其意義做出評判。

明代《楚辭》評點形態分布表

評點文本 ＼ 評點形式	序、跋、凡例、《楚辭》總評	評點《楚辭》姓氏	眉批	旁批	卷（篇）末總評	圈點
《楚辭旁注》	序		○			
馮紹祖校刊《楚辭章句》	序、凡例、《楚辭》總評		○	○	○	
《楚辭句解評林》	序、凡例、《楚辭》總評		○	○	○	
《新刻釐正離騷楚辭評林》	序、凡例、《楚辭》總評		○	○	○	
《諸子品節·屈子》	序、凡例		○			○
凌毓枏校刊套印本《楚辭》			○			○
《二十九子品匯釋評》	序、凡例		○			○
萬曆間《楚辭集注》	序		○			
《古文奇賞·屈子》	序		○	○		
閔齊伋校刊套印本《楚辭》			○	○	○	○
陸時雍《楚辭疏》	序、跋、《楚辭》總評	○	○			
《楚辭榷》	序、凡例		○		○	
《諸子匯函》	序、《楚辭》總評		○		○	○

南宋的詩文評點》，載於《文學評論》1995年第1期。

評點形式 ／ 評點文本	序、跋、凡例、《楚辭》總評	評點《楚辭》姓氏	眉批	旁批	卷（篇）末總評	圈點
蔣之翹評校《楚辭集注》	序、《楚辭》總評	○	○	○	○	
沈雲翔《楚辭集注評林》	序、《楚辭》總評	○	○	○	○	
舊抄本《楚辭》	序				○	
來欽之《楚辭述注》	序		○		○	
張鳳翼《楚辭合纂》	序		○		○	
潘三槐注《屈子》	序		○			○
黃廷鵠評注《詩冶·楚辭》	序				○	

三、明代《楚辭》評點形態的遞延脈絡

南宋樓昉評點選本《崇古文訣》選錄屈原作品，可謂開啟了《楚辭》評點的先聲[16]。而後至明萬曆以前，《楚辭》評點則較為沉寂。值得一提的是，明正德十六年（1521）馮惟訥校刊《楚辭旁注》[17]開始使用眉批，雖皆為音釋而非評論，但在評點形態上已做出初步嘗試。又有《楚辭》評點家陳深的《秭歸外志》，該書系「深為歸州時作」[18]，雖已亡佚，但據筆者考證，其中收有陳深所作評點。馮紹祖重刊王逸《楚辭章句》收錄其祖父馮觀的批點，稱「先王父小海公間有手澤，隨列之」[19]，只是遺憾其未交代批點的具體形態。雖然我們對陳、馮二人所採用的評點形式不得而知，但據後世所錄者來看，其持論多精審，且著論點大小相間，細至評價文句、篇章，與後世較成熟之評點幾無差別。以上四種，從評點形態上「導夫先路」，尤其是其注、音、評並存的格局，對之後的《楚辭》評點

---

16 所選見卷一「先秦文」，有〈卜居〉、〈漁父〉及〈九歌〉之《東皇太一》、《雲中君》、〈湘君〉、〈湘夫人〉、〈大司命〉、〈少司命〉、〈東君〉、〈河伯〉、〈山鬼〉諸篇，〈卜居〉、〈漁父〉、〈九歌〉題下，分別署「屈平」。該本評點形態較單一，評語僅見於各篇篇題之下，類似於後世評點本中的篇（卷）末總評。而各篇評語，皆自朱熹《楚辭集注》摘選而來。

17 馮惟訥校刊《楚辭旁注》，明正德十六年（1521）刻本。此處以北京國家圖書館藏本為據。

18 邵同珩、孫德祖增補重校《長興縣誌》，《中國地方誌集成》，影印清光緒十八年（1892）刻本，上海：上海書店出版社1993年版。

19 馮紹祖《觀妙齋重校楚辭章句議例·核評》，馮紹祖校刊《楚辭章句》，明萬曆十四年（1586）刻本。

本刊刻者有著重要而深遠的啟示和影響。

　　明代《楚辭》評點的真正起始是在萬曆年間，準確地說，自萬曆十四年（1586）馮紹祖校刊王逸《楚辭章句》問世，《楚辭》評點才真正踏上它的遞延歷程。在明代甚至整個《楚辭》評點史上，馮本至關重要。就評點形態來看，該本一問世就具備了較完整的評點形態，已如前所述。馮紹祖「雜取眾長」的評點意識在後世一直都有延續，如萬曆間刻朱熹《楚辭集注》，錄「勸楊子雲〈反離騷〉」；天啟間陸時雍《楚辭疏》除收諸家之「注」、「疏」、「別注」、「權」、「訂」；天啟六年（1626）蔣之翹評校《楚辭集注》，除司馬遷〈屈原傳〉，還收沈亞之〈屈原外傳〉、李贄〈屈原傳贊〉，以及歷世祭悼屈原作品[20]；崇禎十一年（1638）來欽之《楚辭述注》收陳洪綬「九歌圖」及「屈子行吟圖」十二幅；更不論明末諸評點本對於王逸、洪興祖、朱熹三注本的折衷取捨，等等。這也是評點本與他本相比最明顯的差別，同時也是讀者之所以喜愛，評點之所以興盛的原因所在。馮本問世之後，曾連年翻刻。對此，崔富章先生有較翔實的梳理，他指出：

> 紹祖刊《楚辭》，以王逸《章句》為主幹，又輯各家評說於一本，連年版行，堪稱暢銷書。射利之徒蜂起，版片一再易手，招牌換了又換，直至清代，仍在印行。[21]

馮本的長期刊印對後世尤其是明代《楚辭》評點本產生了深遠影響。就評點形態的影響而言，《楚辭句解評林》[22]，陳深輯《諸子品節·屈子》[23]，凌毓柟校刊朱墨套印本《楚辭》[24]，題焦竑輯《二十九子品匯釋評·屈子》[25]，題陳仁錫《古文奇賞·屈子》[26]，閔齊伋校刊套印本《楚辭》[27]，題歸有光輯《諸子匯函》之《玉虛子》、《鹿溪子》[28]，沈雲翔《楚辭集

20　包括蘇軾〈屈原廟賦〉、顏延之〈祭屈原文〉、蔣之翹〈哀屈原文〉，以及李白、劉長卿、王叔承、何景明、蔣之翹、宋瑛、戴叔倫、鄒維璉、楊維楨、蔣之華、陸鈿等人作〈吊屈原詩〉。

21　崔富章《楚辭書目五種續編》，上海：上海古籍出版社1993年版，第24-25頁。

22　《楚辭句解評林》，明萬曆十五年（1587）刻本。

23　陳深輯《諸子品節》之〈屈子〉，明萬曆十九年（1591）刻本。

24　凌毓柟校刊《楚辭》，明萬曆二十八年（1600）刻朱墨套印本。

25　題焦竑輯《二十九子品匯釋評》之〈屈子〉，明萬曆四十四年（1616）刻本。

26　題陳仁錫輯《古文奇賞》之〈屈子〉，明萬曆四十六年（1618）刻本。

27　閔齊伋校刊《楚辭》，明萬曆四十八年（1620）刻套印本。

28　題歸有光輯《諸子匯函》之《玉虛子》、《鹿溪子》，明天啟五年（1625）刻本。

注評林》[29]，來欽之《楚辭述注》[30]，張鳳翼《楚辭合纂》[31]，潘三槐注《屈子》[32]，黃泰苣刻、黃廷鵠評注《詩冶‧楚辭》[33]等，少則僅採用眉批，多則綜合幾種，均沿襲馮本框架。此外，也有超出者，如萬曆間刻朱熹《楚辭集注》[34]，於卷首增「馮開之先生讀《楚辭》語」，陸時雍《楚辭疏》增《讀楚辭語》、「《楚辭》姓氏」，蔣之翹評校《楚辭集注》，增「評《楚辭》姓氏」等，在馮本評點形態基礎上稍加增益。因此，明代《楚辭》評點諸本一開始就確立了較完善的評點形態，並沒有經歷一個明顯的逐步發展、完善的進程；同時，評點刊刻者根據個人喜好或需要做出取捨，故而形態多樣。

馮本評點中注、評、音並存的做法對後世也有重要影響。就以上所列萬曆間諸本來看，這種現象是較為普遍的，它們均或多或少地受到馮本的影響，從而呈現出共同或相似的特徵。更有甚者，如萬曆間刊朱熹《楚辭集注》，又以眉批的形式收錄了汪瑗《楚辭集解》、《楚辭蒙引》的相關內容。隨著年代的推移，各評點本中的注、音逐漸在減少，而評的部分則逐漸增強，且馮本的影響也在逐步消弱，新出之評點試圖衝破馮本的範圍。如萬曆四十八年（1620）閔齊伋校刊套印本《楚辭》，其中雖然仍有注、音的內容，但其數量與評語相比，已有了根本性的變化；且該本首次收錄孫鑛評點，對於陳深評點也有了進一步的增益。從這個角度上講，閔本可謂《楚辭》評點逐漸成熟前的一個過渡。

另外，馮紹祖及萬曆年間刊刻者對於評點的模糊認識，在後來也得到了扭轉和改變。如在陸時雍《楚辭疏》[35]中，「注」、「評」間已有了明確區分：《楚辭疏》對王逸、洪興祖、朱熹等舊注同樣有較多引用，同時，在〈天問〉篇，陸氏還轉錄了周拱辰《天問別注》，但未將其與評點相混，而是置於正文的相關文句後，分別以「舊詁」、「周拱辰曰」的形式呈現出來。與之相對應，在該書卷首附錄的「《楚辭》姓氏」中，陸時雍分別以「注」、「別注」字樣，對王逸、洪興祖、朱熹、周拱辰四人

---

[29] 沈雲翔《楚辭集注評林》，明崇禎十年（1637）刻本。

[30] 來欽之《楚辭述注》，明崇禎十一年（1638）刻本。

[31] 張鳳翼《楚辭合纂》，明末刻本。

[32] 潘三槐注《屈子》，明末刻本。

[33] 黃泰苣刻，黃廷鵠評注《詩冶》之《楚辭》，明末刻本。

[34] 朱熹《楚辭集注》，萬曆間刻本。此據復旦大學圖書館藏本。

[35] 關於《楚辭疏》的成書時間，由於材料所限，已很難對其進行準確的考證，目前學術界模糊稱之為「明末」緝柳齋刻本。而孫殿起則稱其刻於天啟年間（見《販書偶記》卷十三，上海：上海古籍出版社1982年版，第315頁。）筆者經考證後發現，蔣之翹在評校《楚辭集注》時已引用了陸時雍的不少評語，而蔣本問世於天啟六年（1626），由此可見，《楚辭疏》的刊刻時間應在此之前。

加以列舉。同時，「《楚辭》姓氏」中又有「評」之一目，所列則均是《楚辭疏》眉批中所錄評點各家[36]。又如蔣之翹校刊《楚辭集注》也值得我們注意。該本在評點形態上與馮本極為相似，也是採用了集「《楚辭》總評」、眉批、旁批、卷末總評等評點形式於一體的評點格局。但在評點形式中，我們已完全看不到對於《楚辭》進行注解的內容，都是相關的品評話語。需要指出的是，蔣之翹本對於前世評點諸本有較多的因襲，並且其中有不少內容就是由馮本而來。蔣之翹對於相關材料都進行了定位和篩選，其標準即必須是品評性的內容，這也就是他所說的「參古今名家評」過程[37]。此外，如沈雲翔《楚辭集注評林》、來欽之《楚辭述注》、張鳳翼《楚辭合纂》、潘三槐注《屈子》、黃泰苣刻、黃廷鵠評注《詩冶》之《楚辭》等，亦皆是如此。尤其是來欽之《楚辭述注》、張鳳翼《楚辭合纂》、潘三槐注《屈子》，其中對於注解與評點的處理，判然有別。當然如天啟五年（1625）刊題歸有光輯《諸子匯函》之《玉虛子》、《鹿溪子》，評點中仍有較多的舊注內容，但由於該本為書坊射利偽託之作，刊刻粗劣，則又當別論了。

可見，明代《楚辭》評點有一定規律可尋，各種形態有增有減，總體上服從於評點者個人喜好或市場需求。

四、明代《楚辭》評點形態的研究價值

評點形態是文學評點研究的重要組成部分，研究明代《楚辭》評點形態，對於這一階段的文學評點形態乃至文學評點研究而言，無疑有重要的參照價值。同時，從《楚辭》學史、《楚辭》傳播史角度來講，這一研究亦不可或缺。此外，具體而言，還有以下方面值得注意：

其一，通過評點形式，我們可以藉以考察刊刻者的評點觀念、學術崇尚，以及評點演進的內在線索。如馮本有「觀妙齋重校《楚辭章句》議例」五則，其四「核評」稱：

> 《楚辭》評，先輩鮮成集。即抽緒論，亦鹹散漫。茲悉發家乘，若張氏《楚范》、陳氏《楚辭》、洪氏《隨筆》、楊氏《丹鉛》、王氏《巵言》等集，一一搜載。而先王父小海公間有手澤，隨列之。要以佐《章句》及洪、朱二氏所不逮。如世所譏，優場博戲，觀者

---

[36] 「《楚辭》姓氏」「評」之下，共列孫鑛、張煒如、李挺、李思志、張煥如五人。見陸時雍《楚辭疏》卷首，明天啟間緝柳齋刻本。

[37] 見蔣之翹〈楚辭序〉，載蔣之翹評校《楚辭集注》，明天啟六年（1626）刻本。

> 亦與寓焉。固用修濫觴，抑似續鳧，不取也。[38]

這裡馮紹祖明確表示所收諸家評是「要以佐《章句》及洪、朱二氏所不逮」，即王、洪、朱三家注有未備之處，而諸家評中有可取而補之者。從輕重主次上，評已退居下位；更重要的是，馮本中以王逸《楚辭章句》為底本，所取洪、朱二家注是以眉批、旁批等評點形式呈現出來，而與諸家評並存一體的，這反映了紹祖「注評合一」的意識。非但如此，他大量從前世擇取論評材料的做法，與後世人們對於評點的認識亦相去甚遠。如前所述，馮氏採用評點形式，實際上是欲使該本能夠承載更多的內容，雜取眾長於一本，從而使其書成為佳刻。此外，「議例」還有「印古」、「銓故」、「遴篇」三則，由此則又可見出紹祖「崇古」的學術傾向。

再看《二十九子品匯釋評》所載「凡例」，其中有「評品」一則，雖然它不是專門就《楚辭》評點而論，但由於其中收錄了屈原作品，故對於《楚辭》評點有著較高的參考價值。其文云：

> 按諸子百家，各持一指精者、奧者、微者、妙者、流浣者、輕快者，不可殫述。評品或繪其文字之工妙，或證其意旨之異同，或闡其秘奧之深遠，或訂其刊刻之謬訛，或取其行事之嫩美，或探其垂世之謨訓，同中有異，異中有同，諸家刻俱為下品矣。[39]

由此可見，在時人眼中，評點所包含的內容是極為廣泛的，舉凡言及「文字之工妙」、「意旨之異同」、「秘奧之深遠」者，皆屬此類。非但如此，甚至連考訂「刊刻之訛謬」、探尋「垂世之謨訓」等內容，也可以被納入其中。由此與馮紹祖所言結合起來觀照，可知萬曆時期人們對於文學評點觀念的理解還是模糊的，缺乏自覺的意識。

而由明代《楚辭》評點形式的使用情況，我們則可以探知文學評點的演進脈絡，如以「旁批」為例說明。這一時期的旁批被賦予了多方面的內容，並且隨著年代的推移，這些內容也發生相應的變化。如在馮本中，旁批多是朱熹以賦比興論《騷》的相關評說，如「以上賦也」、「此上四句賦而比」、「以上比也」之類[40]。後至陳深輯《屈子》中，旁批多被用來揭示行文脈絡，如「以下自言」、「此以下乃原之詞」、「四句結上起

---

[38] 馮紹祖校刊《楚辭章句》，明萬曆十四年（1586）刻本。
[39] 見《二十九子品匯釋評》卷首附錄，明萬曆四十四年（1616）刻本。
[40] 此處所引，依次見馮紹祖本〈離騷〉「字余曰靈均」、「夫唯靈修之故也」、「哀眾芳之蕪穢」等句旁。馮紹祖校刊《楚辭章句》，明萬曆十四年（1586）刻本。

下」等等[41]。另外，陳深本中的旁批，也被用來作為注釋，如注「望舒」
為「月馭」，「飛廉」為「風伯」，「雷師」為「豐隆」，「瑾美」為
「美玉」者皆是[42]。再到後來閔齊伋校刊《楚辭》，旁批所承載的內容則
更為廣泛，除陳深本中的兩種情形外[43]，閔氏又增加了校正、音注兩項內
容。前者如該本〈離騷〉「攬中洲之宿莽」句，「中」字旁批曰：「一本
無」。「望崦嵫而未迫」句，「未」字旁批曰：「一作『勿』」。後者如
〈離騷〉「惟庚寅吾以降」句，「降」字旁批曰：「乎攻」。「又樹蕙之
百畮」句，「畮」字旁批曰：「古『畞』字，葉『每』。」「見有娀之佚
女」句，「娀」字旁批曰：「嵩，又音『戎』。」[44]如此之類，於該本所
見頗多。但這種情況再到後世蔣之翹評校《楚辭集注》中，就完全發生了
變化。在該本中，我們已經看不到上舉注釋、校正等內容了，而是對相關
文句文學特色的論說，較為簡略。如〈離騷〉「扈江離與辟芷兮，紉秋蘭
以為佩」句旁，引桑悅云：「語極香豔。」《九歌‧湘夫人》「築室兮水
中，葺之兮荷蓋」句旁，引金蟠曰：「思路何處來。」《九章‧哀郢》
「忠湛湛而願進兮，妒被離而鄣之」句旁，引宋瑛曰：「欲泣矣。」[45]就
相關語句細微處進行藝術品評，儘管簡略，亦有重要的價值。

　　其二，評點形式承載的信息本身即具有重要的研究價值。如由評點本
刊刻者或評點者所作的序言，他們在其中或是對自己的論《騷》觀點予以
闡述，或是對編排體例進行說明，都對相關研究起到很大的助益作用。同
時，有的刊刻者或評點者名氣不大，史籍中極少有關於他們的記載，這些
序言則又可成為我們藉以考證其生平、思想的重要材料。其中如馮紹祖，
在文獻中幾乎找不到關於他的記載，而憑藉其〈校楚辭章句後序〉，我們
就其刊刻此書的原因，以及他的評《騷》論點都能有一定的瞭解。以此為
基礎，再去考察他對評點的擇取標準，許多問題也就迎刃而解了。馮紹祖
本中還有黃汝亨所作〈楚辭序〉，由於持論精闢，後世多種評點本都節取

---

[41] 此處所引，依次見陳深本〈離騷〉「眾不可戶說兮」、「孰云察余之善惡」、「心猶
　　豫而狐疑」等句旁。陳深輯《屈子》，《諸子品節》，明萬曆十九年（1591）刻本。
[42] 此處所引，依次見陳深本〈離騷〉「前望舒使先驅兮」、「後飛廉使奔屬」、「雷
　　師告余以未具」、「豈瑾美之能當」等句旁。陳深輯《屈子》，《諸子品節》，明
　　萬曆十九年（1591）刻本。
[43] 閔齊伋本中揭示行文脈絡者，如〈離騷〉「昔三後之純粹兮」句旁，批曰：「徵
　　古。」「惟黨人之偷樂兮」句旁，批曰：「刺世。」「初既與余成言兮」句旁，批
　　曰：「傷君。」注釋之語，如〈天問〉「何繁鳥萃棘」句旁，批曰：「解居父。」
　　「得兩男子」句旁，批曰：「太伯、仲雍。」「覆舟斟尋」句旁，批曰：「少康滅
　　斟尋。」閔齊伋校刊套印本《楚辭》，明萬曆四十八年（1620）刻本。
[44] 閔齊伋校刊套印本《楚辭》，明萬曆四十八年（1620）刻本。
[45] 見沈蔣之翹評校《楚辭集注》，明天啟六年（1626）刻本。

了該〈序〉的相關內容，並將其視作黃汝亨的評點。另外，黃氏此〈序〉
對於我們考證馮紹祖的生平交遊，亦提供了寶貴的線索。再如《楚辭
疏》，其中陸時雍所作〈楚辭序〉，對於我們進一步把握其《讀楚辭語》以
及書中評語，均起到了提綱挈領的作用。又如，通過蔣之翹〈楚辭序〉，
我們則可以對其評點有較深刻的把握。同時，由於這些序多署有具體的寫
作時間，這又為我們確定評點本的刊刻時間提供了最為直接的依據。

　　其三，通過圈點研究有助於我們瞭解古人的賞鑒標準和傾向。就明代
《楚辭》評點而言，對圈點進行相關說明者，筆者僅見三處，但它們均
出現於並非完全意義上的《楚辭》評點本，即只收錄了部分《楚辭》作品
的評點選本中。它們是陳深輯《諸子品節》、題焦竑輯《二十九子品匯釋
評》、題歸有光輯《諸子匯函》。在《諸子品節》「凡例」中，陳深將
「批評」分為「佳品」、「神品」與「妙品」三類，並稱：

> 唐太宗得王羲之等墨蹟，甚寶惜之，為神、妙、能三品。居神品
> 者，二十有五；妙品，九十有八；能品，一百有七。不佞取以名其
> 諸家之文，易其「能品」為「佳品」。[46]

「三品」之中，每品又各分數種，並與相應的圈點符號相對應。如「佳
品」包括：「平淡中有文采者」，評點符號為疏虛圈；「雄奇」者，為疏
虛長點；「春容大文，誦之不覺舞蹈」者，為疏實長點。「神品」包括：
「醞藉沖深」者，評點符號為虛圈與虛長點相間的組合；「微妙玄通，使
人讀之，可思而不可言」者，為密虛圈。「妙品」包括：「無中生有，巧
奪天工」者，評點符號為密虛長點；「簡妙清深」者，為實長點與虛長點
相間的組合[47]。而核之正文，「按圖索驥」皆能一目了然。如以〈離騷〉
為例，「平淡中有文采者」，如「汩余若將不及兮，恐年歲之不吾與」、
「惟黨人之偷樂兮，路幽昧以險隘。豈余身之憚殃兮，恐皇輿之敗績」等
句；「春容大文，誦之不覺舞蹈」者，如「忽奔走以先後兮，及前王之踵
武。不撫余之中情兮，反信讒而齌怒」、「眾皆競進以貪婪兮，憑不厭乎
求索。內恕己以量人兮，各興心而嫉妒」等句；「雄奇」者，如「恐修名
之不立」、「高餘冠之岌岌兮，長余佩之陸離」等句；「醞藉沖深」者，
如「不量鑿而正枘兮，固前修以菹醢」、「何昔日之芳草兮，今直為此蕭
艾也」等句；「微妙玄通，使人讀之，可思而不可言」者，如「何懷乎故

---

[46] 陳深《諸子品節凡例》，《諸子品節》，明萬曆十九年（1591）刻本。
[47] 同上。

都，既莫足與為美政兮，吾將從彭咸之所居」等句。

《二十九子品匯釋評》有「圈點凡例」一則，文云：

> 讀文者貴得意於文字之外。有文若淺易而意絕精到，有文寔佶崛而
> 意若平正，談吐有關於世教，文墨有俾於詞藻，如此之類，不能遍
> 舉。讀者但於圈點處求之，各有所指，能得其意，解悟便多。

同時「凡例」也對文中所用「圈點」符號及其意義指代作了介紹：

> 子書評釋圈點，蒐羅歷代諸史文集，刪其繁盛，掇其玄精，間以狹
> 衷解隤之。凡批如「○」者精華，「、」者文采，「◎」者眼目照
> 應，「。」者關鍵主意，「‧」者點綴，「日」者總提，「ㄉ」者
> 字法，「丨」者事之綱，「一」者一段，小截「一」者一篇，大截
> 「ㄴ」者一人總截也。[48]

《諸子匯函》「凡例」則稱：「其圈點抹畫，則太僕先生（指歸有
光）玄心獨造，未有成跡也。」又有「圈點」八則，依次為「入神處」、
「精妙處」、「主張處」、「會理處」、「妙合處」、「雄放處」、「文
采處」與「通達處」，並有相應的圈點符號與之對應[49]。由此來看，上引
三本中的圈點符號，都是在於揭示文句的不同特點，旨在啟發人意，使讀
者得其「解悟」。由於年代相隔久遠，《楚辭》評點本中對於圈點的以上
說明，無疑對我們把握古人的審美傾向及賞鑒標準有較大的幫助。

通常而言，不同評點形式有著不同的功用與效果，多種評點形式的組
合則有利於對作品從微觀到宏觀進行全方位、立體式的批評。就明代《楚
辭》評點而言，其評點形態的具體形式則較為複雜，其中少則僅有一種，
多者數種，也有個別以上所列評點形式皆具備的，它所呈現出的差異性與
多樣性背後隱含著評點者與刊刻者的複雜理念。

48　見題焦竑輯《二十九子品匯釋評》，明萬曆四十四年（1616）年刻本。
49　見題歸有光《諸子匯函》，明天啟五年（1625）刻本。

中編　明代《楚辭》評點個案研究

陳深及其《楚辭》評點的價值

在明代《楚辭》評點家中，陳深是特別值得我們重視的一位。其《楚辭》評點問世較早，且被後世轉相傳引，產生了深遠影響。但作為一位評點家，陳深所涉獵的範圍並非僅限於《楚辭》，他還曾評點過《周禮》、《孟子》、《孫子》、諸子文及有關史著等，有著豐富的評點實踐。如其批點《周禮》，有閔氏朱墨套印刻本[1]；於《孟子》，《十三經解詁》中《孟子》二卷所載評點，即是陳深所為[2]；於《孫子》，萬曆四十八年（1620）閔於忱刻朱墨套印本《孫子參同》[3]，就收錄其評點；而於諸子及史著，則輯有《諸子品節》與《諸史品節》[4]，對擇選文章逐篇評點。對於陳深及其評點活動，我們應給予足夠的重視，但目前研究成果仍相對匱乏。香港學者陳煒舜先生曾著《陳深楚辭學著作考敘》[5]一文，對其生平、著述進行了較為深入的考察，使人讀後受益良多。但翻檢資料，細思精審之後，仍覺有繼續討論的空間。

一、陳深生平及其文學觀念

關於陳深生平，我們比較容易見到的是《四庫全書總目》的相關記載：「深字子淵，長興人，嘉靖乙酉舉人，官至雷州府推官。」[6]《總目》所載較為簡略，今核《長興縣誌》，知陳深本名「陳昌言」，後更名為「深」。如《長興縣誌》卷二十《選舉表》「陳昌言」條稱：

> 陳昌言，霖孫，張《志》云：「更名深，二十八年己酉科，詳《人物傳》。」譚《志》云：「按胡《府志》是科既載陳深，下注榜名昌言，雷州推官。又載陳昌言，下注知州。考《陳深傳》，初授歸

---

[1] 陳深批點《周禮》，明凌氏刻朱墨套印本。

[2] 陳深撰《十三經解詁》，明萬曆二十九年（1601）刻本。該本僅《孟子》二卷載有陳深評點。

[3] 閔於忱輯《孫子參同》，明萬曆四十八年（1620）閔氏松筠館刻朱墨套印本。

[4] 陳深輯《諸子品節》，明萬曆十九年（1591）刻本。陳深輯《諸史品節》，明萬曆二十一年（1593）刻本。

[5] 陳煒舜《陳深楚辭學著作考敘》，見《屈騷纂緒》，臺北：臺灣學生書局2008年版。該文又收於浙江師範大學江南文化研究中心主編《江南文化研究》第三輯，北京：學苑出版社2009年版。本文引自陳煒舜《屈騷纂緒》，臺北：學生書局2008年版。

[6] 紀昀等《四庫全書總目》，北京：中華書局1997年版，第287頁。

州守，後赴補以違例，降雷州理，本屬一人，《府志》作兩人，誤。」[7]

文中「張《志》」，指的是清順治六年（1649）長興知縣張慎所編《長興縣誌》。由上引可知，該《志》所載陳深中舉人的時間，與《四庫全書總目》所載有出入：《總目》「嘉靖乙酉」為嘉靖四年（1525），而張《志》「二十八年己酉」則為嘉靖二十八年（1549）。對此，《四庫全書總目》與《明史‧藝文志》[8]一致，之後姜亮夫先生承襲之[9]。而除《長興縣誌》外，《湖州府志》[10]亦記載為「嘉靖二十八年」，可知其為一源流系統。由於《明史》、《總目》、張《志》都未詳所據，陳煒舜先生以丁元薦為陳深所作《十三經解詁序》為基礎進行考證，推斷陳深去世於萬曆二十六年（1598），又據此認為其中舉人時間應從「嘉靖二十八年」[11]，結論可信。

《湖州府志》卷七十二有《陳深傳》，云：

> 陳深，字霖孫，號九華，長興人，嘉靖二十八年舉人。初任雷州推官。隆慶五年知歸州，剖煩理劇，遊刃有餘。定條鞭而逋逃樂生，清民屯而豪強斂跡。譙樓館宇，整治一新，而民間秋毫無擾。薦調荊門州。[12]

陳煒舜先生於另一文《〈續修四庫全書總目提要〉明代楚辭學著作提要補考》中著錄「萬曆二十八年庚子吳興凌氏朱墨本」時，所引陳深本傳，即據此[13]。故其在引錄《長興縣誌‧選舉表》「陳昌言」條「陳昌言，霖孫」時，即認為「《長興縣誌‧選舉志》錄嘉靖二十八年之中有名『陳昌言』而字『霖孫』者」，又稱「可知其本名昌言，字霖孫」。[14]大繆！《湖州府志》誤「陳深，字霖孫」，陳先生這裡未作考辨而承之。其

---

7   邵同珩、孫德祖增補重校《長興縣誌》，《中國地方誌集成》影印清光緒十八年（1892）刻本，上海：上海書店出版社1993年版，第410-411頁。

8   張廷玉《明史》卷一百三十三，北京：中華書局1974年版。

9   見姜亮夫《楚辭書目五種》，北京：上海古籍出版社1993年版，第17頁。

10 宗源翰修，周學濬纂《湖州府志》卷七十二，清同治十三年（1874）刻本。

11 陳煒舜《陳深楚辭學著作考敘》，見《屈騷纂緒》，第52頁。

12 宗源瀚修，周學濬纂《湖州府志》，清同治十三年（1874）刻光緒九年（1883）重校印本。復旦大學圖書館藏。

13 陳煒舜《〈續修四庫全書總目提要〉明代楚辭學著作提要補考》，見《屈騷纂緒》，第274頁。

14 陳煒舜《陳深楚辭學著作考敘》，第51頁。

實這裡「霖孫」非陳深之字,「霖」是指陳霖,乃陳深祖父。《長興縣誌》卷二十三上即有《陳霖傳》,文云:

> 陳霖字時雨,號四山,宏(筆者按,應作「弘」)治六年進士。初任行人,陞監察禦史,獻替不忌,謫勳戚避之。及巡按東粵,貪墨望風解組,連州十三村洞蠻,積亂為崇,霖奏請舉兵盡平之,詔賜緋綺二、銀卮二。因劾逆瑾,左遷南康知府,治無城郭,與江省接壤,時宸藩謀逆,屢招之,堅拒不從,間道赴巡撫王守仁軍中告警,因留帳前贊畫,隨征剿賊,斬首千餘。賊平,守仁言其功,複任南康,創議築城,民屍祝之。老病乞休林下二十餘年,賦詩弈棋,不及公事,家無餘貲,壽九十四。[15]

由此可見,陳霖為人剛烈正直,為官頗有政績,至乞休歸裡,「賦詩弈棋」,營造了書香文雅的家庭氛圍,這對陳深無疑有著積極的影響。《長興縣誌》又有〈陳深傳〉,文云:

> 陳深字子淵,號潛齋,霖孫。嘉靖二十八年舉人,隆慶五年知歸州,剸煩理劇,遊刃有餘,定條鞭而逋逃樂,生清民屯,而豪強斂跡,譙樓館宇,整治一新,而民間秋毫無擾。薦調荊門州,未期丁艱歸出補以違例,降雷州推官,屬海康令沈汝良,貪墨激變,守貳皇遽,深往慰,數語而寢。性嗜古,不喜愛書,致仕後纂輯忘倦,年八十餘,篝燈至丙夜不輟,尤邃於經學,折中條貫,粹然大儒。[16]

在仕途上,陳深雖然有為,最終還是不甚得意,故而投身於纂輯著述,取得了較高的成就。對此,其鄉人丁元薦亦有類似描述:

> 陳先生諱深,字子淵,吳興長城人,一再宦,不得意。老而喜讀書,年八十餘,篝燈至丙夜不輟。先有子、史《品節》行於世,先生語予曰:「老夫所苦心者,經也。」將易簀以此執手見托曰:「幸辱一言,比於掛劍之義。」余心許之,又三年而敘成。先生更

---

[15] 邵同珩、孫德祖增補重校《長興縣誌》,《中國地方誌集成》影印清光緒十八年(1892)刻本,上海:上海書店出版社1993年版,第482頁。

[16] 同上,第483頁。

有《周易》、《周禮》、《春秋》然疑若干卷，惜散佚不盡傳。[17]

文中「子、史《品節》」，指的是《諸子品節》與《諸史品節》。「《周易》、《周禮》、《春秋》然疑若干卷」，應指《周易然疑》、《周禮然疑》、《春秋然疑》三種，皆已亡佚。關於陳深著述，陳煒舜先生綜合歷代公私書目，考證頗詳細，所列有《周易然疑》、《周禮訓雋》、《周禮訓注》、《考工記句詁》、《春秋然疑》、《孝經解誤》、《十三經解詁》、《諸史品節》、《秭歸外志》、《諸子品節》、《韓子迂評》、《金丹刊誤》、《陳氏楚辭》、《批點本楚辭集評》十四種。其中，《孝經解誤》，《明史・藝文志》[18]、《浙江通志》[19]皆作《孝經解詁》，由陳深已有《十三經解詁》來看，似應為《孝經解詁》。查《千頃堂書目》[20]，該書作《孝經解誤》，應為陳煒舜先生所本。《金丹刊誤》，《明史・藝文志》[21]、《浙江通志》[22]皆作《丹經刊誤》。又，《批點本楚辭集評》之稱首見於姜亮夫先生《楚辭書目五種》，姜先生稱「明陳深選輯」[23]。其實不然。所謂《批點本楚辭集評》，即凌毓枏校刊朱墨套印本《楚辭》。該書雖於卷首題「陳深批點」，但凌毓枏作為該書之刊刻者，同時也是評點之「選輯」者，卻是不爭的事實。這裡陳煒舜先生承姜先生，將《批點本楚辭集評》列為陳深著述，於理難合。再者，《陳氏楚辭》應為《秭歸外志》之一部分，詳見下文考證，此處不贅。由以上所列陳深書目來看，可印證其「老夫所苦心者，經也」云云，所言非虛。除經學外，其所涉獵，亦遍及子、史諸部類，可謂博學。

其中值得關注的是《諸子品節》。該本卷首有〈諸子品節序〉，在〈序〉中陳深表達了自己對文章創作的看法，這對於我們瞭解他的文學觀念有很大幫助。其文云：

西京以前諸子之文，文有餘而道不足；宋以後之文，道有餘而文不

---

[17] 丁元薦〈十三經解詁序〉，載陳深撰《十三經解詁》，明萬曆二十九年（1601）刻本。丁元薦，字長孺，長興人，萬曆丙戌（1586）進士，官至尚寶司少卿，事蹟詳《明史》本傳，邵同珩、孫德祖增補重校《長興縣誌》卷二十三上亦有《傳》，亦可參閱。著作有《西山日記》二卷、《尊拙堂文集》十二卷等。

[18] 張廷玉《明史》卷一百三十三，北京：中華書局1974年版。

[19] 李衛修，沈翼機纂《浙江通志》卷二百四十二，《文淵閣四庫全書》本。

[20] 黃虞稷撰，瞿鳳起、潘景鄭整理《千頃堂書目》卷三，上海：上海古籍出版社1990年版。

[21] 張廷玉《明史》卷一百三十三，北京：中華書局1974年版。

[22] 李衛修，沈翼機纂《浙江通志》卷二百四十五，《文淵閣四庫全書》本。

[23] 姜亮夫《楚辭書目五種》，上海：中華書局上海編輯所1961年版，第316頁。

足。二者將安取衷？儒者曰：「與其文也，寧道。」文與道有二乎？吾聞仁義之人，其言藹如，未有不深於道而能文者。堯、舜、周、孔深於道矣，其辭未嘗不文，夫子之文章，粲於六籍之內，故其自稱曰：「言之無文，行之不遠」，「辭達而已矣」。蘇氏曰：「辭止於能達，疑若不文，是大不然。」求物之妙如繫風捕影，能使是物了然於心者，蓋千萬人而不一遇也，而況能使了然於口與手者乎？是之謂「辭達」，辭至於能達，文不可勝用矣。今憚於修辭，而徒欲以理勝相掩，借言明道，不欲以辭麗為工，道明矣。辭不文，安在其能達，不達，安用文為？晚周以後，去聖浸遠，老聃、莊周、列禦寇之徒，摶浮雲，騰九閬，虛舉而上升，夫神智之變化，豈在多文哉！[24]

如何處理「文」、「道」之間的關係，始終是古代文人所著力關注與探討的焦點問題。針對當時世人「憚於修辭」、「徒欲以理勝相掩，借言明道，不欲以辭麗為工」的做法，陳深表達了自己的觀點。在他看來，文應傳道，同時亦應辭麗，「文」、「道」之間非但沒有本質矛盾，而且還可以相互配合，相得益彰。聖人之文章就是這方面的典範，也即「辭麗」與「道明」的完美統一。基於這種認識，同時也為了扭轉時文「理勝」之弊端，予世人文章寫作之模板，陳深從古世諸子文中擇取出相關篇章，輯為《諸子品節》五十卷。《諸子品節》有《屈子》三卷，收錄了屈原的全部作品，對此，陳深稱「所以見奇人瑋士構思落筆，學問之所自來」[25]。屈賦作為情志、文采兼勝之佳作，成為後世所效模的榜樣，以陳深揆之，也即在情理之中了。

二、陳深《楚辭》評點於明代之流變

在明代，陳深是較早對《楚辭》進行評點的一位，其《楚辭》評點主要見存於馮紹祖校刊《楚辭章句》、陳深輯《諸子品節》、凌毓柟校刊朱墨套印本《楚辭》、題焦竑輯《二十九子品匯釋評》、閔齊伋校刊套印本《楚辭》、蔣之翹《七十二家評楚辭》等書。就現有資料來看，較早對其評點進行選錄的是馮紹祖。馮氏在「觀妙齋重校楚辭章句議例」之「核評」中稱：「茲悉發家乘，若張氏《楚范》、陳氏《楚辭》、洪

---

[24] 陳深〈諸子品節序〉，見《諸子品節》卷首附錄，明萬曆十九年（1591）刻本。

[25] 陳深《諸子品節‧凡例》，見《諸子品節》卷首附錄，明萬曆十九年（1591）刻本。

氏《隨筆》、楊氏《丹鉛》、王氏《卮言》等集，一一搜載。」[26]文中
「陳氏」指的就是陳深。馮本之後，其《楚辭》評點即被後世轉相輯引，
筆者特作梳理如下：在馮本《楚辭章句》中，共收錄8條陳深評語，其中
眉批較少，僅2條，其餘皆見於卷（篇）末。馮本之後，是於萬曆十九年
（1591）問世的《諸子品節》。《諸子品節》陳深選輯並評點，其中所載
眉批中，除了一些從朱熹《楚辭集注》擇取出的注文外，其餘都是陳深批
語，數量較多。《諸子品節》之後，又一重要評點本，是問世於萬曆二十
八年的凌毓柟校刊朱墨套印本《楚辭》。該本共錄其評語21條，其中有6
條見於馮本，7條見於《諸子品節》，其餘8條則均不見以上二本。之後又
有《二十九子品匯釋評》，其中有《屈子》一卷，就所錄評點來看，則多
是轉抄自馮本與《諸子品節》而成。但由《諸子品節》所抄錄者，該本皆
偽託於他人名下[27]。除以上諸本之外，萬曆年間還有一種比較重要的評點
本，即閔齊伋校刊套印本《楚辭》，其主要貢獻在於又進一步增益了較多
的陳深評語，且多不見於以上諸本。

　　以上是明萬曆間所刊刻《楚辭》評點本收錄陳深評點的大致情況。
這裡有一個問題，即陳深《楚辭》評點的源頭在哪？上文提到，較早援
引陳深評點者，是馮紹祖。馮氏言「悉發家乘」，其中就有「陳氏《楚
辭》」，說明陳氏《楚辭》當時仍可見到。陳煒舜先生運用排除法，斷定
此之「陳氏」即陳深，筆者完全贊同[28]。由於陳氏《楚辭》後來亡佚，無
法得知其詳細信息，但其為馮紹祖及後世輯刊者徵集陳深評點之所本，當
無疑義。據記載，陳深又有《秭歸外志》。《長興縣誌》引《湖錄》：
「深為歸州時作。屈原被放，暫歸，其姊亦來，因名其地為秭歸。『姊』
亦作『秭』也，即歸州是。」這裡說明《秭歸外志》是陳深任職歸州時所
作，接著又進一步解釋歸州是屈原故鄉，內中深意其實是要將《秭歸外
志》與屈原相聯繫，也就是說該書應當記載了秭歸風俗、屈原傳說乃至屈
原作品。《秭歸外志》雖已亡佚，但閔齊伋校刊套印本《楚辭·離騷》篇

---

[26] 馮紹祖〈觀妙齋重校楚辭章句議例〉，見馮紹祖校刊《楚辭章句》卷首附錄，明萬
　　曆十四年（1586）刻本。
[27] 《二十九子品匯釋評》題焦竑輯，當為託名。對此書，四庫館臣多有批評：「《二
　　十九子品匯釋評》二十卷，題曰『翰林三狀元會選』，前列焦竑、翁正春、朱之藩
　　三人名。其書輯錄諸子，毫無倫次，評語亦皆託名，謬陋不可言狀，蓋坊賈射利
　　之本，不足以當指摘者也。」見紀昀等《四庫全書總目》，北京：中華書局1997年
　　版，第1742頁。
[28] 見陳煒舜《陳深楚辭學著作考敘》，《屈騷纂緒》，臺北：學生書局2008年版，第
　　65頁。但陳先生接著又舉出三條理由證明《陳氏楚辭》非《批點本楚辭集評》，實
　　無必要。所謂《批點本楚辭集評》，問世於萬曆二十八年（1600），而馮紹祖校刊
　　《楚辭章句》刊刻於萬曆十四年（1586），馮氏不可能引用後者。

末引有一則，文云：

> 〈離騷經〉凡二千四百九十二字，可謂肆矣。然氣如纖流，迅而不滯，詞如繁露，貫而不糅。故曰：騷人之情深，君子樂之，不恩其長。漢氏猶步趨也。魏晉而下，卮焉灕焉，浩矣博矣，忘其祖矣。[29]

該評語下，閔氏明確注明引自《秭歸外志》。這一方面表明《秭歸外志》至閔氏刊刻此本《楚辭》時仍見存於世，或者說即使不存於世，閔氏當時也能夠確知該評語出自《秭歸外志》；同時更重要的是，由於該評語是就〈離騷〉篇而發，這似乎暗示出《秭歸外志》收錄了屈原作品，並且陳深也在所收屈賦中加入了自己評點。另值得注意的是，這條評語又見於馮本《楚辭章句‧離騷》篇末，題「陳深曰」，而未及《秭歸外志》。如果結合馮紹祖「悉發家乘」、「陳氏《楚辭》」之描述，結論應該是明晰了。陳深在編纂《秭歸外志》時，收入了《楚辭》作品，並加入自己評點。也就是說，所謂「陳氏《楚辭》」，其實並非一本獨立著作，而只是《秭歸外志》中的一部分。馮紹祖在提及時僅就其所引錄的部分而言，並謂之「陳氏《楚辭》」。而這也正是之所以歷代公私書目均未著錄「陳氏《楚辭》」的原因之所在。因此，陳深《楚辭》評點的源頭應當追溯至《秭歸外志》。

綜合諸本所載陳深評點來看，其中是有差異的。這種差異表明，陳深《楚辭》評點活動是一個變動、長期的過程，其評點伴隨著他的閱讀活動而逐漸得以增益、揚棄，這也是由評點靈活性、隨意性的特點所決定的。不同時期陳深《楚辭》評點的差異，加上後世輯刊者選錄標準的不同，就造成了後世評點本所載陳深《楚辭》評點的多樣化。而這種差異正好為我們全面把握陳深《楚辭》評點，並在此基礎上開展辨偽及研究工作提供了便利條件。因此，我們在確定陳深《楚辭》評點的來源之後，似乎不必要再去執著於「陳氏《楚辭》」刊刻時間及其所載評點原初面貌的考證，因為受限於相關資料，這一問題是很難解決的[30]。

萬曆年間《楚辭》評點諸本，所收陳深評語的數量是比較多的。不同刊刻者根據自己的選錄標準進行擇取，在萬曆時期問世的《楚辭》評點諸本，從歷史的角度上講，就呈現出因襲與擴充兩種趨勢。後來至閔齊伋

---

[29] 閔齊伋校刊《楚辭》，明萬曆四十八年（1620）套印本。

[30] 陳煒舜先生認為《秭歸外志》、《陳氏楚辭》為兩種，在介紹時又將後世評點本中所載陳深評點置於兩者之中，來論證兩本之原貌，值得商榷。見陳煒舜《陳深楚辭學著作考敘》，《屈騷纂緒》，臺北：學生書局2008年版，第60-70頁。

校刊套印本《楚辭》，陳深評語已經比較完備了。與之相對應，陳深《楚辭》評點影響的鼎盛時期也是主要集中在萬曆年間。這從明萬曆時期《楚辭》評點本與天啟以後《楚辭》評點本的對比中可以得到證明：在萬曆年間問世的評點本中，全都收錄了陳深評語，並且呈現出逐步對其充實、完善的趨勢。非但如此，在凌毓枏校刊朱墨套印本《楚辭》中，雖然雜取歷代四十家品評之語，於卷首卻專題以「陳深批點」，其中欲借陳深之名相標榜的目的不言而喻。再如閔齊伋校刊套印本《楚辭》，從《楚辭》評點史的角度上講，該本最大的功績是收錄了孫鑛評點，同時對陳深評點也作了增益。具體而言，就該本所載評語數量來看，孫鑛、陳深二人基本上是可以持平的，並且二者的數量都大大超過了如王世貞、馮覲等其他名家評點數量。由此來看陳深在閔氏心目中的地位，我們也是可以想見的。因此，以上凌、閔二本對於陳深評點的處理方式，實際上從側面反映了其《楚辭》評點在當時的地位和影響力。

　　但是在天啟以後的評點本中，這種情況則發生了很大變化。如在當時影響較大的陸時雍《楚辭疏》、張鳳翼《楚辭合纂》及來欽之《楚辭述注》中，就都沒有收錄陳深評語。而對於那些收錄陳深評語的評點本來說，也多非刊刻者有意為之。如《諸子匯函》之《玉虛子》、《鹿溪子》，其中所載評點，多是抄襲《諸子品節》而成。這主要是因為二者都是「諸子」評點選本，性質相同，《匯函》刊刻者也就將《品節》拿來作為依據，並且與《二十九子品匯釋評》類似，該本轉抄過來的陳深評語，也全都偽託於他人名下[31]，這與陳深評點在萬曆時期所受到的待遇，是不可同日而語的。又如，潘三槐注《屈子》六卷，其中之所以收錄陳深評語，也與其成書性質有關。該本所錄評點，實是拼湊凌毓枏本《楚辭》與陸時雍《楚辭疏》而成，其中陳深評語，都是轉抄自凌毓枏本《楚辭》而來。再如蔣之翹《七十二家評楚辭》，旨在融合古今諸名家評，為了實現這一目標，蔣之翹對於相關材料進行了廣泛徵引，這其中就包括萬曆年間刊刻的一些《楚辭》評點材料，陳深評語也就是在這一過程中被轉引過來的。如此類似陳深的例子，在蔣之翹本中還有不少，如馮覲、李夢陽、何景明、楊慎、王世貞、孫鑛等。這樣看來，蔣之翹也不是專門對其進行選錄的。蔣之翹《七十二家評楚辭》之後，沈雲翔《楚辭集注評林》是在蔣本基礎上又稍作增益而成的，其中所載陳深評語，都是由蔣之翹本轉抄而來，亦非專門為之。

---

[31] 該本共錄陳深評語8條，全部都偽託於「楊升庵」、「王鳳洲」、「袁元峰」三人名下。

三、陳深《楚辭》評點對《楚辭集注》、《楚辭章句》的擇取

經統計，以上《楚辭》評點諸本所載陳深評語約有近百條。在這些評語中，除了少數轉引、節取自《楚辭集注》、《楚辭章句》之外，其他都是陳深品評之語。

先看陳深評語中涉及王逸、朱熹二家注的情況。如前所述，在早期明代《楚辭》評點中，普遍存在著「注評合一」的現象，這在陳深評點中也有所體現，其主要表現就是對朱熹、王逸的釋解內容有所擇取，而這一點又集中表現在陳深輯《諸子品節・屈子》之中。《屈子》文中注文系節取《楚辭集注》而成，但在眉批和旁批中，陳深又選取了《集注》中的部分內容，這些內容都不見於文中注文，大致是朱熹相關釋解語中較為關鍵的部分，如〈離騷〉「委厥美以從俗兮，苟得列乎眾芳」句旁批：「此即上文『蘭芷變而不芳』之意。」[32]〈哀郢〉「外承歡之汋約兮，諶荏弱而難持。忠湛湛而願進兮，妒被離而鄣之」句眉批：「形容邪佞之態。」〈抽思〉「願遙赴而橫奔兮，覽民尤以自鎮」句眉批：「以下諸篇用字用句，先儒多不能解。」[33]如此之類在《屈子》中數量不是太多，除此數條之外，其他主要集中見於〈天問〉篇。由於〈天問〉文意較難解，而《屈子・天問》中的注文又較簡略，陳深就在該篇眉端增加了部分朱熹的注文，其中如「永遏在羽山，夫何三年不施」句眉批：「先儒云：舜之四罪，皆未嘗殺也。《書》稱殛死，猶言貶死耳，聖人寬仁例如此。」[34]

除《楚辭集注》之外，《屈子・天問》篇也引錄了一些王逸《楚辭章句》中的內容：如「皆歸射鞠，而無害厥躬」句眉批：「王逸曰：『射』，行。『鞠』，窮也。言有扈氏所行，皆穹凶極惡，啟誅之而得無害也。」[35]又如「薄暮雷電，歸何憂」句眉批：「王逸曰：屈原書壁，問訖欲去，天雨雷電，複自解曰：『歸何憂乎？』」[36]另外還有幾條，陳

---

[32] 陳深輯《諸子品節》，明萬曆十九年（1591）刻本。此段下引該本，版本情況皆同於此，不再逐一注明。

[33] 此條陳深作了部分改動，《楚辭集注》原文作：「大抵以下諸篇，用字立語，多不可解」，朱熹《楚辭集注》，上海：上海古籍出版社1979年版，第84頁。

[34] 此條陳深作了部分改動，《楚辭集注》原文作：「答曰：舜之四罪，皆未嘗殺也。程子以為『《書》云殛死，猶言貶死耳。』蓋聖人用刑之寬，例如此，非獨於鯀為然也。」朱熹《楚辭集注》，上海：上海古籍出版社1979年版，第55頁。

[35] 此條陳深系節取《楚辭章句》而成，《章句》原文作：「射，行也。鞠，窮也。言有扈氏所行，皆歸於窮惡，故啟誅之，長無害於其身也。」王逸《楚辭章句》，《楚辭四種》本，上海：世界書局1936年版，第57頁。

[36] 此條陳深亦系節取《楚辭章句》而成，《章句》原文作：「言屈原書壁，所問略

深摘引《楚辭章句》的目的，則是為了對其進行糾誤和批評。如「地方九則，何以墳之」句眉上，陳深批曰：「王逸曰：『墳，分也。九州之地，凡有九品，禹何以能分別之乎？』陋哉見也，溷哉墳之為分也。」又如「靡萍九衢，枲華安居」句眉上，又批曰：「萍有九岐，似衢路，王逸以為『生九衢中』，陋矣。」[37]

由以上摘引朱、王二注的整體情況來看，陳深是以《集注》為主，以《章句》為輔，並且對於《章句》他還略有批評之意，如果再結合正文中注文他也選用了《集注》的做法，我們顯然能夠見出朱注在他心目中的地位。另外，陳深還有一處評語，更可顯見其承襲《集注》的痕跡。此條見馮紹祖校刊《楚辭章句》「飄風屯其相離兮，帥雲霓而來禦」句眉端，文云：

> 經涉山川，役使百神，望舒、飛廉、鸞鳳、雷師、飄風、雲霓，皆言神靈為之擁護服役，以見儀衛之盛。[38]

類似說法見朱熹《楚辭辯證》，文云：

> 望舒、飛廉、鸞鳳、雷師、飄風、雲霓，但言神靈為之擁護服役，以見其仗衛威儀之盛耳，初無善惡之分也。[39]

由此可顯見二者之間的因襲關係，這對於陳深在《楚辭》注本方面更較為重視《集注》而言，也可謂提供了一個有力的旁證。在明萬曆年間的《楚辭》評點諸本中，擇取前世注文融於相關評點形式之中的做法是較為普遍的，如問世較早的馮紹祖校刊《楚辭章句》，就以眉批、旁批、總評的形式，收錄了較多洪興祖、朱熹二家注中的內容，可以說是開啟了萬曆《楚辭》評點的這一趨勢。但由於馮紹祖「專主王氏《章句》」，故對於洪、朱二注的擇取，也只是作為對《章句》的補充材料來看待。由上文所述《諸子品節》就一樣了，就《屈子》所取前世注文而言，朱熹《楚辭集注》是佔有主導地位的。這種處理方式對於之後的《楚辭》評點本刊刻者

訖，日暮欲去，時天大雨雷電，思念複至。自解曰：『歸何憂乎？』」王逸《楚辭章句》，《楚辭四種》本，上海：世界書局1936年版，第67頁。
[37] 王逸此句注文為：「九交道曰衢。言寧有萍草，生於水上無根，乃蔓延於九交之道。」王逸《楚辭章句》，《楚辭四種》本，上海：世界書局1936年版，第55頁。
[38] 馮紹祖校刊《楚辭章句》，明萬曆十四年（1586）刻本。
[39] 朱熹《楚辭集注》，上海：上海古籍出版社1979年版，第180頁。

有著重要影響，如在題焦竑輯《二十九子品匯釋評》之《屈子》與閔齊伋校刊套印本《楚辭》中，也呈現出這種傾向。而由陳深、馮紹祖對於前世《楚辭》注本態度的不同，我們又可見出不同《楚辭》評點輯刊者在底本選擇上所表現出的差異。

四、陳深《楚辭》評點及其價值

在陳深評點中，以上擇取《集注》、《章句》注文的情況，只是佔有很小的比重，更重要的則是品評之語。這部分才是其中最有價值，也是真正能代表陳深評點水準的內容。就這些內容來看，大致可以別為以下幾類：

其一，對於《楚辭》文句、文段語意、篇章旨意、行文脈絡的揭示。在陳深評語中，有不少是對屈賦進行釋解的內容，這或許是陳深出於屈賦較難讀解，欲示讀者以閱讀津逮的考慮而作的。其中有揭示文段、文句語意者，有詮解篇章主旨者，還有闡釋行文脈絡者。

先看第一個方面的內容，這類評語較多地集中於〈離騷〉篇。其中如「汩余若將不及兮，恐年歲之不吾與」句眉批云：「『汩余』十二句，總是汲汲慕君繼日待旦之意，寫得濃至。」[40]「老冉冉其將至兮，恐修名之不立」句眉批云：「即『汩余』一段意，而語益深矣。」[41]「回朕車以複路兮，及行迷之未遠」句眉批云：「言始進不察，而輕犯世患，不如回車返路而遁去，以修吾初服也。」[42]「依前聖以節中兮，喟憑心而厤茲」句眉批云：「進退維谷，就先聖以取衷。」[43]「曾歔欷余鬱邑兮，哀朕時之不當」句眉批云：「進則危吾身，退則危吾君，雖舜其何以告之哉！」[44]「駟玉虯以乘鷖兮，溘埃風餘上征」句眉批云：「既陳詞於舜，遂乘龍以上征，皆托詞也。」[45]「忽反顧以遊目兮，將往觀乎四荒」句眉批云：「言雖欲遁去，而猶未能頓忘斯世，複周遊四方，冀一遇賢君也。」[46]「國無人莫我知兮，又何懷乎故都」句眉批云：「托為遠行，而卒反故都，曰『又何懷』，懷之至矣。」[47]

與揭示文句之意者相比，陳深對於相關篇章旨意的評說也頗為精彩。

---

[40] 閔齊伋校刊《楚辭》，明萬曆四十八年（1620）刻本。

[41] 同上。

[42] 陳深輯《諸子品節》，明萬曆十九年（1591）刻本。

[43] 閔齊伋校刊《楚辭》，明萬曆四十八年（1620）刻本。

[44] 同上。

[45] 陳深輯《諸子品節》，明萬曆十九年（1591）刻本。

[46] 同上。

[47] 閔齊伋校刊《楚辭》，明萬曆四十八年（1620）刻本。

其中如評《九章・哀郢》云：

> 此章始南渡，將至沅、湘，而回首於故都，旌門之悽泣，孟嘗之歔
> 欷，何足為道。[48]

評〈思美人〉云：

> 此章思憤懣之不可化，而優遊以壽考；世路之不可由，而遠去以俟
> 命。樂中心之有餘，觀南人之變態，不阻不絕也。[49]

此外，陳深還集中對〈九章〉各篇進行了評說，其文云：

> 〈九章〉悲悽引泣，因拙為工，篇雖不倫，各著其志：〈惜誦〉稱
> 「作忠造怨，君可思而不可恃也」；〈涉江〉則「彷徨鉅野」，
> 「死林薄矣」；〈哀郢〉篇：「曾不知夏之為丘兮，孰兩東門之可
> 蕪」，三複其言而悲之；〈抽思〉：「憂心不遂，斯言誰告」；
> 〈懷沙〉自沉也，「知死不可讓」，「明告君子」，太史公有取
> 焉；〈思美人〉非為邪也，譬涕焉，而竚眙焉，而又莫達焉，舍彭
> 咸何之矣；〈惜往日〉有功見逐，而弗察其罪，讒諂得志，國勢瀕
> 危，恨雍君之不昭，故願畢詞而死也；〈橘頌〉獨產南國，皭然精
> 色；〈悲回風〉負重石，聽波聲之相擊，惴惴其慄，滅矣沒矣，不
> 可複見矣。此以材若其生者也。嗟乎！神人不材，原獨不聞乎？其
> 義不得存焉爾。[50]

關於〈九章〉旨意，前世《楚辭》注本已多有討論，就其內容而言，多是
持君臣、賢邪之論調[51]。而由以上陳深評語來看，雖然亦能從中找到這種
論調的痕跡，但其中更多的則是著眼於屈子之情志來立言的，因而使人讀

---

48 陳深輯《諸子品節》，明萬曆十九年（1591）刻本。
49 同上。
50 馮紹祖校刊《楚辭章句》，明萬曆十四年（1586）刻本。
51 此類以洪興祖《楚辭補注》最具代表性。對於〈九章〉，洪興祖逐篇作有題解之
  語，全持此種論調。其中隨意摘取，即可為例，如洪氏解〈惜誦〉云：「此章言己
  以忠信事君，可質於明神，而為讒邪所蔽，進退不可，惟博采眾善以自處而已。」
  解〈涉江〉云：「此章言己佩服殊異，抗志高遠，國無人知之者，徘徊江之上，歎
  小人在位，而君子遇害也。」餘下諸篇皆如此，茲不贅引。洪興祖《楚辭補注》，
  北京：中華書局1983年版，第128、132頁。

來不覺有親切之感。

除此之外，還有不少是揭示行文脈絡的內容，由此則又可見出陳深對於屈子文章線索的關注。此類如〈離騷〉「萰葹以盈室兮，判獨離而不服」句眉批云：「女嬃之言至此。」[52]「回朕車以複路兮，及行迷之未遠」句，陳深批曰：「顛倒神思，想及退修初服，意尤悽惋，下文女嬃、重華、靈氛、巫咸，俱就此轉出，真是無中生有。」[53]「濟沅湘以南征兮，就重華而陳詞」句眉批云：「以下皆就重華所陳之詞也。」[54]「攬茹蕙以掩涕兮，霑餘襟之浪浪」句眉批云：「陳詞至此。」[55]「路曼曼其修遠兮，吾將上下而求索」句眉批云：「重華亦無所折衷，故將上下求索。」[56]「溘吾游此春宮兮，折瓊枝以繼佩」句眉批云：「此複托詞求神女宓妃。」[57]「望瑤台之偃蹇兮，見有娀之佚女」句眉批云：「此複托詞求有娀女簡狄。」[58]「心猶豫而狐疑兮，欲自適而不可」句眉批云：「上下求索而終無所適，從『猶豫狐疑』，為下二占起。」[59]「及少康之未家兮，留有虞之二姚」句眉批云：「此複托詞欲求二姚。」[60]「世幽昧以眩曜兮，孰云察餘之善惡」句眉批云：「世幽昧而莫能察，以下乃原自念之詞。」[61]「何瓊佩之偃蹇兮，眾薆然而蔽之」句眉批云：「此下乃原自敘衷曲，似以答上二占。」[62]「何離心之可同兮，吾將遠逝以自疏」句眉批云：「此又托詞遠逝以避禍也。」[63]

其二，對於《楚辭》文學特色、文學成就所作的闡說。在評論時，陳深多能著眼於相關文字、篇章的文學特色及其所達到的藝術效果來立論。由於持論精闢，數量較多，因而這部分內容最能代表陳深的評點水準。由於明代《楚辭》文學評點經歷了一個逐漸積累、成熟的過程，從發展的角度上講，作為較早出現的《楚辭》文學評點，陳深的這些評語對於《楚辭》評點「文學性」的突顯及成熟起到了重要的推動作用。這些評語有些較為簡略，如「時序朗朗」、「幽悽孤恨」、「掩袂流涕」、「寂寥問

---

[52] 陳深輯《諸子品節》，明萬曆十九年（1591）刻本。
[53] 閔齊伋校刊套印本《楚辭》，明萬曆四十八年（1620）刻本。
[54] 陳深輯《諸子品節》，明萬曆十九年（1591）刻本。
[55] 同上。
[56] 閔齊伋校刊套印本《楚辭》，明萬曆四十八年（1620）刻本。
[57] 陳深輯《諸子品節》，明萬曆十九年（1591）刻本。
[58] 同上。
[59] 閔齊伋校刊套印本《楚辭》，明萬曆四十八年（1620）刻本。
[60] 陳深輯《諸子品節》，明萬曆十九年（1591）刻本。
[61] 同上。
[62] 閔齊伋校刊套印本《楚辭》，明萬曆四十八年（1620）刻本。
[63] 陳深輯《諸子品節》，明萬曆十九年（1591）刻本。

矩」、「情景悽然」等，往往數字就將相關內容的風格、特色描畫無遺。
但多數情況下，這類評語還是比較詳實的。其中有些語及屈賦的用詞特
色，如陳深評〈卜居〉云：

> 句極長，不見有餘，極短，不為不足，以十六『乎』字為之，故抱
> 或侈或牟或杅，惟意所適，無不中繩，必也聖乎？後此猶病。[64]

評〈九辯〉云：

> 孤介鯁特之詞，真不忘溝壑之心也。[65]

有些論及《楚辭》所具有的藝術感染力。如陳深評〈惜誦〉云：

> 此章淒然如秋，暖然入春。[66]

評〈七諫〉云：

> 幽悽孤恨，令人氣勃。[67]

評〈哀時命〉云：

> 才高氣鬱，讀之淒其。[68]

有些則是從整體上對屈賦的文學特色進行闡說。如評〈離騷〉云：

> 〈離騷〉變風之遺也，興比賦錯出成章，驟讀似未易瞭，細玩井然
> 有理。[69]

評〈天問〉云：

---

[64] 同上。
[65] 同上。
[66] 同上。
[67] 凌毓柟校刊《楚辭》，明萬曆二十八年（1600）刻本。
[68] 同上。
[69] 蔣之翹評校《楚辭集註》，明天啟六年（1626）刻本。

有文字以來，此為創格，鏗訇汗漫，怪怪奇奇，邈焉寡儔，卓乎高品。[70]

評〈九章〉云：

〈九章〉無端杳思，妙不可言，非不能言，知言之無加也。[71]

又評〈九辯〉云：

屈氏而後，宋玉其善鳴者也。〈九辯〉深悽眇悗，〈招魂〉爛然列肆。談歡則神貽心動，心懼則縮頸咋舌，數味則讒口津津。情見乎辭，盡態極妍，雖然猶有未盡也。纖濃則純白不載，洄漫則遠於世教。屈氏之風微矣！然其竭情奉愛，與〈大招〉皆振振有儒者之詞焉。[72]

值得注意的是，陳深在評述屈賦藝術特色及文學成就的時候，往往又從與後世文章創作進行對比的角度入手，將屈賦及《楚辭》作為後世文章創作的典範來看待。如評〈離騷〉云：

〈離騷經〉凡二千四百九十二字，可謂肆矣。然氣如纖流，迅而不滯，詞如繁露，貫而不糅，故曰騷人之情深。君子樂之，不恩其長，漢氏猶步趨也，魏晉而下戹焉，灕焉，浩矣，博矣，忘其祖矣。[73]

評〈天問〉云：

特創為百餘問，皆容成葛天之語，入神出天。此為開物之聖，後有作者，皆臣妾也。[74]

又評〈招魂〉云：

---

[70] 陳深輯《諸子品節》，明萬曆十九年（1591）刻本。

[71] 同上。

[72] 馮紹祖校刊《楚辭章句》，明萬曆十四年（1586）刻本。

[73] 馮紹祖校刊《楚辭章句》，明萬曆十四年（1586）刻本。另外，閔齊伋校刊《楚辭》、蔣之翹校刊《七十二家評楚辭》、沈雲翔《楚辭集注評林》亦載此條，但首句均作「〈離騷經〉凡字二千四百九十」，余皆同於馮紹祖本。

[74] 陳深輯《諸子品節》，明萬曆十九年（1591）刻本。

> 巧筆如畫，纖手如絲，意動成文，籲氣成采，燁燁有神，後之名
> 家，能優孟者幾人也。[75]

由此我們聯繫陳深在〈諸子品節序〉中關於「文」、「道」關係的認識，
對此則可以有更為深刻的理解。在陳深看來，文章創作中之所以會出現
「文有餘而道不足」與「道有餘而文不足」的現象，就在於沒有正確地處
理好「文」、「道」之間的關係，所謂「仁義之人，其言藹如」，「辭
麗」與「道明」之間非但沒有本質的矛盾，相反還可以相輔相成，相得益
彰，而屈子之文作為這方面的榜樣，也就理所當然地應當成為後世文家所
學習和效法的楷模了。

　　以上兩方面是陳深評點的主要部分，此外，還有一些內容也值得我們
注意。比如其中有對於在陳深看來偏謬之說的糾正：馮紹祖校刊《楚辭章
句‧九歌》卷末錄陳深批語云：

> 沅湘之間，其俗上鬼，祭祀則令巫覡作樂諧舞，歌吹為容，其事陋
> 矣。自原為之，緣之以幽眇，涵之以情深，琅然笙匏，遂可登於俎
> 豆。若曰：淫於沔嫚，而少純白不備，為屈子病，則是崇崗責其平
> 土，激水使之安流也。固矣！[76]

就對認為屈賦缺少積極內容的論點進行了批評。〈天問〉卷末又有陳深
語云：

> 〈天問〉發難，至千五百言。書契以來，未有此體，原創為之。先
> 儒謂其「文義不次，乃原雜書於壁，而楚人輯之。」今讀其文，章
> 句之短長，聲勢之佶崛，皆有法度。似作也，非輯也。屈子以文自
> 聖，且在無聊，何之焉而不為作也？深嘗愛曾子問五十餘難，亦至
> 奇之文。說者乃曰非曾不能問，非孔不能答，非也。禮家託於曾孔
> 以盡禮之變耳，抑獨出於曾氏之門乎？何文之辯而理也。[77]

文中「先儒」云云，指的是王逸所作〈天問〉小序中內容。在小序中，王

---

[75] 同上。

[76] 馮紹祖校刊《楚辭章句》，明萬曆十四年（1586）刻本。

[77] 馮紹祖校刊《楚辭章句》，明萬曆十四年（1586）刻本。閔齊伋校刊套印本《楚
辭》錄此條，但無「原創為之」至「何之焉而不為作也」之間內容。蔣之翹評校
《楚辭集註》亦錄此條，但無「屈子以文自聖」以下內容。

逸以為〈天問〉乃屈原放逐之後，「見楚有先王之廟及公卿祠堂，圖畫天地山川神靈」，「及古聖賢怪物行事」，「因書其壁」，「以泄憤懣」，而「楚人哀惜屈原，因共論述」，故所輯皆「文義不次序」。對於這種說法，陳深則不以為然，並從〈天問〉的用語特色出發，認為該篇當為屈原所作無疑，非「輯」也。以上二例都是從涉及屈原作品之特色、真偽等大的角度來討論的，此外還有一例，則是對「羽觴」一詞由來的誤解進行了必要的澄清，文見〈招魂〉「瑤漿蜜勺，實羽觴些」句眉上，陳深批曰：

> 有以「羽觴」為項羽所制而得名，此可以正其誤也。[78]

「羽觴」於〈招魂〉中既已作為成詞來使用了，那種稱因「項羽所制而得名」的說法自然可以不攻自破。

另外，陳深對於諸如屈原沉江與否，〈九辯〉、〈招魂〉、〈大招〉等篇作者等尚無定論的重要問題，也都表達了自己的看法。先看前者。在陳深之前，屈原自沉汨羅的說法已成定論。如早在西漢初期，賈誼就稱：「仄聞屈原兮，自湛汨羅。」[79]莊忌又稱：「子胥死而成義兮，屈原沉於汨羅。」[80]後來司馬遷作〈屈原傳〉，稱屈原「懷石遂自投汨羅以死」[81]。再後來王逸作《楚辭章句》，亦對這一問題進行了說明，其文云：

> 屈原放於江南之野，思君念國，憂心罔極，故複作〈九章〉。章者，明也。言己所陳忠信之道，甚著明也。卒不見納，委命自沉。楚人惜而哀之，世論其詞，以相傳焉。[82]

這種論調一直延續下去，至洪興祖那裡，亦持類似說法，如洪氏釋〈懷沙〉篇云：

> 此章遂放逐，不以窮困易其行。小人蔽賢，群起而攻之。舉世之人，無知我者。思古人而不得見，伏節死義而已。太史公曰：乃作〈懷沙〉之賦，遂自投汨羅以死。原所以死，見於此賦，故太史公

[78] 閔齊伋校刊套印本《楚辭》，明萬曆四十八年（1620）刻本。
[79] 賈誼《吊屈原賦》，《楚辭集注》，上海：上海古籍出版社1979年版，第157頁。
[80] 莊忌《哀時命》，《楚辭集注》，上海：上海古籍出版社1979年版，第166頁。
[81] 司馬遷《史記》，北京：中華書局1959年版，第2490頁。
[82] 王逸《楚辭章句》，《楚辭四種》本，上海：世界書局1936年版，第70頁。

獨載之。[83]

在〈悲回風〉篇，洪興祖又云：

> 此章言小人之盛，君子所憂，故託遊天地之間，以泄憤懣，終沉汨
> 羅，從子胥、申徒，以畢其志也。[84]

對於這種說法，陳深則有不同意見。如在〈懷沙〉「知死不可讓，願勿愛
兮，明告君子，吾將以為類兮」句眉上，他批曰：

> 抗志欲沉者其文也，而卒未沉者，文以後之事也，問之秭歸，驗之
> 詞外，則然。[85]

在〈悲回風〉「憚湧湍之磕磕兮，聽波聲之洶洶」句眉上，他批曰：

> 此篇矻矻似沉，實未沉也，既沉矣，焉作沉辭。[86]

又云：

> 永嘉林應辰推議以為，屈子之死於汨羅，比諸浮海居夷之意。今者
> 諸秭歸傳記稗官裡人皆云。[87]

文中「林應辰」，字渭起，宋永嘉人。陳深所引其語，見於林氏《龍岡楚
辭說》一書，該書已亡佚，陳振孫《直齋書錄解題》有著錄，稱其：

> 以〈離騷〉章分段釋為二十段，〈九歌〉、〈九章〉諸篇亦隨長短
> 分之。其推屈子不死於汨羅，比諸浮海居夷之意，其說甚新而有
> 理。以為：「〈離騷〉一篇辭雖哀痛而意則宏放，與夫直情逕行、
> 勇於踣河者，不可同日語；且其興寄高遠，登昆侖、歷閬風、指西
> 海、陟陞皇，皆寓言也，世儒不以為實，顧獨信其從彭鹹葬魚腹以

---

[83] 洪興祖《楚辭補注》，北京：中華書局1983年版，第146頁。
[84] 同上，第162頁。
[85] 陳深輯《諸子品節》，明萬曆十九年（1591）刻本。
[86] 同上。
[87] 閔齊伋校刊套印本《楚辭》，明萬曆四十八年（1620）刻本。

為實者,何哉?」[88]

陳深曾著有《秭歸外志》,其對於秭歸所流傳的屈原傳說自然極為熟悉,因而才有「問之秭歸」、「今者諸秭歸傳記稗官裡人皆云」之語。「秭歸傳記」、「裡人」傳言皆稱屈原未沉汨羅,而林應辰關於屈原沉江的質疑又極為「有理」,受此影響,陳深隨之亦持屈原「未沉」說。

這種論點後來到了汪瑗那裡,則得到了進一步的發展。汪瑗《楚辭蒙引》有「屈原投水辨」條,稱:

> 屈原投水而死之說,世俗至今傳道之。余嘗考之,不知其所始。及讀〈離騷〉,觀屈子之所自言,蓋不能無疑焉。其所自言者,雖或有投水而死之說,然或設言,或反言耳。徐而察之,實未嘗真有自沉之意也。[89]

接下來,汪瑗又用了大量的篇幅,對於舊說及所持論據逐一進行了駁正,所論縝密有據,頗具說服力。由於《楚辭集解》問世後影響較大,故汪氏此說亦對後世產生了深遠的影響。但就其實質而言,則應當與林應辰、陳深所持論是一脈相承的。由於陳深所論只見於其批點文字中,對此未作專門論討,因而也就未能引起人們的注意,在關於此問題的相關研究中也就未被提及,這對於屈原沉江問題始末源流的梳理而言,不免是一個缺漏。

關於〈九辯〉、〈招魂〉、〈大招〉三篇的作者問題,陳深以為皆是屈原所作。這在其評點中也有所反映。如他在〈九辯〉文首批曰:

> 〈九辯〉妙辭也,悽惋寂寥,世傳宋玉作,然玉他辭甚多,率荒淫靡嫚,與此不類,知為原作無疑。[90]

「世傳」〈九辯〉「宋玉作」,不知始於何時。今核《史記・屈原傳》還沒有這種說法,司馬遷僅稱:

> 屈原既死之後,楚有宋玉、唐勒、景差之徒者,皆好辭而以賦見

---

[88] 陳振孫《直齋書錄解題》,上海:上海古籍出版社1987年版,第436頁。

[89] 汪瑗《楚辭集解》,北京:北京古籍出版社1994年版,第332頁。

[90] 陳深輯《諸子品節》,明萬曆十九年(1591)刻本。

稱；然皆祖屈原之從容辭令，終莫敢直諫。[91]

後來王逸《楚辭章句》就有了明確的表述：

> 〈九辯〉者，楚大夫宋玉之所作也。……宋玉者，屈原弟子也。閔
> 惜其師，忠而放逐，故作〈九辯〉以述其志。[92]

王逸此說一出，後世多附和之，隨之成為定論。其間也曾有人提出過不同意見，這在晁補之《重編楚辭》中有所反映，其文云：「〈九辯〉、〈招魂〉皆宋玉所作，或曰〈九辯〉原作，其聲浮矣。」[93]顯然晁氏對於「〈九辯〉原作」是持否定態度的，但至少從中可以看出這種說法是淵源有自的。後來到了陳深那裡，則從〈九辯〉的具體文句出發，認為其具有「悽悷寂寥」的藝術風格，堪稱「妙辭」，絕非宋玉「荒淫靡嫚」者所可比，這或許正是對晁補之「其聲浮」的有力否定。又如他批〈招魂〉曰：

> 此篇深至，讓〈騷〉悽婉，讓〈章〉閒寂，讓〈辯〉而宏麗則大過
> 之。原蓋設以招隱，亦寓言也。[94]

批〈大招〉曰：

> 此篇閒靚簡古，其為原作無疑。[95]

關於此三篇的作者，目前學術界一般仍以王逸說為是，即〈九辯〉、〈招魂〉為宋玉作，〈大招〉為「屈原或景差」作。陳深以行文風格斷定三篇皆為屈原所作，平心而論，儘管有失武斷，但在此問題得以確考之前，作為一家之言，亦應備為一說。

陳深的評點，既有對前世《楚辭》注本的承襲，又有對屈賦文句及篇章意旨的釋解；既有關於屈子及《楚辭》藝術特色、文學成就的評說，還有關於相關有爭議問題的品述，所關涉到的範圍比較廣泛，在早期的《楚辭》評點中，很少有人能與其相比。如果將之再放置到萬曆時期《楚辭》

---

[91] 司馬遷《史記》，北京：中華書局1959年版，第2941頁。
[92] 王逸《楚辭章句》，《楚辭四種》本，上海：世界書局1936年版，第109頁。
[93] 見晁公武《郡齋讀書志》，上海：上海古籍出版社1990年版，第807頁。
[94] 陳深輯《諸子品節》，明萬曆十九年（1591）刻本。
[95] 同上。

評點的大背景中去看待的話，這些評語在體現出萬曆時期《楚辭》評點「注評合一」整體性特徵的同時，更重要的是反映出陳深「文學性」的自覺意識。這種自覺意識以及其外在化的「文學評點」，對於《楚辭》評點的發展則起到了重要的推動和引導作用，由此陳深也就成為早期《楚辭》評點家中最為重要的一位。

早期《楚辭》評點校刊者馮紹祖考論

在《楚辭》評點史上，萬曆十四年（1586）馮紹祖校刊王逸《楚辭章句》，是較早問世且影響深遠的一種，該本由於校刻精審、擇選周切，自問世後，連年刊刻，廣為關注，直至清代。但馮紹祖是何人？其家世、生平如何？其對屈原及《楚辭》的認識怎樣？這些問題都值得我們去考察和探知。

一、馮紹祖家世及其與黃汝亨之交遊

歷代史籍、方志及學術界相關研究中關於馮紹祖的介紹可謂鳳毛麟角。馮紹祖有〈校楚辭章句後序〉一篇，題「萬曆丙戌月軌青陸朔鹽官馮紹祖繩武父書於觀妙齋」，於該書每卷卷首又題曰「明後學武林馮紹祖繩武父校正」。[1]後世關於他的相關介紹，皆由此而來。如姜亮夫《楚辭書目五種》云：「馮紹祖，按字繩武，鹽官人。」[2]池秀雲《歷代名人室名別號辭典》釋「觀妙齋」云：「馮紹祖，觀妙齋為刻書室名，明武林人。萬曆年間刻《楚辭》十七卷，附錄一卷。」[3]瞿冕良《中國古籍版刻辭典》有「觀妙齋」條，云：「明萬曆間杭州人馮紹祖的室名。紹祖字繩武，刻印過《楚辭章句》17卷《附錄》1卷。」[4]

「鹽官」，原為官名，西漢吳王劉濞煮海為鹽，設「鹽官」。後指地名，即浙江海寧縣，屬杭州府。《明一統志》云：

> 海寧縣，在（杭州）府城東一百二十裡。本漢海鹽縣地，屬會稽郡。吳王濞於此立鹽官。三國吳因置鹽官縣，屬吳郡。隋屬餘杭郡。唐初屬東武州，尋併入錢塘，後複置屬杭州。宋因之。元升鹽官州，後更名海寧。本朝洪武初，改州為縣，編戶三百五十六裡。[5]

---

1 馮紹祖校刊《楚辭章句》，明萬曆十四年（1586）刻本。
2 姜亮夫《楚辭書目五種》，上海：中華書局上海編輯所1961年版，第23頁。
3 池秀雲《歷代名人室名別號辭典》，太原：山西古籍出版社1998年版，第346頁。
4 瞿冕良《中國古籍版刻辭典》，濟南：齊魯書社1999年版，第126頁。
5 李賢《明一統志》，《文淵閣四庫全書》本。

杭州別稱「武林」[6]，故馮紹祖又自稱「武林」人。

又核馮本「觀妙齋重校《楚辭章句》議例」之「核評」云：

> 茲悉發家乘，若張氏《楚范》、陳氏《楚辭》、洪氏《隨筆》、楊
> 氏《丹鉛》、王氏《卮言》等集，一一搜載。而先王父小海公間有
> 手澤，隨列之。

按，「小海」，為馮覲別號。《四庫全書總目》云：

> 馮覲，明浙江海寧人，字晉叔，號小海。嘉靖二十三年進士。官至
> 廣東按察副使。[7]

據紹祖「先王父小海公」云云，知其為馮覲之孫。檢歷代書目，馮覲有
《小海存稿》八卷，已亡佚。據《四庫全書總目》可略窺其大概：

> 是集詩三卷，文五卷，乃其子有翼所編。張瀚序稱其簡易明暢，不
> 假雕琢，頗非溢美，然才地頗弱，未足名家。[8]

馮覲又選編《秦漢文抄》十二卷，錄《楚詞》〈卜居〉、〈漁父〉兩
篇，[9]以為「屈原辭、賈誼賦，以文尤雅馴，賞識家亟播頌云」[10]，此種
認識，亦可與其批點《楚辭》之舉相互印證。這種家學淵源，對於馮紹祖
重刊王逸《楚辭章句》，產生了重要影響。

馮紹祖校刊《楚辭章句》，卷首有黃汝亨作〈楚辭序〉，茲摘錄如下：

> 儒家談文辭，則《莊》、《騷》並稱云。間或以莊生浩蕩自恣，詭
> 於大道，其言多洸洋幻眇，不可訓。屈《騷》所稱古連類，與經傳
> 不合，小疵《風》、《雅》。總之，文生於情，莊生遊世之外，故

---

[6] 李賢《明一統志》：「（杭州）郡名『錢塘』，陳名。『武林』，因武林山而名。
『古杭』，隋名。」又云：「武林山，在（杭州）府城西南一十五裡。《漢·地理
志》注：武林山，武林水所出，亦曰『靈隱』，曰『靈苑』，曰『仙居』。或謂：
本名『虎林』，唐因避諱，改『虎』為『武』。」《文淵閣四庫全書》本。

[7] 紀昀等著《四庫全書總目》，北京：中華書局1997年版，第2455頁。

[8] 紀昀等著《四庫全書總目》，第2455-2456頁。

[9] 馮覲視屈原為秦人，誤，故為四庫館臣所譏，以為「冠以《楚詞》，惟錄〈卜
居〉、〈漁父〉二篇，題為秦人，是不足與論矣」。見紀昀等著《四庫全書總
目》，第2455-2456頁。

[10] 見馮有翼輯《秦漢文抄·凡例》，明萬曆十一年（1583）清音館刻本。

清濁一流，醉醒同狀，寄幻於寰中，標旨於象先。而屈子以其獨醒獨清之意，沉世之內，殷憂君上，憤懣混濁。六合之大，萬類之廣，耳目之所覽睹，上極蒼蒼，下極林林，催心裂腸，無之非是。辟之深秋永夜，淒風苦雨，鬱結於氣，宣暢於聲，皆化工殿，豈文人雕刻之末技，詞家模擬之豔辭哉！馬遷讀莊生書而歸之寓言，此可與言《騷》也已矣！宋玉而下，有其才而非其情，賈誼有其情而非其才。誼之泣以死也，又其甚者也。亦猶晉人者之嫉物輕世也，莊之流也。相如因緣得意，媚於主上，所為〈子虛〉、〈大人〉之篇，都麗寥廓，乏於深婉，其情可知已。道不同不相為謀，嗚呼！此〈反騷〉之所以作也。儒者探《易》之幽，而參於《莊》，諷《詩》之深，而參於《騷》。參於《莊》可以群，參於《騷》可以怨，其庶幾乎！然《莊》多善本行世，而《楚騷》獨缺。俗士罕及之。繩武博物能裁，搜自劉、王訖於近代，齒間合文，要於神情，斯不亦符節騷人，而升之風雅之堂哉。萬曆柔兆閹茂之歲夏且朔。

黃汝亨，晚明著名文學家，字貞父，浙江仁和人，號泊玄居士、寓林居士。萬曆戊戌年（1598）進士，授進賢知縣，升南京工部主事，歷禮部郎中，出為江西提學僉事，轉布政司參議，有《寓林集》、《天目遊記》、《廉吏傳》、《古奏議》等傳世。[11]其〈楚辭序〉對後世有較大影響。如凌毓柟校刊套印本《楚辭》，就選錄其中「屈子以其獨醒獨清之意」至「詞家模擬之豔辭哉」一段，與「宋玉而下，有其才而非其情，賈誼有其情而非其才」一句，作為眉評。[12]而蔣之翹評校《楚辭集注》（《七十二家評楚辭》），將「然《莊》多善本行世」以下刪除後，其餘部分則全部

---

[11] 參馮夢禎《快雪堂集》卷三（《四庫存目叢書》影印萬曆四十四年黃汝亨、朱之蕃等刻本）。另，曹溶《明人小傳》、朱彝尊《明詩綜》、陳田《明詩紀事》及《四庫全書總目》、《江西通志》、《仁和縣誌》等，俱有黃汝亨的相關記載，亦可參。其中尤以《仁和縣誌》與《江西通志》所載為詳。《仁和縣誌》云：黃汝亨，字貞父，腦後稜稜有奇骨，目如曙星。萬曆戊戌進士，授進賢知縣。邑多浮賦，汝亨上書台司，力爭之，寬其征催。又為建倉水次民，不病輓輓。暇則與諸生論文，搜剔名勝，複竹林舊址，尋戴叔倫棲隱處，築棲賢院。為壇自署壇石山長，奏最以忌者。左遷，久之起南工部主事，升禮部郎中。視學江西，力持風格，竿牘屏絕，嘗以片言定諸王孫之變，無敢嘩者。進參議，備兵湖西。踰年謝病歸，結廬南屏，題曰寓林，以著作自娛。持縑素碑版請者，望於道。每避客六橋之陰，輕舟軟輿，蹤跡繼至，則啟窗一笑，酒茗交行，揮翰如流。人有得其片箭者，時以為榮焉。」沈朝宣纂修《仁和縣誌》，《四庫全書存目叢書》影印清光緒錢塘丁氏嘉惠堂刻武林掌故叢編本。

[12] 凌毓柟校刊《楚辭》，明萬曆二十八年（1600）刻朱墨套印本。

收錄，置於卷前「《楚辭》總評」處。[13]黃氏此〈序〉無疑為馮本增色不少。而其所言「然《莊》多善本行世，而《楚騷》獨缺。俗士罕及之。繩武博物能裁」云云，又暗示出對紹祖的嘉許與熟悉。

今核黃汝亨《寓林集》卷二十三，有「與馮繩武」書一封。文云：

> 足下跛能履耶？無乃為平原門下買笑耶？此物宜起不宜下，宜靜不宜動。山中爽氣竟秋，命童子移竹床，據而揮塵，漱以名茶，令濕火從毛孔中四出，勝太乙金針多矣。[14]

《寓林詩集》卷一又有五言古詩「馮繩武招飲湖舟兼呈凌四元禮時元禮小恙」一首：

> 晨光曜疏峰，緒風紓青陽。林氣澹素秋，悲哉思如狂。何以寫我憂？尊酒命詠觴。湖水淨遊氛，扁舟極徜徉。嚴塈朗幾席，芙蓉攬衣裳。顧盼遲行杯，談論披中腸。高會及須臾，握手夜未央。人壽亦幾何？榮華等朝霜。阮籍沉名飲，劉伶誦短章。涉世似已誕，韜精詎雲荒。捐俗在無營，達情自不傷。寄言餐霞人，參術非良方。[15]

由於馮紹祖無詩文傳世，其與黃汝亨之交往情況，於黃氏諸書中僅見此二例。前者反映了紹祖病恙之時汝亨及時問候之情形；後者則折射出他們宴飲詠觴、吐露心聲之情狀。黃汝亨為仁和人，馮紹祖為海寧人，兩縣相鄰，往交密切，也正因如此，在馮紹祖校刊《楚辭章句》之時，黃汝亨即欣然序之。

二、由〈後序〉、〈議例〉看馮紹祖之論《騷》

馮紹祖有「校楚辭章句後序」，又有「觀妙齋重校楚辭章句議例」五則。因其著述情況不詳，茲以此〈後序〉、〈議例〉為據，就其論《騷》作些考察。

馮紹祖「校楚辭章句後序」云：

---

13 蔣之翹評校《楚辭集注》，明天啟六年（1626）刻本。
14 黃汝亨《寓林集》，明天啟四年（1624）吳敬、吳芝等刻本。
15 黃汝亨《寓林詩集》，明天啟四年（1624）吳敬、吳芝等刻本。

不佞非知《騷》者也，而譊譊慕《騷》。讀「傷靈修」、「從彭咸」語，見謂庶幾〈穀風〉、〈白華〉之什，而哀怨過之。觀〈哀郢〉、〈懷沙〉，則忿懟濁世，湛沒清流，以世無屈子忠也者，而屈子遇；無屈子遇而屈子忠也者，心悲之！差、玉以下二三君子，法其從容，而祖其辭令。方且以柔情入景，語藻繢易深厚。至〈九辯〉諸篇，而乃始矩武其則，而功令奉之，彼猶然自好者也。蓋不佞居恒謂屈子生於怨者也，故摯悅不勝其呻吟。宋、景諸人，生於屈子者也，故呻吟不勝其摯悅。要以情文為統紀，豈可過乎！是編也，不佞非以益《騷》，而聊以畢其所慕，繫起窮愁而揄伊鬱也。若曰或卬之而或抑之，則不佞烏敢開罪靈均，而為叔師引咎哉！嗟乎！子雲〈反騷〉，至其論《玄》也，則謂千載之下有子雲。謂千載之下有子雲者而知《玄》，毋乃謂千載之下，有屈子者而知《騷》乎哉！萬曆丙戌月軌青陸朔鹽官馮紹祖繩武父書於觀妙齋。

紹祖此序對屈子之文、之為人作出極高評價，以為其文可堪比《詩經》，或甚而過之；其人為臣子者千古之模範，其遭際則令人深感悲傷與同情。屈子其人如此，其文更堪比經典，後世慕其影蹤，自非可與其同一並論。因此，紹祖「譊譊慕《騷》」，除以上所述外，重新校刊王逸《楚辭章句》，亦有欲使屈子之文流傳千世之用心。

此外，紹祖此〈序〉，亦有值得我們深入探究者：其一，以《詩》較《騷》。《詩》、《騷》相較，是《楚辭》批評史上一個非常重要又影響深遠的話題。早在漢代，圍繞這一點就曾經有過激烈的討論。對此，劉勰《文心雕龍‧辨騷》有所總結：

昔漢武愛《騷》，而淮南作《傳》，以為「《國風》好色而不淫，《小雅》怨誹而不亂，若〈離騷〉者，可謂兼之。蟬蛻穢濁之中，浮游塵埃之外，皭然涅而不緇，雖與日月爭光可也」。班固以為「露才揚己，忿懟沉江；羿澆二姚，與《左氏》不合；崑崙懸圃，非經義所載；然其文辭麗雅，為詞賦之宗，雖非明哲，可謂妙才」。王逸以為「詩人提耳，屈原婉順，〈離騷〉之文，依經立義，駟虬乘鷖，則時乘六龍；崑崙流沙，則《禹貢》敷土；名儒辭賦，莫不擬其儀錶，所謂金相玉質，百世無匹者也」。及漢宣嗟歎，以為皆合經術；揚雄諷味，亦言體同《詩》《雅》。四家舉以方經，而孟堅謂不合傳，褒貶任聲，抑揚過實，可謂鑒而弗精，玩

而未覈者也。[16]

漢代諸家，無論「舉以方經」者，或是「謂不合傳」者，在劉勰看來，均未允「厥中」，故其有「任聲」、「過實」之歎。在重新「征言」、「核論」後，他得出《楚辭》「四同」、「四異」於經書的結論。而審此馮紹祖「讀『傷靈修』、『從彭咸』語，見謂庶幾〈穀風〉、〈白華〉之什，而哀怨過之」云云之語，其用意似與以上諸家一樣，是欲以《詩》為標準，來反觀《騷》之價值。

今核〈穀風〉見《詩經‧小雅》，前有毛序云：

> 〈穀風〉，刺幽王也。天下俗薄，朋友道絕焉。

孔穎達《正義》云：

> 作〈穀風〉詩者，刺幽王也。以人雖父生師教，須朋友以成。然則朋友之交，乃是人行之大者。幽王之時，風俗澆薄，窮達相棄，無複恩情，使朋友之道絕焉。言天下無複有朋友之道也，此由王政使然，故以刺之。[17]

〈白華〉亦見《詩經‧小雅》，前毛序云：

> 〈白華〉，周人刺幽後也。幽王娶申女以為後，又得褒姒而黜申後，故下國化之，以妾為妻，以孽代宗，而王弗能治，周人為之作是詩也。

孔穎達《正義》云：

> 〈白華〉詩者，周人所作，以刺幽王之後也。幽王之後，褒姒也。以幽王初娶申女以為後，後得褒姒，而黜退申後。褒姒妾也，王黜申後而立之。由此故下國諸侯化而效之，皆以妾為妻，以支庶之孽，代本適之宗，而幽王弗能治而正之。使天下敗亂，皆幽後所致，故周人為之而作〈白華〉之詩，以刺之也。申後之黜，幽王所

---

[16] 王利器《文心雕龍校證》，上海：上海古籍出版社1980年版，第27頁。

[17] 孔穎達《毛詩正義》，《十三經注疏》，北京：中華書局1980年版，第459頁。

為，而刺褒姒者，言刺褒姒則幽王之惡可知，以褒姒媚惑，以至使申後見黜，故詩人陳申後之被疏遠，以主刺後姒也。[18]

以上二詩，均反映了周幽王時王政衰微、風俗敗壞之境狀。「窮達相棄，無複恩情」，尤其是〈白華〉所反映的以妾代主、諸候以支庶代本宗之情形，與屈子之時，懷、襄二主以讒佞為忠信、以奸邪為貞正，以及「芳草」變節之行相比，是何等相似！「初既與余成言兮，後悔遁而有他。余既不難夫離別兮，傷靈修之數化。」（〈離騷〉）屈原失望之極，憤激之至，無奈處呼天搶地，遂抱「依彭鹹遺則」、「從彭咸所居」之心志。此與上引二詩相較，可謂憤激之心同，而哀怨之情甚或過之。紹祖所論，其意應在此。

其二，屈賦生於怨情。如上所述，紹祖在將〈離騷〉與〈穀風〉、〈白華〉比較時，已涉及這一問題，並言其「哀怨過之」。又云：

> 蓋不佞居恒謂屈子生於怨者也，故鏊悅不勝其呻吟。宋、景諸人，生於屈子者也，故呻吟不勝其鏊悅。要以情文為統紀，豈可過乎！

在其看來，〈離騷〉是屈原情感堆積之下的自然流露，是對其自身怨憤之情的排解和抒寫，是「以情文為統紀」者，故能做到情文兼勝，而非宋、景諸人可比。

其實最先注意到屈子之「怨」情者，是西漢劉安。劉安曾奉漢武帝之命作《離騷傳》[19]，《離騷傳》原有敘，總論屈原著《騷》旨意及〈離騷〉內容、特點等。據湯炳正先生《〈史記·屈原列傳〉理惑》[20]一文考證，劉安《離騷傳》之敘，被後人分割攙入《史記·屈原列傳》中。今從《屈原列傳》抽出相關文字，摘錄如下：

> 〈離騷〉者，猶離憂也。夫天者，人之始也；父母者，人之本也。人窮則反本，故勞苦倦極，未嘗不呼天也；疾痛慘怛，未嘗不呼父母也。屈平正道直行，竭忠盡智以事其君。讒人間之，可謂窮矣。

---

18 同上，第496頁。
19 見《漢書·淮南王傳》，文云：「時武帝方好藝文，以安屬為諸父，辯博善為文辭，甚尊重之。每為報書及賜，常召司馬相如等視草乃遣。初，安入朝，獻所作《內篇》，新出，上愛秘之。使為《離騷傳》，旦受詔，日食時上。」班固《漢書》，北京：中華書局1962年版，第2145頁。
20 湯炳正《屈賦新探》，濟南：齊魯書社1984年版，第1-22頁。

信而見疑，忠而被謗，能無怨乎？屈平之作〈離騷〉，蓋自怨生也。《國風》好色而不淫，《小雅》怨誹而不亂，若〈離騷〉者，可謂兼之矣。上稱帝嚳，下道齊桓，中述湯武，以刺世事。明道德之廣崇，治亂之條貫，靡不畢見。其文約，其辭微，其志潔，其行廉，其稱文小而其旨極大，舉類邇而見義遠。其志潔，故其稱物芳；其行廉，故死而不容。自疏濯淖污泥之中，蟬蛻於濁穢，以浮游塵埃之外，不獲世之滋垢，皭然泥而不滓者也。推此志也，雖與日月爭光可也。[21]

劉安以為，屈原作〈離騷〉，「蓋自怨生也」，如此立論，是著眼於儒家傳統的《詩》教觀念。「蓋自怨生」，實用孔子所謂《詩》可以「怨」之意。《論語・陽貨》：「詩可以興，可以觀，可以群，可以怨，邇之事父，遠之事君，多識於鳥獸草木之名。」「可以怨」，何晏《論語集解》引孔安國曰「怨刺上政」。邢昺疏云：「『可以怨』者，詩有君政不善，則風刺之。言之者無罪，聞之者足以戒，故可以怨刺上政。」[22]〈離騷〉雖是屈原「怨」情之表現，但以儒家《詩》教觀念來看，詩人之「怨刺」，因「君政不善」而發者，是完全合乎要求的。因此，〈離騷〉之怨，在劉安看來，亦是合情合理。劉安以「忠怨」概括〈離騷〉之意旨，就在於要指出屈賦是完全符合儒家文藝觀念之要求的。故《離騷傳・敘》又云：「《國風》好色而不淫，《小雅》怨誹而不亂，若〈離騷〉者，可謂兼之矣。」

由此來看，馮紹祖之「屈子生於怨者」，與劉安之「屈平之作〈離騷〉，蓋自怨生」之間，當有某種聯繫，或言馮氏持論即由劉安《離騷傳・敘》而來。馮本《楚辭章句・離騷》卷末總評所引第一位就是「淮南王安」，所引曰：「《國風》好色而不淫，《小雅》怨誹而不亂，若〈離騷〉者，可謂兼之矣。」又曰：「蟬蛻於濁穢之中，以浮游塵埃之外，不獲世之滋垢，皭然泥而不滓，推此志也，雖與日月爭光可也。」這足可證明紹祖對於劉安之評《騷》論點是熟悉的。但需要指出的是，儘管如此，其著眼點與劉安已有了很大不同：紹祖在敘述時，雖然也強調屈賦之生於「怨」，但其目的是欲指出這種「怨」情在作品中所起到的支配作用，而非如劉安那樣意在表明屈賦之符合儒家詩教規範。

馮紹祖又有「觀妙齋重校《楚辭章句》議例」，今將其中「印古」、

21　司馬遷《史記》，北京：中華書局1959年版，第2482頁。
22　何晏等注，邢昺疏《論語注疏》，《十三經注疏》本，第2525頁，。

「銓故」、「遴篇」三則摘錄如下：

第一印古

《楚辭》先輩稱王逸本最古，蓋去楚未遠，古文不甚流濫脫軼耳。後人人各以意擅易，若晦翁所次〈九辯〉諸章，固自玢齒，要非古人之舊矣。今一意存古，故斷以王氏本為正。

第二銓故

《楚辭》解當漢孝武時，已令淮南王安通其義矣。惜乎言湮世遠，今不復存。東漢王逸匯其故為《章句》，蓋其詳哉！至宋洪興祖、朱晦翁，俱有補注，總之不離王氏者居多，茲專主王氏《章句》。洪、朱兩家，間有裨益處，為標其概於端，俾讀者得以詳考，亦毋混王氏之舊焉。

第三遴篇

《楚辭》編於劉子政者十六卷，《章句》於王叔師者十七卷。至唐、宋而下，互有編次。而《楚辭後語》，則朱子仍晁無咎氏之故云。今主《章句》則仍《章句》，即莫贍《後語》不論矣。

於此則又見馮紹祖「崇古」的論文傾向。其刊刻《楚辭》，擇以《楚辭章句》為底本，即說明了這一點。「王逸本最古」，「去楚未遠」，「古文不甚流濫脫軼」，而「後人人各以意擅易」。即使是在明代影響甚巨的朱熹《楚辭集注》，由於「要非古人之舊」，亦為其所不取。而「銓故」、「遴篇」亦是如此。

紹祖這種「崇古」傾向，應是受到其祖父馮覲的影響。馮覲與汪道昆交好，汪氏在敘及與馮覲「同舍」共事時的一段經歷時說：

> 及晉叔守尚書郎，則不佞同舍。於時諸曹群聚而講業，不佞默默而目觀之。即不言，二三君子故知其有合也。及不佞操戶說，晉叔默默而目觀之。即不言，不佞固知其有合也。[23]

汪氏為明代復古派之重要人物，可與以王世貞為代表的「後七子」並肩。上引」群聚而講業「、「固知其有合」者云云，當有指兩人復古主張相同之意。此外，據馮覲之編著情況來看，亦可見出其復古的文學傾向。馮覲

---

[23] 汪道昆〈秦漢文鈔序〉，載馮有翼輯《秦漢文鈔》，明萬曆十一年（1583）清音館刻本。

曾編選秦漢古文百六十篇，又曾批點《商子》與《楚辭》，其所屬意，均在於先秦兩漢之間。這與前、後七子所主張的「文必秦漢，詩必盛唐」，頗有相合者。就馮紹祖而言，其校刊王逸《楚辭章句》，用意似在於延續、實踐馮覲的這種復古傾向。

　　綜上所述，因材料所限，我們可對馮紹祖作以下簡單描述：馮紹祖，字繩武，浙江海寧人，為明故進士、廣東按察副使馮覲之孫。與黃汝亨交善，且有書信及宴飲唱和之往來。其評論《楚辭》，注重屈子之「怨」情，推重屈賦，許之為「情文」，同時在《楚辭》版本的擇取上，以古為尚，「斷以王氏本為正」。

馮紹祖校刊《楚辭章句》及其評點學價值

　　馮紹祖校刊《楚辭章句》（以下簡稱馮本），在《楚辭》評點史乃至《楚辭》學史上地位都頗為重要。在評點方面，該本確立的評點形態及對於評家的遴選、確定，對後世《楚辭》評點影響深遠，直至民國六年刻、題俞樾輯評《百大家評點王注楚辭》，仍可見該本的影子在其中。在《楚辭》學史方面，明代前中期由於朱子學的興盛，這時期的《楚辭》學也基本上籠罩在朱熹《楚辭集注》之下，馮本的問世對於進一步打破這種壟斷，推進《楚辭》學多元化走向有重要的貢獻和意義。正因如此，臺灣藝文印書館於1974年即將該本影印出版。大陸除姜亮夫、崔富章等先生之相關著錄外，專門研究較少，似未引起學界的足夠重視。本文擬就馮紹祖對於前世《楚辭》注本的認識、刊刻此本的思考，以及該本所收評點等重要問題，作全面探討。

一、馮本產生的背景與馮紹祖對前世《楚辭》注本的認識

　　馮紹祖，浙江海寧人，生卒年不詳，亦少有作品傳世，其所校刊王逸《楚辭章句》，是我們得以探知其人的主要資料。紹祖有〈校楚辭章句後序〉，末題「萬曆丙戌月軌青陸朔鹽官馮紹祖繩武父書於觀妙齋」，「丙戌」為明萬曆十四年（1586），「月軌青陸」，「青陸」指三月，顏延之《三月三日曲水詩序》：「日躔胃維，月軌青陸。」呂向注：「青陸，東道也。言立春、春分月從東道也，言月行於此也。」[1]《逸周書·周月》：「春三月中氣：驚蟄，春分，清明。」[2]由此知序成於萬曆十四年（1586）三月初一。紹祖又請黃汝亨作序，末署「萬曆柔兆閹茂之歲夏且朔」[3]，「柔兆」為「丙」，「閹茂」為「戌」。綜合來看，該書或成於是年春夏之際，書成之時，又請黃氏為序，以廣聲勢。

　　在馮本出現之前的明前中葉，社會上廣泛流傳的是朱熹《楚辭集注》。這除朱注自身之優點外，更多則是在於官方的大力提倡與推崇。明初為了加強思想文化控制，朝廷大力提倡孔孟之道及程朱理學，並將其作為科舉考試的闡釋標準，朱子學與日俱興，成為權威，朱熹《楚辭集注》

---

[1]　《六臣注文選》，《影印文淵閣四庫全書》本。

[2]　《逸周書·周月》，《影印文淵閣四庫全書》本。

[3]　黃汝亨〈楚辭序〉，馮紹祖校刊《楚辭章句》，明萬曆十四年（1586）刻本。

亦成為《楚辭》學界的標杆和準則。如時人何喬新〈楚辭集注序〉云：

> 《三百篇》後，惟屈子之辭最為近古。……漢王逸嘗為之《章
> 句》，宋洪興祖又為之《補注》，而晁無咎又取古今詞賦之近
> 《騷》者以續之。然王、洪之注，隨文生義，未有能白作者之心。
> 而晁氏之書，辨說紛挐，亦無所發於義理。朱子以豪傑之才、聖賢
> 之學，當宋中葉，阨於權奸，迄不得施，不啻屈子之在楚也。而當
> 時士大夫希世媒進者，從而沮之排之，目為偽學，視子蘭、上官之
> 徒，殆有甚焉。然朱子方且與二三門弟子講道武夷，容與乎溪雲山
> 月之間。所以自處者，蓋非屈子之所能及。……嗟夫，大儒者著述
> 之旨，豈末學所能窺哉？然嘗聞之，孔子之刪《詩》，朱子之定
> 《騷》，其意一也。[4]

這代表了當時的主流觀念，即通過否定前世《楚辭》諸家注，以推尊朱子
注，並將其「定《騷》」提升至與孔子「刪《詩》」等同的高度。同時
由於王逸《楚辭章句》、洪興祖《楚辭補注》原本刊刻即少，人們得覽不
易，而朱注自問世後多有刊行，流布甚廣，因而主導此時期之《楚辭》學
也就成為勢之必然。明代著名學者、曾任太子太傅兼戶部尚書武英殿大學
士的王鏊，曾描述當時王逸《楚辭章句》之境遇：

> 自考亭之注行世，不復知有是書矣。余間於《文選》窺見一二，思
> 睹其全，未得也。何幸一旦而讀之。人或曰：「六經之學至朱子而
> 大明，漢、唐注疏，為之盡廢，複何以是編為哉？」[5]

自從朱注行世，就不再知有王注，而王鏊自己也只能從昭明《文選》中窺
見一二，而無法找到《章句》全書，即使得見，亦被旁人奚落。「六經之
學至朱子而大明，漢、唐注疏，為之盡廢」，延及《楚辭》之前世注疏，
遂為世人所不齒，身分、名望顯赫的王鏊尚且如此，王逸注之境遇自然可
以想見。

　　也正是為了打破朱注一統天下的境況，王逸《楚辭章句》的刊刻開始
出現。[6]如上引王鏊所論，即見於他在明正德十三年（1518）為黃省曾、

4　何喬新〈楚辭集注序〉，見吳原明刊《楚辭集注》，明成化十一年（1475）刻本。
5　王鏊〈重刊王逸注楚辭序〉，見黃省曾校，高第刊《楚辭章句》，明正德十三年
　　（1518）刻本。
6　這背後還有隨著心學興起，人們逐漸反思、質疑朱學的學術背景，可詳參前《明代

高第刻《楚辭章句》所作序中，在這篇序中，他還對逸注、朱注作了客觀
比較和評價：

> 余嘗即二書而參閱之，逸之注，訓詁為詳；朱子始疏以《詩》之六
> 義，援據博，義理精，誠有非逸之所及者。然予之憒也，若〈天
> 問〉、〈招魂〉，譎怪奇澀，讀之多未曉析。及得是編，恍然若有
> 開於余心。則逸也豈可謂無一日之長哉！章決句斷，事事可曉，亦
> 逸之所自許也。予因思之：朱子之注《楚辭》，豈盡朱子說哉，
> 無亦因逸之注，參訂而折衷之？逸之注，亦豈盡逸之說哉，無亦
> 因諸家之說，薈萃而成之？蓋自淮南王安、班固、賈逵之屬，轉相
> 傳授，其來遠矣。然則注疏之學，可盡廢哉？若乃隨世所尚，猥以
> 不誦絕之，此自拘儒曲學之所為，非所望於博雅君子也。其〈七
> 諫〉、〈九懷〉、〈九歎〉、〈九思〉，雖辭有高下，以其古也，
> 存而不廢。雖然，古之廢於今，不獨是編也，有能追而存之者乎？
> 高君好尚如是，則其為政可知也已！[7]

由此我們可細繹出其中主要論點稍作闡釋：經仔細對讀，王鏊認為，王、
朱二家具有優勢，皆不乏可取之處；之所以如此，是因其並非都是自己
發明，而是遵循了古代注疏「轉相傳授」的傳統與原則，「薈萃」眾說而
成，如「隨世所尚，猥以不誦絕之」，也即「拘儒曲學之所為」，而「非
所望於博雅君子也」。基於此，對古本應當充分尊重，而絕非使之「廢於
今」，因而朱熹對《章句》之刪改，這在王鏊看來有很大問題。既然古代
注疏傳統、古本面貌應當予以尊重，正確的做法就應讓讀者對此有全面地
瞭解，由此王鏊對高第刊刻此本大加讚賞。王鏊對於《楚辭章句》的肯定
及其「崇古」之主張，對於打破朱注的籠罩、推進《楚辭》學的多元走向
有著重要而積極的意義。

黃省曾、高第刊本之後，又有隆慶五年（1571）豫章朱多煃夫容館
仿宋刻本問世，該本精善，又約請時賢王世貞作序，王逸《楚辭章句》
遂有了更為廣泛的傳播和影響。馮本就是在這種背景下，於萬曆十四年
（1586）刊刻問世的，馮紹祖在「觀妙齋重校《楚辭章句》議例」中，詳
細闡述了他對於前世諸家注的認識，茲摘錄相關者如下：

〈楚辭〉評點所取底本考》中所論。

[7] 王鏊〈重刊王逸注楚辭序〉，見黃省曾校、高第刊《楚辭章句》，明正德十三年
（1518）刻本。

第一印古

《楚辭》先輩稱王逸本最古，蓋去楚未遠，古文不甚流濫脫軼耳。後人人各以意擅易，若晦翁所次〈九辯〉諸章，固自玢齒，要非古人之舊矣。今一意存古，故斷以王氏本為正。

第二銓故

《楚辭》解當漢孝武時，已令淮南王安通其義矣。惜乎言湮世遠，今不復存。東漢王逸匯其故為《章句》，蓋其詳哉！至宋洪興祖、朱晦翁，俱有補注，總之不離王氏者居多，茲顓主王氏《章句》。洪、朱兩家，間有裨益處，為標其概於端，俾讀者得以詳考，亦毋混王氏之舊焉。

第三遴篇

《楚辭》編於劉子政者十六卷，《章句》於王叔師者十七卷。至唐宋而下，互有編次。而《楚辭後語》，則朱子仍晁無咎氏之故云。今主《章句》，則仍《章句》，即莫贍《後語》不論矣。

第五譯響

屈、宋楚材，故音多楚，而間韻語，亦必尋聲。《章句》弗詳考，欲一通其響難。茲取洪、朱二氏者謂為□繹焉，務宣其音響而已。至與他本相證，若一作某某云者，節之並從大文，為治古文者要刪焉。[8]

王、洪、朱三家注，紹祖以王注為底本，其意在「存古」，並從「印古」、「銓故」、「遴篇」三方面作了詳細闡述。在他看來，「王逸本最古」，「去楚未遠」，因而訛濫較少，其詁訓、篇次在三家注中亦最為可靠，應予以重視和遵循。《集注》因朱熹之改易，已「非古人之舊」，故而為紹祖摒棄，但值得注意的是，紹祖在客觀指出朱注缺點的同時，其實並沒有對其完全否定。《楚辭章句》未及音訓，對於其中之楚聲、韻語的解讀，紹祖就多從洪、朱二家注中擇出。同時，洪、朱注中於篇章脈絡、題解等訓釋仍有可取之處，紹祖亦加以吸收、利用。因此，紹祖對待三家注的態度是客觀的，並非簡單地肯定或否定哪一家，而是融合三家之長，來重新打造一種精善之本。這一點與王鏊客觀評價王注、朱注之長處，可謂一脈象承，且論述更全面，持論更公允。

對於洪、朱二家注，馮紹祖以為，「間有裨益處，為標其概於端，俾讀者得以詳考」。對於二家注的擇取標準，是對讀者之閱讀應「有裨益

---

[8] 馮紹祖校刊《楚辭章句》卷前附錄，明萬曆十四年（1586）刻本。

處」。何謂「裨益」？紹祖未作具體說明。筆者曾就其對於洪注的接受，歸納了他的處理標準，即對於同一對象的注解，《楚辭補注》與《楚辭章句》意見基本一致的地方，即使《補注》更詳細、更準確，紹祖也不引錄。其所引錄者則主要包括語詞、語句及篇章大旨的訓釋，文章行文脈絡的揭示，《楚辭》在後世文學創作中所產生影響的說明，以及對於前世評屈者論點的批評與糾正等。值得注意的是，在這其中，多為《章句》未涉及者，如已涉及，則定是《補注》與之相異，甚至是對《章句》的糾正。[9]同者不取，異者才錄，由此可見紹祖之識見，因相異者才正是《補注》的價值與亮點所在，將其引錄，「俾讀者得以詳考」，則又可見紹祖之用心以及對讀者的尊重。

紹祖對於朱注的擇取，同樣也是遵循上述準則，即同者不收，且取其「有裨益處」。這主要包括以下幾個方面：其一，對於相關語句、篇章所隱含屈子意旨的揭示。〈離騷〉「何昔日之芳草兮，今直為此蕭艾也」句眉上，引朱熹曰：「世亂俗薄，士無常守，乃小人害之，而以為莫如好修之害者，何哉？蓋由君子好修，而小人嫉之，使不容於當世。故中才以下，莫不變化而從俗，則是其所以致此者，反無有如好修之為害也。東漢之亡，議者以為黨錮諸賢之罪，蓋反其詞以深悲之，正屈原之意也。」[10]「陟之皇之赫戲兮，忽臨睨夫舊鄉」句眉上，引曰：「屈原託為此行，而終無所詣，周流上下，而卒返於楚焉，亦仁之至而義之盡也。」

其二，關於《楚辭》作品篇章主旨的闡說。如《九歌‧東皇太一》眉上引曰：「此篇言其竭誠盡禮以事神，而願神之欣說安寧，已寄人臣盡忠竭力、愛君無己之意，所謂全篇之比也。」《九歌‧山鬼》「既含睇兮又宜笑，子慕予兮善窈窕」眉上，引曰：「以上諸篇，皆為人慕神之辭。此篇鬼陰而賤，不可比君，故以人況君，以鬼喻己，而為鬼媚人之辭也。」[11]《九章‧惜誦》「所作忠而言之兮，指蒼天以為正」句眉上，引曰：「此篇全用賦體，無他寄託，其言明切，最為易曉。而其言作忠造怨，遭讒畏罪之意，曲盡彼此之情狀，為君臣者不可以不察。」

其三，對於屈子行文脈絡的關注，這主要集中在〈離騷〉篇。如「乘

9　具體內容可詳參《論馮紹祖校刊〈楚辭章句〉對〈楚辭補注〉的擇取與接受》中所述。

10　馮紹祖校刊《楚辭章句》，明萬曆十四年（1586）刻本。以下所引該本，不再一一注明。

11　朱熹《楚辭集注》原文作：「以上諸篇，皆為人慕神之詞，以見臣愛君之意。此篇鬼陰而賤，不可比君，故以人況君，鬼喻己，而為鬼媚人之語也。」見朱熹撰、蔣立甫校點《楚辭集注》，北京：上海古籍出版社、合肥：安徽教育出版社2001年版，第44頁。

騏驥以馳騁兮，來吾導夫先路」句眉端，引朱熹曰：「自『汩余』至此同一韻，意亦相承。」[12]「伏清白以死直兮，固前聖之所厚」句眉端，引曰：「自『怨靈修』以下至此一意，為下章回車複路起。」[13]「雖體解吾猶未變兮，非余心之可懲」句眉端，引曰：「自『悔相道』至『可懲』，又承上文『伏清白以死直』之意，而下為女嬃詈予起也。」[14]

其四，論及屈子之用語特色者。如《九章‧涉江》文首眉上，引曰：「此篇多以『余』、『吾』並稱，詳其文意，『余』平而『吾』倨也。」《九章‧抽思》「善不由外來兮，名不可以虛作」眉端，引曰：「『善不由外來』四語，明白親切，雖前聖格言不過如此，不可但以詞賦觀之。」[15]

最後，紹祖所引《集注》，亦有糾正《補注》或《章句》者。如《九歌‧河伯》篇題眉上，引曰：「河伯舊說以為馮夷，其言荒誕，不可稽考，大率謂黃河之神耳。」[16]「舊說」指洪興祖《補注》所論。[17]於此可見紹祖對於洪、朱二注的取捨、判斷，關於「河伯」之釋解，他認為朱注更可信，遂摒棄洪注，而不是二者兼取供讀者判斷。〈天問〉卷末引朱子云：「此篇所問，雖或怪妄，然其理之可推、事之可鑒者尚多有之。而舊注之說，圖以多識異聞為功，不復能知其所以問之本意，與今日所以對之明法。」此處「舊注」則指《章句》，《章句》云：「屈原放逐，……見楚有先王之廟及公卿祠堂，圖畫天地山川神靈，琦瑋譎佹，及古賢聖怪物行事。」[18]朱熹所指「多識異聞」者，應即指此。綜合來看，紹祖對於洪、朱兩家的擇取，所遵循的標準大致相仿無差。

綜上所述，馮紹祖校刊此本之時，朱熹《楚辭集注》仍有極大影響，而洪興祖《楚辭補注》自問世後刊刻甚少[19]，得覽不易。紹祖遵循「去古

---

[12] 朱熹《楚辭集注》原文作：「自『汩余』至此，三章同一韻，意亦相承。」（第8頁）因朱子已交代自「汩餘」始至此，清楚明瞭，紹祖就將「三章」刪去，以求簡潔。

[13] 朱熹《楚辭集注》原文作：「自『怨靈修』以下至此，五章一意，為下章回車複路起。」（第13頁）處理與上例同。

[14] 朱熹《楚辭集注》原文作：「自『悔相道』至此五章，又承上文『清白以死直』之意，而下為女嬃詈予起也。」（第15頁）

[15] 朱熹《楚辭集注》原文作：「此四語者，明白親切，不煩解說，雖前聖格言，不過如此，不可但以詞賦讀之也。」（第84頁）

[16] 朱熹《楚辭集注》原文作：「舊說以為馮夷，其言荒誕，不可稽考，今闕之。大率謂黃河之神耳。」（第44頁）

[17] 詳見洪興祖撰、白化文等點校《楚辭補注》，北京：中華書局2002年版，第78頁。

[18] 洪興祖撰、白化文等點校《楚辭補注》，第85頁。

[19] 據崔富章先生著錄，自該本問世至明前，也僅見三種。見崔富章《楚辭書錄解題》，北京：高等教育出版社2010年版，第48-51頁。

未遠」之理念，以《楚辭章句》為本依，又廣泛吸收洪、朱二注之精華，從而匯就一本。對於三家注的這種定位和認識，在當時並非輕易即可形成，紹祖背後必定做了較多的比較等研究工作。紹祖於「議例」第四則中稱「茲悉發家乘」，雖然這是就所引評家而言，其家中即藏有三家注亦屬可能。另須指出的是，對於洪、朱二家之擇取，紹祖並非隨意，每處均經過其仔細辨識，背後付出之心血，當為後人珍視。總三家注之長而於一本之中，貢獻給讀者，這在《楚辭》傳播史上前所未聞，堪稱獨創。何以能做到這一點，則在於紹祖巧妙地借鑒了當時已近於流行的評點方法，評點本中的評點形式、評點形態是他得以成功的不二法寶。

二、馮紹祖的評點觀念與馮本之評點

馮本另一值得我們關注的地方，是在於它在《楚辭》評點史上的重要地位。由於問世較早，據現有資料看在此之前尚未有嚴格意義上的《楚辭》評點本出現，因而該本地位頗為特殊。如前所述，紹祖以《章句》為底本，並將擇取出的洪、朱二家注與之融為一體，就是借用了評點的形式。紹祖稱：「洪、朱兩家，間有裨益處，為標其概於端，俾讀者得以詳考，亦毋混王氏之舊焉。」「標其概於端」，即指將二家注作擇選、刪改等處理後，使其以眉評等面目出現。馮本「觀妙齋重校《楚辭章句》議例」還有「核評」一則，透露出他對評點的認識，茲引錄如下：

> 第四核評
>
> 　　《楚辭》評先輩鮮成集，即抽緒論，亦鹹散漫。茲悉發家乘，若張氏《楚范》、陳氏《楚辭》、洪氏《隨筆》、楊氏《丹鉛》、王氏《卮言》等集，一一搜載。而先王父小海公間有手澤，隨列之。要以佐《章句》及洪、朱二氏所不逮。[20]

基於對前世《楚辭》評家較少匯輯的事實，紹祖以家中藏書為依託，對這一工作進行嘗試。其中所舉六家，「張氏」為張之象，「陳氏」為陳深，「洪氏」為洪邁，「楊氏」為楊慎，「王氏」為王世貞，「先王父小海公」，為馮覲，乃紹祖之祖父。核書中所引評家較多，紹祖在此僅舉六家，或意在特加標顯，以括其餘。六家之中，陳深、馮覲都曾批點《楚辭》，「小海公兼有手澤」即指此而言，其餘四家之論評則尤其著作中擇

---

[20]　馮紹祖校刊《楚辭章句》，明萬曆十四年（1586）刻本。

取而成。這就透露出一個重要資訊，「核評」之「評」，其實並非專指後世意義上之評點，紹祖對於陳深、馮覲之批（評）點與諸家評論是等同視之的，他並未專門從學理上對評點予以認定或闡釋，因為在他看來兩者實無二致。錢鍾書先生在《管錐編》評論陸雲《與兄平原書》云：

> 什九論文事，著眼不大，著語無多，辭氣殊肖後世之評點或批改，所謂「作場或工房中批評」（workshop criticism）也。……苟將云書中所論者，過錄於（陸）機文各篇之眉或尾，稱賞處示以朱圍子，刪削處示以墨勒帛，則儼然詩文評點之最古者矣。[21]

張伯偉先生據此考察了自《左傳》、《論語》、毛詩序、魏晉以下專門論文之作，至唐代詩格、選集、宋人詩話與評點之間的淵源聯繫，以為「評點之『評』就是在這樣的基礎上發展起來的」。[22]按錢鍾書先生的說法，張伯偉先生所舉例子，若以相應評點形式呈現出來，與後世評點應幾無差別。而就馮本來看，紹祖即是這樣處理的，他從前世諸家著作中選取相關評語，以相應評點形式置於該書之中。由此可見，紹祖更多是借用了眉批、旁批、總評等評點形式，來賦以其品評的內容，這與文人隨閱隨批之批點是有很大差異的。如果再結合前論對於洪、朱二家注同樣的處理方式，則更可以理解紹祖的這種認識。在馮本問世之前，萬曆四年（1576）凌稚隆輯評《史記評林》、萬曆十一年（1583）凌稚隆輯評《漢書評林》二書，即以評點形式載錄所選相關注、評，且評點形態較為完備，包括評家姓氏、眉批、旁批、篇首總評、篇末總評等多種樣式。據現有材料，在馮本之前未見有嚴格意義上的《楚辭》評點本出現，馮本一問世即以較成熟的評點形態出現，這應當是受到了《史記評林》、《漢書評林》等書的影響，紹祖直接吸收了其中的評點形態。馮本與《史記評林》、《漢書評林》等書相同的處理方式，應當反映了明前中期評點刻本的基本情況，即評語與評點形式的結合，多是輯刊者有意為之，而並非原本文人品評之時即手批於書上。文人手批或對多人批點集中收輯後所刊刻的集評本，才應當是嚴格意義上的評點。但在明前中期，文人評點尚有待於進一步生髮與積累，於是刊刻者就較多地來擇取前世諸家的相關內容。

馮紹祖所選評家，依出現先後，共有揚雄、曹丕、沈約、庾信、劉勰、劉知幾、皮日休、蘇轍、葛立方、洪興祖、朱熹、祝堯、高似孫、汪

---

[21] 錢鍾書《管錐編》第四冊，北京：中華書局1986年版，第1215頁。

[22] 張伯偉〈評點溯源〉，章培恒、王靖宇主編《中國文學評點研究論集》，上海：上海古籍出版社2002年版，第13-14頁。

彥章、陳傳良、李塗、葉盛、何孟春、姜南、張時徹、唐樞、茅坤、王世貞、劉鳳（以上見「楚辭章句總評」）、鍾嶸、馮覲、陳深、王應麟、張鳳翼、劉次莊、沈括、洪邁、樓昉、楊慎、呂向、張之象（以上為眉評增益）、劉安、賈島、宋祁、蘇軾、嚴羽、張銳、呂延濟、姚寬（以上為卷末總評增益）44人。就所處朝代看，44家中，多在明以前，明人僅有14位。所錄評語由各家著作抽取而成，有些紹祖作了改動和調整。如〈九辯〉「登山臨水兮，送將歸」句眉上，引洪邁曰：

> 「憭栗兮，若在遠行。登山臨水兮，送將歸。」潘安仁〈秋興賦〉引其語，蓋暢演厥旨，而下語之工拙，較然不侔也。

洪氏此語見《容齋續筆》卷三「秋興賦」條，原文作：

> 宋玉〈九辯〉詞云：「憭栗兮，若在遠行。登山臨水兮，送將歸。」潘安仁《秋興賦》引其語，繼之曰：「送歸懷慕徒之戀，遠行有羈旅之憤。臨川感流以歎逝，登山懷遠而悼近。彼四感之疚心，遭一塗而難忍。」蓋暢演厥旨，而下語之工拙，較然不侔矣。[23]

兩例相較，馮紹祖刪去《秋興賦》具體內容，或因其著眼於揭示〈九辯〉對潘嶽所產生的影響，再加上眉端空間的限制，至於「暢演厥旨」之具體內容，則不必煩錄。

又如，馮本〈招魂〉卷末總評引洪邁曰：

> 《毛詩》所用語助之字，以為句絕者，若之、乎、焉、也、者、云、矣、爾、兮、哉，至今作文者皆然。他如只、且、忌、止、思、而、何、斯、旃、其之類，後所罕用。《楚詞·大招》一篇，全用「只」字，至於「些」字，獨〈招魂〉用之耳。

洪氏此語見《容齋五筆》卷四「毛詩語助」條。原文作：

> 毛詩所用語助之字，以為句絕者，若之、乎、焉、也、者、云、矣、爾、兮、哉，至今作文者皆然。他如只、且、忌、止、思、

---

[23] 洪邁《容齋隨筆》，濟南：齊魯書社2007年版，第192頁。

而、何、斯、旃、其之類，後所罕用。隻字如「母也天只」，「不諒人只」。且字如「椒聊且」，「遠條且」，「狂童之狂也且」，「既醉只且」。忌字如「叔善射忌」，「又良禦忌」。止字如「齊子歸止」，「曷又懷止」，「女心傷止」。思字如「不可求思」，「爾羊來思」，「今我來思」。而字如「俟我於著乎而」，「充耳以素乎而」。何字如「如此良人何」，「如此粲者何」。斯字如「恩斯」，「勤斯」，「鬻子之閔斯」，「彼何人斯」。旃字如「舍旃舍旃」。其字音「基」，如「夜如何其」，「子曰何其」，皆是也。「忌」惟見於鄭詩。「而」惟見於齊詩。《楚詞・大招》一篇全用「只」字。《太玄經》：「其人有輯，抗可與過其。」至於「些」字，獨〈招魂〉用之耳。[24]

紹祖於此亦刪去洪邁所舉具體例證，僅取其中言及《楚辭》者，此例於馮本位置在卷末，並不受空間的限制，不錄或亦欲避免瑣細。由此來看，紹祖對於諸家評語，亦是經過認真思索和考慮的，當詳則詳，該略則略，其所徵引，無論繁富，抑或簡略，皆有其如此之然的理由和考慮。

也有未經過刪改與加工者。如「《楚辭章句》總評」所引劉勰《文心雕龍》〈辨騷〉全篇，〈詮賦〉、〈比興〉、〈時序〉、〈物色〉諸篇，則是直接摘取了大段內容。如此之類，還有沈約《宋書・謝靈運傳論》、祝堯《古賦辨體》、葉盛《水東日記》、王世貞〈楚辭序〉、洪興祖《離騷・後序・補注》等。或許是不滿於紹祖的這種做法，後世評點本刊刻者在因襲相關材料時，有的作了刪改。如馮本引葉盛語，自「昔周道中微，《小雅》盡廢」始，至「如此，則原之本意，又將覆亡矣」一大段，意在指出屈原「篤君臣之義，憤悱出於思泊（《水東日記》作「至誠」），不以汙世而二其心」、〈離騷〉亦為承《詩》之作，同時亦對後世班固、楊雄等人之質疑進行辯駁。紹祖全引此文，意在讓讀者瞭解屈子心志、《楚辭》成就以及前世這一爭論過程。後來蔣之翹僅摘錄其中一句，「〈離騷〉源流於六義，興遠而情逾親，意切而辭不迫」[25]，極為簡煉，評《騷》主旨也更為突出。此外，如上列馮本中劉勰等諸家評語，蔣之翹也均作了刪節和改動，抽出其中精煉之語，消除或在他看來馮本引文繁冗的弊病。但如上例來看，紹祖是旨在讓讀者更深切、周詳地理解屈子、屈賦，因而兩種引錄著眼點不同，均有合理之處，似又不能簡單以優劣論之。

---

[24] 洪邁《容齋隨筆》，濟南：齊魯書社2007年版，第674頁。
[25] 蔣之翹評校《楚辭集注》，明天啟六年（1626）刻本。

　　馮本所引諸家評語，就其大要而言，有以下幾個方面值得注意：

　　（一）強調屈賦對於《詩經》傳統的繼承，並完全符合儒家詩教規範。《詩》、《騷》關係，始終是《楚辭》批評史上一個永恆不變的話題。圍繞它，千百年來人們一直爭論不已，眾說紛紜。對這一問題紹祖傾向於摘引強調《詩》、《騷》一脈相承的材料：

> 祝堯曰：《騷》者，《詩》之變也。《詩》無楚風，楚乃有《騷》，何耶？愚按，屈原為《騷》時，江漢皆楚地。蓋自文王之化行乎南國，《漢廣》、《江有汜》諸詩，已列於二南、十五國風之先。其民被先王之澤也深。風雅既變，而楚狂「鳳兮」之歌、滄浪、孺子「清兮濁兮」之歌，莫不發乎情，止乎禮義，而猶有《詩》人之六義，故動吾夫子之聽。但其歌稍變於《詩》之本體，又以「兮」為讀，楚聲萌蘖久矣。原最後出，本《詩》之義以為《騷》。但世號《楚辭》，初不正名曰賦，然賦之義實居多焉。（《楚辭章句》總評）
>
> 姜南曰：文章自六經、《語》、《孟》之外，惟莊周、屈原、左氏、司馬遷最著。後之學者，言理者宗周，言性情者宗原，言事者宗左氏、司馬遷。周之言，出於《易》，原出於《詩》，左氏、司馬遷，出於《尚書》、《春秋》。（《楚辭章句》總評）
>
> 王世貞曰：三閭家言，忠愛悱惻，怨而不怒，悠然《詩》之風手？（《楚辭章句》總評）
>
> 馮覲曰：歷敘至此方說出被讒，何婉而切也，然於荃略無怨言，又見其怨誹而不亂矣。（〈離騷〉「荃不揆餘之中情兮，反信讒以齋怒」眉評）
>
> 葛立方曰：此與孔子「和而不同」之言何異？（〈漁父〉「舉世皆濁我獨清，眾人皆醉我獨醒」句眉評）

　　（二）揭示《楚辭》的藝術特色及感染力，關注《楚辭》所達到的高度，強調非後人可及。關於這一點，馮本所錄評語中亦有不少材料論及：

> 楊雄曰：或問：「屈原、相如之賦孰愈？」曰：「原也過以浮，如也過以虛。過浮者蹈雲天，過虛者華無根。然原上援稽古，下引鳥獸，其著意於虛，長卿亮不可及。」（《楚辭

章句》總評）

魏文帝曰：優遊按衍，屈原尚之；窮侈極妙，相如之長也。然原
據託譬喻，其意周旋，綽有餘度，長卿、子雲不能及。
（《楚辭章句》總評）

劉鳳曰：詞賦之有屈子，猶觀遊之有蓬閬，縱適之有溟海也。
（《楚辭章句》總評）

宋祁曰：〈離騷〉為詞賦之祖，後人為之，如至方不能加矩，至圓
不能過規矣。（〈離騷〉卷末總評）

馮覲曰：〈離騷經〉斷如複斷，亂如複亂，而綿邈曲折，讀者莫得
尋其聲，而繹其緒，又未嘗斷，未嘗亂也。至其才情豔
發，則龍矯鴻逸；志意悱惻，則啼猩嘯鬼，濃至慘黯，並
臻其妙。蓋由獨創，自異規仿耳。（〈離騷〉卷末總評）

馮覲曰：〈九歌〉情神慘惋，詞複騷豔。喜讀之，可以佐歌；悲
讀之，可以當哭。清商麗曲，備盡矣。（〈九歌〉卷末
總評）

（三）指出《楚辭》對於後世創作所產生的深刻影響。《楚辭》作為
中國文學傳統的一個重要源頭，對後世文人創作所產生的影響是廣泛而深
遠的，紹祖對此亦較為留意，多有徵引：

劉知幾曰：作者自敘，其流出於中古。〈離騷經〉首章上陳氏族，
下列祖考，先述厥生，次顯名字，自敘發跡，實基於
此。降及司馬相如，始以自敘為傳，至馬遷、楊雄、班
固自敘之篇，實煩於代。（〈離騷〉「帝高陽之苗裔
兮，朕皇考曰伯庸」句眉評）

沈括曰：「吉日兮辰良」，蓋相錯成文，則語勢矯健。如杜子美詩
云：「紅豆啄餘鸚鵡粒，碧梧棲老鳳凰枝。」韓退之
云：「春與猿吟兮，秋鶴與飛。」皆用此體也。（《九
歌・東皇太一》「吉日兮辰良」句眉評）

洪邁曰：唐人詩文，或於一句中自成對偶，謂之當句對，蓋起於
《楚辭》「蕙烝」、「蘭藉」、「桂酒」、「椒漿」、
「桂櫂蘭枻」、「斫冰積雪」。自齊梁以來，亦如此。
王勃《宴騰王閣序》一篇皆然。（《九歌・東皇太一》
「蕙肴蒸兮蘭藉，奠桂酒兮椒漿」句眉評）

劉次莊曰：《楚詞》曰：「新沐者必彈冠，新浴者必振衣。」又

曰：「與女沐（注）兮咸池，晞汝髮兮陽之阿」，皆潔
濯之謂也。李白亦有此作，其詞曰：「沐芳莫彈冠，浴
蘭莫振衣。處世忌太潔，至人貴藏暉。」與屈原意同。
（《九歌・雲中君》「浴蘭湯兮沐芳」句眉評）

王世貞曰：「入不言兮出不辭，乘回風兮載雲旗。」雖爾怳忽，何
言之壯也；「悲莫悲兮生別離，樂莫樂兮新相知」，是
千古情語之祖。（《九歌・少司命》「悲莫悲兮生別
離，樂莫樂兮新相知」句眉評）

王世貞曰：今人以賦作有韻之文，為《阿房》、《赤壁》累，固
耳。然長卿《子虛》已極曼衍，〈卜居〉、〈漁父〉實
開其端。（〈卜居〉卷末總評）

（四）訓釋屈子意旨、屈賦語句及篇章大意。如：

王應麟曰：「閨中既以邃遠兮，哲王又不悟。」以楚王之暗，而猶
曰「哲王」，蓋屈子以禹湯望其君，不忍謂不明也。太
史公曰：「王之不明，豈足福哉！」非屈子意。（〈離
騷〉「湯禹儼而祗敬兮，周論道而莫差」句眉評）

樓昉曰：此篇反覆曲折，言己始以志行之潔、才能之高，見珍愛於
懷王。己亦愛慕懷王，納忠效善，而終困於讒，不能使
之開悟。君雖未忍遽忘，卒為所蔽，而己拳拳終不忘君
也。（《九歌・山鬼》「若有人兮山之阿，被薜荔兮帶
女羅」句眉評）

樓昉曰：末章蓋言神能驅除邪惡，擁護良善，宜為下民之所取正，
則與前篇意合。（《九歌・少司命》章首眉評）

呂延濟曰：每篇之目，皆楚之神名。所以列於篇後者，亦猶毛詩題
章之趣。（〈九歌〉卷末總評）

姚寬曰：《九歌章句》名曰九，而載十一篇，何也？曰：九以數名
之，如《七啟》、《七發》，非以其章名。（〈九歌〉
卷末總評）

王應麟曰：屈原楚人而曰「哀南夷之莫吾知」，是以楚俗為夷也。
淫邪之類，讒害君子，變於夷矣。（《九章・涉江》
「哀南夷之莫吾知兮，旦余濟乎江湘」句眉評）

馮覲曰：記云：狐死正丘，首仁也。屈子之詞，前極憤懣，至亂而
每以非其罪而自安，其亦仁人之用心也。（《九章・哀

郢》「鳥飛反故鄉兮,狐死必首丘」句眉評)

(五)糾正在紹祖看來《楚辭章句》的錯誤釋解:

> 張鳳翼曰:以上望舒、飛廉、鸞鳳、雷師,但言神靈為之擁護耳,
> 初無善惡之分也。舊注牽合,且以飄風、雲霓為小人,
> 然則《卷阿》之言「飄風自南」,《孟子》之言「若大
> 旱之望雲霓」,亦皆象小人耶?(馮本〈離騷〉「飄風
> 屯其相離兮,帥雲霓而來禦」句眉評)

> 張鳳翼曰:此言「蘭」、「椒」,指賢人之改節者。舊注以為指子
> 蘭、子椒,然則下文「揭車」、「江離」又誰指哉?
> (馮本〈離騷〉「椒專佞以慢慆兮,樧又欲充夫佩幃」
> 句眉評)

> 楊慎曰:舊注:「朅,去也。」又按,《呂氏春秋》:「膠鬲見
> 武王於鮪水,曰:西伯朅去,無欺我也。武王曰:不
> 子欺,將伐殷也。膠鬲曰:朅至?武王曰:將以甲子
> 日至。」注:「朅,何也。」然則朅之為言,盍也。若
> 以解《楚辭》,則謂車既駕矣,盍而歸乎以不得見,而
> 心傷悲也。意尤婉至。(馮本〈九辯〉「車既駕兮朅而
> 歸,不得見兮心傷悲」句眉評)

　　以上是馮本所載評點的基本情況。其中訓解語句、篇章意旨及糾謬與
紹祖對於洪、朱二注的擇選,頗相一致。紹祖有「校楚辭章句後序」,從
中又可見其兩種基本傾向:一是《詩》、《騷》相較。紹祖稱:

> 讀「傷靈修」、「從彭咸」語,見謂庶幾〈穀風〉、〈白華〉之
> 什,而哀怨過之。

再者是認為屈子以情統文,非後世模擬者可比:

> 蓋不佞居恒謂屈子生於怨者也,故犖悅不勝其呻吟。宋、景諸人,
> 生於屈子者也,故呻吟不勝其犖悅。要以情文為統紀,豈可過乎!

紹祖之祖父馮覲在批點中,強調屈賦對於儒家詩教傳統的繼承、屈子情
志、屈賦對於後世影響,以及屈賦之藝術特色及感染力。如稱〈離騷〉

「婉而切」、「怨誹而不亂」；稱屈子「至其才情豔發，則龍矯鴻逸；志意悱惻，則啼猩嘯鬼，濃至慘黯，並臻其妙」；評價〈國殤〉「此篇敘殤鬼交兵挫北之跡甚奇，而辭亦悽楚，固知唐人吊古戰場文，為有所本」；認為〈九章〉「古今之能怨者，莫若屈子。至於〈九章〉而凄入肝脾，哀感頑豔，又哀怨之深者乎」。而與紹祖交善，並為該本作序之黃汝亨，亦認為屈子之情文，遠過後世「雕刻」、「模擬」者：

> 文生於情，……而屈子以其獨醒獨清之意，沉世之內，慇憂君上，憤澱混濁。六合之大，萬類之廣，耳目之所覽睹，上極蒼蒼，下極林林，催心裂腸，無之非是。辟之深秋永夜，淒風苦雨，鬱結於氣，宣暢於聲，皆化工殹，豈文人雕刻之末技，詞家模擬之豔辭哉！[26]

持論亦與紹祖頗相近似與一致。因此，紹祖對屈子、屈賦之認識，以及對前世評家之擇取，其實並非空穴來風，而是受到其祖父馮觀的深刻影響；黃汝亨、馮紹祖間有無直接影響限於資料不易考證，但由其相近的審美取向，亦可推知二人間的相互認可與默契。

馮本所錄評點，實有品評而無圈點，所引諸家，皆以某某曰的形式注明，如「劉知幾曰」、「張之象曰」之類。就篇章分布來看，評語主要集中於屈、宋作品，且從全書整體來看，評語數量大致呈逐漸遞減的趨勢，尤其是至東方朔〈七諫〉以下幾篇擬騷作品，僅有張之象一處眉評。關於該本評點，還有一點值得注意。「茲悉發家乘，若張氏《楚范》、陳氏《楚辭》、洪氏《隨筆》、楊氏《丹鉛》、王氏《卮言》等集，一一搜載。而先王父小海公間有手澤，隨列之。要以佐《章句》及洪、朱二氏所不逮。」「佐《章句》及洪、朱二氏所不逮」，一「佐」字清晰表明了紹祖關於三家注與評點地位高低的判斷，《章句》及洪、朱二氏，是該本的主體部分，諸家評點則是使該本更為完備的補充。如果具體來看，亦可說明這一點。《楚辭章句》作為底本自不必言，《楚辭補注》、《楚辭集注》的相關內容，分別以卷首總評、眉批、旁批及卷末總評的形式存在，數量較多，與紹祖所引評點相較，比例亦較大，尤其是眉批和旁批，旁批則全部都是。雖然洪、朱二注藉助於評點形式，且亦以「洪興祖曰」、「朱熹曰」的面目與諸家評語並列，但依紹祖本意，是將其視為注而非評的，這樣馮本之評點形式所承載的也就是「注」、「評」並存的內容，馮本評點中這種「注評合一」的現象，是其作為評點本較為特殊的地方。

---

[26] 黃汝亨〈楚辭序〉，馮紹祖校刊《楚辭章句》，明萬曆十四年（1586）年刻本。

三、馮本價值及其對後世評點本的影響

馮覲喜愛《楚辭》並加以批點，這種家學淵源對紹祖有重要影響。紹祖自言「嶢嶢慕《騷》」，對屈子、屈賦當精熟且有深切體認，這從前引其所作「校楚辭章句後序」中亦可見出。故其校刊此本，就格外用心，除了卻「慕《騷》」之情愫外，亦有欲使屈子、屈賦能流傳千古之心志。紹祖稱：

> 是編也，不佞非以益《騷》，而聊以畢其所慕，繫起窮愁而揄伊鬱也。若曰或印之而或抑之，則不佞烏敢開罪靈均，而為叔師引咎哉！嗟乎！子雲〈反騷〉，至其論《玄》也，則謂千載之下有子雲。謂千載之下有子雲者而知《玄》，毋乃謂千載之下，有屈子者而知《騷》乎哉！[27]

基於這種情愫，該本擇選周切、校刻精審，也即在情理之中了。由此該本之價值，主要體現在以下三個方面：其一，給予王逸、洪興祖、朱熹三家注以客觀評價，並將三者融於一本之中，這在《楚辭》傳播史上堪稱獨創，對於促進三家注尤其是《楚辭章句》、《楚辭補注》的傳播，以及《楚辭》闡釋多元化走向都有重要意義和積極作用；其二，紹祖有濃厚的讀者本位意識，其所做努力旨在為讀者提供一種校刻精審、注評貼切的《楚辭》讀本，這正是其得以成功的原因所在；其三，紹祖對於前世諸評家的擇選、匯輯，透露出他已經具有了《楚辭》學史或曰《楚辭》批評史的意識，同時其所輯錄作為重要材料基礎，對於推進相關研究有著重要價值和意義。也正因此，他得到了黃汝亨的稱讚：「繩武博物能裁，搜自劉、王迄於近代，齧間合文，要於神情，斯不亦符節騷人，而升之風雅之堂哉。」[28]

其中有的評家，因其相關著作後來亡佚，幸賴於紹祖的徵引，我們才可藉以對之有所瞭解。如張之象《楚範》，今已亡佚，《千頃堂書目》、《四庫全書總目》有著錄，其中《四庫全書總目》云：

> 《楚範》六卷，明張之象撰。之象有《太史史例》已著錄。是編割裂《楚詞》之文，分標格目，以為擬作之法。分十二編，曰辨體，

---

27 馮紹祖〈校楚辭章句後序〉，馮紹祖校刊《楚辭章句》，明萬曆十四年（1586）刻本。

28 黃汝亨〈楚辭序〉，馮紹祖校刊《楚辭章句》，明萬曆十四年（1586）刻本。

曰解題，曰發端，曰造句，曰麗詞，曰叶韻，曰用韻，曰更韻，曰
連文，曰疊字，曰助語，曰餘音。屈宋所作，上接風人之遺，而下
開百代之詞賦。性情所造，音律自生，所謂文成而法立者也。之象
乃摘其某章某句，多立門類，限為定法，如詞曲家之有工尺，以是
擬騷，寧止相去九牛毛乎。[29]

儘管四庫館臣多所貶斥，但張氏此書對於《楚辭》之閱讀賞鑒，仍有重要
的價值。今核紹祖所引，《楚範》多論及《楚辭》諸篇用韻特色。茲舉
數例：

> 長篇長句如〈離騷經〉，一篇中轉換反覆，凡更七十餘韻。其
> 間有八句為一韻者五段，十句為一韻者一段，十二句為一韻者二
> 段，餘則四句為一韻也。（〈離騷〉卷末總評）
> 短句如〈九歌〉諸篇，或二三句為一韻，或四五句為一韻，或
> 六七八句為一韻。惟〈國殤〉更韻最多。〈東皇太一〉自首至尾不
> 更他韻，全篇十五句為一韻，皆陽韻也。（〈九歌〉卷末總評）
> 長篇長句如《九章·惜往日》篇：自「惜往日之曾信兮」至
> 「身幽隱而備之」二十二句為一韻；自「臨沅湘之玄淵兮」至「因
> 縞素而哭之」二十四句為一韻；自「前世之嫉賢兮」至「惜廱君之
> 不識」二十句為一韻；一篇止更三四韻而已。
> 中句如《九章·涉江》之「亂」及〈橘頌〉全篇，率皆四句為
> 一韻，其餘損益間亦有之。（〈九章〉卷末總評）

馮本自問世之後，曾連年刊印，甚為暢銷，以至於射利之徒蜂起，版
片屢易他手，對此崔富章先生稱：

> 紹祖刊《楚辭》，以王逸《章句》為主幹，又輯各家評說於一本，
> 連年版行，堪稱暢銷書。射利之徒蜂起，版片一再易手，招牌換了
> 又換，直至清代，仍在印行。[30]

更有甚者，為促銷路，則隨意變換其名目。如金陵益軒唐氏刊「新刻釐正
離騷楚辭評林」、金陵王少塘刊「新刻評注離騷楚辭百家評林」、復古齋

---

[29]　紀昀等《四庫全書總目》，北京：中華書局1997年版，第2772頁。
[30]　崔富章《楚辭書目五種續編》，上海：上海古籍出版社1993年版，第24-25頁。

印「楚辭句解評林」等，皆屬此類。如前所言，馮本之所以如此暢銷，歸根結底還是在於紹祖兼取眾長於一書的特有優勢，其對後世的影響也是在於此。

由於傳播廣泛、且歷時時間較長，該本對後世產生了較大影響，其中尤其須注意的就是它對後世《楚辭》評點本的影響。這種影響具體體現在評點形態、所選評家及評點內容等方面。如前所述，由於受《史記評林》、《漢書評林》的影響，馮本在評點形態上一問世就較為完備，包括「卷首總評」、「眉批」、「旁批」、「卷末總評」等多種形式，後世評點本刊刻者有所依傍，根據喜好及刻本具體情況，多有借鑒。而在所選評家及具體的評點內容方面，這種影響則更為明顯。如隨後的凌毓枏校刊《楚辭》[31]，在所錄評家與品評內容上就與馮本大量雷同。如以〈離騷〉為例，凌本共有眉批42條，其中有33條即來自馮本。在這些評語中，有的全同馮本，有的則通過變換位置、刪節等方式作了改動。例如，由於只有眉批一種形式，對於馮本「卷首總評」及〈離騷〉卷末總評中的相關內容，該本則調至王逸〈離騷〉小序眉端。如蘇轍語「吾讀《楚辭》，以為除書」、李塗語「《楚辭》氣悲」、劉鳳語「詞賦之有屈子，猶觀遊之有蓬閬，縱適之有溟海也」、宋祁語「〈離騷〉為詞賦之祖，後人為之，如至方不能加矩，至圓不能過規矣」等。

另外，在凌本中，有的因為與馮本所載完全相同，乃至於一錯俱錯，從而成為該本因襲馮本的有力證據。如〈離騷〉「眾女嫉余之蛾眉兮，謠諑謂余以善淫」句眉上，馮本引洪興祖曰：

> 〈反離騷〉云：「知眾嫇之嫉妒兮，何必揚累之蛾眉。」此亦班孟堅、顏推之以為「露才揚己」之意。夫冶容誨淫，目挑心與，孟子所謂「不尤其道」者。而以汙原，何哉？

文中「顏推之」顯系「顏之推」之誤，而凌本所錄與馮本全同。

凌本之後，受馮本影響的評點本較多，如萬曆間問世的就有《二十九子品匯釋評·屈子》[32]、萬曆間刊《楚辭集注》[33]、《古文奇賞·屈子》[34]、閔齊伋校刊套印本《楚辭》[35]等。再以天啟間問世的蔣之翹評校

---

[31] 凌毓枏校刊《楚辭》，明萬曆二十八年（1600）朱墨套印本。

[32] 《二十九子品匯釋評·屈子》，明萬曆四十四年（1616）刻本

[33] 《楚辭集注》，明萬曆間刻本，復旦大學圖書館、北京師範大學圖書館皆有藏。

[34] 陳仁錫選評《古文奇賞·屈子》，明萬曆四十六年（1618）刻本。

[35] 閔齊伋校刊《楚辭》，明萬曆四十八年（1620）年刻本。

《楚辭集注》（《七十二家評楚辭》）為例稍作說明。蔣本是明代較為重要的評點本，後世如沈雲翔《楚辭集注評林》（崇禎十年，1637）、聽雨齋「八十四家評點朱文公楚辭集注」（清初）等，皆由此本而來。該本所載評語，不少都是轉錄自馮本。如卷首「《楚辭》總評」所列46家中，就有20家來自馮本，而馮本「《楚辭章句》總評」中所載自揚雄至劉鳳24家，其中僅有蘇轍、葛立方、張時徹、唐樞4人，蔣本未轉錄。正文中所錄評語，大量也都是顯系由馮本而來。類似蔣本的這種情況，一直延續至民國六年題俞樾輯評《百大家評點王注楚辭》中。

為了更直觀地瞭解馮本對於後世評點本的影響，筆者特舉一個較典型的例子。洪興祖《楚辭補注・離騷》「啟〈九辯〉與〈九歌〉兮」句下有一段話，文曰：「〈離騷〉、〈天問〉多用《山海經》，而劉勰《辨騷》以『康回傾地』、『夷羿弊日』為『譎怪之談』、『異乎經典』。如高宗夢得說，薑嫄履帝敏之類，皆見於《詩》、《書》，豈誣也哉。」[36]這段話於馮本則見於〈天問〉「康回憑怒，地何故以東南傾」句眉端。自紹祖將其位置由〈離騷〉調至〈天問〉後，後世凌毓枏校刊《楚辭》、萬曆間刻《楚辭集注》、《諸子匯函・玉虛子》皆承襲之，一直到崇禎十一年（1638）刊來欽之《楚辭述注》錄此語，位置亦同於馮本。

總之，馮紹祖以王逸《楚辭章句》為底本，又擇取洪興祖《楚辭補注》、朱熹《楚辭集注》之「裨益」處，再廣泛搜集前世評家品評之辭，精心校刻，遂成為《楚辭》評點史乃至《楚辭》學史上至為重要的著作之一種。關於它的地位和價值，尚有待學界同仁做更深入地挖掘和梳理。

---

[36] 洪興祖《楚辭補注》，北京：中華書局1983年版，第21頁。

馮紹祖校刊《楚辭章句》對《楚辭補注》的擇取與接收

馮紹祖校刊《楚辭章句》對於洪興祖《楚辭補註》、朱熹《楚辭集註》的大量摘引，是使其呈現出較濃厚「注評合一」色彩的重要原因。為了更深入地探討這一問題，本文擬以該本所引洪興祖語為例，作全面、細緻的審視，以力求在此基礎上能對馮紹祖的擇取標準，以及該本的價值體現等問題做些有益的探索。

馮本《楚辭章句》卷首有「觀妙齋重校《楚辭章句》議例」五則，在其二「銓故」中，馮紹祖明確表達了引錄《楚辭補注》的擇選標準：

> 《楚辭》解當漢孝武時，已令淮南王安通其義矣。惜乎言湮世遠，今不復存。東漢王逸彙其故為《章句》，蓋其詳哉！至宋洪興祖、朱晦翁，具有補注，總之不離王氏者居多。茲專主王氏《章句》。洪、朱兩家，間各有裨益處，為標其概於端，俾讀者得以詳考，亦毋混王氏之舊焉。[1]

從這段話中，僅就其中論及《楚辭補注》者，我們至少可以得出以下三個結論：其一，對於所引《楚辭補注》，馮紹祖的評判標準是，它們皆「各有裨益處」。由此可知，馮氏對於《楚辭補注》是進行了一番篩選和整理的。由此摘選出來的各條材料，在他看來，皆具有可取之處。其二，對於所引洪氏語，馮紹祖的處理方式是「標其概於端」。由於馮氏「專主王氏《章句》」，再加上眉間、章末篇幅上的限制，馮氏對於《楚辭補注》的引錄，多是採取節引的方式來進行的。筆者將馮紹祖所引與原本《楚辭補注》對照後發現，馮氏節引所遵循的原則是：對於同一對象的注解，《楚辭補注》與《楚辭章句》意見基本一致的地方，即使《補注》更詳細、更準確，有可取之處，馮本《楚辭章句》也不引錄。其三，馮氏之所以輯引《楚辭補注》，其目的是「俾讀者得以詳考」。這也就意味著，馮紹祖所選，是以讀者的閱讀、接受為出發點的。其所言「裨益」云云，也是就讀者而言的。至於說其中所錄洪氏語是否真有「裨益處」，其與《楚辭章句》究竟何者為確，何者為准，凡此種種，在馮紹祖看來，則又當由讀者

本人去「詳考」論定了。

關於第一點所論馮本不引者，茲略舉兩例如下：〈離騷〉：「女嬃之嬋媛兮，申申其詈予。」王逸注句中「女嬃」云：「女嬃，屈原姊也。」[2]洪興祖補曰：「《說文》云：嬃，女字也，音須。賈侍中說：楚人謂女曰嬃，前漢有呂嬃，取此為名。……《水經》引袁崧云：屈原有賢姊，聞原放逐，亦來歸，喻令自寬全。鄉人冀其見從，因名曰秭歸。縣北有原故宅，宅之東北，有女嬃廟，擣衣石猶存。秭與姊同。」[3]在此，洪氏引《說文》、賈侍中語及《水經注》解「女嬃」所指，其中賈侍中引楚地風俗為證，其語尤有可取者。而馮本不引，當以王、洪二氏持論相同故也。

又，〈天問〉：「齊桓九會，卒然身殺。」王逸解云：「言齊桓公任管仲，九合諸侯，一匡天下。任豎刁、易牙，子孫相殺，蟲流出戶。一人之身，一善一惡，天命無常，罰佑之不恒也。」[4]洪興祖解此則先後輯引《論語》、《國語》、《尊王發微》與《史記》四種文獻[5]，較逸注更準確、更詳細。馮氏不錄，因為在其看來，《補注》不過是在《章句》基礎上做了進一步的擴充、細化而已，基本史實並無二致。

而馮本所引《補注》在內容上又是怎樣的情況呢？其「裨益處」又主要體現在哪些方面？這是我們應當著重探討的問題。《楚辭補注》作為《楚辭》學之重要訓詁、注釋之作的性質，以及洪興祖在這方面所做出的重要貢獻的事實，使得馮紹祖較多地關注於對於洪興祖訓釋、詮解之辭的選錄上。這首先表現在重要的概念和語詞方面。如〈離騷〉之「亂」，〈九歌〉之「九」及「司命」、「國殤」、「禮魂」，〈九章〉之「少歌」、「倡」，以及〈招魂〉中多用而獨特的「些」字，都是《楚辭》中較為重要的概念和用詞。初讀《楚辭》，如無參考依據，對此會感到茫然一片，不著邊際。而逸注於此，有的沒有作解，有的雖然有解，卻過於簡略。故馮本引《補注》以補逸注之未備，為讀者掃除閱讀上的障礙。如於「司命」，王逸無注，《補注》則輯引歷世史籍訓解之。馮本《章句》擇其要錄於眉端，文云：

> 《周禮・大宗伯》：「以槱燎祀司中、司命」。疏引《星傳》云：「三台，上臺司命，為太尉。」又文昌宮第四曰司命。然則有兩司命也。

2　王逸《楚辭章句》，《楚辭四種》本，上海：世界書局1936年版，第11頁。
3　洪興祖《楚辭補注》，北京：中華書局1983年版，第18頁。
4　王逸《楚辭章句》，《楚辭四種》本，上海：世界書局1936年版，第64頁。
5　洪興祖《楚辭補注》，北京：中華書局1983年版，第111-112頁。

又，《九章・抽思》王逸注「少歌」曰：「小唫謳謠，以樂志也。」頗為簡略。而馮本所取洪興祖語，則是結合〈抽思〉「少歌」、「倡」、「亂」共存一篇的具體事實來進行解說。其文云：

> 此章有少歌，有倡，有亂。少歌之不足，則又發其意而為倡。獨倡而無與和也，則總理一賦之終，以為反辭云爾。

此解不僅使人讀後對於以上三者有了更為感性的認識，同時也有助於加深對屈賦中跌宕反覆之感情的理解。

洪興祖注解屈賦，往往能從一字、一詞中挖掘出蘊寓其中的深意來。對此馮本《章句》亦酌為錄引。如：〈離騷〉：「閨中既以邃遠兮，哲王又不寤。」洪興祖云：「懷王不明而曰哲王者，以明望之也。太史公所謂『冀幸君之一悟，俗之一改也。』韓愈《琴操》云：『臣罪當誅兮，天王聖明。』亦此意。」又，《九歌・湘夫人》：「時不可兮驟得，聊逍遙兮容與。」《補注》曰：「不可再得則已矣。不可驟得，猶冀其一遇焉。」諸如此類，洪氏所言，對於後世讀者把握屈子用語之深意，以及屈賦似明實隱之行文特色而言，都是大有助益的。

其次，馮本《楚辭章句》收錄了一些《補注》對於具體語句的解說和闡發之辭，且其中多有與逸注說法不同者。茲舉幾例以為證：

〈湘君〉：「捐余玦兮江中，遺佩兮醴浦。」王逸云：「言己雖見放逐，常思念君，設欲遠去，猶捐玦佩置於水涯，冀君求己，示有還意。」洪興祖則曰：「捐玦遺佩，以詒湘君。與〈騷經〉『解佩纕以結言』同意，喻求賢也。」〈河伯〉：「波滔滔兮來迎，魚隣隣兮媵予。」王逸直解此二句云：「言江神聞己將歸，亦使波流滔滔來迎，河伯遣魚隣隣侍從，而送我也。」洪興祖則結合屈原的身世境遇來立論，曰：「屈原託江海之神送迎己者，言時人遇己之不然也。杜子美詩云：『岸花飛送客，檣燕語留人。』亦此意。」〈天問〉：「薄暮雷電，歸何憂？」《章句》亦直解之云：「言屈原書壁，所問略訖，日暮欲去，時天大雨雷電，思念複至。自解曰：『歸何憂乎？』」《補注》則曰：「薄暮，日欲晚，喻年將老也。雷電，喻君暴怒也。歸何憂者，自寬之詞。」

此外，如洪氏對於「勤子屠母，而死分竟地」之說的辨析，對於「射夫河伯」、「妻彼洛嬪」為誰的考證，對於齊桓「卒然身殺」之義的揭示，以及對於「吳光爭國，久餘是勝」句中蘊意的發掘等等，亦屬此類。馮氏將對於同一對象《楚辭補注》的不同釋解列於眉端，其用意或是基於其較之《章句》，更為準確、明晰的考慮，或是欲使二說並存，形成對

話，而由讀者本人去「詳考」論定。筆者對此不欲詳論，單就紹祖這種異說並存的做法而言，則無疑即是大有裨益於讀者之研讀的。

再次，對於洪興祖篇章大旨論解之辭，馮本《章句》亦多有收引。〈九章〉各篇王逸無專解之辭，而《楚辭補注》除〈橘頌〉釋緣何以「頌」名篇外，餘者皆以「此章言（己）……」的行文字眼示讀者屈原作文之旨。對此，馮本皆全錄之。另外，馮紹祖對洪興祖關於〈東皇太一〉、〈雲中君〉、〈天問〉、〈遠遊〉及〈卜居〉旨意的評說，亦予以收錄。關於這些篇目的行文大旨，王逸本有論說，而洪氏之言多與之異。馮本輯之，或欲糾正《章句》之誤，或欲相容一家之言，其用意多數已難確考。但其中有一點卻是可以肯定的，即它們亦能有力地表明，紹祖較為留意對於《楚辭補注》中論評篇章旨意之辭的輯引。之所以如此，應亦是在於其欲示讀者以釋解屈賦之津逮故也。

馮紹祖校刊《楚辭章句》，其目的雖欲「存古」，但其在具體問題的處理上並不泥滯，並不以為《章句》中的說法都是可以信賴的，是神聖不可動搖的。上述馮本中多有洪興祖和王逸不一致的說法，即為明證。非但如此，紹祖對於《補注》中直言《章句》之謬而特為糾正之語，亦多加錄引。如：〈離騷〉：「女嬃之嬋媛兮，申申其詈予。」對此王逸認為：「言女嬃見己施行不與眾合，以見放流，故來牽引數怒，重詈我也。」洪興祖卻不以為然，云：「觀女嬃之意，蓋欲原為甯武子之愚，不欲為史魚之直耳，非責其不能為上官、椒蘭也。而王逸謂女嬃罵原以不與眾合，不承君意，誤矣。」〈天問〉：「陰陽三合，何本何化？」王逸以「天地人」為「三合」。《補注》則徵引史籍中用例，直陳其失：「《天對》云：『合焉者三，一以統同。籲炎吹冷，交錯而功。』引《穀梁子》云：『獨陰不生，獨陽不生，獨天不生，三合然後生。』逸以為天地人，非也。」

又，〈天問〉：「吾告堵敖以不長」。《章句》云：「堵敖，楚賢人也。」洪興祖則曰：「《左傳》：『楚子滅息，以息媯歸，生堵敖及成王焉。』楚子，文王也。莊公十九年，杜敖生。二十三年，成王立。杜敖，即堵敖也。……今哀懷王將如堵敖不長而死，以此告之。逸注以堵敖為楚賢人，大謬。」此外，如洪興祖關於鯀非死於「西征」途中的論斷，對於王逸〈天問〉「文義不次序」之說的辨正等，亦屬此類，茲不逐一贅引。以上《補注》所言，皆從文章的實際語境出發，以具體的歷史文獻為據，這對於糾正逸注之偏失，在一定程度上回復屈賦之原本真意而言，是有著積極意義的。由此對於後世研讀者，其「裨益處」亦自可不言而喻。

除了上述對語詞、語句及篇章旨意的解說之辭進行摘引外，馮紹祖對

於《補注》中關於篇章間行文脈絡的敘說，亦表現出濃厚的興趣。如：《九歌・大司命》：「折疏麻兮瑤華，將以遺兮離居。」洪興祖曰：「自此以下，屈原陳己之志於司命也。」《九歌・山鬼》：「留靈修兮憺忘歸，歲既晏兮孰華予。」洪興祖曰：「自此以下，屈原陳己之志於山鬼也。」《九章・橘頌》：「獨立不遷，豈不可喜兮？」《補注》云：「自此以下，申前義，以明己志。」又，〈卜居〉：「將送往勞來，斯無窮乎？」《補注》云：「上句皆原所從也，下句皆原所去也。」《九歎・潛命》：「三苗之徒以放逐兮，伊皋之倫以充廬。」洪興祖云：「自此以上，皆言皇考之美，自此以下，言今之不然也。」

以上均是直言行文思路者。還有一類則是在對具體文句的闡釋中，將文章前後相關聯的地方結合起來，以揭示它們之間的關係。如〈離騷〉：「蘭芷變而不芳兮，荃蕙化而為茅。」《補注》云：「上云謂幽蘭其不可佩，以幽蘭之別於艾也。謂申椒其不芳，以申椒之別於糞壤也。今曰蘭芷不芳，荃蕙為茅，則更與之俱化矣。」〈離騷〉又云：「靈氛既告余以吉占兮」。《補注》曰：「靈氛告以吉占，百神告以吉故，而此獨曰靈氛者，初疑靈氛之言，複要巫咸，巫咸與百神無異詞，則靈氛之占誠吉矣。然原故未嘗去也，設詞以自寬耳。」與具體的語詞、語句訓解相比，文章中之行文脈絡，語段、文句間之內在關聯，對於讀者閱讀而言，其作用則顯得更為重要。馮氏關注於對此類言辭的收引，更可有力地證明，其所輯匯確為以能否「裨益」於讀者之接受為擇棄標準的。

馮本《章句》所言《補注》有「裨益」者，還包括洪興祖論及《楚辭》對於後世文學所產生影響方面的一些材料。其中有些是論及後世作品中某種語意的表達，可從屈賦中找到參照和依據。如：〈離騷〉：「閨中既以邃遠兮，哲王又不寤。」洪氏云：「懷王不明而曰哲王者，以明望之也。……韓愈《琴操》云：『臣罪當誅兮，天王聖明。』亦此意。」今按，韓愈曾作《琴操》十首，此二句見其五《拘幽操》[6]，文王之於紂事之極，盡道之於其中。此與屈子之於懷王相類，故《補注》有如是之言。又，《九歌・河伯》：「波滔滔兮來迎，魚鱗鱗兮媵予。」《補注》云：「屈原託江海之神送迎己者，言時人遇己之不然也。杜子美詩云：『岸花飛送客，檣燕語留人。』亦此意。」今按，「岸花」、「檣燕」兩句，見杜子美《發潭州》一詩。仇兆鼇評此二句曰：「送客但花飛，留人惟燕語，本屬寥落之感。」[7]二句託物見人，世態炎涼之感充寓其中。馮紹祖

6　韓愈《韓愈全集》，上海：上海古籍出版社1997年版，第104頁。

7　仇兆鼇《杜詩詳注》，北京：中華書局1979年版，第1972頁。

取《補注》之言，可知在他看來，子美此二句之寫法實由〈河伯〉中來。

　　有些則是舉出後人直接取用《楚辭》中語句的例子。如：《九歌・河伯》：「子交手兮東行，送美人兮南浦。」《補注》云：「江淹《別賦》云：『送君南浦，傷如之何。』蓋用此語。」〈天問〉：「何勤子屠母，而死分竟地？」《補注》云：「言坼剖而產，則有之，死分竟地，未必然也。竟地猶言竟天也。唐段成式云：『迸分竟地』。蓋用此語。」今按，此語見段成式《酉陽雜俎》。段氏原文講述的是一則移遷彌勒佛像的奇異故事，文云：「法空初移像時，索大如虎口，數十牛曳之，索斷不動。法空執爐，依法作禮九拜，涕泣發誓。像身忽嚗嚗有聲，迸分竟地，為數十段，不終日移至寺焉。」[8]又，〈遠遊〉：「惟天地之無窮兮，哀人生之長勤。」《補注》云：「此原憂世之詞。唐李翱用其語，作《拜禹言》。」今按，李翱《拜禹言》曰：「惟天地之無窮兮，哀人生之長勤。往者吾弗及兮，來者吾弗聞。已而已而。」[9]由此知《補注》之語不誣。

　　還有一類，是指出後世文學作品之篇題源自《楚辭》的情況。如：《九歌・少司命》：「悲莫悲兮生別離，樂莫樂兮新相知。」洪興祖曰：「《樂府》有《生別離》，出於此。」今按，《樂府詩集・雜曲歌辭》錄梁簡文帝、孟雲卿、白居易作《生別離》各一首[10]。〈招魂〉：「魂兮歸來哀江南」。《補注》云：「庾信《哀江南賦》取此為名。」又，〈招隱士〉：「王孫游兮不歸」。《補注》曰：「樂府有《王孫游》，出於此。」今按，《樂府詩集》收謝朓、王融、崔國輔《王孫游》各一首，並有言云：「《楚辭・招隱士》曰：『王孫游兮不歸，春草生兮萋萋。』《王孫游》蓋出於此。」[11]

　　論及以屈賦為代表的《楚辭》對後世文學所產生的影響，劉勰《文心雕龍》曾作出以下概括：「故才高者菀其鴻裁，中巧者獵其豔辭，吟諷者銜其山川，童蒙者拾其香草。」又云：「雖世漸百齡，辭人九變，而大抵所歸，祖述《楚辭》，靈均餘影，於是乎在。」[12]後人通過學習《楚辭》，皆各取所需，亦各有所獲。《楚辭》作為中國文學的一個重要源頭，可謂衣被後世，非一代也。與劉勰之論相比，上引《補注》所言則更為細緻、具體，也更易使人對此有所把握。馮氏所選，雖不夠全面，但僅

---

[8]　段成式《酉陽雜俎》續集，《影印文淵閣四庫全書》本，上海：上海古籍出版社1987年版。

[9]　李翱《李文公集》，《影印文淵閣四庫全書》本「人生」作「生人」，上海：上海古籍出版社1987年版。

[10]　郭茂倩《樂府詩集》，北京：中華書局1979年版，第1023-1024頁。

[11]　同上。

[12]　王利器《文心雕龍校證》，上海：上海古籍出版社1980年版，第28、272頁。

就讀者於此有一基本瞭解而言，則足可收斑窺之功。

洪興祖對於前世關於屈原及其作品所作的評價，多有辯駁和批評，對此馮紹祖亦有摘引。其中如論及屈賦者，有〈天問〉中一條：馮本〈天問〉：「康回憑怒，地何故以東南傾」眉端，錄《補注》云：「〈離騷〉[13]、〈天問〉多用《山海經》。而劉勰《辨騷》以『康回傾地』、『夷羿弊日』為『譎怪之談』、『異乎經典』。如高宗夢傳[14]說，薑嫄履帝敏之類，皆見於《詩》、《書》，豈誣也哉。」在此，洪興祖對劉勰所論進行駁斥，以證屈子之作並非違忤於經典者。

此類更多的則是論及屈子之為人者。如〈離騷〉：「雖不周於今之人兮，願依彭鹹之遺則。」《補注》云：「屈原死於頃襄之世，當懷王時作〈離騷〉，已云：『願依彭鹹之遺則。』又曰：『吾將從彭咸之所居。』蓋其志先定，非一時忿懟而自沉也。〈反離騷〉曰：『棄由、聃之所珍，摭彭鹹之所遺。』豈知屈子之心哉！」〈離騷〉：「眾女嫉餘之蛾眉兮」。《補注》云：「〈反離騷〉云：『知眾嫮之嫉妒兮，何必揚纍之蛾眉。』此亦班孟堅、顏之推以為露才揚己之意。夫冶容誨淫，目挑心與，孟子所謂『不尤其道』者，而以汙原，何哉！」〈離騷〉又云：「跪敷衽以陳辭兮，耿吾既得此中正。」《補注》曰：「言己所以陳詞於重華者，以吾得中正之道，耿然甚明故也。〈反離騷〉云：『吾馳江潭之汎溢兮，將折衷乎重華；舒中情之煩或兮，重華之不纍與。』余恐重華與沉江而死，不與投閣而生也。」又，馮本〈遠遊〉篇末錄《離騷·後序·補注》中一段。在文中，洪氏對班固、楊雄、顏之推之持論進行了辯駁和強烈地批評。為避文繁，茲僅摘錄其結論如下：「屈子之事，蓋聖賢之變者。使遇孔子，當與三仁同稱。雄未足以與此，班孟堅、顏之推所云，無異妾婦兒童之見。余故具論之。」

圍繞屈原其人其文，自漢代以降曾有過激烈的爭論。揚之者稱其「與日月爭光可也」，毀之者謂之「非法度之政，經義所載」（班固〈離騷序〉）。雙方褒貶任聲，各執一詞。劉勰折衷其詞而論之，以為屈賦「四同」、「四異」於經書。「同」者自不待言，「異」者則因其著眼於屈賦之「奇」、「豔」，而與孟堅、子云所論有了很大的不同。至洪興祖，則上承王逸之說而再申發之，擘肌分理，縷析條分，志在駁孟堅等人所誤偏，複屈子之文歸正宗也。洪氏所論，對於後人藉以窺知這場論爭，並進

---

[13] 「〈離騷〉」，《楚辭補注》為「〈騷經〉」。洪興祖《楚辭補注》，北京：中華書局1983年版，第21頁。

[14] 「傳」，《楚辭補注》為「得」。洪興祖《楚辭補注》，北京：中華書局1983年版，第21頁。

而對屈子、屈賦持以客觀、準確的認識而言，是大有裨益的。故紹祖錄之於其書，揆其旨意，亦當著眼於此。

另外，馮本所錄，如王逸〈離騷章句序〉眉上，洪興祖對於〈離騷〉稱「經」乃後人所加的論斷；〈離騷〉「恐美人之遲暮」眉上，其對於屈賦「美人」意象的概括；〈九章〉篇末，其對於〈離騷〉、〈九章〉特色的揭示；〈漁父〉篇末，其對於〈卜居〉、〈漁父〉「假設問答以寄意」寫作手法的敘說；王逸〈招魂章句序〉眉上，其對於李善〈招魂〉為《小招》說的釋解；以及王逸〈九思章句序〉眉上，其對於〈九思〉注為王延壽所為的推測，等等。諸如此類，皆能發《章句》之所未發，補逸注之所未備。於讀者，則多有開導、啟發之功。

綜上所述，馮紹祖所言「裨益處」者，就其所引洪興祖語而言，主要包括對於語詞、語句及篇章大旨的訓釋，對於文章行文脈絡的論斷，對於《楚辭》影響在後世文學創作中具體體現的說明，以及對於前世評屈者論點的批評與糾正等。內容所涉，有語及屈子之為人者，有論及屈賦及其他《楚辭》作品者。其中有單論一點者，又有專論一篇乃至數篇者。可謂有小有大、亦點亦面、細巨相容、此彼並包。其與王逸《楚辭章句》結合在一起，再加上其他各家的論評之語，簡直就是一部小型的《楚辭》學詞典，可以使研讀者們徜徉於其中，醉心於漁獵。

孫鑛《楚辭》評點及其價值

孫鑛是文學評點史上一位舉足輕重的大家，其一生致力於評點，所涉獵範圍頗廣，留存下來的評點著作亦甚多，對後世文學評點及文學批評產生了極其深遠的影響。對此，錢謙益曾稱：

> 評騭之滋多也，論議之繁興也，自近代始，而尤莫甚於越之孫氏、楚之鍾氏。……世方奉為金科玉條，遞相師述。[1]

關於孫鑛評點著作，《孫月峰先生批評禮記》卷首之《孫月峰先生評書》集中作了列舉，共計四十三種，它們是：《書經》、《詩經》、《禮記》、《周禮》、《左傳》、《國語》、《國策》、《劉向校定戰國策》、《六子》、《韓非子》、《管韓合刻》、《呂覽》、《淮南子》、《史記評林》、《漢書》、《後漢書》、《史漢異同》、《三國志》、《晉書》、《宋元綱鑒》、《文選》、《古文四體》、《選詩》、《李太白詩》、《杜拾遺詩》、《李杜絕句》、《五言絕律》、《七言絕律》、《排律辯體》、《杜律單注》、《杜律虞趙注》、《手錄杜律五七言》、《高岑王孟詩》、《韓昌黎集》、《柳河東集》、《六一集》、《蘇東坡詩集》、《東坡絕句》、《今文選》、《周人輿》、《食飲琢》、《漱瓊瑤》、《會心案》。[2]以上所列，顯然未將其全部評點著作囊括在內，因為其評點《楚辭》即不在此列。另外，孫鑛評點《無能子》、《文子》、《春秋繁露》、《劉子》、《古今翰苑瓊琚》、《排律辨體》、《西廂記》等亦未被列入。[3]因此，孫鑛的評點著作肯定要大於這個數目，而孫鑛在文學評點方面所達到的成就，僅由此亦可得見一斑。儘管如此，目前關於孫鑛評點的研究，還是較為薄弱的。而就其《楚辭》評點來看，則更

---

[1] 錢謙益〈葛瑞調編次諸家文集序〉，《牧齋初學集》卷二十九，《續修四庫全書》第1389冊，第514頁。

[2] 《孫月峰先生批評禮記》六卷，《四庫全書存目叢書》影印明末天益山刻本，經部第150冊，濟南：齊魯書社1997年版，第213-214頁。

[3] 孫鑛評點《無能子》，明刻本，北京國家圖書館藏。孫鑛評點《文子》，明天啟間梁傑刻本，《續修四庫全書》據清華大學圖書館藏本影印。董仲舒撰，孫鑛評點《春秋繁露》，明刻本，上海圖書館藏。劉書撰，孫鑛評點《劉子》，明刻本，上海圖書館藏。楊慎選，孫鑛評點《古今翰苑瓊琚》，明刻本，上海圖書館藏。孫鑛評點《排律辨體》，明天啟五年（1625）刻本，上海圖書館藏。孫鑛評點《西廂記》，明朱墨套印刻本，北京國家圖書館藏。

是尚屬空白，基於此，筆者擬就孫鑛的《楚辭》評點為例，對其生平及評
點活動作相關考察和討論。

一、孫鑛的家世、生平及著述

關於孫鑛生平，《明史》無專傳，僅於〈孫燧傳〉附見之。[4]孫燧，
鑛之祖父，弘治六年（1493）進士，歷官刑部主事、河南右布政使，以才
節善治著稱於時。後以右副都御史職巡撫江西，後宸濠謀反，將其殺害。
《明史》敘及此事時稱：

> 六月乙亥，宸濠生日，宴鎮巡三司。明日，燧及諸大吏入謝，宸濠
> 伏兵左右，大言曰：「孝宗為李廣所誤，抱民間子，我祖宗不血食
> 者十四年。今太后有詔，令我起兵討賊，亦知之乎？」眾相顧愕眙，
> 燧直前曰：「安得此言！請出詔示我。」宸濠曰：「毋多言，我往
> 南京汝當護駕。」燧大怒曰：「汝速死耳。天無二日，吾豈從汝為
> 逆哉！」宸濠怒斥燧，燧益怒，急起，不得出。宸濠入內殿，易戎
> 服出，麾兵縛燧。逵奮曰：「汝曹安得辱天子大臣！」因以身翼蔽
> 燧，賊並縛逵。二人且縛且罵，不絕口，賊擊燧，折左臂，與逵同
> 曳出。逵謂燧曰：「我勸公先發者，知有今日故也。」燧逵同遇害
> 惠民門外。巡按御史王金、布政史梁宸以下，咸稽首呼萬歲。[5]

由此可知燧忠勇之大節。敘燧死後之事，《明史》又稱：

> 燧子堪聞父訃，率兩弟墀、陞赴之，會宸濠已擒，扶柩歸。兄弟廬
> 墓蔬食三年，有芝一莖九葩者數本產墓上。服除，以父死難，更墨
> 衰三年，世稱三孝子。[6]

由此又可見燧子孝義與孫燧家教之一斑。文中「陞」即孫鑛之父。孫陞，
《明史》亦無傳，今核明萬曆間修《紹興府志》，內有〈孫陞傳〉，錄之

4　孫燧，鑛之祖父，字德成，弘治六年（1493）進士，歷官刑部主事、江西副都御使
　　等。《明史・孫燧傳》中關於孫鑛的記載極簡略：「陞子，鑛、鑛皆尚書，鋌侍
　　郎，鏮太僕卿。鑛子，如法主事，如洵參政。並以文章行誼世其家。陞、鋌、鑛、
　　如遊、如法、嘉續，事皆別見。」見張廷玉《明史》第289卷，北京：中華書局
　　1974年版，第7430頁。
5　張廷玉《明史》第289卷，北京：中華書局1974年版，第7429頁。
6　張廷玉《明史》第289卷，北京：中華書局1974年版，第7429頁。

如下：

> 孫陞，字志高，余姚人，忠烈公燧之季子也。忠烈公死宸濠之變，
> 陞時年十九，隨二兄誓死赴讎。會濠已就擒，乃扶柩歸。盧於墓，
> 茹素三年。已而家窶甚，務刻苦自樹，學益冠一時。嘉靖乙未舉進
> 士第二人，官翰林，遷國子祭酒，教先行撿。抑浮競，懸科條執行
> 之，雖親貴開說弗聽。歷禮、吏二部侍郎，終南京禮部尚書，卒贈
> 太子少保，諡文恪。陞為人孝友天植，痛父之死，絕手不書「寧」
> 字，不為人作壽父文。母楊婦人年九十，陞為侍郎，每公退必稱觴
> 盡歡，稍不懌輒長跽不起。事伯兄如父，無巨細必稟命，坐必侍
> 側，終其身不改。性恬淡無所嗜好，一介之微，苟有未安，則曰：
> 「趙清獻必不如是。」一切不問生計，故耷登臘仕而家益貧。尤泊
> 於進取，當分宜專政，陞其門人，乃自吏部乞徙而南，其跡益遠而
> 名益重。平居自讀書考古外，絕不與他曹事，唯以水旱寇賊為生
> 民憂，至形之詩歌以風當事者。其課諸子不專文藝，務以名節相誡
> 勉。為文宗兩漢，詩宗杜氏，所著詩文凡若干卷。[7]

由此知孫陞之為人行事，其篤行忠孝之義，故施教於諸子，則以名節為
重，而平居讀書，置身於詩文，於諸子「文藝」之增進，又無疑有著重要
的影響。《紹興府志》孫鑛參與纂修，孫陞此傳或即為鑛所作亦屬可能，
故文中敘述如此細緻周詳。

關於孫鑛生平，核之史籍，知（明）張弘道輯《皇明三元考》、（明）
林之盛編《皇明應諡名臣備考錄》、（明）過庭訓纂《明分省人物考》、
（明）張岱纂《明越人三不朽圖贊》、（清）徐乾學等撰《徐本明史列
傳》、（清）王鴻緒等撰《明史稿列傳》、（清）朱彝尊等撰《靜志居詩
話》、（清）陳田輯《明詩紀事》、（清）紀昀等撰《四庫全書總目》，
以及《紹興府志》、《余姚縣誌》等，均有相關的記載。今以林之盛《皇
明應諡名臣備考錄》中《孫鑛傳》所出較早，所載亦詳，故轉錄如下：

> 尚書孫鑛字文融，浙江余姚人。萬曆甲戌會試第一，入登二甲進
> 士。先是房考，沈一貫以江陵子嗣文卷勒紅，江陵不悅，鑛出沈
> 門，遷怒及之，遂停館選。授兵部主事，已調禮，轉銓掌考功。
> 先後佐尚書嚴清楊巍精汰外吏，一稟至公，凡以柔媚進者，貶削殆

7　見張元忭、孫鑛纂修《紹興府志》卷41，明萬曆十五年（1587）刻本。

盡。召還鄒元標、趙用賢等，一時名流，盡行起用，天下想望其風采已。遷太常少卿，升僉都佐院。壬辰，協吏尚陸光祖外察，是歲兄鑨代光祖為尚書，鑛引嫌出撫山東。時倭陷朝鮮，即巡歷東萊，為《防海圖說》，諸所條議，備極周詳，奉旨允行。尋升刑部侍郎，改兵部，總督薊遼，經略倭事。會虜犯鎮武堡，督兵邀擊，斬首百餘，擄駱駝九百餘匹，器械以千計。捷聞，進秩右都禦史，蔭子，賜銀幣。會李如松忌南兵，激之噪聚，詳言南兵反，請軍符，鑛倉卒聽之，遂殺南兵數百。兵備嘉禾項德禎亟白其誣，得釋者三千人。時倭情孔亟，本兵石星聽沈惟敬言，主封貢。鑛力陳宜戰不宜和，又作《封貢議》以諷本兵。倭使小西飛來，鑛疏欲留之，毋入部議，與星忤。星念鑛在必難了封事，遂奏鑛不宜遣人入倭營以撓封，有旨回籍待勘。久之，倭內潰桴海去，總督邢玠首敘鑛功，賜幣。乙巳，起掌南院，尋進南兵部尚書，贊機務，加太子少保，予蔭。鑛念留都重地，將惰兵驕，有《京營選鋒》一疏文。妖人劉天緒等流布詭言，鑛聽職方郎張某剿戮，不無蔓及平民者。於是台省嘖嘖煩言，遂乞休歸。鑛清刻自持，取與嚴執法，果臨事，或有偏執，故兩典兵機，皆以誤聽功名損子。昔時歸裡，布袍蔬食，恬然自適，身心檢押，老而彌篤，無子不為立嗣，嘗曰：「釋迦不以羅睺傳，仲尼不藉伯魚永。」其持論如此。卒年七十，所著有《居業編》、《今文選》等行世。[8]

以上所敘意在突顯孫鑛為官之跡，於其「文事」多所疏略，其他諸本所載大致亦如此，唯《余姚縣誌》所載於此稍詳，摘抄如下：

> 鑛既歸，布衣疏食，恬然自得，嘗欲輯五車一笈，謂《易》、《詩》、《書》可云「三墳」；《周禮》、《禮記》、《春秋三傳》可云「五典」；《儀禮》、《管》、《老》、《列》、《莊》、《國語》、《國策》、《楚騷》可云「八索」；《荀》、《韓》、《呂》、《淮南》、《太》、《玄》、《史》、《漢》、《文選》可云「九邱」。歷官自主事迄南大司馬，爛然有聲，而虛懷自下。以孟秋雷士貞為直友，唐鶴徵、趙南星為瓊友，余寅、周宏禴為多聞友。接引後學，無町畦，人稱月峰先生，年七十卒。[9]

---

[8] 林之盛編《皇明應諡名臣備考錄》，《明代傳記叢刊》第57冊，臺北：明文書局1991年版，第323-325頁。

[9] 周炳麟、邵友濂、孫德祖撰《余姚縣誌》卷23，光緒25年（1899）刻本。

以上「三墳」、「五典」、「八索」、「九邱」之類，孫鑛多有涉獵，並作有評點。另核之歷代書目，知其還有《紹興府志》五十卷、《書畫跋跋》三卷、《續書畫跋跋》三卷、《翰苑瓊琚》十二卷、《食飲錄》二卷、《居業編》四卷、《居業次編》五卷、《今文選》十二卷、《排律辨體》十卷等。[10]

二、孫鑛《楚辭》評點及其於明代之流變

關於孫鑛的評點活動及成就，相關文獻中少有記載，筆者僅見張岱《明越人三不朽圖贊》對此有所論及。其文云：

> 孫月峰鑛，余姚人，精於舉業，博學多聞，其所評騭經史子集，俱首尾詳評，工書媚點，仿司馬光寫《資治通鑒》，無一字潦草。[11]

這裡張岱評述孫鑛，專門就評點討論，可見在他看來，孫鑛在「文事」修養方面的最高成就，也就是對於經史子集所作的評點了。如前所述，《孫月峰先生批評禮記》卷首所列孫鑛評點過的書目，計有四十三種，其所涉範圍，遍及經史子集，這也恰可與張岱所言「其所評騭經史子集」者相印證。但值得注意的是，孫鑛評點《楚辭》卻不見於此書目。另外，在記載國內收藏的專門書目中，我們也找不到關於孫鑛《楚辭》評點的相關著錄。儘管如此，孫鑛曾經評點過《楚辭》的事實卻是不容置疑的。據嚴紹璗《日藏漢籍善本書錄》記載，日本關西大學附屬圖書館泊園文庫藏有孫月峰先生批點《楚辭評注釋》八卷[12]，內閣文庫、尊經閣文庫藏有孫鑛編《廣離騷》[13]一種。這對於孫鑛曾經研究、評點《楚辭》而言，可謂提供了直接證據。

孫鑛批點《楚辭評注釋》，嚴紹璗先生僅著錄為明刊本，故該本的具體刊刻時間不詳。在《楚辭》評點諸本中，最先收錄孫鑛評點的是閔齊伋校刊套印本《楚辭》，就其來源而言，該本所載，當是由孫鑛處得來。筆

---

[10] 參《明史‧藝文志》、《千頃堂書目》、《四庫全書總目》、《余姚縣誌‧藝文志》等。

[11] 張岱《明越人三不朽圖贊》，《明代傳記叢刊》第149冊，臺北：明文書局1991年版，第728頁。

[12] 該本為朱熹集注、孫鑛評點，凡四冊，系原江戶時代藤畡澤東三世四代泊園書院舊藏。見嚴紹璗《日藏漢籍善本書錄》，北京：中華書局2007年版，第1391頁。

[13] 孫鑛編《廣離騷》，不分卷，凡一冊。內閣文庫藏本，原系楓山官庫等舊藏。見嚴紹璗《日藏漢籍善本書錄》，北京：中華書局2007年版，第1393頁。

者之所以這樣認為，是因為除《楚辭》之外，閔齊伋還刊有孫鑛批點《春秋左傳》十五卷，在該本所載「凡例」中，閔氏對於孫鑛評點的來源作了說明：

> 《左傳》一書，膾炙千古，無容贅矣，但從來評騭率多虛稱，而其中頭緒貫穿之妙，及立意、攄辭、命句、拈字，情態萬出，未有能纖細曲折究其神者，至其瑕瑜不相掩處，尤概置不較。大司馬孫月峰先生研幾所隱，句字不漏，其所指摘處，更無不透入淵微，豈唯後學之指南，即起盲史而面證之，當亦有心契者。家翁次兄為水部留都時，遂得手受於先生，不敢自秘，用以公之同好。[14]

文中「家翁次兄」，指的是閔夢得。閔夢得，字翁次，號昭余，萬曆戊戌年（1598）進士，主南屯，後累官至兵部尚書[15]。由上文可知，孫鑛批點《春秋左傳》，是閔夢得與孫鑛同朝共事時，從其手中得來的。並且在閔氏家族所刊刻的評點本中，由孫鑛處得來者亦非僅此一種，還有孫鑛評點《文選》。孫鑛評點《文選》三十卷，閔齊華刊，該書「凡例」稱：「仲兄翁次，宦游南都，先生手授焉。」[16]由此來看，閔夢得與孫鑛交善，這使其具有了能夠獲得孫氏評點的便利條件，而將時之名家孫鑛評點刊刻行世，這對於擴大閔氏刻本之銷路，則無疑有重要的推動作用；從另一個方面來講，閔氏作為掌握成熟多色套印技術，且在當時有著巨大影響的書籍刊刻家族，[17]孫鑛評點尤其刊行，這對於擴大孫鑛的影響力，奠定其在文學評點方面的地位而言，也同樣能夠起到重要的作用。因此，閔氏刻本中的孫鑛評點，實際上就是在這種雙贏的良性循環中得以實現的。從這個角度上講，儘管閔齊伋校刊《楚辭》時沒有交代其中所載孫鑛評點的來源，但由此來看，我們還是有理由相信其亦應是由孫鑛處得來的。另就該本所載評點來看，其中僅有孫鑛批語是以朱色刊之，其中特加標顯之意不言自明，這似乎也在一定程度上向我們提供了某種暗示。

---

[14] 孫鑛批點《春秋左傳》十五卷，明萬曆四十四年（1616）閔齊伋刻朱墨套印本。

[15] 參閱寶梁《晟舍鎮志》，《中國地方誌集成》鄉鎮志專輯影印清抄本。

[16] 孫鑛評點，閔齊華刊《文選》，明末刻本。

[17] 閔氏是明代影響甚大的書籍刊刻家族，尤其是對於多色套印本而言，在明人眼裡，套印技術就是由閔氏族人創造出來的，如凌啟康刻朱墨藍三色套印本《蘇長公合作》之「凡例」稱：「朱評之鐫，創之閔遇五。」陳繼儒亦稱：「閔氏三變而為朱評，吳興朱評錯出，無問貧富好醜，垂涎購之。」在閔氏宗族中，先後有閔繩初、閔齊華、閔振業、閔於忱等十餘人參與到書籍刊刻事業中來，由於影響較大，從而使得其居住地浙江湖州成為明代套印刻本的重地。

　　閔齊伋校刊本《楚辭》刻於明萬曆四十八年（1620），自該本收錄孫
鑛評點之後，天啟以後問世的重要《楚辭》評點本，也都陸續收載了孫鑛
評語。其中如陸時雍《楚辭疏》是天啟間問世的第一個《楚辭》評點本，
由於校刻精良，所錄評語持論精闢，該本對於後世產生了很大影響。在
該本卷首「楚辭姓氏」之「評」家中，陸時雍將孫鑛列為第一位，其餘
則皆是陸氏的友朋和弟子。同時，該本又有「楚辭雜論」一卷，其中收
錄了葉盛、王世貞、陳深、周拱辰等九人評語，但在「評」家姓氏中，陸
時雍對此數家卻均未予以單獨列出，由此我們可看出陸氏對於孫鑛評語的
重視。陸時雍《楚辭疏》之後，對後世產生重要影響的又一《楚辭》評點
本，是蔣之翹評校《楚辭集註》。就該本所載來看，蔣氏對於閔齊伋本中
的孫鑛評語，基本上全部收錄，在輯選諸家評語的過程中，之翹儘管對於
前世《楚辭》評點諸本有著較多的承襲，但這種集中轉錄一家評語的現象
還是較為少見的，他對於孫鑛評語的這種重視，也使我們從側面得以瞭解
孫鑛評點在當時所產生的巨大影響。經過閔、陸、蔣三本的輯選，孫鑛評
語就較為完備了，而之後再問世的《楚辭》評點本如沈雲翔《楚辭集注評
林》、潘三槐《屈子》等，就其中所錄孫鑛評語而言，則均是因襲，而再
無超出此前所收錄範圍者。

三、孫鑛《楚辭》評點及其價值

　　以上諸評點本，所收錄的孫鑛評語有近七十條，就其內容來看，可大
致分為兩個方面：一是對《楚辭》文句進行校讎和釋解；再是文學品評性
話語。

　　先看前者。其中多數都是孫鑛從前世《楚辭》注本中摘取出來的。在
明代萬曆年間問世的《楚辭》評點本中，刊刻者從前世《楚辭》注本擇取
相關內容的做法較為普遍，這可以萬曆十四年（1586）馮紹祖校刊《楚辭
章句》為代表。該本以王逸《楚辭章句》為底本，但馮氏又選取了他認為
洪興祖《楚辭補注》、朱熹《楚辭集注》中有價值的部分，這種做法對後
出的《楚辭》評點本影響較大。而孫鑛的做法與之又有不同，他雖仍有取
於相關的《楚辭》注本，但著眼點則放在了其中的校讎內容上，多留意於
涉及《楚辭》相關文句的異文及分章情況。或許是孫鑛在閱讀、批點《楚
辭》的同時，也參考了相關的《楚辭》注本，並將其中關涉文本閱讀的校
讎內容進行了擇取，而隨手批於眉端。他這樣做的目的，是在為相關文句
的讀解提供必要的參考依據。此類內容如〈離騷〉「曰黃昏以為期兮，
羌中道而改路」句眉批云：「『黃昏』二句一本無，洪云：王逸不注，

而後章始釋『羌』義，疑此蓋後人所增也。」[18]〈天問〉「洪泉極深，何以填之」句眉批：「『泉』當作『淵』，唐本避諱改。」《九章‧抽思》「何毒藥之蹇蹇兮，願蓀美之可完」句眉批：「『何毒藥』，一作『何獨樂斯』。」〈九辯〉「何汜濫之浮雲兮，猋壅蔽此明月」句眉批：「自此至『暗漠而無光』，專言壅蔽之禍，而舊本誤分『荷禂』以下為別章，今宜正之。」〈大招〉「魂乎歸來，無東無西無南無北只」句眉批：「一本『魂乎歸來，無東西而南北只』。」」以上俱見於朱熹《楚辭集注》，而孫鑛未標明出處。

　　還有一些他則明確說明了來源。如《九章‧惜誦》「所作忠而言之兮，指蒼天以為證」句眉批：「『作』或作『非』，朱注本亦從『非』，作『作』字便成拙句。」《九章‧哀郢》「心不怡之長久兮，憂與愁其相接」句眉批：「『愁』本或作『憂』，朱云：『憂憂相接，首尾如一』，是也。」《九章‧抽思》「與美人抽怨兮，並日夜而無正」句眉批：「朱謂篇名『抽思』者，取少歌首句二字為名。王解『為君陳道拔恨』，則舊本相傳誤作『怨』耳。」〈九辯〉「霜露慘悽而交下兮，心尚幸其弗濟」句眉批：「朱云：舊本此章誤分竊美申包胥以下為別章，並誤以『同』字為『固』字，既斷語脈，又不葉韻，又使章數增減不定，今皆正之。」由此來看，孫鑛對於這部分內容的擇取，主要是以朱熹《楚辭集注》為依據的。

　　除此之外，孫鑛評點中也有少量對於《楚辭》文句進行釋解者。其中有的是對前世舊注進行評價，如〈天問〉「薄暮雷電，歸何憂」句眉批：「《補注》：『薄暮喻將老，雷電喻君怒』，似得文情。」又如〈漁父〉「突梯滑稽，如脂如韋」句批曰：「《史記‧滑稽傳》《索隱》曰：『滑，亂也。稽，同也。言辯捷之人言非若是，言是若非，能亂異同也。』揚雄《酒賦》：『鴟夷滑稽。』顏師古曰：『滑稽，圓轉縱舍無窮之狀。』此詞所用二字之義當以顏說為正。」有的是對舊注進行糾正，所謂舊注，主要是指王逸的《楚辭章句》。如《九章‧思美人》「車既覆而馬顛兮，蹇獨懷此異路。勒騏驥而更駕兮，造父為我操之」句眉批：「『車覆馬顛而更駕』，以自況，非謂君也。」今按，「謂君」說見王逸《楚辭章句》，文云：「君國傾側，任小人也。車以喻君，馬以喻臣。言車覆者，君國危也；馬顛僕者，所任非人也。」[19]孫鑛以為「車覆馬顛」是屈原對於自身遭逢際遇的描述，故對逸注進行糾正。又如，王逸以為

18　見閔齊伋校刊套印本《楚辭》，明萬曆四十八年（1620）刻本。以下所引，皆見此本，不再逐一標注。

19　洪興祖撰，白化文等點校《楚辭補注》，北京：中華書局2002年版，第147頁。

〈大招〉是招屈原之魂，對此孫鑛則有不同意見，他從前世文獻記載出發，指出招魂之禮亦可施於生人，其文云：「招魂之禮，不專為人死設。如杜子美《彭衙行》：『暖湯濯我足，剪紙招我魂。』蓋當時陝間風俗，道路勞苦之餘，則皆為此禮，以祓除而慰安之。」再如〈惜誓〉篇，孫鑛對於王逸小序的說法亦不以為然，並提出質疑：「知幾其神，此篇本旨惜傷身之無功，所謂惜誓也，是亦反騷之意。王逸乃謂『刺懷王有始無終』，吾不解其所以。」

除以上數例之外，其餘則均為孫鑛所作釋解之語，此類如〈天問〉「荊勳作師，夫何長」句眉批：

> 以上總是說天地間多不可解之事，似俱是興起語。此下乃是正意，言君欲邀福上帝，但當自奉其威嚴，厥嚴不奉，而作師長，先吳光可鑒也。「爰出子文」，亦只是天道不測之意。楚人謂未成君而死曰「堵敖」，以比懷王也。

《九章‧悲回風》「孤子吟而抆淚兮，放子出而不還」句眉批：「『孤子』自喻，『放子』喻君。」[20]以上都是語及《楚辭》相關文句文意，還有一處則是專門就音韻來論的，見〈九辯〉「泬寥兮天高而氣清」句眉上，文云：「『氣清』之『清』，古本作『靜』，當是，口平音而遂訛作『清』耳，不應兩句疊用『清』韻也，一作平。」

以上就是孫鑛評點中與《楚辭》舊注相關，以及對《楚辭》所作訓解的具體內容。雖然它們數量不是太多，並且其中有的也有助於讀者閱讀，但由於其存在，則使得孫鑛評點與萬曆時期其他評家的評點一樣，亦帶上了某些「注」的色彩。之所以會出現這種現象，是因為在時人看來，這些內容就是在評點所可以包含的範圍之內的。如在萬曆四十四年（1616）問世的《二十九子品匯釋評》卷首「評品凡例」中，輯刊者就將「闡秘奧之深遠」與「訂刊刻之謬訛」，也作為「評品」的具體內容予以羅列。儘管如此，真正能代表孫鑛成就的，終究還是他所作的文學性品評話語，就《楚辭》文學評點而言，這也是我們應該著力把握和探討的內容。

由於孫鑛評點在當時影響較大，後世也就多有關注者，其中四庫館臣甚至將其作為典型來加以列舉。如《四庫全書總目‧批點檀弓》稱：「書

---

[20] 此條孫鑛亦似就《楚辭章句》而言。「孤子」、「放子」，王逸皆以為屈原自指，如注「孤子吟而抆淚兮」句云：「自哀煢獨，心悲愁也。」注「放子出而不還」句云：「遠離父母，無依歸也。屈原傷己無安樂之志，而有孤放之悲也。」見洪興祖撰，白化文等點校《楚辭補注》，北京：中華書局2002年版，第158頁。

中圈點甚密，而評則但標『章法』、『句法』等字，似孫鑛等評書之法，不類宋人體例。」[21]《四庫全書總目・孫月峰評經》又稱：「鑛乃竟用評閱時文之式，一一標舉其字句之法。」[22]在四庫館臣看來，孫鑛評點的主要特徵就是多側重於標舉用字之法。誠然，孫鑛評點中多有關於字句章法的表述，但這僅是其中的一個方面，並且此類多較為簡單，大致以數字對象關語句進行闡說，如「佳句」、「重句」、「倒句」之類，故以此為代表來概括孫鑛評點是值得商榷的，這不僅無法準確反映孫鑛評點的基本內容，而且也在很大程度上遮蔽了孫鑛評點所達到的真實的藝術水準。為了扭轉這種認識，對於孫鑛評點作全面觀照和研究，就顯得極為必要了。如以其《楚辭》評點為例來看，其所論述的角度是較為廣泛的，且其中多有持論精闢之例。

如前所述，孫鑛對於文章的品評，多著眼於其中的字句之法來討論，這一點在其《楚辭》評點中也有體現。在這方面，孫鑛多是在眉端對《楚辭》所使用的特殊文句及用語特色進行標舉和說明。如〈離騷〉，孫鑛以「茍余情其信姱以練要兮」為「長句」，以「不吾知其亦已兮」為「倒句」，以「紛總總其離合兮」為「重句」；再如〈九章〉，孫鑛以「曾不知夏之為丘兮，孰兩東門之可蕪」為「警句」，以「固切人之不媚兮」為「煉句」，以「眴兮杳杳，孔靜幽默」為「隋句」等，皆為此類。另外，又如〈離騷〉「恐高辛之先我」句眉批：「『恐高辛之先我』、『及少康之未家』，意妙絕而語似遙對。」《九歌・山鬼》「若有人兮山之阿」句眉批：「起語脫灑。」《九章・哀郢》「過夏首而西浮兮，顧龍門而不見」句眉批：「淡語深情。」〈九懷〉「覽杳杳兮世惟」句眉批：「『杳杳兮世惟』，猶云滔滔者天下皆是也，是歇後句。」

為了便於讀者閱讀和理解，孫鑛對於屈子的行文線索也較為關注，多以旁批作簡要說明。由於〈離騷〉、〈天問〉兩篇較難讀解，故這一點又主要集中於這兩篇。如以〈離騷〉為例，在「昔三後之純粹兮」句旁，孫鑛批曰：「徵古。」「惟黨人之偷樂兮」句旁，批曰：「刺世。」「固知謇謇之為患兮」句旁，批曰：「自誓。」「初既與余成言兮」句旁，批曰：「傷君。」「余既滋蘭之九畹兮」句旁，批曰：「自喻。」「悔相道之不察兮」句旁，批曰：「反初服。」「忽反顧以遊目兮」句旁，批曰：「觀四方。」「命靈氛為余占之」句旁，批曰：「靈氛占。」「余以蘭為可恃兮」句旁，批曰：「刺椒蘭。」又如〈天問〉，孫鑛對於屈原所問之

21 紀昀等《欽定四庫全書總目》，北京：中華書局1997年版，第302頁。
22 紀昀等《欽定四庫全書總目》，北京：中華書局1997年版，第444頁。

始終逐一作了揭示：如在文首「曰遂古之初」句旁，他批曰：「古初二十六問。」「不任汩鴻，師何尚之」句旁，批曰：「鯀禹治水十二問。」「康回憑怒」句旁，批曰：「搜神二十九問。」「禹之力獻功，降省下土四方」句旁，批曰：「禹娶塗山二問。」「白蜺嬰茀」句旁，批曰：「王子喬三問。」「登立為帝」句旁，批曰：「伏羲、女媧二問。」「何憑弓挾矢」句旁，批曰：「殷周之際十問。」如此之類還有不少，茲不煩引。

除〈離騷〉、〈天問〉兩篇之外，在他篇中孫鑛敘及行文脈絡的材料也有幾例。如〈惜誦〉「背膺判合以交痛兮，心鬱結而紆軫」句眉上，孫鑛批云：「總收上三『欲』。」又如〈招魂〉，孫鑛分別以「東」、「南」、「西」、「北」、「下」，與文中相關文句相對應，在「工祝招君，背行先些」句眉上，他又批曰：「以下言故居之當反。」

以上就是孫鑛對於屈賦行文線索進行說明的具體內容，以此為參照對以上篇目進行閱讀，無疑能起到較大的助益作用。

在孫鑛《楚辭》評點中，最能代表其成就者，則是關於屈賦藝術特色的揭示。此類評語較多，內容也最為精采。其中有的僅以二三字就能將相關文句所具有的藝術效果揭示無遺，如以《九章·抽思》「焉洋洋而為客」為「黯然」，以〈九辯〉「竊悲夫蕙華之曾敷兮」數句為「飄灑」，以「卻騏驥而不乘兮」數句為「流動」，以〈九懷〉「林不容兮鳴蜩，余何留兮中州」為「微有致」，以〈九歎〉「譬彼流水紛揚磕兮」數句為「略有境」等。但多數情況下，孫鑛這一類的評語還是較為詳細的。其中有的是對屈賦中的藝術手法進行說明，如〈離騷〉「雜申椒與菌桂兮，豈維紉夫蕙茞」句眉上，孫鑛批云：

> 構法全亂，不可謂似亂非亂，然別是一格調。中間突然陡說處，了不具原委，只是難苦氣人。東說兩句，西說兩句，只道自己心事，不管人省不省。然卻是真切語，不必盡，而實無不盡。

又如，〈卜居〉「吾寧悃悃欸欸樸以忠乎」句眉上，孫鑛批云：

> 雖設為質疑，然卻是譽己嗤眾，以明決不可為，彼意細玩，造語自見。

再如，〈招魂〉「得人肉而祀，以其骨為醢些」句眉上，孫鑛批曰：

> 故為怪事怪語，然要必有所本，非鑿空臆造者，觀北方說冰雪可見。

　　有些是對相關文段或文句所蘊含的的情感及其藝術特色進行揭示。如
《九章・思美人》「重華不可遌兮，孰知余之從容」句眉上，孫鑛批曰：
「思之不得，轉而為怨，怨之不已，轉而自解，最是懊恨處。」〈大招〉
「魂兮歸來，正始昆只」句眉上，孫鑛批云：「極醇極正，卻不迂腐，謂
是宋人一派，未然。」「執弓挾矢，揖辭讓只」句眉上，孫鑛又批云：
「曲中之奏大射，『揖讓』尤奇絕。」

　　但多數情況下，則是孫鑛對於屈賦諸篇整體藝術特色的概括與評說，
此類內容較精采，特轉錄如下：如孫鑛評〈離騷〉云：「前世未聞，後
人莫繼，互古奇作也。劉勰曰：『不有屈原，豈見〈離騷〉。』信哉！」
評〈九歌〉云：「〈九歌〉句法稍碎，而特奇陗，在《楚騷》中最為精
潔。」評〈天問〉文首眉批云：「或長言，或短言，或錯綜，或對偶，或
一事而累累反覆，或聯數事而鎔成片語，或陗險，或淡宕，或佶倔，或流
麗，章法、句法、字法，無所不奇，可謂極文之態。」評〈九章〉云：
「是〈離騷〉餘韻，而微較清澈。」評〈遠遊〉云：「鋪敘間整，過續分
明，後來作賦之祖也。但其蹊徑近方，令步武者易襲耳。」評〈九辯〉
云：「攢簇景物景事，句句警策，一層逼一層，音調最悲切，骨氣最遒
緊，真是奇絕。以下諸篇，莫能及也。」又云：「《騷》至宋大夫乃快，
其語最醒而俊。」評〈招魂〉云：「構格奇，撰語麗，備談怪說，瑣陳縷
述，務窮其變態，自是天地間一種環瑋文字，前無古，後無今。」評〈大
招〉云：「光豔不如〈小招〉，而骨力過之，昭明取彼舍此，何也。」評
〈惜誓〉云：「光芒四射，不可迫觀，自是洛陽年少。然屈宋遺蹤，為之
一變矣。」又云：「賈生暢達用世之才，故其文如〈惜誓〉、〈鵬鳥〉、
〈吊屈原〉諸賦，皆自成一家，不襲屈宋也，唯其不襲，是以似之。」評
〈招隱士〉云：「全是急節，略無和緩意，然造語特精陗，咄咄敲金擊
石。」

　　由此我們可以看出，對於屈宋之作，孫鑛是持極力褒譽之詞的。對於
賈誼與淮南小山，他雖然指出其有變於「屈宋遺蹤」的事實，但總體上
對其才情及用語特色還是進行了充分肯定。但是自此以下，對於東方朔
等人類比屈賦的作品，孫鑛則多持貶抑之詞，並對其模影而棄神的行為
進行批評。其中如評〈七諫〉云：「此後來擬和之始也，亦往往有佳句，
昔人比之無病而呻吟，情有不存耳。」又云：「西京本色，自不減三楚精
神，效邯鄲而失故步，殷鑒不可不慎。」評〈哀時命〉云：「迎之無首，
隨之無尾，纏綿反覆，亦自具章法，唐以後人不能及，惜其調入窠臼，不
能脫穎出也。」評〈九懷〉云：「意平無味，語平無色。」又作申述云：
「〈諫〉、〈懷〉、〈歎〉、〈思〉，可論工拙於句字間耳。如王子淵

者，乃不足以當唐宋之中駟，其負文名於當時，何耶？」又評〈九歎〉云：「騁詞有之，曜德則未也。」東方朔等人僅汲汲於文辭之工拙，瑣瑣不已，而於屈賦之神韻卻了無可得，在孫鑛看來，此數人之作也就無大觀覽處。有鑑於此，他對於朱熹刪改《楚辭》的做法，則深為贊同，為此還進一步作闡述云：

> 古文之必傳者，如云蒸霞蔚，石皺波紋，極平常，極變幻，卻自然天成，不可模仿。若可仿者，定非至文，賈生、小山，得《騷》之意而自出機杼者也；以後仿之愈似，去之愈遠。紫陽作《楚辭集注》，芟去〈諫〉、〈懷〉、〈歎〉、〈思〉四篇極是。[23]

以上就是孫鑛《楚辭》評點的主要內容。此外，還有少量孫鑛關於屈原文學成就、屈賦對後世作家影響的評說，亦頗為可觀。其中如孫鑛讚譽屈子云：「自古文章家不掩其情質者，屈子一人而已。」論及屈賦對於後世文學創作之影響者，如《九歌·湘夫人》「嫋嫋兮秋風，洞庭波兮木葉下」句眉上，孫鑛批云：「〈月賦〉得此二句，一篇增色，可見《楚騷》寫景之妙。」[24]又如〈禮魂〉「春蘭兮秋菊，長無絕兮終古」句眉上，孫鑛批云：「江文通『春草暮兮秋風驚』數語，從此脫去，而反其意，亦自悽絕。」再如〈招魂〉「秦篝齊縷鄭綿絡些，招具該備永嘯呼些」句眉上，孫鑛批云：「此乃七言歌行之祖，〈柏梁〉非倡始也。」「冬有突夏，夏室寒些」句眉上，孫鑛又批云：「枚乘〈七發〉，亦從此變化。」

總之，孫鑛《楚辭》評點所論範圍是較為廣泛的，非四庫館臣所言「字句之法」者可限圍。且其中最能代表孫鑛評點特色者，也並非這些關於「字句之法」的描述，而是對於屈賦藝術特色進行揭示的評說性話語。這些評語多持論有據，論述精審，從整個《楚辭》評點史乃至文學批評史而言，其價值也是不容忽視的。

---

[23] 另外，孫鑛還摘錄了朱熹對於此四篇的意見，置於《九思》文首眉端，文云：「朱紫陽云：『〈七諫〉、〈九懷〉、〈九歎〉、〈九思〉，雖為《騷》體，然其辭氣平緩，意不深切，如無所疾痛，而強為呻吟者。〈諫〉、〈歎〉或粗有可觀，兩王則卑已甚矣。故雖附書尾，而人莫之讀，今亦不復以累篇帙也。』」朱熹此語原文，見《楚辭集注》之《楚辭辨證·上》，上海：上海古籍出版社1979年版，第172頁。

[24] 此條蔣之翹評校《楚辭集註》亦錄，與此小異，作：「〈月賦〉得『洞庭』一句，遂令一篇增色。可見《楚辭》寫景之妙。」清代錢陸璨批點《楚辭》亦襲此條，作：「〈月賦〉：『洞庭始波，木葉微脫。』二語一篇生色，然本此，可見《楚騷》寫景之妙。然希逸收作八字，此可悟古人脫化、融鑄之妙。」蔣之翹評校《楚辭集註》，明天啟六年（1626）刻本。錢陸璨批點《楚辭》，底本為明萬曆十四年（1586）俞初刻《楚辭章句》，現藏復旦大學圖書館。

關於《諸子匯函》所收《楚辭》作品的評點問題

　　《諸子匯函》二十六卷，題「崑山歸有光熙甫蒐輯，長洲文震孟文起參訂」[1]。據文震孟《諸子匯函序》「天啟乙丑冬日藥園逸史文震孟題」云云，知該書刊于明天啟五年（1625）。該書扉頁題「合諸名家批點《諸子匯函》」，又有「識語」云：「太僕歸震川先生，精研《老》、《莊》，沉酣子集，手輯玄晏，有功來學。文太史特為標顯，先梓《老》、《莊》，踵刻諸子，名曰《匯函》，堪開玄悟之津梁，明文□之旨次。」

　　該書自先秦迄明代，雜選歷代眾家，目之為「子」，又錄其文匯為一秩，謂之「匯函」。「諸子」文中，選輯者皆摘選各家評語，或置之眉端，或錄之文後，又有圈點抹劃之類。《諸子匯函》「凡例」云：「先哲評論子集者，具有卓識，悉□載首末。其圈點抹劃，則太僕先生（指歸有光）玄心獨造，未嘗有成跡也。」「諸子」之中，屈、宋亦與其列，為「玉虛子」、「鹿溪子」。其中《玉虛子》包括〈天問〉、〈惜誦〉、〈涉江〉、〈哀郢〉、〈抽思〉、〈懷沙〉、〈思美人〉、〈惜往日〉、〈橘頌〉、〈悲回風〉、〈卜居〉等11篇。《鹿溪子》包括〈九辯〉和〈對楚王問〉兩篇。本文擬對其中所屬《楚辭》作品涉及的有關評點問題作必要的探討和分析。

一、《諸子匯函》所收《楚辭》作品的評點形式

　　《諸子匯函》各名號之下，有選輯者所作題注，對「諸子」進行簡要的釋解。如稱屈原為「玉虛子」，題注云：「楚歸州有玉虛洞，可容千人，石壁異文成龍虎草木之狀。平嘗讀書於此，故名。」由此知「玉虛」之義如此。稱宋玉為「鹿溪子」，選輯者卻未對此名號之由來作解，不知其所據為何。

　　《諸子匯函》輯錄各家評語，主要採用了以下三種形式：

　　其一，於卷首設「《諸子匯函》談藪」一目，以目錄中所列「諸子」順序依次收錄相關評語，對其進行總體性的評價。這實際上類似于文學評

---

[1]　本文所引《諸子匯函》，皆採用復旦大學圖書館所藏明天啟五年（1625）刻本，餘不一一注明。

點刻本中通常設有的卷首「總評」部分。「玉虛子」題下，該本引《宋書·謝靈運傳論》中一段云：「沈約曰：『周室既衰，風流彌著，屈平、宋玉導清源于前，賈誼、相如振芳塵於後。蓋英辭潤金石，高義薄雲天者也。』」[2]沈約語後，又有馮覲語一段：「馮覲曰：『〈離騷〉斷如複斷，亂如複亂，而綿邈曲折，又未嘗斷，未嘗亂也。諸篇皆然。』」[3]「鹿溪子」題下，有黃汝亨〈楚辭序〉中語云：「宋玉而下，有其才而非其情，賈誼有其情而非其才。」[4]

其二，雜引各家言辭置於正文眉間，對文中相關語句進行具體的評說和釋解，這是《諸子匯函》中論評語存在的主要形式。自〈天問〉至〈九辯〉，其中錄為眉語者，依《諸子匯函》所列先後，共有楊升庵、王鳳洲、宋潛溪、楊南峰、洪實夫、李于麟、陶主敬、彭可齋、康礪峰、岳季方、陳白沙、王夢澤、汪南溟、廖明河、鄒東郭、陸貞山、王渼陂、王陽谷、張方洲、莊定山、蔡虛齋、崔後渠、諸理齋、吳瓠庵、羅整庵、康對山、徐廷岳、方希古、解大紳、胡雅齋、張玄超、林尚默、樓迂齋、袁元峰、高中玄、馮琢庵、王陽明、羅近溪、宗方城、唐荊川、李卓吾、余同麓、穆少春、胡柏泉、邵國賢、馮開之、秦華峰、羅一峰、何啟圖、李空峒、李見羅、徐匡岳、楊碧川、陳克庵、許子春、彭彥實、洪景廬、顧東江、陳明卿、魏莊渠、李石麓、沈君典、沈霓川、孫季泉、李西匡、羅念庵、陶蘭亭、王槐野等68人[5]。

關於這一點，需要說明的是，《諸子匯函》卷首設有「諸子評林姓氏」一欄，以朝代為序對該書所引評家之字型大小、官爵、著述、經歷等情況進行簡要介紹。但筆者將上列諸人與之核對後發現，其中宋潛溪、陸

---

[2] 核《宋書》原文，上引「蓋英辭潤金石，高義薄雲天者也」句無「蓋」、「也」二字。見沈約《宋書》卷67，北京：中華書局1974年版，第1778頁。

[3] 馮覲此段語，原見於明萬曆十四年（1586）馮紹祖校刊《楚辭章句》，該本此處所錄與原文有出入，系節取原文而成。馮覲原文作：「〈離騷經〉斷如複斷，亂如複亂，而綿邈曲折，讀者莫得尋其聲，而繹其緒，又未嘗斷，未嘗亂也。至其才情濃發，則龍矯鴻逸；志意悱惻，則啼猩嘯鬼，濃至慘黷，並臻其妙。蓋由獨創，自異規仿耳。」馮覲，明浙江海寧人，字晉叔，號小海，嘉靖二十三年（1544）進士，官至廣東按察副使。著有《小海存稿》等。

[4] 黃汝亨此語見於其為馮紹祖校刊《楚辭章句》所作的〈楚辭序〉中。黃汝亨，明末著名文學家，字貞父，號泊玄居士、寓林居士。萬曆二十六年（1598）進士，授進賢知縣，官至江西布政司參議。有《寓林集》等傳於世。

[5] 其中「鄒東郭」、「王渼陂」、「張玄超」、「宗方城」、「余同麓」、「邵國賢」、「許子春」、「李石麓」等人，姜亮夫先生《楚辭書目五種》分別作：「鄒東軒」、「王深陂」、「張立超」、「宗方誠」、「余向麓」、「邵國寶」、「許少春」、「李石庵」。又，其中「何啟圖」、「李空峒」二人，《楚辭書目五種》無。詳見《楚辭書目五種》，上海：中華書局上海編輯所1961年版，第314頁。

貞山、崔後渠、馮開之、彭彥實、陳明卿、李石麓、沈霓川等人，均不見於「諸子評林姓氏」之列。由此則可見此本校核缺漏之一斑。

其三，於每篇（章）之後，多錄一二家之言以為篇（章）總評。其中所引評家，除方初庵（見〈九辯〉）一人外，餘皆不出眉批者之列。

這種集卷首總評（「《諸子匯函》談藪」）、眉批、篇（章）評等形式要素為一體的評點結構格局，在明清時期各文學評點本中是頗為常見的。僅就《楚辭》而言，如早在萬曆十四年（1586）問世的馮紹祖校刊《楚辭章句》中，我們就已經能夠見到卷首總評、眉批、旁批及卷（篇）末總評並存一體的結構。而後於《諸子匯函》的蔣之翹評校《楚辭集注》與沈雲翔《楚辭集注評林》諸本，亦是採用的這種評點格局形式。這種亦點亦面、巨細相容、此彼並包的立體式關注格局，能為讀者的閱讀提供很大的助益和方便。

二、《諸子匯函》所收《楚辭》作品的評點內容

《諸子匯函》共收錄有關《楚辭》作品的評語計144條。就其大要而言，有以下三個方面值得我們注意：

（一）**偽託之例的大量存在**。筆者將書中所錄評語摸查核對後發現，其中多有偽託之例。其偽託之跡，又主要表現為以下兩種形式：一是從《楚辭章句》、《楚辭補注》、《楚辭集注》中摘取出相關文句，或全文照搬，或稍作改動，而置於楊升庵、王鳳洲、洪實夫、李于麟、康礦峰、張方洲、羅整庵、康對山、解大紳、諸理齋、王陽明、羅近溪、宗方城、唐荊川、帥楚澤、穆少春、胡雅齋、秦華峰、汪南溟、張玄超、洪景廬、羅念庵等名家時賢名下。這種情況約占所錄評語總數的三分之一。

茲舉幾例為證：如《玉虛子·天問》文首眉批云：「屈子何不言問天？天尊不可問，故曰天問。」這本是王逸《楚辭章句·天問》「小序」中開頭的一句，此本稍作變動，而置於楊升庵名下；又如《玉虛子·惜誦》「鮌功用而不就」句眉批云：「申生之孝，未免陷父于不義。鮌績用不成，殛於羽山。原其事有相似者。」此段文字系節錄洪興祖《楚辭補注》而成，該本則將其歸於王鳳洲名下；再如朱熹《楚辭集注》解〈抽思〉「有鳥自南兮，來集漢北」句云：「屈原生於夔峽，而仕于鄢郢，是自南而集於漢北也。」[6]對此，該本選輯者將句中「屈原」換作「屈子」後全部抄錄，而署于宗方城名下。

6　朱熹《楚辭集注》，上海：上海古籍出版社1979年版，第86-87頁。

　　此外還有一些較為極端的例子。《諸子匯函》除眉間、篇（章）後雜錄相關評語外，正文之中皆以雙行小字的形式為原文作注。由於《玉虛子》、《鹿溪子》中注文也多系抄錄、擇取《楚辭章句》、《楚辭補注》、《楚辭集注》三書而成，於是在文中就出現了一些眉批與注文完全相同的情況。如《玉虛子・抽思》「理弱而媒不通兮，尚不知余之從容」句眉上，有署為唐荊川的一段文字：「此言靈魂忠信而質直，不知人心之異於我。故雖得歸，亦無與左右而道達之者，彼又安能知我之間暇而不變守乎？」該句之下的注文，與此眉批亦全同。今核此語實是由朱熹《楚辭集注》而來[7]。其他如《玉虛子・思美人》「車既覆而馬顛兮，蹇獨懷此異路」、《玉虛子・惜往日》「慚光景之誠信兮，身幽隱而備之」等句之眉批、注文，亦屬此類情形，茲不贅引。眉批、注文皆系偽託而成，且共存於同一頁之內，選輯者竟不察，由此則更可見此本訛濫之一斑。

　　二是本為此人語，而托於彼人名下。這類情況主要涉及到陳深、馮覲和王應麟三人。其中該書共錄引陳深語8處，而皆歸於楊升庵、王鳳洲、袁元峰三人名下；引馮覲語3處，而歸於徐廷岳、康對山、馮開之名下；引王應麟語1處，而歸於胡雅齋名下[8]。

　　以上所列偽託之例中，所占比重最大的要數楊升庵、王鳳洲二人。如此本列於楊升庵名下評語共15處，其中有12處為偽託；列于王鳳洲名下共17處，其中有8處為偽託。這較為典型地反映出刊刻者欲借名家評點來招徠顧客、擴大銷量而不惜造假的商業行為，但這對於確定《諸子匯函》之選輯者而言，卻不失為一個有力的證據。對於《諸子匯函》為歸有光「蒐輯」的說法，《四庫全書總目・諸子匯函》早就提出了質疑：「是編以自周至明子書每人採錄數條，多有本非子書而摘錄他書數語稱以子書者。且改易名目，詭怪不經。如屈原謂之玉虛子，宋玉謂之鹿谿子……皆荒唐鄙誕，莫可究詰，有光亦何至於是也。」[9]而《叢書舉要》附注則進一步指出其系偽託之作：「此書成于書賈之手，題名歸有光，恐系託名。」[10]由以上所舉《玉虛子》、《鹿溪子》評點偽託之例如此之多、如此之劣來看，此本恐即如《叢書舉要》附注所言，為書賈託名而成。

　　（二）**"以注為評"的評點樣式。**「以注為評」，是《玉虛子》、

7　同上，第87頁。
8　據黃霖先生考證，《諸子匯函》所收《文心雕龍》中也存在這種情況，「該書所引眉批，往往將曹學佺所論歸之于楊慎名下，錯誤頗多」。詳見黃霖先生《文心雕龍匯評・〈文心雕龍〉評本提要》，上海：上海古籍出版社2005年版，第3頁。
9　永瑢等《四庫全書總目》，北京：中華書局1965年版，第1121頁。
10　轉引自黃霖先生《文心雕龍匯評・〈文心雕龍〉評本提要》，上海：上海古籍出版社2005年版，第3頁。

《鹿溪子》所錄評語在內容上表現出來的一個突出特點。這種特點的形成，首先應歸因於選輯者大量迻抄《楚辭章句》、《楚辭補注》、《楚辭集注》中的注釋之語而偽託為名家評點的行為，這是造成這種傾向的主要原因。除此之外，這種傾向也同樣體現在該本所引錄的其他評點材料中。因此，如就《諸子匯函》所收《楚辭》作品評點內容的整體而言，符合這一特點的材料，在其中要佔有決定性的比重。

除了上述偽託之例外，這類材料還主要包括以下三種情況：

一是在《玉虛子》、《鹿溪子》眉批中，多有詮釋字詞、疏解文意的材料。前者如〈天問〉「白蜺嬰茀，胡為此堂」句眉上，該本錄陳白沙云：「此堂，即所見先王祠堂也。」「柬期去斯，得兩男子」句眉上，該本錄鄒東郭云：「周太王生三子，長太伯，次仲雍，次季曆，仲雍即虞仲。季曆傳位生子昌，為西伯文王也。」「會晁爭盟，何踐吾期？蒼鳥群飛，孰使萃之」句眉上，該本錄王陽穀云：「膠鬲，商賢人也，後武王舉之於魚鹽。蒼鳥，即鷹揚孟津也。」「環理天下，夫何索求」句眉上，該本又錄莊定山云：「索求，往說而複來之也。」疏解文意的材料，如〈天問〉「女媧有體，孰制匠之」句眉上，該本錄康明河云：「女媧氏煉石補天，何以施王而蛇首人身，孰見而圖之。」〈惜誦〉「播江離與滋菊兮，願春日以為糗芳」句眉上，該本錄方希古云：「此言己修善不倦，而系守不變。」〈惜往日〉「心純厖而不泄兮，遭讒人而嫉之」句眉上，該本錄唐荊川云：「平疾王聽之不聰，讒諂之蔽明，邪曲之害公，方正之不容，正此意。」

二是有些材料則是意在疏解《楚辭》文句所涉及到的歷史背景故事。如〈天問〉「何羿之射革，而交吞揆之」句眉上，該本錄岳季方云：「夏後太康畋遊洛表，羿拒之河北，而僭其位，其臣寒浞又殺羿而代之。」「師望在肆，昌何識」句眉上，該本錄諸理齋云：「史言姜尚釣於渭濱，文王遇之。」

三是還有一些材料是引用具體文獻來對相關文句進行注解。如〈天問〉「胡終弊于有扈，牧夫牛羊」句眉上，該本錄陸貞山云：「《尚書·甘誓》：『有扈氏威侮五行，怠棄三正，天用剿絕其命，今予惟恭行天之罰。』」「受壽永多，夫何久長」眉上，該本錄吳瓠庵云：「《列子·力命篇》：『彭祖之智不出堯舜之上，而壽八百。』是也。」

這種「以注為評」的傾向，其實並非《玉虛子》、《鹿溪子》所獨有，它是早期《楚辭》評點諸本所普遍具有的一種現象。就筆者目前所掌握的材料而言，這種現象最早見於萬曆十四年（1586）馮紹祖校刊《楚辭章句》中。在馮本中，我們可以看到大量《楚辭補注》、《楚辭集注》中

的內容以及其他各家釋解《楚辭》的話語，被轉變為卷首總評、眉批和篇（章）總評的情況。由於馮本問世後，曾連年刊行，流布甚廣，在社會上產生了較大的影響，故後出的各《楚辭》評點本也就多受其影響。其中一點突出的表現就是，各本對於馮本中的評點材料都或多或少地進行承襲和摘抄，而其中就包括不少這一類的材料。《玉虛子》、《鹿溪子》中的相關材料，有不少我們都可以找到其源自馮本的依據。對於這一點，下文將作詳細討論。而至於這種「以注為評」的傾向，是僅見于《楚辭》評點，還是廣泛地存在于明代詩文評點乃至於整個文學評點中，以及這種傾向在整個文學評點史的價值和意義等問題，則有待於我們去進一步深入地思考和挖掘。

（三）**文學性的品評話語**。《玉虛子》、《鹿溪子》所錄各家評語中，亦多有不少文學性的品評話語，這是該本所載評點中最為精彩的部分。這類材料多論及屈、宋作品的文學特色、意境蘊寓、情感傾向、行文脈絡以及其所具有的藝術感染力等諸多方面，頗能引起讀者的深思與共鳴，對於釋讀、賞析、研究《楚辭》而言，亦有著重要的參考價值。其中如〈惜誦〉篇末該本引楊升庵云：「此章無端杳思，妙不可言，非不能言，知言之無以加也。」〈涉江〉「霰雪紛其無垠兮，雲霏霏而成宇」句眉上，該本引林尚默云：「情景淒然」。〈抽思〉「憂心不遂，斯言誰告兮」句眉上，該本引李卓吾云：「無所誰訴，憂思鬱結極矣。」〈思美人〉「因芙蓉而為媒兮，憚褰裳而濡足」句眉上，該本又引羅一峰云：「至此覺語亦和平，意亦隱婉。」

值得一提的是，就《玉虛子》、《鹿溪子》中的《楚辭》作品而言，這類評點材料較突出地集中于《鹿溪子·九辯》一篇。該篇共收眉批、篇（章）總評32條，幾乎全部都是文學性的品評話語。對此，筆者特擇選出其中一些有代表性的例子，列次如下：如〈九辯〉文首眉間，該本引陶主敬曰：「〈九辯〉，妙詞也，悽惋寂寥。宋玉他詞甚多，率荒淫靡嫚矣。」「專思君兮不可化，君不知兮可奈何」句眉上，該本引顧東江曰：「悲傷之詞，讀之欲涕，可謂勢雖懸而情則親，君雖昏而臣則忠者。」「眾鳥皆有所登棲兮，鳳獨遑遑而無所集」句眉上，該本引沈君典語曰：「照應前段去君而高翔，是反覆微切處。」又如，「獨悲愁其傷人兮，馮鬱鬱其何極」句後，該本引楊升庵語為篇末總評，文云：「巧筆如畫，纖手如絲，意動成文，籲氣成彩，燁燁有神。後之名家，能優孟者幾人？」「事亹亹而覬進兮，蹇淹留而躊躇」句後，該本又引唐荊川語為篇末總評，文云：「此章見四時日月，無不傷懷，可謂尺幅中有遠致。」

以上所錄，皆能言之成理，論之有據，發人之所未能發。其中有不少

評點內容不為他本所收，而僅見於此本，因而益顯珍貴。

三、《玉虛子》、《鹿溪子》與其他《楚辭》評點本的關係

姜亮夫先生《楚辭書目五種》論及《玉虛子》時以為：「明人輯評之七十二家、八十四家，固已多見於此書。」[11]「七十二家」、「八十四家」分別指刊刻于明天啟六年（1626）蔣之翹批校《楚辭集注》和刊刻於明崇禎十年（1637）的沈雲翔《楚辭集注評林》。所謂「七十二家」、「八十四家」是就其文中所收評家數量而言的。蔣之翹評校《楚辭集注》自漢司馬遷始，至明陸時雍止，共收錄歷代評家72人。沈雲翔《楚辭集注評林》在此基礎上，又增益蘇轍、汪道昆等12人，匯為「八十四家」。筆者將《玉虛子》、《鹿溪子》所錄評家與蔣、沈二本逐一對照後發現，二者相重者，共有朱熹、洪邁、樓昉、李夢陽、楊慎、王世貞、李贄（以上見蔣本）、汪道昆、張之象（以上為沈本增益）等10人。但這僅是評點姓氏的表面相合，就其評語所處位置、評語數量以及品評的具體內容而言，兩者並無相合之處。因而據此可斷定，蔣、沈二本未有承襲《玉虛子》、《鹿溪子》之處，二者也非屬同一源流系統。

但《諸子彙函》選輯者對於《玉虛子》、《鹿溪子》評點的確定，是肯定參考了馮紹祖校刊《楚辭章句》的。筆者將兩本評點內容核對後發現，前者共有31處評點材料與馮本所錄相合。如前所論，這類材料又多是馮紹祖從《楚辭補注》、《楚辭集注》中抽出而換以眉批或篇（章）評的形式出現於其書。《玉虛子》、《鹿溪子》將其中的「洪興祖」、「朱熹」字樣替換作各名家時賢後，簡單地承襲之，作偽之跡甚明。為了說明這個問題，筆者舉一個最為典型的例子：馮紹祖本《楚辭章句・天問》「康回憑怒，地何故以東南傾」句眉上，引洪興祖語云：「〈離騷〉、〈天問〉多用《山海經》，而劉勰《辨騷》以『康回傾地』、『夷羿弊日』為『譎怪之談』、『異乎經典』。如高宗夢傳說、姜嫄履帝敏之類，皆見於《詩》、《書》，豈誣也哉？」[12]今按，這段文字于《楚辭補注》原在〈離騷〉「啟《九辯》與《九歌》兮」句下[13]，馮紹祖如此調整其位置，是因為洪興祖所論乃針對劉勰以「康回傾地」為「譎怪之談」而發。「康回傾地」指的是〈天問〉中關於共工怒觸不周之山的記載，也就是「康回憑怒，地何故以東南傾」一句的內容。通過這種位置的調整，可以

---

[11] 姜亮夫《楚辭書目五种》，上海：中華書局上海編輯所1961年版，第134頁。

[12] 馮紹祖校刊《楚辭章句》，明萬曆十四年（1586）刻本。

[13] 洪興祖《楚辭補註》，北京：中華書局1983年版，第21頁。

使讀者在閱讀〈天問〉時，能夠更直接、便捷地瞭解和把握《楚辭補注》對於該句的意見。《楚辭補注》的這段文字在馮紹祖校刊《楚辭章句》中固定下來以後，遂為後出的各《楚辭》評點本所襲用，這其中也包括《諸子匯函》之《玉虛子》。並且這段文字開頭于《楚辭補注》原作「〈騷經〉、〈天問〉」云云，至馮本則被改為「〈離騷〉、〈天問〉」云云。而《玉虛子·天問》中所載，除了將「洪興祖」改為「洪實夫」外，文字內容則與馮本全同。

除了因襲馮紹祖本《楚辭章句》之外，該本還有8條材料系抄自明萬曆二十八年（1600）淩毓柟校刊朱墨套印本《楚辭》一書。這些材料均為陳深評語，而《諸子匯函》刊刻者皆偽託于楊升庵（4條）、王鳳洲（3條）、袁元峰（1條）三人名下。就這些評語所處的位置而言，其中《諸子匯函》所載，有的亦發生了變動。如淩毓柟本〈九章〉陳深眉批「有文字以來，此為創格，鏗訇汗漫，怪怪奇奇，邈焉寡儔，卓乎高品」一段[6]，於《玉虛子》則被置於〈天問〉變為篇末評。非但如此，「有文字以來，此為創格」一句，在《玉虛子》同時又出現在〈卜居〉篇文首成了眉批。更為可笑的是，這本為相同的文字，卻在〈天問〉、〈卜居〉二篇被分別置於王鳳洲和楊升庵二人名下。

以上對《諸子匯函》所收《楚辭》作品的評點形式、評點內容以及其與其他《楚辭》評點本的關係等問題進行了詳細的介紹。在此基礎上，筆者以為，該本所謂的「合諸名家批點」、「崑山歸有光熙甫蒐輯」云云，就其中《楚辭》作品的評點內容來看，實際上是名不副實的，它不過是書賈用以招徠顧客的促銷話語而已。但其中又有不少文學性的評點內容，值得我們借鑒和學習。因此，對於該本我們就需要以審慎的眼光來看待和使用它。

《楚辭述注》作者來欽之家世及其與陳洪綬關係考論

　　《楚辭述注》是明末出現的較為重要的《楚辭》學著作。對於該書及其作者來欽之，學界目前仍缺乏足夠的重視和充分的瞭解，故而本文擬對來欽之家世、其與陳洪綬之交往，以及來欽之刊刻《楚辭述注》等內容作相關考察和研究。

一、來欽之及其家族譜系

　　關於來欽之及其家族譜系，相關的研究主要有上海圖書館郭立暄《楚辭述注與來聖源之世家》[1]一文可供參考，其餘的參考資料主要是《蕭山來氏家譜》[2]和陳洪綬的一些詩文里的記載。據《蕭山來氏家譜》[2]之《原姓氏支派》可知，來氏源出子姓，為殷湯之苗裔，成湯南巢之伐後分封子孫於萊，故以國為氏。春秋魯襄公六年，萊為齊所滅，萊氏子孫不能守其爵土，散居草莽之間，去草字頭改為「來」。來日升《會宗圖序》云：「我來氏之先，河南鄢陵人也。高宗時有諱廷紹者從駕南遷，遂家於蕭山。蕭之有來氏，繫是始也。」[3]但考《原姓氏支派》、《世系傳》等其他幾篇，來日升以上關於來氏遷居蕭山時間的說法或有誤，應該是在宋甯宗時期。

　　宋嘉泰二年（1202），原籍河南開封府鄢陵縣的來廷紹以龍圖閣學士兼運使出知紹興府，度西陵（今蕭山西興鎮）急病，卒於蕭山祇園寺，年五十三歲，葬於蕭山湘湖南麓。來廷紹，字繼先，因不忘河洛故都而自號思洛子，壯志報國而與辛棄疾投合。《蕭山來氏家譜》卷4《贈言上》載有辛棄疾為其所作《平山公墓志》。文云：

> 思洛幼負奇才，忠憤激烈，嘗念祖宗恥未雪，願奮不顧身。……紹興四年，中陳亮榜進士，天下士大夫識不識皆曰：「來、陳俱登第，恢復有期矣。」……慶元龍飛，始交於予。予愛其忠義，戀戀如骨肉。越五年，予安撫浙東；思洛以朝散郎值龍圖閣學士。又明

---

[1]　郭立暄《楚辭述注與來聖源之世家》，載於《圖書館雜誌》2005年第2期。

[2]　來秉奎主修《蕭山來氏家譜》，清光緒二十六年（1900）會宗堂木活字本。

[3]　同上。

年，聞思洛以宣奉大夫出知紹興府。予私喜曰：來君來，事濟矣；
祖宗恥，可雪矣。蓋以紹興乃越王臥薪嚐膽之地，予與來，無愧
蠡、種。不幸思洛未之任，又卒矣。嗚呼！豈天下之不欲平治天下
也哉？不然，胡為來、陳（亮）相繼而歿，已焉哉！來之歿，在嘉
泰二年十二月十五日也。歿之處，在蕭山祗園僧舍也。葬之處，在
湘湖方家塢也。[4]

其銘曰：

壯志憤憤兮扶社稷，忠誠烈烈兮貫金石。懷抱鬱鬱兮未獲伸，友義
偲偲兮同捴策。皇天不滑兮奪其年，國步艱難兮誰共力。湘水蒼蒼
兮蔭佳城，千秋迢迢兮知來宅。[5]

來廷紹長子曾四府君來師安遂在冠山南麓築室而居。因此，蕭山來氏以河
南五世祖來廷紹為蕭山長河來氏之始祖。來氏家族自遷居蕭山后，生齒日
繁，人文日盛，逐漸成為兩浙巨宗。有明一代，來氏宗族中最為顯赫的有
長河來氏四房十四世祖來斯行及長河來氏五房十四世祖來宗道。

來斯行，生隆慶丁卯年（1567），字道之，號馬湖，一號槎庵。萬
曆丙午年（1606）中舉，次年登黃士俊榜二甲第57名進士。歷官福建布政
司，授通奉大夫，一度宦海風順。還曾於明熹宗朝與次子燕禧鎮壓徐鴻儒
白蓮教起義。《明史》中記載：「兵部主事來斯行有武略，自嚴請為監
軍。山東白蓮妖賊起，令斯行率五千人往，功多。」[6]其子來燕禧生擒徐
鴻儒，後官居貴州坐營遊擊將軍，有御賜金匾「秉衡西越，鎖鑰南門」。
來斯行著有《經史典奧》67卷、《槎庵小乘》41卷，另有《四書問答》、
《五經音詁》、《經史淵珠》等，其也曾主修過來氏家乘。來斯行既是陳
洪綬父親陳叔達的好友，更是陳洪綬的婦翁。

來宗道，生隆慶辛未年（1571），卒崇禎戊寅年（1638），字子由，
號路然。萬曆癸卯年（1603）中舉，次年登楊守勤榜3甲第13名同進士。
授翰林院庶吉士。歷官光祿大夫、少傅兼太子太傅、戶部尚書、禮部尚
書、文淵閣大學士，七次進階，於崇禎元年五月入內閣首輔，六月致仕，
煊赫一時。來宗道為陳洪綬父親撰寫墓誌，其獨子來諮諏又娶陳洪綬之妹

---

[4]　來秉奎主修《蕭山來氏家譜》，清光緒二十六年（1900年）會宗堂木活字本。
[5]　同上。付慶芬、付用現《讀〈宋宣奉大夫知紹興府事來公墓志銘〉》（載《尋根》
2011年第1期）一文認為，該墓誌非辛棄疾所作。姑附此待考。
[6]　張廷玉《明史》卷256，北京：中華書局1974年版，第6609頁。

陳胥宛為副室。

關於來欽之本人，據家譜載，來欽之為長河來氏大房第十七世，行浩七十五。字聖源，生萬曆丙午年（1606）二月初四日。郡庠生。配張氏。繼弟鑪之子浚初為嗣，女一適王。卒順治戊戌年（1658年）三月二十八日，葬小青山。來欽之兄弟共五人（另有胞兄來錫之過繼給了大伯來道乾），欽之為長子。族弟來逢春為其《楚辭述注》作跋云：

> 吾宗聖源，博學宏才，其所疏注自經及史，率皆千古盛業，可以大用，而尚不遇於時。故讀屈原之詞，取晦翁之注，而少加衰益，書始大定。[7]

可知來欽之應有其他疏注經史之作，遺憾今不可見。來欽之雖博學宏志，但於仕途上略無建樹，有關其人的文獻資料甚少，亦可從側面證實來逢春所言的「不遇於時」。由此，來欽之作《楚辭述注》，其動因恐怕就是同屈原賦騷一樣寓己志於詩文，紓解憂憤之情。

來欽之的父親，諱道巽，生萬曆甲申年（1584）十二月十八日，卒崇禎乙亥年（1635年）十一月二十九日，年五十二。來道巽字風季，以字行，美髯，有文名。來集之纂述《家乘二編文學傳》中載來風季云：

> 風季公諱道巽，紹南公季子也。美容止，修髯玉立，挺然如神仙中人。以幼失怙恃，畫父母小像於室，旦夕焚香，拜而後膳。資既穎異，而好學不倦，曾纂輯明儒所疏四書各說，將以補大全之所未備。予嘗就其松石居讀書半載，見其提引後進如恐不及。書作章草，濯濯有凌雲之姿。吳越名宿爭延致之。已而以浙試不售，入粟遊太學。京都所聚四方之士，把臂恐後，聲價倍增。乙亥秋入都門，思為沉舟破釜之計，而病卒於舟中，人咸惜之。[8]

《蕭山來氏家譜》卷四贈言三中有一篇王予安，即《楚辭述注》卷一校訂者王鼙為其撰寫的《明文學風季來公像贊》：

> 於乎！此吾友風季來髯五十二兄之像也。當吾世而猶獲覩晉人風韻者，必髯兄也。嘗試為似之，則和嶠之松森，衛洗馬之玉潤，

7　來欽之《楚辭述注》，明崇禎十一年（1638）刻本。復旦大學圖書館藏。
8　來秉奎主修《蕭山來氏家譜》卷2，清光緒二十六年（1900年）會宗堂木活字本，42a。

邿原之雲中白鶴，何次道之欲傾人釀乎。於戲！曲水盟人二十有奇，若髯之姿神高徹，風度凝遠，可以糠批一世，垢塵吾黨，而乃今以甫縫視百世也。噫！曇何忍更展幀而揖之。

　　髯之凤，高冠挾策履我屋，笑言啞啞風諷諷。髯之往，淡墨一幀來夕幌，呼之欲出神曈曈。神不可度，我何以索。中有高岸，旁有深谷，欽其寶，莫名其好。吾將溯之葭蒼露白之渚，而髯已翱翔乎閬島。

　　曇不得詢仰吾髯兄者且三十年所。丙申秋九月，喆嗣從蕭然捧兄遺照造夕菴，以贊言屬曇。念曇於盟譜中稱神契若髯兄者幾，贊何敢辭，顧深愧不能作虎頭耳。[9]

王予安對來風季褒美有加，可以從中窺見來風季人物風流。在清成僎《詩說考略》卷二、尤侗《艮齋雜說》卷一、閻若璩《尚書古文疏證》卷五下、毛奇齡《白鷺洲主客說詩》、朱彝尊《經義考》卷一百八詩中，都載有體現來風季文才的軼事。錢鐘書先生在《管錐編‧毛詩正義三四》中談到詩歌的寄託問題時也有述及：高攀龍講學東林，有問《木瓜》詩並無「男、女」字，何以知為淫奔，坐皆默然。惟來風季曰：「即有『男、女』字，亦何必為淫奔？」因舉張衡〈四愁詩〉有「美人贈我金錯刀」語，明明有美人字，然不為淫奔也。有難者曰：「美人固通稱，若彼狡童兮，得不以為淫奔？」來風季於是又舉箕子〈麥秀歌〉「彼狡童兮，不與我好兮！」指紂而言，紂「君也，君淫奔耶」？攀龍嘆服，於是起揖曰：「先生言是也。吾不知朱子聞之以為何如？」[10]雖然從今天的視角來看不免有比附之嫌，但在當時的語境下，來風季的博學與機警還是為人所津津樂道的，這也是一則生動傳神的人物材料。

　　來風季同時也與陳洪綬交情匪淺，陳氏詩文集中有多篇寄贈風季之作，後文將加以詳述。清丁丙《善本書室藏書志》和胡玉縉《四庫未收書提要續編》中著錄《楚辭述注》時，均將來風季、欽之父子混為一人，姜亮夫先生《楚辭書目五種》中也沿襲前說而有此誤。更有憑藉陳老蓮〈題來風季離騷序〉中「一生須幸而翁不入昭陵，欲寫吾兩人騷淫情事於人間，刻之松石居，且以其餘作燈火貲，複成一段淨緣」一句[11]，或妄言

9　來秉奎主修《蕭山來氏家譜》〈贈言〉卷4，清光緒二十六年（1900年）會宗堂木活字本，1ab。

10　參見錢鐘書《管錐編》第一冊，北京：三聯書店2008年版，第185頁。

11　陳洪綬〈題來風季離騷序〉，吳敢點校《陳洪綬集》，杭州：浙江古籍出版社1994年版，第10-11頁

來風季為陳洪綬之妻[12]，或臆斷欽之為風季之父[13]，令人啼笑皆非。實際上，只要查閱《蕭山來氏家譜》中關於來風季的記載，就可以確定風季實為來欽之父親來道異的字，而松石居也是來道異的書齋之名。通過上舉謬誤，可見厘清來欽之家世之必要，故筆者依據《蕭山來氏家譜》繪製了來欽之所屬的長河來氏大房世系圖附於文後，以供參閱。

二、來氏宗親與陳洪綬之交往

〈九歌〉是屈賦中最為瑰奇的作品，內容涉及宗教祭祀、古樂歌舞、神話傳說、楚地風情等等，多樣的元素和豐富的內涵使之成為歷代畫家青睞的繪畫題材。宋代李公麟、馬和之，元代趙孟頫、張渥、錢選等，到明代仇英、丁雲鵬，清代蕭雲從，及至近現代張大千、徐悲鴻、傅抱石等丹青名家，都有過這方面的專題創作或臨摹作品。陳老蓮《九歌圖》及《屈子行吟圖》十二幅，首見於來欽之《楚辭述注》卷首，每幅下均署有「洪綬」。姜亮夫先生在《楚辭書目五種》之《楚辭圖譜提要》中著錄稱：

> 兩〈湘〉皆女像，〈山鬼〉最繁複，〈東皇〉、兩〈司命〉最莊肅，〈雲中君〉、〈國殤〉最雄俊，〈河伯〉最端正。原像憔悴，褒衣博帶，後題「屈子行吟圖」。[14]

陳老蓮所繪十二幅，在美術史上尤其是歷代〈九歌〉題材的畫作中佔據重要的一席之地。當代畫家郭味蕖在《中國版畫史略》中稱讚老蓮的《九歌圖》：

> 從一勾一勒中加以感情的描寫，創造了嚴肅而又優美的人物形象。超出了宋元作家李公麟、張渥的塑造畦徑，而達到獨樹一幟。……而「屈子行吟」一幅，更以高度的想象能力，塑造了偉大的愛國詩人屈原的莊嚴形象，直到現在，還沒有人能超過他。[15]

美術史論家、畫家王伯敏也在《中國版畫通史》中指出：

---

[12] 熊晶《淺談陳洪綬人物畫創作的藝術構思——論奇古人畫作的特徵和來源》，武漢：湖北美術學院碩士學位論文，2010年，第1-2頁。

[13] 溫巍山《陳洪綬〈九歌圖〉插圖創作的習作性和探索性》，《裝飾》2014年第5期。

[14] 姜亮夫編著《楚辭書目五種》，上海：中華書局上海編輯所1961年版，第383頁。

[15] 郭味蕖編著《中國版畫史略》，北京：朝花美術出版社1962年版，第124頁。

在明代的版畫作品中，能如此注意每個人物精神狀態的描寫，誠不可多得。[16]

有鑒於陳洪綬所繪《楚辭述注》插圖的重要價值及其與《楚辭述注》緊密關係，筆者將重點討論來氏宗親與陳洪綬之交往。

陳洪綬，字章侯，幼名蓮子，一名胥岸，號老蓮，諸暨楓橋人，國子監生。崇禎中，召為中書舍人。順治丙戌年（1646）落髮紹興雲門寺，改號悔遲、雲門僧等。其生年約在萬曆戊戌年（1598），存有爭議，卒於順治九年壬辰年（1652）。事見《佩文齋書畫譜》、《畫史匯傳》等書。孟遠、毛奇齡皆有〈陳老蓮傳〉。有《寶綸堂集》九卷，《拾遺》一卷。張岱《陶庵夢憶》云：「章侯才足掞天，筆能泣鬼。」陳老蓮以丹青聞名，尤工人物，與順天崔子忠並稱「南陳北崔」。清代張庚《國朝畫征錄》評其人物畫：

> 軀幹偉岸，衣紋清圓細勁，有公麟、子昂之妙；設色學吳生法。其力量氣局，超拔磊落，在仇（英）、唐（寅）之上。蓋明三百年無此筆墨也。[17]

清代《圖繪寶鑒續纂》稱：

> 章侯能書善畫，花鳥人物無不精妙，中年遂成一家。奇思巧構，變幻合宜，人所不能到也。[18]

洪綬名作有《西廂記》插圖、《水滸葉子》40幅、《博古葉子》48幅等版畫、《楚辭述注》中《九歌圖》及《屈子行吟圖》凡12幅，尤其是19歲時所繪屈原像，至清代無人能及，被奉為經典。程象複《初刻寶綸堂集跋》曰：

> 捧讀《楚辭》，見卷首敘述並繪《屈子行吟圖》，次第抽毫，囊括殆盡，是章侯陳先生筆，傳佈海內，亦志屈子之所志也。[19]

---

[16] 王伯敏《中國版畫通史》，石家莊：河北美術出版社2002年版，第123頁。

[17] 陳田《明詩紀事》，上海：上海古籍出版社1993年版，第3419頁。

[18] 同上，第3418頁。

[19] 陳洪綬著，陳傳席點校《寶綸堂集》，天津：天津人民美術出版社2016年版，第39頁。

洪綬賦性狂散，《圖繪寶鑑續纂》謂其「天資穎異，博學好飲，豪邁不羈，大有晉人風味」。王漁洋稱陳亦能詩，在《感舊集》中錄其《憶舊》一絕。清陳田《明詩紀事》中評價說：

> 章侯人物奇古，山水雄秀，七絕瀟灑出塵。前有沈啟南，後有陳章侯，真畫家宗匠，詩家逸派也。[20]

那麼，陳老蓮19歲時所繪《九歌圖》及《屈子行吟圖》，為何會作為《楚辭述注》插圖付刻呢？個中緣由實在於陳于朝、陳洪綬父子二人與蕭山來氏家族的密切關係。而這種關係又可大致分作姻親和交誼兩端。陳、來間之姻親關係於上文已有提及。陳洪綬娶的是來斯行之女，洪綬之妹陳胥宛又嫁給了來宗道之子來諮諏。而楓橋陳氏與長河來氏自洪綬祖父起便交好，可以算得上是世交。萬曆二十八年（1600），洪綬父親陳于朝食廩，嘗邀來宗道共業。萬曆三十四年（1606）洪綬九歲時，陳于朝年方三十五而歿，其墓誌就是由來宗道撰寫的。萬曆二十九年（1601），時年四歲的陳洪綬至蕭山長河鄉來斯行家就塾。朱彝尊《曝書亭集》卷六十四《崔子忠陳洪綬合傳》，記錄了當時的一件趣事：

> 年四歲，就塾婦翁家。翁方治室，以粉堊壁，既出，誡童子曰：「毋汙我壁。」洪綬入視良久，紿童子曰：「若不往晨食乎？」童子去。累案登其上，畫漢前將軍關侯像，長十尺餘，拱而立。童子至，惶懼號哭，聞於翁。翁見侯像，驚下拜，遂以室奉侯。[21]

從中可見洪綬幼年即有的跳脫個性和高超畫技，當然也佐證了陳洪綬與來氏的姻親關係。據陳洪綬《槎庵先生傳》前小序「洪綬十七歲即侍先生幾杖」[22]的說法，他與來斯行之女完婚或即在此際。二人育有一女，字道蘊，適配樓氏。婚後不到十年，來氏去世，繼配韓氏。《宣統諸暨縣誌》記載陳、來二人之女也以書畫擅名越中。[23]此外，來宗道獨子來諮諏又是陳洪綬的妹夫，陳氏《寄來公子》一詩中有「小妹喜安居」[24]句可證。又

---

[20] 陳田《明詩紀事》，上海：上海古籍出版社1993年版，第3419頁。

[21] 朱彝尊撰《曝書亭集》（三），《四部叢刊》初編本，上海：上海書店出版社1989年版，15a。

[22] 吳敢點校《陳洪綬集》，杭州：浙江古籍出版社1994年版，第20頁。

[23] 參見黃湧泉《陳洪綬年譜》，北京：人民美術出版社1960年版，第22頁。

[24] 來秉奎主修《蕭山來氏家譜》，清光緒二十六年（1900年）會宗堂木活字本，第91頁。

陳洪綬於崇禎四年（1631）繪《來魯直夫婦像》、《來魯直小像》和《來夫人黃氏行樂圖》兩軸，分別由來斯行、來宗道二人撰寫贊引，陳洪綬受岳父來斯行委託，代書《魯直弟小像贊引》。而像主來魯直長陳洪綬一輩，是來斯行的從堂弟、來宗道的嫡堂兄。[25]

陳老蓮與來欽之父親來風季過從甚密，這可以從老蓮的詩文中得到具體的信息。萬曆丙辰（1616），洪綬年19，學騷於來風季松石居，時風季三十有二。老蓮有文《題來風季離騷序》記述了作《九歌圖》及《屈子行吟圖》十二幅的始末：

> 丙辰，洪綬與來風季學《騷》於松石居。高梧寒水，積雪霜風，擬李長吉體，為長短歌行，燒燈相詠。風季輒取琴作激楚聲，每相視，四目瑩瑩然，耳畔有寥天孤鶴之感。便戲為此圖，兩日便就。
>
> 嗚呼！時洪綬年十九，風季未四十，以為文章事業，前途於邁；豈知風季羈魂未招，洪綬破壁夜泣。天不可問，對此甯能作顧、陸畫師之賞哉！第有車過腹痛之慘耳。一生須幸而翁不入昭陵，欲寫吾兩人騷淫情事於人間，刻之松石居，且以其餘作燈火貲，複成一段淨緣。當取一本，焚之風季墓前，靈必嘉與，亦不免有存亡殊向之痛矣！戊寅暮冬，諸暨陳洪綬率書於善法寺。[26]

《楚辭述注》付梓於崇禎戊寅（1638），老蓮為之作序，是時風季亡故已三年，文中懷念忘年之交，感慨人世變異，令人動容。

天啟三年（1623），老蓮妻喪，遂毅然北上，在夏秋間游天津，得日課詩數百首。其〈日課自序〉曰：

> 予多作詩，稿多失去，長公來噐常惜之。癸亥游天津，得數百首，歸來餘其十之二三，長公梓而存之，戒予後作毋失。予曰：「詩苦不佳，品複無稱，今以長公命，故勉遺其穢，後當覆諸醬瓿耳。」長公曰：「是將慢我。」予謝曰：「古人不德厚爵而死知己，予敢不重君愛而固埋其瑜乎？請存其稿，以佞君之痼癖。」故有是脫稿，若打油、鋜丁之語，來噐不得辭點鐵之勞也。何者？惜予之

---

[25] 關於此肖像，可以參考俞廣平《〈來魯直夫婦像〉考釋》，載《美術報》，2013年9月21日13版。

[26] 吳敢點校《陳洪綬集》，杭州：浙江古籍出版社1994年版，第10-11頁。

詩，得無惜予之醜露哉！[27]

來髯即風季，此文記風季為自己刻版留存詩作，語多有戲謔，但二人互引為知己，風季愛其才，老蓮重其情，交誼深厚可見一斑。

此外，老蓮與風季，亦多有和詩、寄贈詩。如五古〈與來風季共吟〉：

> 日日出看山，柏塘過柳陌。將手數酒徒，酒徒一當百。放來與髯公，章魯多詩伯。髯詩寫霞天，趙飲浮溪碧。屨生年少郎，短衣披秋色。一笑爽我心，書紙積盈尺。佳會句如此，酒興弗可測。[28]

褒揚來氏琴藝的五古〈聽來風季琴〉：

> 琴為寫性情，覆理非其聲。剛柔為爐冶，宮商自經營。吾友來季老，玄悟弗可名。得音在肺腑，高峰猿哀鳴。木葉為振落，幽泉響寒更。道人蘇門中，曾令毛羽輕。吾輩凡俗人，有耳不解聽。聽者當為誰？西竺古先生。[29]

五絕〈寄來季〉：「別後多沉酒，閒時畫美人。開尊眠畫側，飛夢入臨春。」[30]七絕〈寄來髯〉：「拄杖到時俱是酒，芒鞋踏處盡成詩。詩成雖有驚人句，不與君商輒自疑。」[31]七絕〈寄來季〉：「新夏萬山新雨晴，烏衣巷口少人行。不為訪吾宜出戶，當次景光難寡情。」[32]七絕〈寄來季之〉：「秋山明潔桂花開，曾有人期過我來。君且傳經休出戶，不將前語向君催。」[33]七絕〈邀來髯〉：「吾家新熟百花尊，落葉空庭日半醺。不趁此時邀好客，梅花開日可邀君。」[34]其中如「詩成雖有驚人句，不與君商輒自疑」、「不為訪吾宜出戶，當次景光難寡情」等句，都頗為動情。

天啟五年（1625），歲在乙丑，來風季過訪老蓮，陳洪綬有詩〈寄梅與風季〉云：

---

[27] 同上，第16頁。
[28] 同上，第50頁。
[29] 同上，第59頁。
[30] 同上，第169頁。
[31] 同上，第271頁。
[32] 同上，第320頁。
[33] 同上，第353頁。
[34] 同上，第360頁。

> 乙丑花時君過我，坐君花下和君詩。此綃寫贈君知否，開看應思過我時。[35]

兩人極盡賓主之歡，這次賞花和詩的愉快時光也令老蓮懷念。後老蓮作長篇五古〈寄來季〉，一則感謝老友激勵教誨，一則悲歡歲月倏忽，人至中年卻壯猷無寄，無所建樹，語甚沉痛，末云：

> 二月載生魄，我來慰君思。連床半月歸，秋天複可遲。我如不得來，君來慰我志。蹤跡莫疏遠，弗為古人愧。[36]

老蓮對這段友情是何其珍視！來、陳二人交好，除了家族本身親近的因素，二者人物風流，性情相投，身處明季衰變之世，穎異好學、懷有抱負卻都未嘗得志於仕途。這些都使兩人締結了深厚的情誼。這樣的背景之下，我們也就很好理解，當崇禎十一年（1638），昔日莫逆來風季之子欽之的《楚辭述注》初刻時，老蓮為何願意將自己19歲在松石居與風季共讀《楚辭》時，興之所至兩日繪就的十二幅圖交付一同刊刻並為《楚辭述注》作序了。

除了與來欽之父親有詩文贈答外，陳洪綬也曾贈詩於喜好丹青的風季次子來鎮之，即來欽之的弟弟。《寫與來季子鎮之》言：「髯君幼子好丹青，狗馬山川各有情。若與老蓮同筆墨，寫生寫意更分明。」[37]雖然目前尚未見老蓮與來欽之有直接的詩文往來，但根據陳氏與來欽之父親的交情以及指點來欽之胞弟繪畫的情形來看，兩人也應當是比較熟悉的。

明代羅明祖《羅紋山全集》卷二〈離騷序〉中提到：

> 騷也者，煩憂憤懣而出者也。……夷之歌、原之騷，卒世而莫登之樂，知音者操而登之樂，必使人泣血，必使人腸斷，必使人以魂語、以魄告。……余十餘年託於騷久矣，吾友陳章侯繪九歌而終之行吟者何，曰東皇太乙，曰雲中君，曰湘君，曰湘夫人，曰大司命，曰少司命，曰東君，曰河伯，曰山鬼，曰國殤，曰禮魂，曰屈原，煮蒿悽愴，其為物一也。故從而窮靈之，窮靈之，故俯而諾來聖源之請也。[38]

---

[35] 同上，第351頁。
[36] 同上，第61頁。
[37] 同上，第294頁。
[38] 羅明祖《羅紋山先生全集》，揚州：廣陵古籍刻印社1997年版，第222-225頁

羅明祖字宣明，別號紋山，生年與陳洪綬相仿，稍長於來欽之。崇禎四年（1631）登進士，與吳偉業同榜，初除華亭令，力革積弊，後部繁昌令（今安徽繁昌），因事謫浙江布政司藩幕，署蕭山令，治水有功，但又受中官排擠，補襄陽令。最後罷歸，以疾終。關於此人及其與陳氏、來氏的關係缺少可徵材料，推測羅紋山與陳、來應當結交於其在蕭山令期間，文集中收錄有寄答來爾昌的《復來門人》一文，可見羅紋山與來氏家族有所接觸。雖然從《離騷序》中無法找到作此序的緣起背景等，但是卻傳達出另一個信息：羅明祖本人和其友陳洪綬都抱有與屈原相同的憂國憂民和忠憤之情，《楚辭》對於他們而言，在明季式微的歷史語境下，寄寓著他們的際遇、情感，更有著特殊的意義。

如此來看，陳洪綬之所以願意將《九歌圖》及《屈子行吟圖》十二幅作為來欽之《楚辭述注》的插圖梓刻，除了因為與蕭山來氏家族關係密切，與來欽之父親風季交誼甚篤之外，應當亦有寄寓己志，借他人酒杯，澆自己塊壘之意味！

附錄：蕭山長河來氏大房世系圖（來欽之一支）

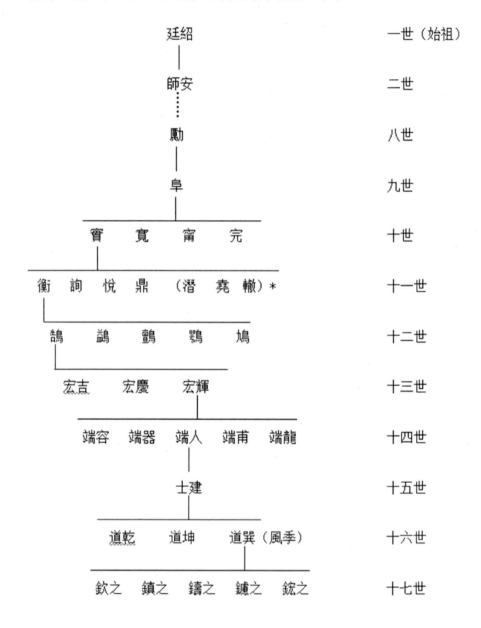

廷紹	一世（始祖）
師安	二世
勳	八世
阜	九世
寶　寬　甯　完	十世
衡　詢　悅　鼎　（潛　堯　轍）＊	十一世
鵠　鷁　鶴　鷃　鳩	十二世
宏吉　　宏慶　　宏輝	十三世
端容　端器　端人　端甫　端龍	十四世
士建	十五世
道乾　　道坤　　道巽（風季）	十六世
欽之　鎮之　鑄之　鑪之　鋐之	十七世

注＊：括號內為繼續配合魏氏子

下編 明代《楚辭》評點敘錄

明萬曆十四年（1586）馮紹祖校刊《楚辭章句》

　　馮紹祖校刊《楚辭章句》十七卷、附錄一卷，明萬曆丙戌年（1586）刻，是筆者所知見《楚辭》評點本中問世最早的一種，各地圖書館所藏有二冊本、三冊本、四冊本、六冊本、八冊本數種。[1]該本首錄黃汝亨〈楚辭序〉。次馮紹祖〈校楚辭章句後序〉[2]，《後序》馮氏自署：「萬曆丙戌月軌青陸朔鹽官馮紹祖繩武父書於觀妙齋」。次為「觀妙齋重校楚辭章句議例」五則。再次為《楚辭章句》目錄十七卷。十七卷目後，承以附錄三種：其一《史記・屈原傳》，其二「各家楚詞書目」，「書目」共擇取王逸《楚詞》十七卷、《楚詞釋文》、洪氏《補注楚辭》與《考異》、晁氏《重編楚辭》、《續楚辭》、《變離騷》、《八人通九十六首》、林應辰《龍岡楚辭說》、周紫芝《楚辭贅說》、朱熹《楚辭集注》等十一種[3]，並配以陳氏《直齋書錄解題》、晁氏《郡齋讀書志》所作提要；其三為「楚辭章句總評」。

　　該本正文首列卷次及篇目，下題「漢劉向子政編集，王逸叔師章句」，「明後學武林馮紹祖繩武父校正」[4]。每半頁九行，行十八字，小字雙行同，左右雙邊，有行線，白口，無魚尾。中縫處上列楚辭卷次，下為頁數，最下處時現刻工名字。除正文第一頁「杭州郁文瑞」外，文中所見，還有信中、信文、信武、信巳、信、子信、英中、英元、英文、英奇、昂文等多人。復旦大學圖書館藏本鈐有「周氏中吉」、「玉糊漁父」、「佩玉堂」、「寶藏」、「喜詠軒」、「蕭山黃彪更都父珍藏賞玩之章」、「黃彪之印」、等印記。

　　關於此本，晚清著名藏書家丁丙所撰《善本書室藏書志》有載，文云：

1　中國科學院國家科學圖書館藏本為一函二冊，浙江省圖書館藏本為一函三冊，清華大學圖書館藏本為一函四冊，復旦大學圖書館、北京師範大學圖書館藏本為一函六冊，北京國家圖書館、北京大學圖書館、南京圖書館藏本為一函八冊。本提要著錄以復旦大學圖書館藏本為據。

2　姜亮夫先生舊藏本此〈後序〉位置在書末，蓋後出諸本將之移前也。見《楚辭書目五種》，上海：中華書局上海編輯所1961年版，第15頁。

3　姜亮夫先生著錄無《八人通九十六首》，為十種。見《楚辭書目五種》，上海：中華書局上海編輯所1961年版，第15頁。

4　據崔富章先生著錄，浙江省圖書館藏本此處無「明」字。見《楚辭書目五種續編》，上海：上海古籍出版社1993年版，第24頁。

「《楚辭》十七卷，明萬曆丙戌刊本，漢劉向子政編集，王逸叔師章句。前有漢太史令龍門司馬遷撰〈屈原傳〉，此本題『明後學武林馮紹祖繩武校正』，萬曆丙戌自序於觀妙齋。附錄諸家《楚辭》書目、諸總評，又重校《章句》議例，並列音義於上方。皕宋樓所藏同是。此槧尚有黃汝亨一序。[5]

此外，饒宗頤《楚辭書錄》[6]、姜亮夫《楚辭書目五種》[7]、王重民《中國善本書提要》[8]、洪湛侯《楚辭要藉解題》[9]、崔富章《楚辭書目五種續編》[10]、沈津《美國哈佛大學哈佛燕京圖書館中文善本書志》[11]等亦有著錄，其中尤以崔書於版本流變考證為最詳細。

[5]　丁丙《善本書室藏書志》，清光緒二十七年（1901）錢塘丁氏刻本。
[6]　饒宗頤《楚辭書錄》，《選堂叢書》本，香港：東南出版社1956年版，第3-4頁。
[7]　姜亮夫《楚辭書目五種》，上海：中華書局上海編輯所1961年版，第15頁。
[8]　王重民《中國善本書提要》，上海：上海古籍出版社1983年版，第489頁。
[9]　洪湛侯《楚辭要藉解題》，《楚辭研究集成》本，北京：人民出版社1985年版，第8頁。
[10]　崔富章《楚辭書目五種續編》，上海：上海古籍出版社1993年版，第24頁。
[11]　沈津《美國哈佛大學哈佛燕京圖書館中文善本書志》，上海：上海辭書出版社1999年版，第602-603頁。

明萬曆十五年（1587）《楚辭句解評林》

　　《楚辭句解評林》十七卷、附錄一卷，漢王逸章句，明馮紹祖輯評，六冊[1]。此本為馮紹祖校刊《楚辭章句》之改刻本，易以「評林」之名，書坊商業宣傳、促銷之跡顯見。首黃汝亨〈楚辭序〉，下題「錢唐黃汝亨貞父撰」，末署「萬曆丁亥之歲秋且朔」。次「楚辭章句目錄」十七卷，承以「觀妙齋重校楚辭章句議例」，通計五則[2]。再次為「各家楚辭書目」[3]，「書目」之後承以「楚辭章句總評」，所收俱同馮紹祖本[4]。

　　正文首行題「楚辭句解評林卷之一」，下分行署「漢劉向子政編集王逸叔師章句」、「明後學武林馮紹祖繩武父校正」。每半頁十行，行二十三字，有行線，四周雙邊，黑魚尾，中縫處上署「楚辭句解評林」數字，下列卷次，最下為頁碼。此本天頭處有欄框，欄框內錄諸家評點，所收與馮本同。〈離騷〉、〈九歎〉兩篇有朱筆圈點，餘則無。正文之後為馮紹祖「校楚辭章句後序」，署「萬曆丁亥月軏青陸朔鹽官馮紹祖繩武父書於觀妙齋」。

　　其中該本卷前附錄「楚辭章句總評」中縫下端三次出現「士章」，卷五〈遠遊〉篇三次出現「啟吾」，卷八〈九辯〉篇一次出現「啟吾」，蓋為當時刻工之名。

　　關於此本，陸心源《皕宋樓藏書志》[5]，姜亮夫《楚辭書目五種》[6]，王重民《中國善本書提要》[7]，崔富章《楚辭書目五種續編》[8]，沈津《美

1　本提要以上海圖書館藏本為據，北京大學圖書館所藏為二冊本，版式與此同。另據嚴紹璗《日藏漢籍善本書錄》著錄，日本諸館所藏該書有一冊本、二冊本、四冊本、六冊本、八冊本不等，版式、附錄內容等亦與此本異。

2　此本「議例」至「第四核評」時，忽竄入《史記‧屈原傳》，起自「秦欲伐齊，齊與楚從親」，終至《傳》末。後再無「議例」之五。

3　「各家楚辭書目」中無《八人通九十六首》，與姜亮夫先生著錄馮紹祖校刊《楚辭章句》本同，由此可見，此本與薑氏所見《章句》本或出自一源。

4　王世貞〈楚辭序〉「班固得屈氏之顯者也，而迷於隱，故輕詆中壘。王逸得屈氏之隱者也，而略於顯，故輕擬。夫輕擬之與輕詆，其失等也。然則為屈氏宗者，太史公而已矣」一段，此本「總評」引作：「班固得屈氏之顯者也，而迷於隱，略於顯，故輕擬之。與輕詆其失等也，然則為屈氏宗者，太史公而已矣！」而此處天頭又注出「迷於隱，故輕詆中壘。王逸得屈氏之隱者也」數語。

5　陸心源《皕宋樓藏書志》，《清人書目題跋叢刊》本，北京：中華書局1990年版，第173頁。

6　姜亮夫《楚辭書目五種》，上海：中華書局上海編輯所1961年版，第316頁。

7　王重民《中國善本書提要》，上海古籍出版社1983年版，第490頁。

8　崔富章《楚辭書目五種續編》上海古籍出版社1993年版，第24頁。

國哈佛大學哈佛燕京圖書館中文善本書志》[9]，周建忠、湯漳平《楚辭學通典》[10]，嚴紹璗《日藏漢籍善本書錄》[11]等皆有著錄。

[9]　沈津《美國哈佛大學哈佛燕京圖書館中文善本書志》，上海：上海辭書出版社1999年版，第604頁。
[10]　周建忠、湯漳平《楚辭學通典》，《楚辭學文庫》，武漢：湖北教育出版社2003年版，第353頁。
[11]　嚴紹璗《日藏漢籍善本書錄》，北京：中華書局2007年版，第1388頁。

新刻釐正離騷楚辭評林

　　該本扉頁題「新刻釐正離騷楚辭評林萬曆著雍赤奮歲¹金陵益軒唐氏梓」²。首起黃汝亨〈楚辭序〉，〈序〉未完而插入《史記・屈原傳》一段。次「各家楚詞書目」，書目未完又接上黃汝亨〈楚辭序〉。次「觀妙齋重校楚辭章句議例通計五則」，承以「楚辭章句目錄」，再次為〈屈原傳〉，《傳》未完又接「各家楚詞書目」，其中「楚辭集注八卷」後全錄朱熹〈楚辭集注序〉。由此可見此本之訛濫。次接「楚辭章句總評」。次正文，題「漢劉向子政編集王逸叔師章句明後學武林馮紹祖繩武父校正」。內容、版式、行款俱同丙戌本，由此知此本實為金陵唐氏翻刻馮氏丙戌本也，其所做惟剗去版心刻工姓名，增一扉頁耳。

　　關於此本，崔富章《楚辭書目五種續編》³、沈津《中國珍稀古籍善本書錄》⁴有著錄。

明萬曆十九年（1591）陳深輯《諸子品節》之《屈子》

　　《諸子品節》五十卷，明陳深輯。內收《楚辭》作品共三卷，其卷次分布為：〈離騷經〉、〈九歌〉為一卷（全書第二十六卷）；〈天問〉、〈九章〉為一卷（全書第二十七卷）；〈遠遊〉、〈卜居〉、〈漁父〉、〈九辯〉、〈招魂〉、〈大招〉為一卷（全書第二十八卷）。該書首起陳深《諸子品節序》，末署「萬曆辛卯孟春日吳興陳深子淵甫撰」，由此知該書刊於萬曆十九年（1591）。次錄「河上公」語一段。承以「凡例」十二則，言其擇取、編排、標注等體例。再次為「諸子品節目錄」，首起「老子《道德經》八十一章」，終以「徐幹《中論》五篇」，凡五十卷。正文每半頁十行，行二十字，小字雙行同，有行線，四周單邊，黑口，單魚尾，版心上列「諸子品節」卷次，魚尾下列該卷所屬，如「老子」、「莊子」、「屈子」之類，最下為頁碼。正文為二節版，天頭錄眉語。

　　陳深於「凡例」言及該書編選範圍及標準時云：

> 不佞所采掇者，乃晚周以後、西京以前，為其世代近古，文辭奧雅，故取其諸子眾家，及《史》、《漢》記載，無問真贗，雜陳於前，而摘其尤傑異者，而輯錄之，為之品陟，為之節文，以便作者臨池器使，故總命之曰「諸子品節」。其魏晉以後，及唐宋、五代、北魏、南唐之文，則別有一種趣味，當徐議之。言及摘選諸家之文時又云：「葛稚川云：『抄掇眾書，撮其精要，用功少而所收多，思不煩而所見博。』此集書之意也。然亦有全書，出一人之手，成一家之言，一句一字，皆其精神融結，而不容取捨者，摘之則非全璧矣。故不佞於《老子》、《莊子》、屈宋《騷》辭及《孫子兵法》，一句為一義者，皆全錄之，不遺一字，所以見奇人瑋士構思落筆學問之所自來，不如是，不足探其底也。若《管子》、《淮南》、《呂覽》，皆非一家之言，亦非出一人之手，則采其雋豔，遺其沉斥，所謂采珠而遺室，琢玉而捐石，淘金而棄砂也。若《列子》、《關尹子》、《文子》、《鶡冠子》，則後人贗辭耳，皆好為竅曠無訾量之語，然亦有精神感會處錄其十之二三。

由此可見，屈宋之文，在陳深眼中，當屬第一層次。陳深又仿《莊子》內

篇、外篇、雜篇之例，將其所選歸作內品、外品、雜品三類，三品之中
「無甚優劣」，所以然者，在於便學者之「按名求珍」。屈宋《騷》辭則
屬外品，所謂「學者觀外品，而知雄名之口禪」也。

　　該書所錄《屈子》，正文以數句為單位，句下置注文，以雙行小字刊
之。經檢核，文中注文均為節取朱熹《楚辭集注》而成。文旁時有詞句，
亦是摘錄《集注》而成。如該書〈離騷經〉：「前望舒使先驅兮，後飛
廉使奔屬。鸞皇為余先戒兮，雷師告余以未具。」其中「望舒」、「飛
廉」、「雷師」三詞旁，各有「月馭」、「風伯」、「豐隆」與之對應。
又如，〈離騷經〉：「何所獨無芳草兮，爾何懷乎故宇。世幽昧以眩曜
兮，孰云察余之善惡。」其中「孰云察余之善惡」句旁有云：「以下乃原
之詞」。以上皆由朱熹《楚辭集注》而來。

　　《屈子》正文所載眉語，亦偶有釋義、注音及校讎之語，多摘自《楚
辭集注》。除此之外，則多為品評之語。其中有引自他人者，皆明確予以
注明。如〈離騷經〉文首，該本引王世貞語兩則：弇州山人曰：

> 覽之令人裴回循咀，且感且疑，再反之，沈吟歔欷，又三複之，
> 聲[1]淚俱下，情事欲絕。

又曰：

> 《騷》雖有韻之言，其於詩文，自是竹之與草木，魚之與鳥獸，別
> 為一類，不可偏屬。餘取其惻怛深至，杳思沉音，則與詩文無所不
> 屬耳。

有的在引用時則稍微進行了一定的改動：如〈天問〉：「皆歸射鞠，而無
害厥躬」句眉上，此本有云：王逸曰：「射，行。鞠，穹也。言有扈氏所
行，皆穹凶極惡，啟誅之，而得無害也。」此條王逸《楚辭章句》原作：
「射，行也。鞠，窮也。言有扈氏所行，皆歸於窮惡，故啟誅之，長無害
於其身也。」[2]這種改動較為隨意，無規律可尋。

　　除此之外，更多的則未對評語作者進行注明，對於該書所錄評語的來
源問題，陳深在〈諸子品節序〉及「凡例」中均未予說明。筆者將他本
所載陳深評語與此本匿名評語進行對照後，發現其中多有相同者。據此推

1　原文「聲」作「深」，誤。
2　王逸《楚辭章句》，《楚辭四種》本，上海：世界書局1936年版，第57頁。

斷，此本未注明出處者，當為陳深自己所評。陳深輯此書，引錄他人者，皆加以標明，而自評之語，如逐一注明，既顯繁瑣，又有自譽之嫌，不如略去，因他書有載，亦不致引起誤解。

就這些評語來看，其中多數都是揭示文句語意及篇章主旨之例。略舉數例，列次如下：如〈離騷經〉「眾女嫉余之蛾眉兮，謠諑謂余以善淫」句眉上，該本有云：「此言小人之嫉妒，己不能與之同朝共處也。」「羿淫遊以佚畋兮，又好射夫封狐」句眉上，又云：「太康以後皆暴君，禹湯以後皆賢君，自傷生不逢時，不值賢君，而值暴君。」疏解篇章旨意者，如《九章・涉江》眉批：「此章渡江湘，乘鄂渚，入乎蒼莽林薄之中，而不欲聞於人也。」《九章・抽思》眉批：「此章陳詞以望君之察，君佯聾而不聞，是以憂心不遂，作頌自解。」

此外，該本所錄，亦有著眼於《騷》辭的藝術特色來立論者。如《九章・懷沙》眉批：「辭語短長於邑，鬱結不倫，有不任其聲，而促舉其詞者焉。」〈九辯〉眉批：「談節序則披文見候，敘孤寒循聲見冤，首篇尤為簡切。」前者敘及屈賦的用詞特色，後者則重在強調《楚辭》行文所達到的藝術效果，皆概括貼切，於人亦多有啟發。

關於此書，《四庫全書總目》有載，但多有批評。文云：

> 《諸子品節》五十卷，明陳深編。深有《周禮訓雋》，已著錄。是書雜抄諸子，分內品、外品、小品，內品為《老子》、《莊子》、《荀子》、《商子》、《鬼穀子》、《管子》、《韓子》、《墨子》。外品為《晏子》、《子華子》、《孔叢子》、《尹文子》、《文子》、《桓子》、《關尹子》、《列子》、屈原、司馬相如、《揚子》、《呂覽》、《孫子》、《尉繚子》、陸賈《新語》、賈誼《新書》、《淮南子》。小品為《說苑》、《論衡》、《中論》。又以桓譚《陳時政書》、崔實《政論》、班彪《王命論》、竇融《奉光武》及《責隗囂》二書、賈誼〈吊屈原賦〉、司馬相如、揚雄諸賦及〈諭巴蜀檄〉、〈難蜀父老〉、〈劇秦美新〉諸文，錯列其中，尤為龐雜，蓋書肆陋本也。[3]

---

[3]　紀昀等《四庫全書總目》，北京：中華書局1997年版，第1736頁。

明萬曆二十八年（1600）凌毓枏校刊朱墨套印本《楚辭》

　　《楚辭》十七卷，附錄一卷，題「王逸敘次，陳深批點」，「吳興凌毓枏殿卿父校」，萬曆二十八年（1600）刻，一函四冊[1]。卷首「楚騷附錄」起《史記・屈原賈生列傳》，行書，末題「萬曆庚子九月既望王穉登書」，後有「王穉登印」、「王氏百穀」二印記。文中朱筆圈點，眉間錄陳沂、茅坤、楊慎、余有丁、董份、王鏊、唐順之、柯維驥、黃省曾、樓昉、何孟春諸家批語。如錄陳沂曰：「二子一傳，自成一片，詞皆屬，而意皆可悲者。」錄楊慎云：「太史公作〈屈原傳〉，其文便似〈離騷〉，其論作《騷》一節婉雅悽愴，真得《騷》之趣者也。」

　　二子〈傳〉後承以劉勰《辨騷》篇，亦朱筆圈點，眉間錄蕭統、沈約、高似孫、楊慎諸家批。如〈辨騷〉「〈招魂〉、〈招隱〉，耀豔而深華」句眉上引楊慎曰：「『耀豔深華』四字，尤盡二篇妙處，故重圈之。皮日休評《楚辭》『幽秀古豔』，亦與此相表裡。稍異之云：『〈招魂〉耀豔而深華，〈招隱〉幽秀而古朗。』」

　　次為晁氏《郡齋讀書志》「王逸《楚詞》十七卷」解題。再承以《楚辭》目錄十七卷，為王逸舊次。

　　正文起「《楚辭》卷第一」，下朱筆題「王逸敘次」、「陳深批點」一行，此題識全書僅此一見，餘卷皆無。全書白文，唯取《章句》各大小序附錄皆備。每半頁八行，行十八字，四周單邊，白口，無魚尾，無行線，中縫處首刻「楚辭」二字，下列卷數，最下為頁數。眉間錄評，屬「某某曰」，形式同馮紹祖本。文中朱筆圈點，亦有旁批，皆為校正之語。如〈離騷〉「朝搴阰之木蘭兮，夕攬中洲之宿莽」，「中」字旁批曰：「一本無」。「飄風屯其相離兮，率雲霓而來禦」，「率」字旁批曰：「一作帥」。諸如此類，文中多見。每卷末皆附「疑字音義」，實則有音無義。

　　十七卷正文之後，節錄王世貞〈楚辭序〉為跋，眉間錄黃汝亨語為批，云：

---

[1]　本提要以復旦大學圖書館藏本為據，復旦大學圖書館藏又一本，與此本全同。美國哈佛大學哈佛燕京圖書館所藏為二冊本，版式與此本同。參沈津《美國哈佛大學哈佛燕京圖書館中文善本書志》，上海：上海辭書出版社1999年版，第603頁。

屈子以其獨醒獨清之意，沈世之內，殷憂君上，憤懣涸濁。六合之大，萬類之廣，耳目之所覽睹，上極蒼蒼，下極林林，摧心裂腸，無之非是。辟之深秋永夜，淒風苦雨，鬱結於氣，宣徹於聲，皆化工殿，豈文人雕刻之末技，詞家模擬之豔辭哉！

又云：

宋玉而下，有其才而非其情，賈誼有其情而非其才。

王〈序〉之後有「吳興凌毓柟殿卿父校」一行，又有「凌毓柟印」、「殿卿父」、「弇州山人」諸印記。

此本雖題「陳深批點」，實則雜取諸家品評之語入於其中，並非僅為陳深一家所評。所選評語，皆以朱刊眉批的形式出現，無總評、卷（章）末評等形式。所選評家，以文中所列先後，依次有蘇轍、李塗、劉鳳、賈島、宋祁、馮覲、蘇軾、王世貞、劉知幾、鍾嶸、洪興祖、朱熹、張之象、郭正域、唐順之、楊慎、陳深、王慎中、劉次莊、汪道昆、何景明、李夢陽、嚴滄浪（羽）、吳國倫、楊起元、呂延濟、張銳、姚寬、沈括、洪邁、祝堯、張鳳翼、樓昉、王逸、王應麟、葛立方、王維禎、呂向、何孟春、高似孫等四十家。

通檢此本所錄評語，知其實是在馮紹祖校刊《楚辭章句》基礎上，略加刪削補充而成的。這突出表現在二本在所選評家及評語內容上的大量雷同。非但如此，馮本有些評語在內容及所處位置上明顯有誤，而此本所載卻與之完全相同，從而成為此本承襲馮本的有力證據。

如〈離騷〉「眾女嫉余之蛾眉兮，謠諑謂余以善淫」句眉上，馮本引洪興祖曰：

〈反離騷〉云：「知眾嫭之嫉妒兮，何必揚累之蛾眉。」此亦班孟堅、顏推之以為「露才揚己」之意。夫冶容誨淫，目挑心與，孟子所謂「不尤其道」者。而以汙原，何哉？

文中「顏推之」顯系「顏之推」之誤，而此本所錄與此全同。

又如，馮本《九歌·少司命》文末眉上引洪興祖曰：

《周禮·大宗伯》：「以槱燎祀司中、司命。」」疏引《星傳》云：「三台，上臺司命，為太尉。」」又文昌宮第四曰司命。然則

　　有兩司命也。

這段文字於《楚辭補注》位置實在〈大司命〉篇題之下，不知何故馮紹祖選入其本後對其位置進行了改動，而此本所錄與馮本亦全同。

　　在馮本基礎上，此本又增加了郭正域、唐順之、楊慎、王慎中、何景明、汪道昆、王維楨、吳國倫、陳深等人的一些批語，為馮本所無。

　　如〈離騷〉「初既與余成言兮，後悔遁而有他」句眉上，此本錄郭正域曰：

　　　　人知先生之忠，顧其縱恣奇絕，摶弄千古，要自一氣流出，雖奇偉
　　　　而實真情，千古一人。

「既替余以蕙纕兮，又申之以攬茝」句眉上，引唐順之曰：

　　　　「蕙纕」、「攬茝」，與前「江離」、「辟芷」等一意。總之，自
　　　　表其清白之節也。」

「遭吾道夫昆侖兮，路修遠以周流」句眉上，引李夢陽曰：

　　　　以後欲言「瞻局顧而不能行」，先以「修遠周流」起之，其文有起
　　　　伏有開合，此所以為詞賦之祖。

　　與馮本相同，此本所選，亦多為諸家疏解《楚辭》文意、篇旨之詞，表現出較濃厚的「以注為評」、「注評交融」的傾向。這是早期《楚辭》評點發展過程中所存在的一個突出表徵。

　　關於此本，饒宗頤《楚辭書錄》[2]，姜亮夫《楚辭書目五種》[3]，王重民《中國善本書提要》[4]，沈津《美國哈佛大學哈佛燕京圖書館中文善本書志》[5]，周建忠、湯漳平《楚辭學通典》[6]，嚴紹璗《日藏漢籍善本書錄》[7]

[2]　饒宗頤《楚辭書錄》，《選堂叢書》本，香港：蘇記書莊1956年版，第4頁。
[3]　姜亮夫《楚辭書目五種》，上海：中華書局上海編輯所1961年版，第15頁。
[4]　王重民《中國善本書提要》，上海：上海古籍出版社1983版，第489頁。
[5]　沈津《美國哈佛大學哈佛燕京圖書館中文善本書志》，上海：上海辭書出版社1999
　　版，第602-603頁。
[6]　周建忠、湯漳平《楚辭學通典》，《楚辭學文庫》，武漢：湖北教育出版社2003年
　　版，第353頁。
[7]　嚴紹璗《日藏漢籍善本書錄》，北京：中華書局2007年版，第1388-1389頁。

等皆有著錄。

　　北京圖書館藏一種，二冊，名曰「楚辭述注」，十七卷，題（宋）洪興祖（明）王世貞撰，而附錄、目次、行款、版式、題署、內容皆全同此本，知其實為凌本之後世重印本，只因其中錄有王世貞〈楚辭序〉，故刊刻者特將其名號抽出，又改易書名，此為坊賈慣用伎倆。

明萬曆四十四年（1616）題焦竑輯《二十九子品彙釋評》之《屈子》

　　該書全稱「新鍥翰林三狀元會選二十九子品彙釋評」，凡二十卷，題明焦竑輯，明萬曆四十四年（1616）刻本。首起李廷機[1]〈題二十九子品彙序〉，末署「時萬曆丙辰歲孟夏月吉旦九我李廷機識」。[2]李〈序〉之後，承以「二十九子品彙目錄」二十卷。次為「凡例」八則。再次為正文。正文首起「新鍥翰林三狀元會選二十九子品彙釋評」卷次，後分三行署「從吾焦竑校正」、「青陽翁正春參閱」、「蘭嵎朱之蕃圈點」，此即所謂「三狀元」也。每半頁十行，行二十四字，小子雙行同，四周單邊，黑口，順魚尾，有行線，二節版，上節錄眉語。

　　該本卷前所載「凡例」，有專及「評品」與「圈點」者兩則，錄之如下：

> **評品凡例：**
>
> 　　按諸子百家，各持一指精者、奧者、微者、妙者、流澆者、輕快者，不可殫述。評品或繪其文字之工妙，或證其意旨之異同，或闡其秘奧之深遠，或訂其刊刻之謬訛，或取其行事之嫩美，或探其垂世之謨訓，同中有異，異中有同，諸家刻俱為下品矣。
>
> **圈點凡例：**
>
> 　　讀文者貴得意於文字之外，有文若淺易而意絕精到，有文實佶崛而意若平正，談吐有關於世教，文墨有俾於詞藻，如此之類，不能遍舉。讀者但於圈點處求之，各有所指，能得其意，解悟便多。

　　該本所錄《屈子》，以其先後所列，共包括〈離騷經〉、〈漁父〉、

---

[1]　李廷機，字爾張，號九我，福建晉江人。隆慶庚午，舉北闈第一，張居正延之教子，辭不就。萬曆癸未會試第一，殿試第二，累官宮坊，侍皇太子講學，旋晉祭酒，轉南京吏部侍郎，後以禮部尚書拜東閣大學士，未幾致仕，歸歿諡「文節」。著作有《李文節公集》十八卷等。參張廷玉《明史》，北京：中華書局1974年版，第5739-5741頁。

[2]　參張廷玉《明史》卷217（中華書局1974年版）、謝道承《福建通志》卷45（《影印文淵閣四庫全書》本）所載李廷機本傳。關於李廷機的著作情況，黃虞稷《千頃堂書目》記載較詳，共十一種，除以上所列外，還有《家禮簡要》一卷、《四書臆說》、《大方綱鑑》三十九卷、《明朝名臣言行錄》、《經國鴻謨》八卷。參黃虞稷《千頃堂書目》，上海古籍出版社1990年版。

〈九章〉（分各篇載之，不列「九章」總名）、〈遠遊章〉、〈天問章〉、〈卜居〉、〈九歌〉諸篇。其中所載評點，只眉評一種形式，核其來源，主要有以下三種情況：

多數評語是轉抄馮紹祖校刊《楚辭章句》而來。馮紹祖本《楚辭章句》以王逸注為本，又雜選眾家匯為一帙。此本《屈子》諸篇有注語，皆系節取《楚辭章句》而成，這是該本《屈子》因襲馮本《楚辭章句》的一個方面。更重要的則是其中所載的評語問題。以兩本對核，此本《屈子》所載評語多數均系抄襲馮本而成。其中有錄自馮本眉評者，又有將馮本之卷末總評變為眉評的。此類較多，茲不煩引。

部分評語是轉抄陳深輯《諸子品節》而來。陳深輯《諸子品節》五十卷，其中屈宋之文三卷。文中所載評點，有引自他人者，皆予以注明，又有較多無署名者，系陳深自評之語。而此本摘抄陳深輯本相關評語後，多數都加以偽託。

部分評語是摘抄王逸《楚辭章句》、朱熹《楚辭集注》而成。該本所載眉語中，還有不少是抄自王、朱二注，與摘選陳深評語的處理方式相同，該本將此類材料列之眉端後，亦偽託於他人名下。其中摘自《楚辭章句》者，均不見於文中所錄注文，只因文中注文較簡略，逸注中仍有取者，該本又予以收錄。

對於該本的這種偽託現象，《四庫全書總目》多有批評：

> 其書雜錄諸子，毫無倫次，評語亦皆託名，謬陋不可言狀，蓋坊賈射利之本，不足以當指摘者也。[3]

該本抄自馮紹祖校刊本《楚辭章句》而託名者，如〈涉江〉「哀南夷之莫吾知兮」句眉評：

> 屈原楚而曰「哀南夷之莫吾知」，是以楚俗為夷也。陰邪之類，讒害君子，變於夷矣。

此條為王應麟語，原文見於王氏《困學紀聞》卷十七[4]，而此本則托之於張之象名下。另，文中「屈原楚」當作「屈原楚人」，此本脫一「人」字，據此可見其「謬陋」之一斑。如此之類，又如〈東皇太一〉，此本所

3　紀昀等《四庫全書總目》，北京：中華書局1997年版，第1742頁。
4　王應麟《困學紀聞》，北京：商務印書館1959年版，第1293頁。

載此篇無篇名，文中「蕙肴蒸兮蘭藉，奠桂酒兮椒漿」句眉上有云：

> 「蕙肴蒸兮蘭藉，奠桂酒兮椒漿」，當曰「蒸蕙肴」，對「奠桂
> 酒」，今倒用之，謂之磋對。

此條為沈括語，原見於《夢溪筆談》卷十五[5]，馮紹祖始引入其書，該本抄之，而置於張鳳翼名下。核馮本此條之上即為張鳳翼評語，二者緊鄰，該本輯刊者不審，遂將二者相混。

抄自陳深輯《屈子》而託名者，如該本〈離騷經〉篇首眉批：

> 《騷》雖有韻之言，其於詩文，自是竹之與草木，魚之與鳥獸，別
> 為一類，不可偏屬。余取其惻怛深至，杳思沉音，則與詩文無所不
> 屬耳。

此條原見《諸子品節・屈子・離騷經》文首眉端，陳深署為「弇州山人」，而此本則託於王守仁名下。其他陳深輯本不署名者，此本多數抄襲後歸於王世貞、袁宗道、唐順之、馮覲、余有丁、董芬（「芬」當作「份」）、呂祖謙、楊慎等人名下。除此之外，也有轉錄後亦不署名者，則更能證明該本抄襲陳深輯本的事實。此類如該本〈離騷經〉「忽反顧以流涕兮，哀高丘之無女」句眉批：「此複托言[6]求神女、宓妃」。「及少康之未家兮，留有虞之二姚」句眉批：「此複托詞，欲求二姚。」「曰兩美其必合兮，孰信修而慕之」句眉批：「此複托詞求靈氛，以求其所適。」「巫咸將夕降兮，懷椒糈而要之」句眉批：「此伏托詞要巫咸，而占吉凶也。」[7]「時繽紛以變易兮，又何可以淹留」句眉批：「此下皆倘易自況」[8]。

抄自王逸《楚辭章句》、朱熹《楚辭集注》而託名者，如該本〈抽思〉：「願遙起而橫奔兮，覽民尤以自鎮」句眉語：

> 王世貞曰：「憍，矜也。《莊子》：『虛憍而盛氣』。覽，示。
> 娝，好也。言君自多其能，本無可怒，但以惡我之故，作怒也。」

5　胡道靜《夢溪筆談校證》，上海：上海古籍出版社1987年版，第515頁。
6　「托言」，陳深輯《屈子》作「托詞」。
7　「伏」陳深輯《屈子》作「複」，此本誤。最後「也」字，陳深輯本無。
8　「易」陳深輯《屈子》作「蕩」，此本誤。

「悲夷猶而冀進兮，心怛傷之憺憺」句眉語：

> 袁宗道曰：「切人不媚，言懇切之人不能軟媚，君或未怒，而眾已
> 病之，蓋惡其傷己也。」

以上俱為《楚辭集注》中語，而該本托之於王世貞、袁宗道名下。抄自
《楚辭章句》者，如〈橘頌〉「秉德無私，參天地兮」句眉語：

> 胡時化曰：「崇[9]，執也。言己執履忠正，行無私阿，故參配天
> 地，通之神明，使知之。」

〈遠遊章〉「朝濯髮於[10]湯穀兮」句眉語：

> 顧天峻曰：「『湯穀』，右[11]東方少陽之位。《淮南》言『日出湯
> 谷，入虞淵也。』」

以上俱見王逸《楚辭章句》，而此本則托之於胡時化、顧天峻名下。

　　此外，該本所載評語中脫字、誤字的現象亦較嚴重，對此茲不贅述，
由此可知《四庫全書總目》所言「謬陋不可言狀，蓋坊賈射利之本」者，
當屬可信。

---

[9]　「崇」，《楚辭章句》為「秉」，此本誤。
[10]　「放」為「於」字之誤。
[11]　「右」為「在」字之誤。

明萬曆刻《楚辭集注》八卷

　　朱熹《楚辭集注》，明萬曆間刻本，凡六冊[1]。首「勸揚子雲〈反離騷〉」，行書。次「楚辭集注目錄」及朱子序，再次為「馮開之先生讀《楚辭》語」，共有〈離騷〉、〈九歌〉、〈天問〉、〈九辯〉、〈招隱士〉五篇。馮夢禎，字開之，秀水人。萬曆丁醜進士，改庶起士，除編修。後忤張居正，病免。起為南國子監祭酒。有《快雪堂集》等傳於世。[2]再次為正文。每半頁九行，行十八字，小字雙行同，有行線，單魚尾，中縫處上刻「楚辭」二字，中為卷次，下列頁碼。文中偶有朱筆圈點。〈天問〉篇正文至「久餘是勝」句止，疑有缺頁。此本通書無年月敘次，不詳刊刻年代，但其中引有汪瑗《楚辭集解》和《楚辭蒙引》的部分內容，而汪氏所著《楚辭集解》十五卷、《天問初解》一卷、《楚辭蒙引》二卷、《考異》一卷、《大序》一卷、《小序》一卷，初刊於萬曆四十三年（1615），據此則可知此本至早亦不出於萬曆四十三年。

　　該本所錄評點，只眉批一種形式，就評語內容來看，經過校核後可知，其中多數都是從凌毓枏本抄錄而來的。在這方面，該本所載與凌本中的相關評語，表現出完全的一致性，其中有些是在入凌毓枏本前已經經過了凌氏的改動，而該本全承之，從而顯露出二本承襲關係之痕跡。此類如〈離騷〉「女嬃之嬋媛兮」句眉上，該本引洪興祖曰：

> 觀女嬃之意，蓋欲原為甯武子之愚，不欲為史魚之直耳。非責其不能為上官、椒蘭也。

此條材料最早見於馮紹祖校刊《楚辭章句》，但比此多出「而王逸謂女嬃罵原，以不與眾合，不承君意，誤矣」一句。凌毓枏將此句刪掉之後采入其書，而該本全承之。

　　更值得注意的是，該本底本為朱熹《楚辭集注》，但由於刊刻者只知照錄凌毓枏本評語而不加審辨，以至於將其中朱熹的一些評語也加以轉錄，從而與其正文中的相同內容構成重複，有的甚至二者都在同一頁，這在成為該本抄襲凌本力證的同時，也反映出其成書過程的粗糙與品質的低

---

[1]　本提要以復旦大學圖書館藏本為據。
[2]　參朱彝尊《明詩綜》，北京：中華書局2007年版，第291頁。

劣。如〈離騷〉「麾蛟龍使梁津兮，詔西皇使涉餘」句眉上，該本引朱熹曰：

> 屈原托為此行，而終無所詣，周流上下，而卒反於楚焉，亦仁之至而義之盡也。

此條為〈離騷〉「陟陞皇之赫戲兮，忽臨睨夫舊鄉」句注文。又如，《九歌・河伯》「與汝遊兮九河，沖風起兮橫波」句眉上所錄朱熹語，為該篇題解之語。此外如該本〈河伯〉「波滔滔兮來迎，魚鄰鄰兮媵予」句、〈招隱士〉「攀援桂枝兮聊淹留」句眉上所引朱熹語，其位置皆與朱熹原文在同一頁。如此類似的例子還有不少，茲不煩引。

除此之外，該本還有兩處偽託之例。一處見〈惜誓〉篇朱熹小序眉間，該本云：

> 王世貞曰：「〈惜誓〉者，不知誰所作也，或曰賈誼，疑不能明也。惜者，哀也；誓者，信也，約也。言哀惜懷王與己信約而複背之也。古者君臣將共為治，必以信誓相約，然後言乃從而身以親也。蓋刺懷王有始無終也。」

此實為洪興祖〈惜誓〉小序之語，而該本托之於王世貞名下。另一處見〈哀時命〉，該本將王逸〈哀時命〉小序之語置於眉端，亦托於王世貞名下。

以上所舉，該本皆以「某某曰」的形式注出評家姓名，但還有一些眉語則未注明出處，並且其中還時以「按」語的形式出現，讓人初看很難摸清頭緒，不知何人所為。如〈離騷〉「紛吾既有此內美兮，又重之以修能」句眉批曰：「『內美』總言上二章祖父、世家之美，日月生時之美，所取名字之美，故曰『紛』。」又曰：「按，『能』字即古『耐』字，通用，見《禮記》，『扈』字與『護』義通。」又如，〈離騷〉「余固知謇謇之為患兮，忍而不能舍也」句眉批云：「按，屈子此章之義，本諸《易・蹇卦》「六二」爻詞而來。孔子曰：『蹇，難也，陷在前也。』當作『蹇蹇』為是。」如此之類，自〈離騷〉至〈漁父〉皆有，且數量較多。

經檢核後發現，這些評語其實皆出自於汪瑗《楚辭集解》與《楚辭蒙引》。但此本另引有汪瑗語兩條，皆明確加以注明：〈離騷〉「名余曰正則兮，字余曰靈均」句眉批曰：「汪瑗曰：『五臣以正則為釋原名，靈均

為釋平字，其見卓矣。』」《九章·惜誦》「專為君而無他兮，又眾兆之所讎也」句眉批曰：「汪瑗曰：『先君後身』猶有身也，至於『專為君而無他，則不有身矣。』」此二條前者見於《楚辭蒙引》，後者見於《楚辭集解》，與其他材料並無區別，就處理方式而言，二者卻判若二途，其中或欲借重於汪瑗之名，或為刻工偶誤，內中因由，已難以確考。

汪瑗，字玉卿，新安（今安徽歙縣）人，明諸生，平生博雅，攻古文辭，恬淡自修，不慕浮豔，優遊自適，以著述為心，曾與其弟汪珂（字鳴卿）從歸有光學，歸氏將之比肩於「雙丁」、「二陸」，許之「非凡士也」[3]。一生汲汲於《騷》，為之作注，嘔心為之，堪稱有明一代治《騷》大家。《明史》無傳，事詳康熙《徽州府志》卷十五《人物志》四《隱逸傳》附《風雅傳》[4]。

關於此本，諸書皆無著錄，特詳於此。

---

[3] 參歸有光〈楚辭集解序〉，《楚辭集解》，明萬曆四十六年（1618）汪仲弘修版補刻本。

[4] 參崔富章《楚辭書目五種續編》，上海：上海古籍出版社1993年版，第89頁。

明萬曆刻本《楚辭集注》八卷

　　朱熹《楚辭集注》，明萬曆間刻，共二冊[1]。首起何喬新〈楚辭序〉，署「成化十一年歲在乙未秋八月既望盱江何喬新書」[2]。何喬新，字廷秀，江西廣昌人，景泰進士，有《椒邱文集》四十四卷等，事蹟詳《明史》本〈傳〉，卷一百八十三。次為「楚辭集注目錄」及朱子〈序〉，承以「馮開之先生讀楚辭語」，共〈離騷〉、〈九歌〉、〈天問〉、〈九辯〉、〈招隱士〉五篇。再次為正文，首行署「楚辭卷第一」，下為「朱子集注」四字，次行自上而下分署「離騷經第一」、「離騷一」。該本〈離騷〉篇首和〈天問〉文中有兩處缺頁。版式、行款俱同前一本。

　　該本〈離騷〉篇有佚名手批，皆書於文旁，語及音義。如「朕」旁批「屈子自稱」，「攝提」旁批「大概相當於北斗星」，「降」旁批「東韻」，等等，實無所發明。且至「擥木根以結茞兮，貫薜荔之落蕊」句即止，餘再無。此外該本所收評點，除多出幾處外，余皆全同於前一本。多出者轉錄如下：

　　〈天問〉「伯強何處，惠氣安在」句眉批：「此上十段皆問天道。『女歧』一段疑錯簡在此。此篇頗有條理，不是漫然亂道的。」「吾告堵敖以不長」句眉批：「□□云：堵敖名緒，為王五年，為弟惲所弒。惲既弒兄自立，當時有以忠名之者，故屈子怪而問之。」

　　《九章·抽思》「與余言而不信兮，蓋為余而造怒」句眉批：「此言楚王自恃其才能驕矜，誇示其[3]己，故畔成言而怒逐己也。」「顧蓀美之可完」句眉批：「追言昔日直道之害，因表己盡忠之心。」

　　以上多出四條，亦俱見汪瑗《楚辭集解》，由此又可見該本與前本之關係。

---

[1] 本提要以復旦大學圖書館藏本為據，北京師範大學圖書館亦有藏，與此同。

[2] 何喬新此〈序〉系官河南按察使時所作，原載於明成化十一年（1475）吳原明刊本《楚辭集注》，題：「成化十一年乙未八月既望賜進士出身嘉議大夫河南按察使司按察使盱江何喬新書」。此序又收入何氏《椒邱文集》卷9，《影印文淵閣四庫全書》本。

[3] 「其」當作「於」。見汪瑗《楚辭集解》，北京：北京古籍出版社1994年版，第185頁。。

明嘉靖三十八年（1559）葉邦榮刊《楚辭集注》之手錄評點

　　該本藏北京圖書館，共四冊。首起葉邦榮〈楚辭序〉。次「楚辭各家書目」，選《補注楚辭》十七卷、《考異》一卷、《重編楚辭》十六卷、《續楚辭》二十卷、《變離騷》、《龍崗楚辭說》五卷、《楚辭贅說》數種，疑有缺頁，並錄陳氏《直齋書錄解題》與晁氏《郡齋讀書志》語。次為朱熹〈序〉，前無《集注》目錄。再次為《史記・屈原傳》。

　　正文首起「楚辭卷第一　朱子集注」，次行題「閩中葉邦榮校刊」，三行題「離騷經第一　離騷一」，下有「丁醜歲臘月既望黃氏集說書額」墨筆題記一行。每半頁十行，行二十字，小字雙行同，白口，四周雙邊，有行線，單魚尾，魚尾下自上而下依次列卷次、頁碼。

　　該本眉間所收評點，皆為墨筆手書轉錄，由上題記「黃氏集說」云云，知為「黃氏」所為無疑。而「黃氏」不可考。核其評點內容，則全同於前一本，所謂「集說」者，實為抄襲、轉錄前萬曆本而成。而「丁醜歲」者，或指崇禎十年耶？姑附此待考。

　　關於該本，崔富章先生《楚辭書目五種續編》有著錄，文云：

> 惟有「丁醜歲臘月既望黃氏集說書額」墨筆題記一行，眉間多墨筆錄前人注評，自王逸以下至汪瑗、黃省曾、陳深數十家，亦間下己意，或以「按」字別之。如：按，「能」字即古「耐」字，通用，見《禮記》。「扈」字與「護」義通。「撫」字注皆不解，有撫己自省之意。「昔三後」指楚三君，而後及堯舜，在屈子則得立言之序也，「羌」，楚人語詞也，猶言卿何為也。《文選注》云：羌，乃也，一云歎聲也。是「集說」者頗有見地，惟不知「黃氏」為何人也。[1]

崔先生以為「黃氏」「間下己意」、「或以『按』字別之」者，皆出自汪瑗《楚辭蒙引》與《楚辭集解》，本由前萬曆本《楚辭集注》刊刻者移至眉間，而「黃氏」又手抄過錄至此。而關於前萬曆刻《楚辭集注》，《楚辭書目五種續編》未著錄，疑崔先生未見也。

---

[1]　崔富章《楚辭書目五種續編》，上海：上海古籍出版社1993年版，第59頁。

明萬曆刻《楚辭集注》八卷

　　明萬曆刻本《楚辭集注》八卷，共三冊，藏天津市圖書館，《中國古籍善本書目》著錄為「佚名評點」[1]。該本首起「〈辨騷〉附錄」，題「後學聶慎行書」。次為「勸揚子雲〈反離騷〉」。再次為何喬新〈楚辭序〉。承以朱熹《楚辭集注》序目。再次為「馮開之先生讀楚辭語」，共論及〈離騷〉、〈九歌〉、〈天問〉、〈九辯〉、〈招隱士〉五篇。正文每半頁九行，行十八字，小字低一格，行十七字，四周單邊，黑魚尾，有行線，中縫處上題「楚辭」二字，魚尾下依次為卷次和頁碼。

　　此本所錄評點，包括原刻與手批兩種情況。就原刻評點來看，只有眉批一種形式，內容則與前萬曆本《楚辭集注》所錄全同，由此知該本與前萬曆本《楚辭集注》實為同一系統，刊刻時間亦應在明萬曆年間。就手批評點來看，該本共採用了眉批、旁批及篇末評三種形式，。內容則是在原刻評點基礎上，又進行了較多的增補。所錄評家，主要有馮覲、孫鑛、蔣之翹、金蟠、陳仁錫、張鳳翼、周拱辰、陸時雍、丁澎等人。經過校核，此類評語皆是由後世閔齊伋校刊套印本《楚辭》、陸時雍《楚辭疏》、蔣之翹《七十二家評楚辭》等本轉錄而成。由此來看，該本所載手批評點，是由後人以別本為據，對其進行增錄而成的。

　　此類如〈離騷〉篇末錄孫鑛云：

> 前世未聞，後人莫繼，亙古奇作也。劉勰曰：「不有屈原，豈見〈離騷〉。」信哉！

又錄《秭歸外志》云：

> 〈離騷經〉凡字二千四百九十，可謂肆矣。然氣如纖流，迅而不滯，詞如繁露，貫而不糅，故曰騷人之情深。君子樂之，不愿其長，漢氏猶步趨也，魏晉而下卮焉，灑焉，浩矣，博矣，忘其祖矣。

〈天問〉「東流不溢，孰知其故」句眉上，過錄者引周拱辰云：

---

[1]　中國古籍善本節目編輯委員會《中國古籍善本書目》，上海：上海古籍出版社1998年版，第46頁。

余嘗見善飲者至一石不醉，私自念言腹僅貯一鬥，余而所受逾十倍，非其量之能受，乃其量之能消，即佛語所云消受也。「東流不溢」，妙處不在能受，正在能消，所以為造化之神。

以上三例依次分別見於蔣之翹《七十二家評楚辭》、閔齊伋校刊套印本《楚辭》與陸時雍《楚辭疏》。

值得注意的是，該本手錄評點中，署於「丁澎」名下的最多。丁澎，字飛濤，號藥園，浙江仁和人，清順治十二年（1655）進士，與陸圻、柴紹炳、陳廷會、毛先舒、張丹、吳百朋、孫治、沈謙、虞黃昊諸人相唱和，時稱「西泠十子」，有文名[2]。但經過考核，此類皆是由偽託而成。其中如《九歌‧山鬼》「山中人兮芳杜若，飲石泉兮蔭松柏」句眉上，該本有署為「丁澎」語云：「讀『山中』語一段，如入深徑，無人覺古藤、枯木皆有異致。」此實為桑悅語。又如，《九章‧悲回風》「觀炎氣之相仍兮，窺煙液之所積」句眉上，有署為「丁澎」語云：「寫天南風濤煙景，尺幅萬里。」此實為陳繼儒語。再如〈悲回風〉「求介子之所存兮，見伯夷之放跡」句眉上，又有署為「丁澎」語云：

「〈九章〉悲悽引泣，用拙為工，篇雖不倫，各著其志：〈惜誦〉稱『作忠造怨，君可思而不可恃也』；〈涉江〉則『彷徨鉅野』，『死林薄矣』；〈哀郢〉篇：『曾不知夏之為丘兮，孰兩東門之可蕪』，三複其言而悲之；〈抽思〉：『憂心不遂，斯言誰告』；〈懷沙〉自沉也，『知死不可讓』，『明告君子』，太史公有取焉；〈思美人〉非為邪也，謇涕焉，而竚眙焉，而又莫達焉，舍彭咸何之矣；〈惜往日〉有功見逐，而弗察其罪，讒諂得志，國勢瀕危，恨壅君之不昭，故願畢詞而死也；〈橘頌〉獨產南國，皭然精色；〈悲回風〉負重石，聽波聲之相擊，揣惴其慄，滅矣沒矣，不可複見矣。此以材苦其生者也。嗟乎！神人不材，原獨不聞乎？其義不得存焉爾。」

---

2   參紀昀等《四庫全書總目》「張秦亭詩集」條，北京：中華書局1997年版，第2525頁。另《浙江通志》卷178有《丁澎傳》，所載較詳，茲轉錄如下：「丁澎，字飛濤，號藥園，仁和人。順治乙未進士，累官禮部祠祭司郎中，典河南鄉試。罷歸，不問戶外事，而自娛於文，工為詩，頓挫清壯，有沈鬱之思，康熙癸亥葺《浙江通志》實董其事云。行世有藥園集。」李衛《浙江通志》，上海：商務印書館1934年版。

此實為陳深語。如此之例還有不少，茲不煩引。諸如此類，不知何人所為，但此本之訛濫，由此還是可以得見的。另據《中國古籍善本書目》著錄，鄭州大學圖書館藏有丁澎匯評《楚辭》一種[3]，不知與此本是否相合，姑附此待核。

---

[3] 中國古籍善本節目編輯委員會《中國古籍善本書目》，上海：上海古籍出版社1998年版，第52頁。

明萬曆四十六年（1618）陳仁錫選評《古文奇賞》之《屈子》

　　《古文奇賞》二十二卷，題明陳仁錫選評。首有陳仁錫自序，署「萬曆戊午」，由此知該本刊於萬曆四十六年（1618）。該本首起《屈子》，凡一卷，目錄稱屈原為「大作手」，錄其文〈離騷經〉、〈九歌〉、〈天問〉、〈九章〉、〈遠遊〉諸篇。正文首題「古文奇賞卷之一」，下署「古吳陳仁錫選評」。二行題「離騷經」，下署「屈平」。每半頁十行，行二十字，小字雙行同，四周單邊，白口。中縫處上列「古文奇賞」，中為卷次及篇名，下為「屈平」二字及頁碼。正文中小字為注文，內容較少，不似取自他家，或為陳仁錫自作。諸篇題下無小序。

　　該本所錄評點，有眉批與旁批兩種形式，而數量則要以旁批為多。在筆者所見此前問世的《楚辭》評點諸本中，未有錄引陳仁錫評點者，此本當為首次。就評語內容來看，有些是立足於疏解屈賦之義。如〈離騷〉「彼堯舜之耿介兮，既遵道而得路」句，旁批云：「純粹耿介，讒不入。」「余固知謇謇之為患兮，忍而不能舍也」句，眉批云：「王孫歸兮，山中兮不可以久留，則忍矣，惟美人遲暮至此。」「余既滋蘭之九畹兮，又樹蕙之百畝」句，旁批云：「放而猶勉。」「冀枝葉之峻茂兮」句旁批云：「勸君畜賢。」

　　此類之外，陳仁錫也多能著眼於屈賦所具有的藝術特色來闡說。其中有的側重揭示屈賦對後世作家所產生的影響，如〈離騷〉「願俟時乎吾將刈」句眉批云：「淵明無思天路本此。」《九歌・東君》「長太息兮將上，心低徊兮顧懷」句旁批云：「日將上，日色聲，知唐人模落日未盡。」有的則是關注於屈賦的行文特色，如〈離騷〉「湯禹儼而祗敬兮，周論道而莫差」句旁批云：「一語該周家八百。」「鸞皇為余先戒兮，雷師告余以未具」句旁批云：「『未具』一折妙。」「雄鳩之鳴逝兮，余猶惡其佻巧」句旁批云：「層層變化，杳無可尋，文章一至此乎？」《九歌・湘君》「心不同兮媒勞」句，又有旁批云：「妙語不磨。」

　　在與其他評點本的關係方面，對於之前《楚辭》評點本中的材料，該本有部分轉錄的情況。如〈離騷〉「理弱而媒拙兮，恐導言之不固」句眉上，引劉知幾曰：「可以方駕南董，俱稱良直。」《九歌・國殤》「旌蔽日兮敵若云，矢交墜兮士爭先」句眉上，引馮觀曰：「此篇敘殤鬼交兵挫北之跡甚奇，而詞亦悽楚，固知唐人弔古戰場文，為有所

本。」[1]以上二例俱由馮紹祖校刊《楚辭章句》來。而在明代《楚辭》評點本中，最早收錄陳仁錫評語者，是蔣之翹評校《楚辭集註》，之後潘三槐《屈子》也作了相關的擇取與引用，但就該本所載評語來看，多數都不見引於蔣、潘二本。因此，就陳仁錫《楚辭》評點的研究而言，該本應當是重要的參考依據。

關於該本，《四庫全書總目》有著錄，但以其「體例殊為龐雜」[2]。對於明代選評諸本，四庫館臣多持此論，在此亦將《古文奇賞》與之歸為一類矣。

---

[1]　對於此條，《古文奇賞》未列出「馮覲」之名。
[2]　紀昀等《四庫全書總目》，北京：中華書局1997年版，第2711頁。

明萬曆四十八年（1620）閔齊伋校刊套印本《楚辭》

閔齊伋校刊套印本《楚辭》，題「皇明萬曆庚申烏程閔齊伋遇五父校」，「萬曆庚申」為萬曆四十八年（1620），故知該本初刊於此年。該本有一冊本、二冊本、四冊本等多種[1]，而其中又有朱墨二色套印、朱墨靛三色套印之別[2]。筆者所見數種，均無扉頁，饒宗頤先生云：「題曰『楚辭評點』。」[3]核該本文中無此題署，蓋是饒先生所見本之扉頁題字。該本卷首無序跋、凡例、總評之類，僅有「楚辭目錄」，鑒於該「目錄」與他本所載皆不同，茲錄之如下：

上篇：

〈離騷〉屈原著。一篇。舊本〈離騷〉下有經字而〈九歌〉以下諸篇俱有傳字。洪興祖曰：其謂之經者，蓋後世之士祖述其辭尊而名之耳，非屈子意。

〈九歌〉屈原著。十一篇。〈東皇太乙〉、〈雲中君〉、〈湘君〉、〈湘夫人〉、〈大司命〉、〈少司命〉、〈東君〉、〈河伯〉、〈山鬼〉、〈國殤〉、〈禮魂〉

〈天問〉屈原著。一篇。

〈九章〉屈原著。九篇。〈惜誦〉、〈涉江〉、〈哀郢〉、〈抽思〉、〈懷沙〉、〈思美人〉、〈惜往日〉、〈橘頌〉、〈悲回風〉

〈遠遊〉屈原著。一篇。

〈卜居〉屈原著。一篇。

〈漁父〉屈原著。一篇。

右凡二十五篇，見〈漢志〉。舊為七卷，以其皆屈子作也，定為上篇。

---

[1] 國家圖書館、中國人民大學圖書館、浙江省圖書館所藏為二冊本，浙江省圖書館又藏有一冊本，華東師範大學圖書館所藏為四冊本。

[2] 國家圖書館、中國人民大學圖書館所藏均為朱墨靛三色套印，浙江省圖書館所藏一冊本為朱墨靛三色套印，一冊本為朱墨二色套印。另據崔富章先生著錄，華東師範大學圖書館所藏為四色套印，但未明為哪四色，筆者於該處所見亦為朱墨靛三色套印，或與崔先生所見非一本。另崔富章先生又稱有五色套印本，南開大學圖書館、江西贛州市圖書館均有藏，但亦未明為哪五色，附此待核。（見崔富章《楚辭書目五種續編》，上海：上海古籍出版社1993年版，第10頁。）

[3] 饒宗頤《楚辭書錄》，《選堂叢書》本，香港：蘇記書莊1956年版，第10頁。

下篇：

　　〈**九辯**〉**宋玉著**。舊本十一篇，朱子改訂為九篇，詳本章。

　　〈**招魂**〉**宋玉著**。一篇。

　　〈**大招**〉**景差著**。一篇。或云屈原自著，或云不知何人所作。

　　〈**惜誓**〉**賈誼著**。一篇。或云不知何人所作。

　　〈**招隱士**〉**淮南王劉安著**。一篇。《傳》稱安好古愛士，招致賓客，客有八公之徒，分造辭賦，以類相從，或稱大山，或稱小山，如詩之有大小雅焉。

　　〈**七諫**〉**東方朔著**。七篇。〈初放〉、〈沈江〉、〈怨世〉、〈怨思〉、〈自悲〉、〈哀命〉、〈謬諫〉

　　〈**哀時命**〉**嚴忌著**。一篇。

　　〈**九懷**〉**王褒著**。九篇。〈匡機〉、〈通路〉、〈危俊〉、〈昭世〉、〈尊嘉〉、〈蓄英〉、〈思忠〉、〈陶壅〉、〈株昭〉

　　〈**九歎**〉**劉向著**。九篇。〈逢紛〉、〈離懷〉、〈離世〉、〈怨思〉、〈遠逝〉、〈惜賢〉、〈憂苦〉、〈湣命〉、〈思古〉

　　〈**九思**〉**王逸著**。九篇。〈逢尤〉、〈怨上〉、〈疾世〉、〈憫上〉、〈遭厄〉、〈悼亂〉、〈傷時〉、〈哀歲〉、〈守志〉

　　右自〈九辯〉而下，凡五十篇，舊為十卷，以其皆為屈子而作也，定為下篇。[4]

　　正文亦分上下，皆白文，諸篇皆錄王逸《楚辭章句》之小敘，但皆置於篇末。每半頁九行，行十九字，白口，無魚尾，四周單邊，中縫處上列楚辭及當頁篇目，最下處列頁碼，分「上一」、「上二」、「下一」、「下二」等，行款疏朗，印刷較精美。

　　該本全書朱筆圈點，所載評語，主要有眉批、旁批和篇末評三種形式，而三種形式中亦有分色，朱靛錯雜。筆者以他本相校，並經過詳細地考察後發現，此本所載評點的情況較為複雜：就「朱色」而言，眉批、旁批皆為孫鑛批點之語，而篇末評則是孫鑛、馮夢禎評語及朱熹小序三者的結合。就「黛色」而言，眉批和篇末評為閔齊伋所選諸家評語，其中主要以陳深評語為主，另外還包括馮觀、王世貞等人，除此之外，眉批和旁批中的「黛色」語，似應為閔齊伋所作校正、音釋之詞。

　　先看孫鑛評語，據現有材料來看，該本是明代《楚辭》評點本中最早載錄孫鑛評語的一種。筆者所見浙江圖書館藏朱墨套印本，朱色為眉批和

---

[4]　以上文中之黑體字，為該本目錄中所加，為保持原貌，茲仍其舊。

部分篇末評，墨色為正文及少數旁批，而將其朱色評語與三色套印本中朱色評語對校，皆全同，而三色套印本中朱黛二色評語的字體卻不相同。據此來判斷，筆者以為，該本當有初印本與重印本之別，初印本僅錄孫鑛評語、馮夢禎《讀騷》及朱熹小敘一則，後又重引，複增入陳深諸家評語，以黛色刊之，也就成了三色套印本。此外，崔富章先生所見該本，又有四色套印、五色套印兩種，豈或是於三色套印基礎上，又有增益耶？附此待核。

就該本所載孫鑛評語的內容來看，可謂代表了明代《楚辭》評點的較高成就。孫鑛評語多著眼於《楚辭》的文學成就及藝術特色來立論，多能言前人之所未能言，因而頗具觀覽之價值。茲舉幾例為證：如〈離騷〉文首，該本引孫鑛云：

> 前世未聞，後人莫繼，亙古奇作也。劉勰曰：不有屈原，豈見〈離騷〉。信哉！

「雜申椒與菌桂兮，豈維紉夫蕙茝」句眉上，該本引孫鑛云：

> 構法全亂，不可謂似亂非亂，然別是一格調。中間突然陸說處，了不具原委，只是難苦氣人。東說兩句，西說兩句，只道自己心事，不管人省不省。然卻是真切語，不必盡，而實無不盡。

〈九歌〉文首，該本引孫鑛云：

> 〈九歌〉句法稍碎而特奇陗，在《楚騷》中最為精潔。

又云：

> 以神喻君，以事神比愛君，意非不合，而言出便覺無味耳。

又如〈天問〉文首眉上，該本引孫鑛曰：

> 或長言，或短言，或錯綜，或對偶，或一事而累累反覆，或聯數事而熔成片語。其文或陗險，或淡宕，或佶倔，或流麗，章法、句法、字法無所不奇，可謂極文之變態。

文中此類較多，不再贅引。由於孫鑛立論精當，其論一出，即產生了較大的影響，而這也正是該本一再重印的原因之所在。後來，陸時雍刊《楚辭疏》、蔣之翹刊《七十二家評楚辭》、以及張鳳翼本《楚辭合纂》、來欽之本《楚辭述注》，其中所載孫鑛評語，也似均是由閔齊伋此本而來。

除孫鑛評語之外，該本所載評點的另一亮點，是對於陳深評語又有了進一步的增益，並且這些內容多不見於馮紹祖校刊《楚辭章句》與凌毓枬校刊本《楚辭》。陳深是明代《楚辭》評點史上較早出現的一個評點家，其評語最先被馮紹祖本《楚辭章句》收錄，後凌毓枬校刊《楚辭》，雜錄四十家評語置於眉端，而專題之以「陳深批點」，特加標顯，可見其《楚辭》評點在當時影響之大，至該本出，亦對於陳深多加推重。核該本全書共引陳深語二十三處，就數量而言，僅次於孫鑛，而遠超於王世貞等人，從這一點我們也可以看出閔齊伋對於陳深的重視。而就該本所載陳深評語來看，亦多論及屈賦的藝術特色，其中如〈離騷〉「老冉冉其將至兮，恐修名之不立」句眉上，該本引陳深云：「即『汩余』一段意，而語益深矣。」「回朕車以複路兮，及行迷之未遠」句眉上，該本引陳深云：

> 顛倒深思，想及退修初服，意尤悽惋。下文「女嬃」、「重華」、「靈氛」、「巫咸」，俱就此轉出，真是無中生有。

又如〈離騷〉篇末，該本引陳深云：

> 〈離騷經〉凡字二千四百九十，可謂肆矣。然氣如纖流，迅而不滯，詞如繁露，貫而不糅，故曰「騷人之情深，君子樂之，不愿其長」。漢氏猶步趨也；魏晉而下厄焉，灕焉，浩矣，博矣，忘其祖矣。

除孫鑛、陳深二人外，該本還引有馮夢禎、王世貞、馮覲三人語，而對於它們的選錄，閔齊伋似乎也多以是否論及屈賦的文學藝術特色為標準。三人之中，馮夢禎、王世貞二氏自不待言，而馮覲亦然如此。核馮覲語於該本只見一處，位置在〈九歌〉文首眉上，文云：

> 〈九歌〉情神慘惋，詞複騷豔。喜讀之，可以佐歌；悲讀之，可以當哭。清商麗曲，備盡矣。

馮覲此條評語最早見引於馮紹祖本《楚辭章句》，位置在〈九歌〉卷末，

至凌毓枏本《楚辭》，因其只採用了眉批一種形式，故將此條的位置移到了〈九歌〉文首眉間，而閔齊伋此本與凌毓枏本同，由此則又可見閔齊伋本與前世《楚辭》評點本關係之一斑。

綜上所述，該本所引評家評語多著眼於《楚辭》的「文學性」來立言，同時其又載錄了作為明代評點大家孫鑛的《楚辭》評點內容，這對於整個《楚辭》評點史的發展演變來說，是非常重要的，從某種意義上來說，該本也可謂是代表了《楚辭》文學評點的初步成熟。

關於此本，饒宗頤《楚辭書錄》[5]、姜亮夫《楚辭書目五種》[6]、王重民《中國善本書提要》[7]崔富章《楚辭書目五種續編》[8]等，皆有著錄。

---

[5]　饒宗頤《楚辭書錄》，《選堂叢書》本，香港：蘇記書莊1956年版，第10頁。
[6]　姜亮夫《楚辭書目五種》，北京：中華書局上海編輯所1961年版，第5-6頁。
[7]　王重民《中國善本書提要》，上海：上海古籍出版社1983年版，第489頁。
[8]　崔富章《楚辭書目五種續編》，上海：上海古籍出版社1993年版，第10頁。

陸時雍《楚辭疏》

　　《楚辭疏》十九卷，附錄二卷，凡十冊[1]，陸時雍疏，明天啟間緝柳齋刻本。該本首起唐世濟〈楚辭疏序〉，署「賜進士第通議大夫資治尹兵部左侍郎烏程唐世濟題」。次為陸時雍自序，題「陸時雍撰」。再次為周拱辰〈楚辭序〉，署「古醉裡周拱辰孟侯父題」。再次為張煒如〈楚辭序〉，題「門人張煒如道先父撰」。承以陸時雍《讀楚辭語》，共計六十六條，第一頁下有「緝柳齋藏板」五字，末題「陸時雍識」。再次為「楚辭姓氏」，分「注」、「疏」、「別注」、「評」、「權」、「訂」六類[2]。繼以「楚辭目錄」，起自〈離騷經〉，終至〈九思〉，凡十九卷[3]。正文首起《楚辭》卷次，下署「古檇李陸時雍疏」。卷四〈天問〉增「附　拱辰別注」一行。卷一至卷十皆有陸時雍所作小序，每卷末有「緝柳齋藏板」五字。正文後接以「附錄楚辭雜論」，共收錄魏文帝（曹丕）、沈約、劉勰、洪興祖、朱熹、葉盛、王世貞、陳深、周拱辰等九人語，這類似於他本中的「《楚辭》總評」部分。又接以李思志《楚辭跋》，題「昭陽李思志又新父跋」。最後為〈屈原傳〉，末題「漢龍門司馬遷撰　明武林張煥如閱」。正文每半頁九行，行二十字，小字低一格，行十九字。四周單邊，有行線，白口。中縫處上列「楚辭」，中為卷次、篇名，下為頁碼。

　　該本所錄評點，正文中只採用了眉批一種形式。此外，如上所述，卷首附有陸時雍《讀楚辭語》一卷，主要是陸氏對於《楚辭》各篇的看法和理解。卷末又有《楚辭雜論》一卷，其中所收以朱熹、周拱辰二人評語為多，多是陸氏增益，其他諸人評語，則是由馮紹祖校刊《楚辭章句》轉錄

1　本題要以復旦大學圖書館藏本為據，此本即《續修四庫全書》影印所據本。
2　「楚辭姓氏」包括：「注」：王逸（字叔師，南郡人）、洪興祖（字慶善，雪川人）、朱熹（字元晦，新安人）；「疏」：陸時雍（字昭仲，檇李人）；「別注」：周拱辰（字孟侯，檇李人）；「評」：孫鑛（字文融，會稽人）、張煒如（字道先，虎林人）、李挺（字浩生，昭陽人）、李思志（字又新，昭陽人）、張煥如（字奉先，虎林人）；「權」：唐元竑（字祈遠，吳興人）、張存心（字謙之，會稽人）；「訂」：陸元瑜（字粹父，檇李人）、張煒如（字素先，虎林人）、張寄瀛（字文虎，會稽人）。
3　十九卷篇目依次為：〈離騷經〉、〈九章〉、〈遠遊〉、〈天問〉、〈九歌〉、〈卜居〉、〈漁父〉、〈九辯〉、〈招魂〉、〈大招〉、〈反離騷〉、〈惜誓〉、〈吊屈原賦〉、〈招隱士〉、〈七諫〉、〈哀時命〉、〈九懷〉、〈九歎〉、〈九思〉。

而來。如其中錄魏文帝曰：「優遊按衍，屈原尚之；窮侈極妙，相如之長也。然原據託譬喻，其意周旋，綽有餘度，長卿、子雲不能及。」

文中所錄評家，有孫鑛、張煒如、李挺、李思志、張煥如五人，也即「楚辭姓氏」之「評」中所列。五人之中，以孫鑛、張煥如二人數量最多，品評水準也最高。其中如錄孫鑛語「名字卻只以意說，煞是奇絕」，「〈九歌〉句法稍碎，而特奇陗，在《楚騷》中最為精潔」等，皆持論精闢[4]。而張煥如語「屈原譜世，蓋在言情，自馬遷以降，幾乎名籍矣」，「〈九歌〉貌情寫色，拂水成珠，種種有鬼舞神歌之況」之類，亦言之成理，助人思致。二人之外，其餘三人則少有發明，如其中李挺批語幾乎全是就陸時雍小序及注文所論的，大抵皆為褒譽之辭，如稱陸氏〈離騷〉小序云：「短序簡奧，足可長嘯揚、馬。」稱陸時雍所取舊詁：「全篇去取注語，俱簡妙。」因此，綜合該本眉端所載評家來看，除孫鑛外，其餘多是陸氏之門人或友朋，蓋因時雍好《騷》，而諸人皆相唱和，遂輯有此本也。

該本眉間不錄陸時雍評語，陸氏語皆見於《讀楚辭語》及正文中，故後世評本所錄陸氏語，皆是由這其中擇取出的。其中如蔣之翹本〈九歌〉卷末總評，引陸時雍云：「〈九歌〉短節簡奏，觸響有琳琅之聲。」潘三槐《屈子‧天問》「僉曰何憂，何不課而行之」句眉上，引陸時雍云：「〈天問〉中有一等漫興語，如此類是也。」張鳳翼《楚辭合纂‧懷沙》「明告君子，吾將以為類兮」眉上，又引陸時雍云：「〈懷沙〉情窮語迫，太史公獨載此篇，以卒原志也。」以上三例之中，潘、張二本所引皆由陸時雍注疏語中摘出，之所以如此，是在於這些內容雖然位置處於陸氏疏解之語中，其性質卻是品評式的，且所論亦較為精審，因而受到人們的喜愛和接受。

關於此本，趙逵夫撰有《陸時雍與〈楚辭疏〉》[5]一文，對於陸時雍生平、表字、家世、著述以及《楚辭疏》的版本情況進行了考察。饒宗頤《楚辭書錄》[6]，姜亮夫《楚辭書目五種》[7]，孫殿起《販書偶記》[8]，洪湛

4　該本所錄孫鑛語，已多見引於閔齊伋校刊套印本《楚辭》中。

5　趙逵夫《陸時雍與〈楚辭疏〉》，載於《文獻》2002年第3期。

6　饒宗頤《楚辭書錄》，《選堂叢書》本，香港：蘇記書莊1956年版，第18頁。

7　姜亮夫《楚辭書目五種》，上海：中華書局上海編輯所1961年版，第104頁、第323頁。

8　孫殿起《販書偶記》，上海：上海古籍出版社1982年版，第315頁。

侯《楚辭要藉解題》[9]，崔富章《楚辭書目五種續編》[10]，周建忠、湯漳平
《楚辭學通典》[11]，嚴紹璗《日藏漢籍善本書錄》[12]等皆有著錄。

[9]　洪湛侯《楚辭要藉解題》，《楚辭研究集成》本，武漢：湖北人民出版社1984年
　　版，第61頁。
[10]　崔富章《楚辭書目五種續編》，上海：上海古籍出版社1993年版，第113頁。
[11]　周建忠、湯漳平《楚辭學通典》，《楚辭學文庫》，武漢：湖北教育出版社2003年
　　版，第357頁。
[12]　嚴紹璗《日藏漢籍善本書錄》，北京：中華書局2007年版，第1392頁。

《楚辭榷》

　　《楚辭榷》八卷，陸時雍疏，金兆清參評，四冊[1]。該本首起陸時雍〈楚辭序〉，署「陸時雍昭仲父述」。次為金兆清〈楚辭榷條例〉。再次為司馬遷〈屈原傳〉。承以「楚辭榷目錄」，凡八卷[2]。正文首行署「楚辭榷卷一」，次行自上而下依次為：「檇李陸時雍敍疏」、「吳興金兆清參評」。每半頁九行，行二十字，四周單邊，有行線，白口，無魚尾，中縫處上列書名，中為卷數及篇名，最下為頁碼。正文頂格，「敍」、「疏」、「參」、「評」均低一格。

　　正文中錄陸時雍所作各篇小「敍」及疏解之語。金兆清之「參」，亦為詮解之詞。另有「評」，有的在陸氏各篇小敍之後，有的則為篇末評。就其性質而言，該本實為陸氏《楚辭疏》之變體，所錄眉語皆由《楚辭疏》而來，但將評家之名姓全部刪去。核金氏評語，無甚發明處，且有抄自他人而託名者。蓋陸時雍《楚辭疏》為一時之佳刻，故金氏欲借此傳名也。

　　關於此本，饒宗頤《楚辭書錄》[3]，姜亮夫《楚辭書目五種》[4]，孫殿起《販書偶記》[5]，崔富章《楚辭書目五種續編》[6]，周建忠、湯漳平《楚辭學通典》[7]等皆有著錄。

---

[1]　本題要以北京圖書館藏本為據。
[2]　八卷目錄為：卷一〈離騷經〉；卷二〈九歌〉；卷三〈天問〉；卷四〈九章〉；卷五〈遠遊〉、〈卜居〉、〈漁父〉；卷六〈九辨〉、〈招魂〉、〈大招〉；卷七〈招隱士〉、〈反離騷〉、〈短招〉；卷八〈讀楚辭語〉。
[3]　饒宗頤《楚辭書錄》，《選堂叢書》本，香港：蘇記書莊1956年版，第18頁。
[4]　姜亮夫《楚辭書目五種》，上海：中華書局上海編輯所1961年版，第113頁。
[5]　孫殿起《販書偶記》，上海：上海古籍出版社1982年版，第315頁。
[6]　崔富章《楚辭書目五種續編》，上海：上海古籍出版社1993年版，第114頁。
[7]　周建忠、湯漳平《楚辭學通典》，《楚辭學文庫》，武漢：湖北教育出版社2003年版，第359頁。

明天啟五年（1625）刻題歸有光輯《諸子匯函》之《玉虛子》、《鹿溪子》

　　《諸子匯函》二十六卷，題明歸有光「蒐輯」、文震孟「參訂」。據文震孟〈諸子匯函序〉「天啟乙丑冬日藥園逸史文震孟題」云云，知此書刊於明天啟五年（1625年）。該書扉頁題「合諸名家批點《諸子匯函》」，又有「識語」云：「太僕歸震川先生，精研老莊，沉酣子集，手輯玄晏，有功來學。文太史特為標顯，先梓老莊，踵刻諸子，名曰《匯函》，堪開玄悟之津梁，明文□之智次。」關於此書，周中孚《鄭堂讀書記》有著錄，文云：

> 《諸子匯函》二十六卷，明刊本。舊題明歸有光編，有光字熙甫，號震川，昆山人，嘉靖乙丑進士，官至太僕寺丞。《四庫全書存目》、《明史‧藝文志》不載，震川集中亦無序及之者，蓋坊賈所託名也。其書自周鬻子、子牙子以迄明之郁離子、龍門子，凡九十四家，各采摭數條，附以注釋，加以圈點，又於書之上闌及每條之後，俱綴以評證，其本非子書，而強蒙以子名，多出於杜撰無稽，不可究詰，真兔園冊之最下者。每卷又題長洲文震孟文起參訂，並冠以文起之序，恐俱出於依託耳。前有凡例及姚希孟序，此序或亦偽撰，又有諸子評林姓氏及談藪篇目。[1]

　　《四庫全書總目》卷一百三十八載此書，歸之子部雜家存目類，不知周氏何云「不載」。和周氏一樣，《總目》亦將此書歸於偽託之作，且批駁的口吻更加犀利：

> 是編以自周至明子書每人採錄數條，多有本非子書而摘錄他書數語稱以子書者。且改易名目，詭怪不經。如屈原謂之玉虛子，宋玉謂之鹿谿子，……皆荒唐鄙誕，莫可究詰，有光亦何至於是也。[2]

而姜亮夫《楚辭書目五種》對此書並未產生懷疑，以為「明時諸家爭立

---

[1]　周中孚《鄭堂讀書記》，載於《清人書目題跋叢刊》第八冊，北京：中華書局1993年版，第293頁。

[2]　紀昀等《四庫全書總目》，北京：中華書局1997年版，第1737-1738頁。

文統」，此書「選文以示範而張其軍者也」。又以為「明人輯評之七十二家、八十四家，固已多見於此書。亦有為他家所不及見者。」基於此，以下筆者擬對此書所選《楚辭》篇目中的評點情況進行必要的討論和審核。

該書自先秦迄明代，雜選歷代九十四家，許之為「子」，又錄其文輯為一秩，謂之「《匯函》」。「諸子」文中，選輯者皆摘選各名家評語，或錄之眉端，或置於文後，其中又有圈點抹劃之類。《諸子匯函》「凡例」云：

> 先哲評論子集者，具有卓識，悉掾載首末。其圈點抹劃，則太僕先生玄心獨造，未嘗有成跡也。

諸子之中，屈、宋亦與其列，為「玉盧子」、「鹿溪子」。其中《玉盧子》包括〈天問〉、〈惜誦〉、〈涉江〉、〈哀郢〉、〈抽思〉、〈懷沙〉、〈思美人〉、〈惜往日〉、〈橘頌〉、〈悲回風〉、〈卜居〉等十一篇。《鹿溪子》包括〈九辯〉和〈對楚王問〉兩篇。

《諸子匯函》卷首附錄處有「《諸子匯函》談藪」一目，以「諸子」順序依次收錄各名家評語，對所收文章作出總體性的評價。這類似於諸評點刻本中普遍設有的「總評」部分。其中「玉盧子」題下，錄沈約《宋書·謝靈運傳論》和馮觀語中各一段：

> 沈約曰：周室既衰，風流彌著，屈平、宋玉導清源於前，賈誼、相如振芳塵於後。蓋英辭潤金石，高義薄雲天者也。
>
> 馮觀曰：〈離騷〉斷如複斷，亂如複亂，而綿邈曲折，又未嘗斷，未嘗亂也。諸篇皆然。

《鹿溪子》題下，摘引黃汝亨〈楚辭序〉中一句：「宋玉而下，有其才而非其情，賈誼有其情而非其才。」

《諸子匯函》正文首列卷次，下題「崑山歸有光熙甫蒐輯，長洲文震孟文起參訂」字樣。次為諸子名號及選輯者所作題注，如稱屈原為「玉盧子」，其題注云：

> 楚歸州有玉盧洞，可容千人，石壁異文成龍虎草木之狀。平嘗讀書於此，故名。

知「玉虛」之義如此。稱宋玉為「鹿溪子」，但題注未對此名號之由來作解。再次為正文。每半頁九行，行十八字，小字雙行同，白口，四周單邊，單魚尾。

正文之中，該書皆以夾註雙行小字為原文作解，眉間和篇（章）後則輯錄各家評語。就《玉虛子》和《鹿溪子》而言，其中所屬《楚辭》作品者，所錄評家依書中先後所列，有楊升庵、王鳳洲、宋潛溪、楊南峰、洪實夫、李于麟、陶主敬、彭可齋、康礪峰、岳季方、陳白沙、王夢澤、汪南溟、廖明河、鄒東郭、陸貞山、王渼陂、王陽谷、張方洲、莊定山、蔡虛齋、崔後渠、諸理齋、吳瓠庵、羅整庵、康對山、徐匡岳、方希古、解大紳、胡雅齋、張玄超、林尚默、樓迂齋、袁元峰、高中玄、馮琢庵、王陽明、羅近溪、宗方城、唐荊川、李卓吾、餘同麓、穆少春、胡柏泉、邵國賢、馮開之、秦華峰、羅一峰、何啟圖、李空峒、李見羅、楊碧川、陳克庵、許子春、彭彥實、洪景廬、顧東江、陳明卿、魏莊渠、李石庵、沈君典、沈霓川、孫季泉、李西厓、羅念庵、陶蘭亭、王槐野、方初庵等68人[3]。

筆者將其評點內容逐一摸查核對後發現，其中多有偽託之例。這主要表現為以下兩種情況：

一、從《楚辭章句》、《楚辭補注》、《楚辭集注》中摘取出相關文句，或全文照搬，或稍作改動，而置於諸如楊升庵、王鳳洲、洪實夫、李于麟、康礪峰、張方洲、羅整庵、康對山、解大紳、諸理齋、王陽明、羅近溪、宗方城、唐荊川、帥楚澤、穆少春、胡雅齋、秦華峰、汪南溟、張玄超、洪景廬、羅念庵等名家時賢名下。這種情況約占全部評語的三分之一。

二、本為此人語，而托於彼人名下。這主要涉及到陳深、馮覲和王應麟三人。其中共引陳深語8處，而皆歸於楊升庵、王鳳洲、袁元峰三人名下；引馮覲語3處，而歸於徐廷岳、康對山、馮開之名下；引王應麟語1處，而歸於胡雅齋名下。

以上所列偽託之例中，所占比重最大的要數楊升庵、王鳳洲二人。其中列於楊升庵名下評語共16處，有12處為偽託；列於王鳳洲名下共17處，有8處為偽託。由此再來反觀此書所謂「合諸名家批點」、「崑山歸有光

---

3 其中「鄒東郭」、「王渼陂」、「張玄超」、「宗方城」「餘同麓」、「邵國賢」、「許子春」、「李石厓」等人，姜亮夫先生《楚辭書目五種》分別作：「鄒東軒」、「王深陂」、「張立超」、「宗方誠」、「余向麓」、「邵國寶」、「許少春」、「李石庵」。又，其中「何啟圖」、「李空峒」二人，《楚辭書目五種》無。見《楚辭書目五種》，上海：中華書局上海編輯所1961年版，第314頁。

熙甫蒐輯」云云，也就不難理解了，這不過是刊刻者欲借名家評點以招徠顧客，擴大銷量而不惜造假並使用的促銷話語而已。

大量摘抄《楚辭章句》、《楚辭補注》、《楚辭集注》中的語句，不可避免地造成《玉虛子》、《鹿溪子》「以注為評」的評點形態。受此影響，該本所收其他評家的評點內容中，也較多地流露出這種趨向。它們或是詮解字句之義，或是申述篇章之旨，為避文繁，茲不贅引。此外，此本所錄評點，亦多有文學性的品評話語，這主要集中在《鹿溪子》中的〈九辯〉一篇。該篇共收眉語、篇評32條，其中較多地論及其文學特色、意境蘊涵、行文脈絡及其所具有的藝術感染力等方面。如錄陶主敬語曰：「〈九辯〉，妙詞也，悽婉寂寥。宋玉他詞甚多，率荒淫靡嫚矣。」又如，錄陳明卿語曰：「一幅落日歸帆圖」。又如，錄沈君典曰：「照應前段去君而高翔，是反覆微切處。」再如，引顧東江曰：「悲傷之詞，讀之欲涕。可謂勢雖懸，而情則親；君雖昏，而臣則忠者。」皆能言之成理，論之有據，發人之所未發，且對於讀者更深層次地理解宋玉其人其文，亦有著較大的裨益。

綜上而言，關於此書，我們要採取較為審慎的態度來看待和使用它了。關於此本，周建忠、湯漳平《楚辭學通典》亦有著錄[4]。

---

[4]　周建忠、湯漳平《楚辭學通典》，《楚辭學文庫》，武漢：湖北教育出版社2003年版，第350頁。

明天啟六年（1626）蔣之翹評校《楚辭集注》

　　蔣之翹評校《楚辭集注》八卷、《辯證》二卷、《後語》八卷、《附覽》二卷，又稱「七十二家評楚辭」，明天啟六年（1626年）刊，有四冊本、八冊本、十冊本數種[1]。首起蔣之翹〈楚辭序〉，題「石林山人蔣之翹楚穉撰」[2]。次為黃汝亨〈楚辭序〉（行書），題「天啟柔兆攝提格之歲杪秋寓生黃汝亨題於浮梅樓」。[3]承以司馬遷〈屈原傳〉、沈亞之〈屈原外傳〉及李贄〈屈原傳贊〉三種。再次為蘇軾〈屈原廟賦〉、顏延之〈祭屈原文〉、蔣之翹〈哀屈原文〉[4]及李白、劉長卿、王叔承、何景明、蔣之翹、宋瑛、戴叔倫、鄒維璉、楊維楨、蔣之華、陸鈿等人所作〈弔屈原詩〉。[5]

　　次為「評楚辭姓氏」，共計七十二家：司馬遷、班固、劉向、揚雄、王逸、曹丕、顏之推、顏延之、蕭統、沈約、江淹、庾信、劉勰、鍾嶸、李白、韓愈、李賀、柳宗元、杜牧、顏籀、劉知幾、賈島、皮日休、洪興祖、蘇軾、朱熹、祝堯、高似孫、汪彥章、陳傳良[6]、劉辰翁、嚴羽、葉盛[7]、李塗、王應麟、姚寬、張銳、洪邁、樓昉、蔣羣、桑悅、何孟春、馮覲、胡應麟、朱應麒、李夢陽、何景明、徐禎卿、王廷相、茅坤、楊慎、許國[8]、王世貞、劉鳳、張鳳翼、李贄、孫鑛、李廷機、馮夢禎、黃汝亨、焦竑、陳深、張鼐、陳繼儒、鐘惺、黃道周、蔣之華、蔣之翹、陸鈿、宋瑛、陳仁錫、陸時雍。

---

[1]　南開大學圖書館藏本為四冊，上海圖書館藏有四冊本、八冊本、十冊本（缺一冊：《後語》卷一至卷三）三種，此提要以上海圖書館藏八冊本為據。

[2]　蔣之翹，浙江秀水人，字楚穉，號石林，明末文學家、藏書家。家貧，好藏書，明末避盜村居，收羅名人遺集數十種，選有《甲申前後集》。嘗校刊《楚辭》、《晉書》、《韓柳文集》，又輯《嶠李詩乘》四十卷。晚年無子，書籍散佚無餘。關於蔣之翹生平記述，可參《小腆紀年》卷五十八、《靜志居詩話》、《藏書紀事詩》、《嘉興府志》、《明詩綜》等。

[3]　上海圖書館藏本黃序後有手批詩文一首，錄之如下：「楚王不屈屈原身，千載何能得尺□。江上秋波明月夜，遺父只憶舊冤魂。丙橋氏沐手拜顯。」

[4]　姜亮夫先生藏本無蘇軾《屈原廟賦》，而蔣之翹《哀屈原文》後有許國所作《屈原論》。見姜亮夫《楚辭書目五種》，上海：中華書局上海編輯所1961年版，第51頁。

[5]　上海圖書館藏本諸人《弔屈原詩》後，又有手批語曰：「予謁三閭楚大夫廟，尺陰靈正大，作詩投火祭之，以述己志：謁罷三閭欲歎癡，當年何苦至於斯。蕭然隱遁高□志，未必投江恨兩儀。嘉慶戊寅觀蓮日高河丙橋時春□敬題。」

[6]　「陳傳良」，此本原作「陳傳巳」，誤。

[7]　上圖藏另一本與姜亮夫先生藏本「葉盛」均作「黃伯思」。

[8]　上圖藏另一本與姜亮夫先生藏本「許國」均作「葉盛」。

再次為「《楚辭》總評」，收司馬遷以下至蔣之翹諸家品評之詞[9]。再承以「《楚辭》目錄」，卷次順序同朱熹《楚辭集注》。再次為正文，首起「楚辭卷一」，題「宋新安朱熹集注，明檇李蔣之翹評校」。每半頁九行，行二十一字，小字雙行同，有行線，四周單邊，無魚尾，中縫處首列「楚辭」及篇名，中列卷次，下為頁碼。眉上鐫評，諸篇後又有總評，文中亦有圈點。自卷一〈離騷經〉至卷八〈招隱士〉皆然。卷一總評後有「海虞宋瑛閱」數字，卷二總評後有「檇李陸鈿閱」數字，卷三總評後有「檇李蔣之華閱」數字，卷四總評後有「海虞宋璞閱」數字，卷五總評後有「禦兒周九罭閱」數字，卷六總評後有「海昌盛唐詩閱」數字，卷七總評後有「海昌盛唐詩閱」數字，卷八總評後有「就李李燁閱」數字。[10]

正文八卷之後為《楚辭辯證》兩卷，其後為《楚辭後語》八卷，首有蔣之翹所作序文，云：

> 予聞秦無經，漢無騷。騷之為道，要必發情止義、興觀群怨之用備，而又別為變調者也。噫！何難甚哉！儻持此論以求之，即宋景諸人，猶不能及，何況曰漢，又何況曰漢以後耶？故朱子論〈七諫〉、〈九懷〉、〈九歎〉、〈九思〉為無病呻吟。今觀茲後語所錄，並呻吟而亦無之矣。特為原作者，意亦皆憫屈子之忠，而悲其不遇者也，所以不可不輯，複廣而續之。檇李蔣之翹撰。

《後語》起卷一，下題「宋新安朱熹輯」、「明檇裡蔣之翹校」二行。以下至卷六皆同。卷七卷八，則題「檇裡蔣之翹補撰」。上海圖書館藏八冊

---

[9] 姜亮夫先生藏本「楚辭總評」起自司馬遷終至陸鈿。

[10] 上圖藏另一本原十冊，今缺一冊（《後語》卷一至卷三）。書中文首附錄及正文注錄與此本稍異。該本首為蔣之翹〈楚辭序〉，接以黃汝亨〈楚辭序〉，又承以朱熹《楚辭集注原序》，次為「《楚辭》總目」及「《楚辭》目錄」，再次為「評《楚辭》姓氏」與「《楚辭》總評」。正文題署、版式、行款皆與此本同，唯無卷末「某某閱」字樣。文中所錄眉語、篇末總評，亦時與此本所錄異，值得注意。上圖藏又一本，四冊，缺附覽二卷，有扉頁，稱「檇李蔣之翹先生評校　朱注楚辭」。左上方又有題記曰：「蔣家原版向因闕失二十餘板，今已照舊補鐫，一字無訛。」下方有「潯川雨新堂藏板」數字。與其他兩本均不同，該本文首附錄處司馬遷〈屈原傳〉後，依次接以「評《楚辭》姓氏」、「《楚辭》總評」和「《楚辭》目錄」。正文題署、版式、行款與其他兩本同，卷末亦無「某某閱」字樣，而眉語、篇末評與十冊本一樣亦多有與所據本異者，但又有與十冊本不同者，值得注意。由此知此三本成於三時也。姜亮夫先生云：「余別度一部，無《外傳》以後各部，蓋書賈裁去矣。」又云：「余所度別本，尚有《楚辭集注原序》，則錄熹序目，而省總目者。」（見《楚辭書目五種》，上海：中華書局上海編輯所1961年版，第50頁。）由此知姜先生「別度」之一部，或與上圖藏四冊本同。

本間有抄配，起〈七諫〉王逸序至正文「眾並諧以妬賢兮」句。

最後為《楚辭》附覽二卷，蔣之翹亦有序云：

> 漢本《楚辭》載〈諫〉、〈懷〉、〈歎〉、〈思〉四篇，朱子刪
> 之，謂其無病呻吟。是矣。奈讀者罔聞其說，猶報遺珠之痛。予聊
> 附之篇外，以備覽云。天啟丙寅冬蔣之翹識。

此本除卷首附錄「楚辭總評」外，正文中主要以眉批、旁批、篇末評
三種評點形式來收錄各家評語。作為明代非常重要的《楚辭》評點集評刻
本，該本在評家擇取、評語選定方面在之前諸本的基礎上又有了很大的擴
充，毫不誇張的講，此本一出，即基本奠定了明代《楚辭》評點的格局。
關於此本評點的形成情況，蔣之翹有所敘述，文云：

> 王逸、洪興祖二家訓詁僅詳，會意處不無遺譏。惟紫陽朱子注甚得
> 所解。原其始意，似亦欲與六經諸書並垂不朽。惜其明晦相半，故
> 余敢參古今名家評，暨家傳李長吉、桑民懌未刻本，裁以臆說，謀
> 諸剞劂氏。

由此可見，蔣氏是在有意識地加強《楚辭》評的內容。王、洪二家「訓詁
僅詳」，為其所譏，而朱子《集注》又「明晦相半」，故其遍擇古今諸
名家評，悉發家藏，再益以己說，「遺茲來世」，以見其「與原為千古同
調」也。

「參古今名家評」，蔣氏在選取諸家評語的過程中，對於之前所出的
《楚辭》評點本是有所繼承的。如該本與馮紹祖校刊《楚辭章句》，於卷
首附錄處均有「《楚辭》總評」一目。在這一部分，雖然蔣本在收錄範圍
上大大超過了馮本，但其對後者的承繼痕跡還是非常明顯的。馮本此處
共錄引評家二十四人，其中有十九人為蔣本所取。其中有些評語二本完
全相同，如揚雄、庾信、劉勰（〈辨騷〉）、劉知幾、朱熹（馮本所錄第
三段）、汪彥章、陳傳良、姜南、王世貞（馮本所錄第二段）、劉鳳等人
之語。

有些則因為馮本較繁而在入蔣本之前，經過了蔣之翹的刪節和加工。
如馮本引沈約云：

> 周室既衰，風流彌著。屈平、宋玉，導清源於前；賈誼、相如，振
> 芳塵於後。英辭潤金石，高義薄雲天。自茲以降，情志愈廣。王

褒、劉向、楊、班、崔、蔡之徒，異軌同奔，循相師祖。雖清辭麗
曲，時發乎篇，而蕪音累氣，固亦多矣。若平子艷發，文以情變，
絕唱高蹤，久無嗣響。至於建安，按衍曹氏基命，三祖、陳王，咸
蓄盛藻。甫乃以情緯物，以文披質。自漢至魏，四百餘年，辭人才
子，文體三變：相如工為形似之言，二班長於情理之說，子建、仲
宣以氣質為體，並標能善美，獨映當時。是以一世之士，各相慕
習。原其颺流所始，莫不同祖《風》、《騷》。徒以賞好異情，故
意制相詭。

這段話於蔣本則被拆為二段：

沈約曰：周室既衰，風流彌著。屈平、宋玉，導清源於前；賈誼、
相如，振芳塵於後。自茲以降，情志愈廣。王褒、劉向、楊、班、
崔、蔡之徒，雖清辭麗曲，時發乎篇，而蕪音累氣，固亦多矣。

又曰：

自漢至魏，四百餘年，辭人才子，各相慕習，原其飈流所始，莫不
同祖風騷。

如此刪節、改動之例較多，茲不煩引。

而正文中所錄評點也同樣如此：蔣本一方面對馮本有所繼承，一方面
在繼承的過程中有的又加以必要的改動。如馮本〈離騷〉「帝高陽之苗裔
兮，朕皇考曰伯庸」句眉上引劉知幾曰：

作者自敘，其流出於中古。〈離騷經〉首章上陳氏族，下列祖考，
先述厥生，次顯名字，自敘發跡，實基於此。降及司馬相如，始以
自敘為傳，至馬遷、揚雄、班固自敘之篇，實煩於代。

蔣本此條則改為：

上陳氏族，下列祖考，先述厥生，次顯名字，實為馬、班、揚雄自
序篇之祖。

又如，馮本〈離騷〉「眾女嫉余之蛾眉兮，謠諑謂余以善淫」句眉批曰：

洪興祖曰：〈反離騷〉云：「知眾嫭之嫉妒兮，何必揚累之蛾眉。」此亦班孟堅、顏之推[11]以為「露才揚己」之意。夫冶容誨淫，目挑心與，孟子所謂「不尤其道」者，而以汙原，何哉？

此條於蔣本之翹則以己意出之，云：

蛾眉受妒是古今一大恨事。〈反騷〉云：『「知眾嫭之嫉妒兮，何必揚累之蛾眉。」所見亦淺矣。

顯然，經過刪節、改動後，以上兩條評語更為簡潔，也更易於為讀者所接受。

　　與之前諸本相比，此本的一個突出特點是大大增加了明代諸名家評點《楚辭》的內容。馮紹祖校刊《楚辭章句》共錄歷代評家四十四人，凌毓枏本《楚辭》錄四十人，而此本則增益至七十二人，其中多出者多為有明一代之時賢名家，尤其是鍾惺、李贄等明代評點大家，其品評《楚辭》之語，皆首次為此本收錄。由於這些評點家較多地關注於《楚辭》的文學特色來立論，同時蔣之翹在此本中亦有意識地縮減洪興祖等人的疏解之語，兩風互扇，使得此本之評點更具文學性，也更接近於「文學評點」。以下筆者以〈離騷〉篇為例，試對此本所收評點內容進行簡要的評述。縮減前人疏解之語者，如馮本於〈離騷〉共擇取洪興祖語十條置之眉端，至蔣本則僅餘三條，且其中有二條經過了改動，改動後的內容釋解的語氣則漸趨薄弱。如上引批評「〈反騷〉」條，之翹出以己意，強化了「評」的色彩。再如，「閨中既已邃遠兮，哲王又不悟」句，馮本眉批云：

「洪興祖曰：懷王不明而曰『哲王』者，以明望之也。太史公所謂『冀幸君之一悟，俗之一改也』。」韓愈〈琴操〉云：『臣罪當誅兮，天王聖明。』亦此意。」

蔣本眉批則改為：

洪興祖曰：韓愈〈琴操〉云：「臣罪當誅兮，天王聖明。」從此「哲王」出。

---

[11] 「顏之推」，馮本原作「顏推之」，誤。馮紹祖校刊《楚辭章句》，明萬曆十四年（1586）刻本。

在此，蔣之翹刪去洪興祖關於「哲王」用意的訓釋，僅保留韓愈〈琴操〉用例，無疑旨在強調屈賦對於後世文學作品所產生的的具體影響，而這對於讀者得以更直觀地瞭解屈原高超的遣詞抒情能力而言，是有很大裨益的。

〈離騷〉篇馮本眉批中，引自洪興祖與朱熹的占了大多數。蔣本則完全改變了這種情況，取而代之的是諸如金蟠、桑悅、陳深、孫鑛、陳仁錫、黃汝亨、王世貞、陸時雍、鐘惺等時賢名家的評語及蔣之翹自批語。這些評語較多地關注於屈賦中的用詞特色、行文脈絡及情感表現等方面，意在挖掘屈賦所蘊含的「文學性」因素。

如「扈江離與辟芷兮，紉秋蘭以為佩」句，蔣本引桑悅曰：

> 語極香豔。

「昔三後之純粹兮，固眾芳之所在」句引孫鑛曰：

> 構法全亂，不可謂似亂非亂，然別是一格調。中間突然陡所處，了不具原委，只是難苦氣人，東說兩句，西說兩句，只道自己心事，不管人省不省，然卻是真切語，不必盡而實無不盡。

「曰黃昏以為期兮，羌中道而改路」句，蔣之翹自批云：

> 予讀〈騷〉至「黃昏」二語，未嘗不垂涕也。本是同調，得無相憐。

「雄鳩之鳴逝兮，余猶惡其佻巧」句，引陳仁錫云：

> 層層變化，杳無可尋，文章一至此乎？

「世幽昧以眩耀兮，孰云察余之善惡」句又引鐘惺云：

> 淡語自憐，擬〈騷〉豈在難乎？

關於此本，學術界較多關注，楊金鼎《楚辭評論資料選》[12]收入了部分評語；李誠、熊良智《楚辭評論集覽》[13]摘錄了蔣之翹自序；饒宗

---

[12] 楊金鼎《楚辭評論資料選》，武漢：湖北人民出版社1985年版。
[13] 李誠、熊良智《楚辭評論集覽》，《楚辭學文庫》第二卷，武漢：湖北教育出版社2003年版，第282頁。

頤《楚辭書錄》[14]，姜亮夫《楚辭書目五種》[15]，王重民《中國善本書提要》[16]，崔富章《楚辭書目五種續編》[17]，周建忠、湯漳平《楚辭學通典》[18]，嚴紹璗《日藏漢籍善本書錄》[19]等，皆有著錄。

[14] 饒宗頤《楚辭書錄》，《選堂叢書》本，香港：蘇記書莊1956年版，第10頁。

[15] 姜亮夫《楚辭書目五種》，上海：中華書局上海編輯所1961年版，第50-52、321-323頁。

[16] 王重民《中國善本書提要》，上海：上海古籍出版社1983年版，第490頁。

[17] 崔富章《楚辭書目五種續編》，上海：上海古籍出版社1993年版，第63-64頁。

[18] 周建忠、湯漳平《楚辭學通典》，《楚辭學文庫》，武漢：湖北教育出版社2003年版，第359頁。

[19] 嚴紹璗《日藏漢籍善本書錄》，北京：中華書局2007年版，第1391頁。

明崇禎十年（1637）刻沈雲翔《楚辭集注評林》

　　沈雲翔《楚辭集注評林》八卷、附錄一卷，明崇禎十年（1637）吳郡八詠樓刻本。扉頁鐫「楚辭評林」，題「紫陽朱子集注」、「匯采歷代百名家解」、「吳郡八詠樓藏版」。首起沈雲翔〈楚辭引〉，末署「崇禎丁醜清和月載生魄日鹿城沈雲翔千仞識」。次為《楚辭》目錄及序目，末有「古典堂訂輯」字樣。繼以「批評楚辭姓氏」。次為司馬遷《屈原列傳》，眉間錄楊慎、金蟠、唐順之、王鏊、許國等人評語。再次為沈亞之〈屈原外傳〉，末有朱熹、徐禎卿、金蟠三家評。承以「楚辭總評」，共錄引自司馬遷至金蟠等四十八家總論《楚辭》之語。再次為正文。每半頁九行，行二十五字，白口，四周單邊。注文低一格。評語起行頂格，次行低一格。

　　該本所錄評點，除卷首總評外，文中主要採用了眉批、旁批、篇末評等三種形式。所引評家，總計八十四人：司馬遷、班固、劉向、揚雄、王逸、曹丕、顏之推、顏延之、蕭統、沈約、江淹、庾信、劉勰、鍾嶸、李白、韓愈、李賀、柳宗元、杜牧、顏籀、劉知幾、賈島、皮日休、洪興祖、蘇軾、蘇轍、朱熹、祝堯、高似孫、汪彥章、陳傳良、劉辰翁、嚴羽、葉盛、李塗、王應麟、姚寬、張銳、洪邁、樓昉、蔣冔、桑悅、何孟春、馮覲、胡應麟、姜南、朱應麒、李夢陽、何景明、徐禎卿、王廷相、茅坤、楊慎、許國、王世貞、汪道昆、王慎中、劉鳳、余有丁、董份、李贄、孫鑛、李廷機、郭正域、馮夢禎、焦竑、黃汝亨、陳深、張鳳翼、葛立方、吳國倫、張鼐、鐘惺、陳繼儒、張之象、呂延濟、黃道周、陳仁錫、蔣之華、蔣之翹、陸時雍、金蟠、宋瑛、陸鈿。故是書又有「八十四家評楚辭」之謂。

　　關於此本所錄評家，沈雲翔在「批評《楚辭》姓氏」後有題識云：

　　　　《楚辭》行世者，向惟七十二家評本稱善，然尚有未盡，如宋蘇子
　　　　由、國朝汪南溟、王遵巖、餘同麓等十餘家，在所遺漏，茲複輯
　　　　入，匯成八十四家。搜羅校訂，自謂騷壇無憾也。

姜亮夫先生考證所增十二家，除以上所舉蘇轍、汪道昆、王慎中、余有丁

外，還有姜南[1]、董份、郭正域、葛立方、吳國倫、張之象、呂延濟、金蟠等八人。並稱此本「蓋襲蔣之翹評本，而略微增補者也。其所列總評四十八家，亦全襲蔣氏原文」。[2]正如姜先生所言，沈氏此本實以蔣本為基礎，而略加增益、改動而成。如卷前總評部分，除了沈氏所做的部分改動外，其餘則全同蔣本。其改動主要表現在：將蔣本原有揚雄語去掉，替以王逸〈離騷章句敘〉中一段；刪除蔣本中汪彥章語；節取蔣本中原有司馬遷、班固、陸時雍、陸鈿語；增益蘇轍語一段、洪興祖語一段、朱熹語三段、金蟠語五段。

沈氏所云蘇轍、汪道昆、王慎中等十餘家「在所遺漏，茲複輯入」者，實系據馮紹祖本與「陳深批點」本補入，並非其個人所為。如上所述該本總評所增益蘇轍語，即原見於馮本總評，而蔣本未取，此本輯入。再如張之象、呂延濟二人評語，亦是最先見於馮本，而不為蔣本所取者。此外，該本所錄汪道昆、王慎中、郭正域、吳國倫等人評語，則全是由陳深本錄入。至於董份、葛立方二人語，則皆不見載於該本，不知何故列之於此，蓋託名耳。

關於該本，《四庫全書總目》頗多微詞，文云：

> 是書成於崇禎丁醜，因朱子《集注》，雜采諸家之說，標識簡端，冗碎殊甚，蓋坊賈射利之本也。[3]

由此可見，四庫館臣對於該本的批評，其實並未抓住問題的實質，而僅是基於其對於明末評點本所持有的鄙夷立場來立論的。該本的問題在於，它僅是對之前諸本的簡單糅合，而無甚發明之處。《總目》謂其「坊賈射利之本」，可信。

除《四庫全書總目》之外，饒宗頤《楚辭書錄》[4]，姜亮夫《楚辭書目五種》[5]，洪湛侯《楚辭要籍解題》[6]，崔富章《楚辭書目五種續

---

[1] 上海市圖書館藏蔣之翹本，卷首總評已錄姜南語二條，但該本「評楚辭姓氏」卻未列姜南之名，或為後世所增。

[2] 姜亮夫《楚辭書目五種》，上海：中華書局上海編輯所1961年版，第324頁。

[3] 紀昀等《四庫全書總目》，北京：中華書局1997年版，第1978頁。

[4] 饒宗頤《楚辭書錄》，饒宗頤《楚辭書錄》，《選堂叢書》本，香港：蘇記書莊1956年版，第10頁。

[5] 姜亮夫《楚辭書目五種》，上海：中華書局上海編輯所1961年版，第52、323-324頁。

[6] 洪湛侯《楚辭要籍解題》，北京：人民出版社1985年版，第32頁。

編》⁷，周建忠、湯漳平《楚辭學通典》⁸等，亦均有著錄。

7　崔富章《楚辭書目五種續編》，上海：上海古籍出版社1993年版，第64頁。
8　周建忠、湯漳平《楚辭學通典》，《楚辭學文庫》，武漢：湖北教育出版社2003年版，第362頁。

舊抄本《楚辭》

　　《楚辭》不分卷，舊抄本，二冊[1]。首「辨騷附錄」，次正文，〈離騷經〉篇名之後，接以朱熹〈楚辭序〉。全書收〈離騷經〉、〈九歌〉、〈天問〉、〈九章〉、〈遠遊〉、〈卜居〉、〈漁父〉、〈招魂〉諸篇。注文及每篇小序，皆由朱熹《楚辭集注》來，但均為節文，此蓋與其抄本性質有關。文中無眉批、圈點，但有篇末總評，經檢核，系全抄自沈雲翔《楚辭集注評林》，由此知此抄本當成於沈氏《楚辭評林》之後。與注文、小序一樣，該本所載篇末評，亦多為節選，其中除〈離騷經〉全錄沈本〈離騷〉篇末諸家評外、〈九歌〉取僅王逸、李賀、姚寬、張銳、馮覲、蔣之翹六家，其餘諸篇則更是僅錄二三家。以之成於《楚辭集注評林》之後，故附於此。

---

[1]　本題要以復旦大學圖書館藏本為據。

明崇禎十一年（1638）來欽之《楚辭述注》

　　來欽之《楚辭述注》五卷，初刊於明崇禎十一年（1638），後又有重印本、重雕本，版本情況較為複雜。茲就所見諸本，略述如下：

　　上海圖書館藏二種，一種二冊，扉頁題「繪像楚辭」四字。該本首起來欽之〈楚辭序〉，題「崇禎歲在戊寅蕭山來欽之聖源甫書於興勝寺之昌文閣」，崇禎戊寅，即崇禎十一年也。接以陳洪綬繪圖十二幅：「東皇太一」、「雲中君」、「湘君」、「湘夫人」、「大司命」、「少司命」、「東君」、「河伯」、「山鬼」、「國殤」、「禮魂」、「屈子行吟」。再次為《楚辭》目錄，共五卷，起〈離騷〉，終〈漁父〉，共屈原賦二十五篇，其中〈九歌〉、〈九章〉並有分目，〈九歌〉下又有「陳章侯圖附」字樣。次為正文，首題「楚辭卷第一」，下分二行自上而下列題銜四處：第一行為「漢宣城王逸章句」、「明會稽王鼞校定」[1]，第二行為「宋新安朱熹集注」、「蕭山來欽之述注」。其中「校定」項餘下諸卷皆有變化：卷二題「蕭山來集之校定」，卷三為「會稽王紹美校定」，卷四為「會稽王紹蘭校定」，卷五為「會稽劉錫和校定」。文中以四句為單位作注，注文節取朱熹《集注》而成，同時又增益王逸《章句》與來欽之注的部分內容。每半頁九行，行二十字。注文皆另起低一格，雙行小字，每行十九字。四周單邊，白口，單魚尾。中縫處上列「楚辭」，中為篇名、卷次，最下為頁碼。

　　另一本一冊，扉頁題「陳章侯繡像楚辭」。該本首陳洪綬〈序〉，題「戊寅暮冬陳洪綬率書於善法寺」。次接來欽之〈楚辭序〉，題署與上本同，惟頁尾有「康熙辛未年重鐫」七字。由此知此本為清康熙三十年（1691）之重刻本。再次為「楚辭目錄」。承以陳洪綬「九歌圖」及「屈子行吟」共十二幅。再次為正文，版式、行款與前本同。唯每卷端並有「蕭山黃象彝、象玉、象霖同校字樣」。姜亮夫先生以為「字畫傾攲，蓋用明刊挖補而成」[2]，或是。

　　北京圖書館藏一種，系丁丙八千卷樓珍藏善本。該本分上下二冊，封皮有「集」、「楚詞類」字樣。上冊卷一〈離騷〉、卷二〈九歌〉，下冊卷三〈天問〉至卷五〈漁父〉。首有手抄提要一種，云：

---

[1]　「王鼞」，姜亮夫《楚辭書目五種》作「王覺」，誤。姜亮夫《楚辭書目五種》，上海：中華書局上海編輯所1961年版，第77頁。

[2]　姜亮夫《楚辭書目五種》，上海：中華書局上海編輯所1961年版，第78頁。

《楚辭》二卷，明萬曆閔氏硃藍本。

　　右〈離騷〉一篇、〈九歌〉十一篇、〈天問〉一篇、〈九章〉九篇、〈遠遊〉、〈卜居〉、〈漁父〉各一篇，凡二十五篇，見〈漢志〉。藍為七卷以貫，皆屈子作，定為上篇。〈九辯〉，宋玉著，舊本十一篇，朱子改為九篇。〈招魂〉，宋玉著，一篇。〈大招〉，景差著，一篇，或云屈原自著。〈惜誓〉，賈誼著，一篇。〈招隱士〉，淮南王劉安著，一篇。〈七諫〉，東方朔著，七篇。〈哀時命〉，嚴忌著，一篇。〈九懷〉，王褒著，九篇。〈九歎〉，劉向著，九篇。〈九思〉，王逸著，九篇。自〈九辯〉而下凡五十篇，舊為十卷，以其皆為屈子而作，定為下篇。明萬曆庚申烏程閔齊伋遇父集。馮開之、王弇州、楊升庵諸家評點，以朱藍分色校印，殊覺精采奪目，有貴陽陳氏藏書記一印。

　　此提要描述的對象是明萬曆四十八年（1620）閔齊伋校刊套印本《楚辭》，不知何故置此。該本首起陳洪綬〈序〉，首頁有「八千卷樓舊藏」、「善本書堂」、「國立北平圖書館收藏」諸印記，下冊首頁亦有此數印。次為來欽之自序，再次為「楚辭目錄」。卷端題署、版式、行款俱同上海圖書館藏二冊本。惟陳洪綬所繪〈九歌〉及「屈子行吟」圖十二幅，位置在文中〈離騷〉之後、〈九歌〉之前。

　　復旦大學圖書館亦藏二種，一種四冊，扉頁已奪，該本卷前附錄與上列三本均異：首起陳洪綬〈序〉。次為來逢春〈楚辭後序〉，題「崇禎戊寅月嘉平來逢春正侯甫書於越王山之踞松堂」。次為「楚辭目錄」。再次為陳洪綬繪圖十二幅。再次為來欽之〈楚辭序〉，題署與前同。來逢春〈楚辭後序〉位置原應在書末，此本將之移前，當是後出之本。

　　另一本二冊，首起羅明祖〈序〉，次為陳洪綬〈序〉，再次為陳洪綬繪圖十二幅。再次為正文。正文每卷首列楚辭卷次，次兩行上並署「漢宣城王逸章句」、「宋新安朱熹集注」，下題「明蕭山黃象彝、象玉、象霖同校」字樣。據此知該本或為崇禎刻本之後世重雕本。

　　而《四庫未收書輯刊》所收此本，卷前僅來欽之〈楚辭序〉、陳洪綬繪圖及「楚辭目錄」三種。正文題署、版式、行款同上海圖書館藏二冊本。

　　該本所錄評點，只眉批一種形式。所錄評家，上列諸本亦有不同。今以復旦大學圖書館藏四冊本所錄為據，依文中諸家出現先後，列次其名，共有王予安、來伯方、來旦卿、來聖源、陳章侯、來與京、陶岸生、來正侯、來之問、陳眉公（繼儒）、陸時雍、來子重、來子升、章有四、胡應

麟、張鳳翼、來有虔、沈括、王弇州（世貞）、沈素先、陳辟生、劉辰翁、鐘伯敬（惺）、王芳侯、王儀甫、王逸等二十六家。

　　復旦大學圖書館藏二冊本與四冊本稍有不同，如上列張鳳翼（〈離騷〉）、沈素先、陳辟生、劉辰翁四人，該本依次作賈祺生、黃伯宗、張湛生、黃□若。此外，該本還有佚名圈點和手批，手批分眉評、夾批兩種形式，數量較多，堪與原刻評點相比。

　　北京圖書館藏本有佚名朱筆手批語，形式有眉批、旁批二種。經檢核，這些批語皆是由他本移錄至此，而所錄均不出於馮紹祖校刊本《楚辭章句》、凌毓枏校刊本《楚辭》二本之範圍。其中有些如朱熹、沈括等人語，該本原刻眉間已載，而手批者亦複抄入，其不審者由此可見一斑。

　　《四庫未收書輯刊》所收該本，是以中國科學院圖書館藏本為底本影印而成，其中所載諸家，在原來基礎上又有了較多的增益，這種增益一方面表現為同一評家評語的增益，如「王予安」，原本只錄評語一處，此本增益至二處。又如「來聖源」，原本錄評語八處，此本則增益至十六處[3]。如此之例還有不少，茲不贅述；另一方面則表現為新評家的增益，該本在原有二十六家的基礎上，又增加了孟子塞、祁止祥、王子嶼、王子樹、來石倉、祁匪熊、章羽侯、黃儀甫、來元成、王子宜、祁季超、來式如、朱式服、王海觀、來爾極、來元啟、來子畏等十七人。值得注意的是，復旦圖書館所藏二本之間所載評家異者，此本皆與四冊本同，蓋二冊本所載誤。以上是該本後世重刻過程中，所載評家的變化情況。

　　就品評內容而言，《楚辭述注》所載諸家語，多是就文中相關語句所作的理解和闡發，或是指出行文線索，或是點出文章意旨，其中多有可參者。如〈離騷〉「及榮華之未落兮，相下女之可詒」句眉上，引來聖源曰：

> 　　自此至「來違棄而改求」，始詒之以下女，既理之以謇修，而不幸遭讒人之間，至使神妃離合，其意緯繡乖戾，卒難邁其拒絕之意。而且神妃又複驕傲淫遊，不循禮法，故「來違棄而改求」也。此求宓妃不得之終始。

〈離騷〉「鳳皇既受詒兮，恐高辛之先我」句眉上，又引來聖源曰：

---

[3]　其中〈離騷〉「苟余情其信姱以練要兮，長顑頷亦何傷」句眉上，此本所錄眉批稱為「來聖源」語，而此條他本皆作「陳章侯」語。

自「覽相觀於四極」至「恐高辛之先我」，始間之鳩之為媒，既慮鳩之佻巧，終恐鳳皇受高辛之詒而先我。此言求有娀不得之始終。

又如《九歌・湘君》「望夫君兮未來，吹參差兮誰思」句眉上，引沈素先曰：

> 此歌七章，句句本首句著想，望之切，思之深，極言其相睽之甚。至「馳鶩江皋」、「弭節北渚」、「逍遙容與」，皆其不見答而聊以寫憂也。下篇大指同此。

除具名評語外，該本所錄還有一些不署名者。經考核，此類評語皆是由朱熹《楚辭集注》抽出，內容多言及篇章大指，位置在〈九歌〉〈東皇太一〉、〈雲中君〉、〈湘君〉、〈山鬼〉及〈九章〉〈惜誦〉、〈懷沙〉等篇。

就該本所錄評語來源來看，其中有些是由他本而來。如〈離騷〉「委厥美以從俗兮，苟得列乎眾芳」句眉上，該本引張鳳翼曰：「舊注以為指子蘭、子椒，則『揭車』、『江離』誰指？」又如《九歌・東皇太一》「吉日兮辰良」句眉上，該本引沈括云：「『吉日兮辰良』，蓋相錯成文，則語勢矯健。韓退之云：『春與猿吟兮，秋鶴與飛。』用此體也。」再如《九歌・少司命》「入不言兮出不辭，乘回風兮載雲旗」句眉上，該本引王世貞云：「『入不言』二句，雖爾恍惚，何言之壯；『悲莫悲兮』二句，是千古情語之祖。」以上三例，皆最早見引於馮紹祖校刊《楚辭章句》，此本所引，當是由前世諸本而來。又，〈天問〉「薄暮雷電，歸何憂」句眉上，該本引張鳳翼曰：「人言七言始於《柏梁》，不知濫觴於此。」此條與張鳳翼本《楚辭合纂》所錄同，蓋由張本而來。而該本所引陸時雍語，又似由陸氏《楚辭疏》而來。

關於此本，姜亮夫先生《楚辭書目五種》有著錄，茲將姜先生所作按語摘抄如下：

> 按來氏以朱熹《集注》本為據，以為詳體乎屈原之言之志，則朱子所為予之奪之者，可類推也。故僅取屈原賦二十五篇。於晦翁之《集注》，稍稍裒多益寡，或加刪節，謂之《述注》。凡熹所謂〈續離騷〉以下三卷，及《後語》全部，皆刪而不錄。而又採擇諸家評語，載之眉邊。並輯入陳洪綬屈子像及〈九歌〉十二圖，以成本書。實無所發明。明人陋習極好名，來氏此刊，可為代表。列來

氏子姓之說至四五家，則以屈子書作顯揚宗親之用矣。[4]

姜先生所言極是，但如從《楚辭》品評輯本的角度加以看待的話，該本在《楚辭》批評史上亦應有著重要的一席之地，且該本所錄評語，多有不見於他本，獨賴此得以流傳者，因而頗顯珍貴。

此外，丁丙《善本書室藏書志》[5]，饒宗頤《楚辭書錄》[6]、周建忠、湯漳平《楚辭學通典》[7]，柏克萊加州大學東亞圖書館編《柏克萊加州大學東亞圖書館中文古籍善本書志》[8]等，亦有著錄。而郭立暄《楚辭述注與來聖源之世家》一文[9]，對於該本所選來氏評家考證頗清晰，亦可參閱。

[4] 姜亮夫《楚辭書目五種》，上海：中華書局上海編輯所1961年版，第76頁。

[5] 丁丙《善本書室藏書志》卷23，清光緒二十七年（1901）錢塘丁氏刻本。

[6] 饒宗頤《楚辭書錄》，《選堂叢書》，香港：蘇記書莊1956年版，第19頁。

[7] 周建忠、湯漳平《楚辭學通典》，《楚辭學文庫》，武漢：湖北教育出版社2003年版，第356頁。

[8] 柏克萊加州大學東亞圖書館編《柏克萊加州大學東亞圖書館中文古籍善本書志》，上海：上海古籍出版社2005年版，第251頁。

[9] 郭立暄《楚辭述注與來聖源之世家》，《圖書館雜誌》2005年第2期。

明季毛氏汲古閣刻本《楚辭補注》之手錄評點

　　《楚辭》十七卷，漢王逸章句，宋洪興祖補注，明季海虞毛氏汲古閣刻本，共十二冊，復旦大學圖書館藏。該本版式、行款與通行本同，惟眉端、文旁有佚名朱筆手批語，文中又有朱筆圈點。其中旁批皆及葉音、反切之類，茲不論。經考核，此本眉批皆系轉錄來欽之《楚辭述注》評語而來，但是將諸評家姓名盡刪去。手批者除去評家姓名者，不知何故。但此本作為來氏《述注》之後世過錄本，由此亦可見《楚辭述注》於後世之影響也。

明末張鳳翼《楚辭合纂》十卷

　　《楚辭合纂》十卷，王逸章句，朱熹注，題張鳳翼合纂，明末刻本，有一冊本、二冊本、四冊本數種[1]。所謂「合纂」者，乃「綜王逸洪興祖朱熹諸家之說而斷以己意也」[2]。北京圖書館藏本首有鄭振鐸所作跋語，云：

> 此本乃明末坊賈所為。折衷漢、宋王、朱二注，複附以劉辰翁、張鳳翼、鐘伯敬諸家注評。卷首王世貞〈序〉，疑亦是竊取之他本者。作為《楚辭》讀本之一，固亦未必遜遜陸時雍、蔣之翹也。一九五七年一月十九日過隆福寺修綆堂購得，西諦同時在三友堂見呂晚村評選唐宋八家古文。[3]

　　該本首起王世貞〈楚辭序〉，署「弇州山人王世貞撰」。王氏此〈序〉，最早見於明隆慶五年（1571）豫章朱多煃芙蓉館覆宋本《楚辭章句》，後被他本收入，藉以標榜[4]，此本亦為一例[5]。次為楚辭目錄，共十卷，因與他本有別，特錄之如下：卷一〈離騷經〉；卷二〈九歌〉（各篇小目均列出）、〈天問〉；卷三〈九章〉；卷四〈遠遊〉、〈卜居〉、〈漁父〉；卷五〈九辯〉、〈招魂〉；卷六〈大招〉、〈惜誓〉、〈吊屈原〉、〈反離騷〉；卷七〈招隱士〉、〈七諫〉；卷八〈哀時命〉、〈九懷〉；卷九〈九歎〉；卷十〈九思〉[6]。次為正文。首起「楚辭卷一」。二行題：「漢王逸章句宋朱熹注　明張鳳翼合纂」。三行題「離騷經第一」，下以雙行小字引班固、顏師古、洪興祖、王逸諸家詮釋「離騷」之

1　北京圖書館藏二冊本、杭州市圖書館藏一冊本、四冊本二種，重慶市圖書館所藏亦為四冊本。

2　崔富章《楚辭書目五種續編》，上海：上海古籍出版社1993年版，第80頁。

3　此跋亦收入《西諦書跋》，見鄭振鐸撰、吳曉鈴整理《西諦書跋》，北京：文物出版社1998年版，第204頁。

4　如萬曆二十八年凌毓柟校刊朱墨套印本《楚辭》即收入此《序》。

5　王〈序〉開頭「梓《楚辭》十七卷，其前十五卷，為漢中壘校尉劉向編集」云云，此本則改「十七卷」為「十卷」，「前十五卷」為「前八卷」，使之與其所載卷次相符，餘皆同。

6　作者列於篇目下端，同一作者有多篇作品者，皆於第一篇列出，餘不再注明。如屈原，僅在〈離騷經〉目錄下署以「屈平」，〈九歌〉以下皆無。另，〈九歌〉、〈九章〉、〈七諫〉、〈九懷〉、〈九歎〉、〈九思〉各篇小題，目錄中均予列出。

語，又有張鳳翼曰：「諸注同異不一，今參用唐宋各家注而折衷之。」四行起王逸小序，五行起入正文。每半頁九行，行二十字，白口，左右雙邊，無魚尾，有行線。中縫處首列書名「楚辭」，中列卷數，下列頁碼。

該本所錄評點，有眉批和篇末評二種形式，所錄評家，依文中出現先後，共有鐘惺、張鳳翼、劉辰翁、胡應麟、陳繼儒、陸時雍、王世貞等七人。就評語內容來看，該本所載與陸時雍《楚辭疏》、蔣之翹《七十二家評楚辭》及來欽之《楚辭述注》多有相合者，亦有不見於其他評點本者，下面將分別論之。

先看此本與蔣之翹本的關係。二本所載評語，其中相同者，如〈離騷〉「芳與澤其雜糅兮，唯昭質其猶未虧」眉上，該本引王世貞曰：「數語更俊亮雅潔。」〈離騷〉篇末，該本引陳繼儒曰：「騷不難讀，惟自其怨慕無已，反覆再四處求之，即情境在我，而襟亦欲沾矣。豈不倫不理，忽鬼忽人，蓋乃作者之欲藏其情，而擬之者令易窺尋，便垂厥指。」又如，〈天問〉「梅伯受醢，箕子詳狂」句眉上，該本引胡應麟曰：「句稍明順，而意愈恢奇。」《九章‧惜誦》「懲於羹者而吹齏兮，何不變此志也」句眉上，該本引鐘惺曰：「造語似諧，轉多奇志。」〈漁父〉篇末，該本引陸時雍曰：「漁父數言，如寒鴉幾點，孤雲匹練，疏冷絕佳，至語標會，總不在多也。」

以上數例，亦見於蔣之翹本。如此之例還有不少，其中有兩例，則更能說明二本關係之密切：〈離騷〉「畦留夷與揭車兮，雜杜衡與芳芷」句眉上，該本引劉辰翁曰：「纏綿宛戀，一字一淚，亦一字一珠矣。」蔣之翹本所載與此全同。值得注意的是，上引劉辰翁語亦見於沈雲翔《楚辭集注評林》，但無「亦一字一珠」一句。《楚辭集注評林》在評點的擇取上，是以蔣之翹本為基礎而稍作增益而成，此例顯然是沈雲翔自蔣本轉引時，刪掉了最後一句。蔣之翹本刊於天啟六年（1626），沈雲翔本刊於崇禎十年（1637），該本對於劉辰翁此語的處理與蔣本同，而與沈本異，這對於我們進一步探知此本的大致刊刻時間而言，可謂是一個重要的參照。又如，〈遠遊〉「高陽邈以遠兮，余將焉所程」句眉上，該本引陸時雍曰：「鄉風抒情，知相接者誰，亦聊以自寄耳。」此條見陸時雍《楚辭疏》，但原文「知相接者誰」後，比此多出一「耶」字[7]。沈雲翔本未錄此語，蔣本所載與該本全同。此又可作為考察此本與蔣本關係之一證。

---

[7]　見陸時雍《楚辭疏》卷三〈遠遊〉「誰可與玩斯遺芳兮，長鄉風而抒情。高陽邈以遠兮，余將焉所程」句下注文。明天啟間緝柳齋刻本。

　　該本所載評語，又多有與來欽之《楚辭述注》本相同者，亦值得注意。如〈離騷〉「椒專佞以慢慆兮，樧又欲充夫佩幃」句眉上，該本引張鳳翼曰：「舊注以為指子蘭、子椒，則揭車、江離誰指？」此條最早見於馮紹祖校刊《楚辭章句》，原作：「此言蘭椒，指賢人之改節者。舊注直以為指子蘭、子椒，然則下文揭車、江離又誰指哉？」後來蔣之翹本亦引此條，在將「此言蘭椒」改作「此言蘭，下言椒」後，余全襲馮紹祖本。而來欽之本所載與此本則全同。又如，《九歌‧東皇太一》「吉日兮辰良」句眉上，該本引沈括曰：「『吉日兮辰良』，蓋相錯成文，則語勢矯健。韓退之云：『春與猿吟兮，秋鶴與飛。』皆用此體也。」此條亦最早見引於馮紹祖本，較此略詳，原作：「『吉日兮辰良』，蓋相錯成文，則語勢矯健。如杜子美詩云：『紅豆啄餘鸚鵡粒，碧梧棲老鳳凰枝。』韓退之云：『春與猿吟兮，秋鶴與飛。』皆用此體也。」蔣本未錄此語，來欽之本與此亦全同。

　　來欽之《楚辭述注》原刻於明崇禎十一年（1638），原刻本之後，後出之本較多，諸本彼此間在所收評語數量及具體內容上亦有差異，而此本所載，則全同於北京圖書館藏二冊本《楚辭述注》[8]。如《九歌‧湘夫人》「沅有芷兮澧有蘭，思公子兮未敢言」句眉上，復旦大學圖書館藏二冊本《楚辭述注》（下稱復旦本）引胡應麟語作：「此篇語，唐人絕句千萬不能出此。」「此篇語」，北京圖書館藏二冊本《楚辭述注》（下稱北圖本）作「此四語」，該本所載與北圖本全同。核胡應麟此語，是就〈湘夫人〉「鳥何萃兮蘋中，罾何為兮木上。沅有芷兮澧有蘭，思公子兮未敢言」四句而發[9]，並非概括全篇之言，復旦本誤。又如，《九章‧悲回風》：「悲回風之遙蕙兮，心冤結而內傷」句眉上，該本引王弇州曰：「此章宛縟淒傷，秋燈夜雨中，每讀一過，彷徨難及晨矣。」[10]北圖本與此全同，而復旦本「彷徨」一詞作「彷彿」。

　　綜上所述，由該本與蔣之翹本、來欽之本及沈雲翔本之間的關係來看，此本當成於天啟、崇禎年間。但其中仍有一個問題，即該本所載諸家評語與蔣之翹、來欽之二本同者，究竟是該本由二本來，還是二本由該本來，這對於進一步考察此本的大致刊刻年代而言，無疑有著至關重要的意

8　北京圖書館所藏二冊本《楚辭述注》，為八千卷樓珍藏舊本，具體信息詳見前《楚辭述注》提要。

9　胡應麟原文作：「『鳥何萃兮蘋中，罾何為兮木上。沅有芷兮澧有蘭，思公子兮未敢言。』唐人絕句千萬，不能出此範圍，亦不能入此閫域。」胡應麟《詩藪》，北京：中華書局1958年版，第5頁。

10　此條蔣之翹本亦收，但「王弇州」作「王世貞」。蔣之翹評校《楚辭集註》，明天啟六年（1626）年版。

義。鄭振鐸先生認為此本成於坊間，對此筆者完全同意。之所以如此，是
因為該本所載評語還是存在一定的問題。如張鳳翼評語，最早見引於馮紹
祖校刊《楚辭章句》，後來蔣之翹刊《七十二家評楚辭》，又予以增益，
馮、蔣二氏皆為「譊譊慕《騷》」之人，其所刊書亦皆校選極精審，其中
所選張鳳翼語應當可靠。該本題為張鳳翼「合纂」，文中亦錄有張氏語，
但馮、蔣二書中的張氏語卻多不見載，由此推測，所謂「張鳳翼合纂」，
或是書賈偽託而成。由此再結合明代坊間刻書多抄襲、轉錄的習慣來推
測，該本與蔣之翹本同者，似應當是由蔣本轉引而來。但值得注意的是，
該本所載評語中，又有不少是不見於蔣本，亦不見於他本者。如劉辰翁評
語，就筆者知見而言，明代《楚辭》評點諸本中，第一個收入劉氏評語的
是蔣之翹本《七十二家評楚辭》，之後的相關《楚辭》評點本對於劉氏語
的選引，也多是從蔣之翹本而來。而該本所載劉辰翁語，卻多有不見於蔣
本者。因此，在對此類材料作出準確的考證之前，我們又很難得出該本即
是因襲蔣本而來、成於蔣本之後的結論。同理，該本與來欽之《楚辭述
注》之間的關係，亦是如此。

　　如前所述，該本所載評語中，亦多有不見於他本者，茲對此作一簡單
介紹。如以陸時雍為例，經過比對，該本所引陸氏語中，不見於他本者，
皆見於陸氏《楚辭疏》，因此此類應當是該本刊刻者直接從《楚辭疏》中
摘選出來的，而由此則又可見《楚辭疏》在當時影響之一斑矣。此類如
〈離騷〉篇末，該本引陸時雍曰：「〈離騷〉變風為歌，環異詭喬，上
自〈穀風〉、〈小弁〉之所不睹。」《九歌·雲中君》：「雲連蜷兮既
留，爛昭昭兮未央」句眉上，該本引陸時雍曰：「〈太乙〉、〈雲君〉，
似疏星滴雨，寥落希微，情境雅合，著一麗語不得，著一穠語不得。」[11]
〈天問〉篇末，該本引陸時雍曰：「千載以上，惟有此問，千載以下，並
無此答。」《九章·惜誦》「九折臂而成醫兮，吾至今而知其信然」句眉
上，該本又引陸時雍曰：「語婉而酸，撩人木衷，應知痛癢。」〈九辯〉
篇末，又引陸時雍曰：「首章舉物態而覺哀怨之傷人，敘人事而見蕭條之
感候，梗概既具，情色自章。足令循聲者知冤，感懷者興悼，不必曲為點
綴，細作粗描也。」以上所引，除第一條見於陸時雍〈離騷經〉小敘外，
其他均見於陸氏《讀楚辭語》。

　　此外，該本所錄評語而不見於他本者，有不少是出現在〈七諫〉、
〈九歎〉、〈九懷〉、〈九思〉等漢代擬騷作品中，亦值得我們注意。對

---

[11]　此條見陸時雍〈讀楚辭語〉，原文與之小異，原文作：「〈東皇太一〉、〈雲中
　　君〉，似疏星滴雨，寥落希微，正其情境雅合，著一麗語不得，著一穠語不得。」
　　見陸時雍《楚辭疏》，明天啟間緝柳齋刻本。

於這些篇目，明代《楚辭》評點諸本大多缺乏關注，以至於在有些評點本中，上述各篇中竟存在無一評的現象。此本則改變了這種狀況，對於論及這些漢代擬騷作品的相關評語則多加徵引，如〈七諫〉該本載八條評語，〈九懷〉載四條，〈九歎〉載八條，〈九思〉亦載八條，這在明代《楚辭》評點諸本所載此四篇評語中占了決定性的比重。而其中又多有論及此四篇之藝術特色者，頗可參，略舉幾例如下：如〈七諫〉「棄捐藥芷與杜衡兮，余奈世之不知芳何」句眉上，該本引鍾惺曰：「數語《騷》法猶在。」「莫能行於杳冥兮，孰能施於無報」句眉上，引劉辰翁曰：「流風結愫，無限憂傷。」〈九懷〉「微霜兮眇眇，病夭兮鳴蜩」句眉上，引王世貞曰：「聲詞輕俊，與枚、蔡媲美。」〈九歎〉「靈懷其不吾知兮，靈懷其不吾聞」句眉上，引劉辰翁曰：「半俚半雅卻妙。」〈九思〉「螻蛄兮鳴東，蟊蠈兮號西」句眉上，引胡應麟曰：「森黯滿眼。」〈九思〉「惶悸兮失氣，踴躍兮距跳」句眉上，又引鍾惺曰：「古郁處絕類班、揚諸賦。」

關於此本，姜亮夫《楚辭書目五種》[12]、崔富章《楚辭書目五種續編》[13]、鄭振鐸《西諦書跋》[14]等有著錄。

---

[12] 姜亮夫《楚辭書目五種》，上海：中華書局上海編輯所1961年版，第52頁。

[13] 崔富章《楚辭書目五種續編》，上海：上海古籍出版社1993年版，第80-81頁。

[14] 鄭振鐸撰、吳曉鈴整理《西諦書跋》，北京：文物出版社1998年版，第204頁。

明末寫刻本潘三槐注《屈子》六卷

　　《屈子》六卷，明潘三槐注，明末寫刻本。中國科學院圖書館藏本，一冊。首起晁無咎〈屈子序〉。次「屈子目錄」：卷一〈離騷經〉、卷二〈九歌〉、卷三〈天問〉、卷四〈九章〉、卷五〈遠遊〉、卷六〈卜居〉、〈漁父〉。再次為正文，首起「屈子卷一」，次行題「楚屈原著明錢塘潘三槐西黃父閱」，再行題「離騷經」。全書各篇先白文，後接潘三槐注，再接「音釋」。如「離騷經」原文後，接「離騷注」二十六條，注末又附以「離騷經音釋」。每半頁九行，行二十五字，楷書，四周單邊，白口，無行線。中縫處首「屈子」二字，中為卷次，下為頁碼。關於此本所出，崔富章先生以為：「『校』字缺筆，當是天啟間杭州嘉興一代所刻。」[1]

　　該本文中有圈點，所錄評語，只眉批一種形式，所引評家，依文中出現先後，依次有孫鑛、朱熹、馮覲、郭正域、潘三槐、陳深、陳仁錫、王慎中、李夢陽、洪興祖、姚寬、呂延濟、王逸、陸時雍、唐順之、周拱辰、祝堯等十七家。經過考核，該本所載評語，主要有以下三種情況：其一，多數轉錄自凌毓枏本《楚辭》和陸時雍《楚辭疏》；其二，部分不見載於他本者，蓋由潘三槐增益而成；其三，少數為潘三槐自評之語。

　　先看該本轉錄自凌毓枏本《楚辭》者。這一部分就所引評家而言，在該本所載評家整體中占了大部分，共有朱熹、馮覲、郭正域、陳深、王慎中、李夢陽、洪興祖、姚寬、呂延濟、王逸、祝堯等十一人。但其中除朱熹、陳深、洪興祖三人被引錄次數較多外，其餘均較少，多數都是於此書僅出現一次。今就能說明此二本間承襲關係者，稍作討論。

　　凌毓枏本《楚辭》在所錄評點的確定上，是以馮紹祖校刊《楚辭章句》為基礎，再加增益而成。在轉錄馮本部分評語的過程中，凌毓枏本進行了一些改動，改動後的評語重新得以確立，而此本所引錄的評語中，即有屬於此類者。如《九歌‧國殤》「旌蔽日兮敵若雲，矢交墜兮士爭先」句眉上，馮紹祖本引馮覲曰：「此篇敘殤鬼交兵挫北之跡甚奇，而辭亦悽楚。固知唐人吊古戰場文，為有所本。」[2]凌毓枏本《楚辭》在引入此條時，將「固知唐人吊古戰場文，為有所本」一句刪去。而此本所錄此

---

[1]　崔富章《楚辭書目五種續編》，上海：上海古籍出版社1993年版，第106頁。
[2]　馮紹祖校刊《楚辭章句》，明萬曆十四年（1586）刻本。

條，與凌本全同。又如，〈遠遊〉「惟天地之無窮兮，哀人生之長勤。往者餘弗及，來者吾不聞」句眉上，該本引朱熹曰：「『天地無窮』四言，乃此篇所以作之本意也。」此條最早見引於馮紹祖本，但原引文較長，至凌毓枏本始僅留此一句，由此知該本所引，實由凌本而來。再如，〈遠遊〉「吸飛泉之微液兮，懷琬琰之華英」句眉上，該本又引祝堯曰：「後來賦家，為閎衍鉅麗之詞者，莫不祖此。」此條亦最早見引於馮紹祖本，而原引亦較長，且位置在〈遠遊〉篇末，形式為篇末評。至凌毓枏本《楚辭》，則僅取出其中「後來賦家」云云一句，並將其位置移到了「吸飛泉之微液兮，懷琬琰之華英」句眉間，也就是成了上引該本中的這種面目。

凌毓枏本所增益諸家評語，見於該本者。如〈離騷〉「雖不周於今之人兮，願依彭咸之遺則」句眉上，錄郭正域曰：「人知先生之忠，顧其縱恣奇絕，摶弄千古，要自一氣流出，雖奇偉而實真情，千古一人。」「朝發軔於蒼梧兮」句眉上，錄王慎中曰：「前云『而陳詞』故此云『軔於蒼梧』一字非漫用。」〈天問〉「遂古之初，誰傳道之」句眉上，錄陳深曰：「特創為百餘問，皆容成葛天之語，入神出天。此為開物之聖，後有作者，皆臣妾也。」《九章‧抽思》「心鬱鬱之憂思兮，獨永歎乎增傷」句眉上，又錄陳深曰：「此章陳詞以望君之察，而君若不聞，是以憂心不遂，作頌自解。」以上所引，皆屬此類。

該本所載評語，轉錄自陸時雍《楚辭疏》者，主要集中在孫鑛、陸時雍與周拱辰三人之間。其中孫鑛語、陸時雍語，全是由《楚辭疏》而來。關於周拱辰，陸時雍刊《楚辭疏》，於〈天問〉篇采周氏「別注」，而該本所引周拱辰語，即見於此。其中所引孫鑛語，如〈離騷〉：「名余曰正則兮，字余曰靈均」句眉上，曰：「名字卻只以意說，煞是奇絕。」「及少康之未家兮」句眉上，曰：「『恐先我』、『及未家』，構意絕妙。」〈九歌〉文首眉上，曰：「〈九歌〉諸篇，句法稍碎，而特奇峭，在《楚騷》中最為精潔。」《九章‧涉江》文首眉上，曰：「是〈離騷〉餘韻，而微較清澈。」〈卜居〉文首眉上，曰：「雖設為質疑，然卻是譽己嘵眾，以明決不可為，彼意細味，造語自見。」〈漁父〉「何故深思高舉，自令放為」句眉上，又曰：「撰語俱奇陗直切，在《楚騷》中最為明快。」

所引陸時雍語，如〈天問〉「僉曰何憂，何不課而行之」句眉上，曰：「〈天問〉中有一等漫興語，如此類是也。」〈九章〉〈懷沙〉文首眉上，曰：「〈懷沙〉情窮語迫，太史公獨載此篇，以卒原志也。」〈惜往日〉「情冤見之日明兮，如列宿之錯置」句眉上，曰：「陸時雍曰：此篇專於諷君，不勝憂危之感。」〈悲回風〉「穆眇眇之無垠兮，莽芒芒之

無儀」句眉上，曰：「秋氣愈高，孤衷愈凜。」以上所引，皆是陸時雍疏解各篇之語，其中除〈懷沙〉條外，其餘皆不見載於他本，由此推測應是由此本刊刻者直接從陸氏書中抽出。

所引周拱辰語，皆見於〈天問〉篇。如「東流不溢」句眉上，曰：「『東流不溢』，妙處不在能受，正在能消。」「女歧縫裳，而館同爰止」句眉上，曰：「兩段文氣似倒，而意實融貫。」「吳獲迄古，南嶽是止」句眉上，曰：「『吳獲迄古』二句，即下『兩男子』事也。上句不說出人名，下二句指出。問中多有此句法。」「周之命以諮嗟」句眉上，曰：「太白之懸，亦太慘矣。曰「不嘉」，曰「諮嗟」，明乎旦，雖佐發定命，非其心也。」

該本評語中，亦有少量潘三槐自評之語，這對於我們藉以瞭解這位刊刻者而言，頗為有益。此類如〈離騷〉「背繩墨以追曲兮，競周容以為度」句眉上，曰：「莊語帶有逸致」。《九歌·湘君》「心不同兮媒勞，恩不甚兮輕絕」句眉上，曰：「文生於情，字字真切。」〈天問〉「何聖人之一德，卒其異方」句眉上，曰：「此段詞氣，甚鬆而逸。」《九章·惜誦》「曰君可思而不可恃」句眉上，又曰：「『可思不可恃』一語，為人臣子者，皆當尋味。」以上所引，多著眼於屈賦的藝術特色立論，於讀者閱讀而言，多有裨益之處。

值得一提的是，此類中還有一處偽託之例。《九歌·少司命》「悲莫悲兮生別離」句眉上，有署為潘三槐語一條，曰：「『悲莫悲兮』二語，千古情語之祖。」此條實為節取王世貞語而成，王氏語原就「入不言兮出不辭，乘回風兮載雲旗。悲莫悲兮生別離，樂莫樂兮新相知」四句而發，作：「『入不言兮出不辭，乘回風兮載雲旗。』雖爾悅忽，何言之壯也。『悲莫悲兮生別離，樂莫樂兮新相知。』是千古情語之祖。」王世貞此語影響較大，且就《楚辭》評點諸本而言，此條自馮紹祖本引錄後，凌毓枬本、蔣之翹本、沈雲翔本等亦皆承之，而該本竟至偽託，不免失之輕薄。

關於此本，崔富章《楚辭書目五種續編》[3]，周建忠、湯漳平《楚辭學通典》[4]有著錄。

---

[3]　崔富章《楚辭書目五種續編》，上海：上海古籍出版社1993年版，第106-107頁。
[4]　周建忠、湯漳平《楚辭學通典》，《楚辭學文庫》，武漢：湖北教育出版社2003年版，第362頁。

明末黃泰苣刻、黃廷鵠評注《詩冶》之《楚辭》

　　《詩冶》二十六卷，明黃廷鵠評注，明末黃泰苣刻，共五冊[1]。該本首起徐禎稷序，署「通家眷弟徐禎稷撰」。次為錢龍錫序。署「門生錢龍錫頓首敬題」。再次為姚士慎〈詩冶序〉，署「社友姚士慎仲含甫題」。最後為黃廷鵠自序，署「青谿黃廷鵠澹志甫題」。黃廷鵠，字孟舉，松江人，曾官順天府通判，有《為臣不易編》八卷行於世[2]。

　　《詩冶》選自上古至南朝陳之詩二十六卷，分為兩部分：卷一至十八為詩人詩，卷十八至文末為文人詩。其中卷四為屈原作品，共收錄〈九歌〉與《九章・橘頌》等十二篇。卷端題「雲間黃廷鵠淡志評注」，「門人錢龍錫稚文同評」，「婿章　闇綱臣校」。首行起「文人詩」，次行為「楚辭」，再次行起按語一條，文云：

> 按，王弇州謂：「《騷》雖有韻之言，其與詩文，自是竹之與草木，魚之與鳥獸，別為一類。」斯言確矣。但漢武辭、唐歌行，多摹〈九歌〉句法，而忘鼻祖乎？聊擷十二篇，補楚風也。

再次行，上為「九歌十一首」數字，下為「楚屈原，平，楚同姓，三閭大夫」字樣。

　　該本所錄評點，僅篇末總評一種形式，因其中所錄《楚辭》評語，皆不見於他本，特將其全錄如下：於〈九歌〉，陸士龍評：

> 嘗聞湯仲歎〈九歌〉：昔讀《楚辭》意不大愛之，頃日視之，實自清絕滔滔，古今來為如此文，此為宗矣。

張京元評：

> 沅湘間信鬼好祀，原見其祝辭鄙俚，因為更定，亦文人遊戲，聊散懷耳。篇中皆求神語，舊注牽合，一歸怨憤，何其狹也！

1　本題要以北京圖書館藏本為據。
2　參黃虞稷《千頃堂書目》，上海：上海古籍出版社1990年版，第286頁。

黃廷鵠評：

> 按，無始言似矣，但累臣之情，纏綿悽愴，往往謬悠忽恍，託寓不
> 一，未可訓詁泥之。

張鳳翼評：

> 以事神之言，喻忠臣之意。良然。

於《九章‧橘頌》，黃廷鵠評：

> 按，漢詩《橘柚》、《垂華》實一篇，全出於此。

又有徐禎卿評：

> 古詩三百，可以博其源；遺篇十九，可以約其趣；《樂府》雄高，
> 可以厲其氣；〈離騷〉深永，可以裨其思。

語言文學類　PG2146　秀威文哲叢書27

明代《楚辭》評點論考

作　　者／羅劍波
叢書主編／韓　晗
責任編輯／陳慈蓉
圖文排版／楊家齊
封面設計／王嵩賀

發 行 人／宋政坤
法律顧問／毛國樑　律師
出版發行／秀威資訊科技股份有限公司
　　　　　114台北市內湖區瑞光路76巷65號1樓
　　　　　電話：+886-2-2796-3638　傳真：+886-2-2796-1377
　　　　　http://www.showwe.com.tw
劃撥帳號／19563868　戶名：秀威資訊科技股份有限公司
　　　　　讀者服務信箱：service@showwe.com.tw
展售門市／國家書店（松江門市）
　　　　　104台北市中山區松江路209號1樓
　　　　　電話：+886-2-2518-0207　傳真：+886-2-2518-0778
網路訂購／秀威網路書店：https://store.showwe.tw
　　　　　國家網路書店：https://www.govbooks.com.tw

2018年12月　BOD一版
定價：400元
版權所有　翻印必究
本書如有缺頁、破損或裝訂錯誤，請寄回更換

國家圖書館出版品預行編目

明代《楚辭》評點論考 / 羅劍波著. -- 一版. -- 臺北
　市：秀威資訊科技, 2018.12
　　　面 ；　　公分. -- (語言文學類；PG2146)(秀威文
哲叢書；27)
　　ISBN 978-986-326-626-6(平裝)

　1. 楚辭　2. 研究考訂　3. 明代

832.18　　　　　　　　　　　　　　　107018454

讀者回函卡

感謝您購買本書，為提升服務品質，請填妥以下資料，將讀者回函卡直接寄回或傳真本公司，收到您的寶貴意見後，我們會收藏記錄及檢討，謝謝！

如您需要了解本公司最新出版書目、購書優惠或企劃活動，歡迎您上網查詢或下載相關資料：http:// www.showwe.com.tw

您購買的書名：＿＿＿＿＿＿＿＿＿＿＿＿＿＿＿＿＿＿＿＿＿＿

出生日期：＿＿＿＿＿年＿＿＿＿＿月＿＿＿＿＿日

學歷：□高中 (含) 以下　　□大專　　□研究所 (含) 以上

職業：□製造業　□金融業　□資訊業　□軍警　□傳播業　□自由業

　　　□服務業　□公務員　□教職　　□學生　□家管　　□其它＿＿＿＿

購書地點：□網路書店　□實體書店　□書展　□郵購　□贈閱　□其他

您從何得知本書的消息？

　　□網路書店　□實體書店　□網路搜尋　□電子報　□書訊　□雜誌

　　□傳播媒體　□親友推薦　□網站推薦　□部落格　□其他＿＿＿＿＿＿

您對本書的評價：(請填代號　1.非常滿意　2.滿意　3.尚可　4.再改進)

　　封面設計＿＿＿　版面編排＿＿＿　內容＿＿＿　文／譯筆＿＿＿　價格＿＿＿

讀完書後您覺得：

　　□很有收穫　□有收穫　□收穫不多　□沒收穫

對我們的建議：＿＿＿＿＿＿＿＿＿＿＿＿＿＿＿＿＿＿＿＿＿＿

＿＿＿＿＿＿＿＿＿＿＿＿＿＿＿＿＿＿＿＿＿＿＿＿＿＿＿＿＿＿＿＿

＿＿＿＿＿＿＿＿＿＿＿＿＿＿＿＿＿＿＿＿＿＿＿＿＿＿＿＿＿＿＿＿

＿＿＿＿＿＿＿＿＿＿＿＿＿＿＿＿＿＿＿＿＿＿＿＿＿＿＿＿＿＿＿＿

11466
台北市內湖區瑞光路 76 巷 65 號 1 樓

秀威資訊科技股份有限公司　　　收

BOD 數位出版事業部

⋯⋯⋯⋯⋯⋯⋯⋯⋯⋯⋯⋯⋯⋯⋯⋯⋯⋯⋯⋯⋯⋯⋯⋯⋯⋯⋯⋯⋯

（請沿線對折寄回，謝謝！）

姓　　名：＿＿＿＿＿＿＿＿　年齡：＿＿＿＿　性別：□女　□男

郵遞區號：□□□□□

地　　址：＿＿＿＿＿＿＿＿＿＿＿＿＿＿＿＿＿＿＿＿＿＿＿＿

聯絡電話：(日) ＿＿＿＿＿＿＿＿＿＿　(夜) ＿＿＿＿＿＿＿＿＿

E-mail：＿＿＿＿＿＿＿＿＿＿＿＿＿＿＿＿＿＿＿＿＿＿＿